침니스의 비밀

The Secret of Chimneys

Copyright ⓒ 1975 Agatha Christie Ltd.

Korean translation edition is published by arrangement with Agatha Christie Ltd., a Chorion group company.

이 책은 Agatha Christie Ltd., a Chorion group company와 적법한 계약을 통해 출간되었습니다. 저작권법에 의해 한국 내에서 보호를 받는 저작물이므로 무단 전재와 무단 복제를 금합니다.

애거서 크리스티 추리 문학 36
침니스의 비밀

유명우 옮김

해문

■ 옮긴이 유명우

호남대학 영문과 교수, 한국추리작가 협회 총무 이사
《오리엔트 특급살인》, 《죽음과의 약속》, 《ABC 살인사건》,
《애크로이드 살인사건》 외 다수

침니스의 비밀

초판 발행일	1987년 05월 25일
중판 발행일	2010년 02월 25일
지은이	애거서 크리스티
옮긴이	유 명 우
펴낸이	이 경 선
펴낸곳	해문출판사
주 소	서울시 서초구 서초동 1328-11 도씨에빛 2차 1420호
TEL/FAX	325-4721 / 325-4725
출판등록	1978년 1월 28일 (제3-82호)
가격	6,000원
ISBN	978-89-382-0236-9 04840
	978-89-382-0200-0(세트)

※ 잘못된 책은 바꾸어 드립니다.

• 등 장 인 물 •

앤터니 케이드— 큰 키에 햇볕에 검게 그을린 얼굴을 한 캐슬스 실렉트 투어 여행사 직원.
제임스(지미) 맥그러스— 키가 크고 뚱뚱한 앤터니 케이드의 친구. 앤터니에게 스틸프티치 백작의 회고록을 런던의 출판사에 전달해 달라는 제안을 함.
캐터햄 경— 작은 키에 초라한 옷차림, 정중하기는 하지만, 맥빠진 듯 흐리멍덩한 태도를 가진 9대 캐터햄 후작. 침니스 저택의 소유주.
조지 로맥스 장관— 건장한 체격, 붉은 얼굴, 개구리처럼 튀어나온 눈을 한 자기 과시욕이 강한 위인.
빌 에버슬레이— 조지 로맥스의 비서. 버지니아 레블을 좋아하는 청년.
미카엘 오볼로비치 왕자— 헤르초슬로바키아 후계자.
안드라시 대위— 미카엘 왕자의 시종 무관.
보리스 안초코프— 미카엘 왕자의 시종.
허먼 아이작슈타인— 영국 신디케이트(기업연합) 대표자.
레이디 아일린(번들)— 캐터햄 경의 장녀. 늘씬한 키에 호리호리한 몸매, 흑단 같은 머리에 활기 넘치는 태도를 지닌 아가씨.
버지니아 레블— 초록빛을 띤 금발에, 균형잡힌 몸매, 매력적인 얼굴에 우아한 자태를 지닌 스물일곱 살의 미망인. 조지 로맥스의 사촌 누이.
롤로프레티질 남작— 롤리팝 남작. 스틸프티치 백작의 회고록을 손에 넣으려 함.
하이럼 P. 피시— 캐터햄 경의 초판본 책자에 특별한 관심을 가진 미국인.
마드모아젤 브룅— 캐터햄 경의 두 딸(덜시와 데이지)의 프랑스인 가정교사.
킹 빅터— 최근 교도소에서 출감한 세계적으로 유명한 프랑스인 보석강도.
르무안— 검은 턱수염을 기른 프랑스 파리경시청의 형사.
트레드웰— 머리가 하얗게 센 침니스 저택의 집사.
배틀 총경— 런던경시청의 형사.

차 례

- 9 ● 제1장 앤터니 케이드의 새로운 일거리
- 21 ● 제2장 곤경에 빠진 여인
- 31 ● 제3장 권력층의 고민
- 40 ● 제4장 매력 만점의 젊은 부인
- 46 ● 제5장 런던에서의 첫날밤
- 61 ● 제6장 부드러운 협박
- 75 ● 제7장 맥그러스, 초대를 거절하다
- 85 ● 제8장 죽은 사람
- 94 ● 제9장 시체 처리
- 104 ● 제10장 침니스 저택
- 118 ● 제11장 배틀 총경의 도착
- 125 ● 제12장 앤터니의 이야기
- 138 ● 제13장 미국 손님
- 145 ● 제14장 복잡한 정치 경제 문제
- 156 ● 제15장 낯선 프랑스인
- 172 ● 제16장 마드모아젤 브룅

차 례

제17장 한밤중의 모험 ● 187
제18장 두 번째 한밤중의 모험 ● 197
제19장 과거의 비밀 ● 210
제20장 배틀과 앤터니의 협의 ● 224
제21장 아이작슈타인의 옷가방 ● 232
제22장 빨간 신호 ● 244
제23장 장미 정원에서 우연한 만남 ● 261
제24장 도버의 집 ● 273
제25장 침니스 저택의 화요일 밤 ● 282
제26장 10월 13일 ● 292
제27장 회의실에서의 모임 ● 299
제28장 킹 빅터 ● 312
제29장 계속되는 앤터니의 설명 ● 317
제30장 앤터니 케이드의 새로운 직업 ● 323
제31장 하지 않아도 될 이야기 ● 332
작품 해설 ● 335

펑키에게

앤터니 케이드의 새로운 일거리

"여, 젠틀먼 조!"

"이거, 지미 맥그러스 아닌가."

캐슬스 실렉트 투어 여행사의 관광객들인 일곱 명의 맥빠진 표정을 짓고 있는 여자들과, 세 명의 땀으로 목욕한 듯한 남자들의 얼굴에는 지울 수 없는 호기심이 떠올랐다. 그들의 안내원인 케이드 씨가 옛친구를 만난 모양이었다.

사람들은 모두 그를 아주 좋아했다. 늘씬한 큰 키에 햇볕에 검게 그을린 얼굴과, 이해가 서로 엇갈리는 여러 가지 의견 충돌을 가라앉혀 화기애애한 분위기로 몰아가는 싹싹한 태도 등. 그가 지금 우연히 마주친 이 친구는 상당히 유별나게 보이는 사람이었다. 키는 케이드 씨와 거의 비슷하게 컸지만, 뚱뚱하게 살이 쪄서 가히 보기에 좋지는 않았다. 소설 속에나 등장할 듯싶은 그런 인물로, 무슨 고급 술집 같은 거라도 경영하는 사람이 아닐까 싶었다. 그러나 아무튼, 흥미를 끄는 사람이었다. 그들이 해외여행에 나선 목적은, 소설에서나 대할 수 있는 이런 유별난 것들을 보기 위해서였으니 말이다.

지금까지 그들은 불라와요에서 꽤 지루하게 시간을 보냈다고 할 수 있었다. (불라와요는 아프리카의 남로디지아, 현재의 짐바브웨 남부의 도시) 햇볕은 견딜 수 없을 정도로 이글거렸고, 호텔은 시설이 형편없었으며, 매토포스 호수로 가는 자동차가 오기 전까지는 볼만한 구경거리도 없을 듯싶었다. 정말 다행스러운 것은, 케이드 씨가 권유한 그림엽서들을 살펴볼 수 있었다는 것이다.

앤터니 케이드와 그의 친구는 서로에게 조금씩 다가섰다.

"도대체 자네는 저 여자들을 데리고 뭘 하는 겐가? 무슨 하렘(회교국의 부인들 방)이라도 꾸밀 생각인가?" 맥그러스가 물었다.

앤터니는 싱긋이 웃어 보이며 대답했다.

"이렇게 적은 수의 여자들로는 어림도 없지. 그래, 자네도 저 여자들을 잘 살펴보았나?"

"물론이지. 여자를 보는 자네의 안목이 쇠퇴한 게 아닌가 싶었다네."

"내 안목은 예나 지금이나 변함없지. 저 사람들은 캐슬스 실렉트 투어 여행사의 관광단이라네. 그러니까 나는 캐슬스 실렉트 투어 여행사 지사 직원인 셈이지."

"도대체 이런 일은 또 어떻게 해서 시작하게 되었나?"

"슬프게도 돈이 문제지. 입에 풀칠은 해야 했으니까. 자네도 알겠지만, 정말 이런 일은 나한테 전혀 맞지 않는다고."

지미가 싱긋이 웃어 보였다.

"자네야 이런 따분한 일과는 아예 거리가 먼 사람이었지, 안 그런가?"

앤터니는 이런 그의 조소 어린 비방을 무시해 버렸다.

"하지만, 머지않아 뭔가 변화가 오겠지 뭐. 늘 그랬으니까 말일세."

그는 희망이 있다는 듯이 말했다.

지미가 낄낄거리며 말했다.

"무슨 말썽이라도 일 조짐이 있다면 앤터니 케이드는 틀림없이 조만간 그 일에 말려들게 될 거라는 사실을 나는 잘 알고 있지. 말썽거리를 탐지해 내는 데 있어서 자네는 거의 본능적이라고 할 수 있는 후각을 가지고 있고 또한, 끈질긴 고양이처럼 목숨이 아홉 개나 있으니 말일세. 그건 그렇고, 언제 우리 함께 이야기나 나눌 수 있게 시간 좀 낼 수 있겠나?"

앤터니는 한숨을 내쉬었다.

"저 시끄러운 암탉들한테 로디지아인(로디지아인은 1921년에 북로디지아(현재의 잠비아)의 브로큰 힐 광산에서 발견된 화석 인류) 무덤을 구경시켜 줘야 한다네."

지미가 알 만하다는 듯이 말했다.

"그것참 안됐구먼. 아마도 그들은 울퉁불퉁한 길에 시달려 이리 부딪치고 저리 부딪쳐서 온몸이 시퍼렇게 멍이 든 채로 돌아와 녹초가 되어 곯아떨어지게 될 게야. 그럼, 그다음에 우리 한잔하면서 이야기를 나누세나."

"좋지. 그럼, 이따 만나세, 지미."

앤터니는 자기 앙페한테로 다시 돌아왔다. 일행 중에서 가장 젊고 발랄한 테일러 양이 즉시 그에게 다그쳐 물었다.

"케이드 씨, 아까 그분 당신 친구신가 보죠?"

"그렇답니다. 내 품행 방정했던 어린 시절부터의 친구 중 한 사람이지요."

테일러 양은 깔깔거리며 웃음을 터뜨렸다.

"상당히 재미있는 분인 것 같다고 생각했어요."

"당신이 그렇게 말하더라고 그 친구에게 전해 주지요."

"어머나, 어쩜 그렇게 음흉한 쪽으로만 생각하시는 거죠? 정말 너무하세요. 그런데 그분은 당신을 아주 희한한 이름으로 부르더군요."

"젠틀먼 조라고 부른 것 말입니까?"

"그래요. 조가 당신 이름이세요?"

"내 이름이 앤터니란 걸 당신도 알고 있을 텐데요, 테일러 양."

"어머, 여전히 저를 놀리고 계시는군요!"

테일러 양이 요염하게 눈을 흘기며 소리쳤다.

앤터니는 이제 자기 일에 제법 익숙해져 있었다. 그의 일은 여행에 필요한 여러 가지 수속을 밟는 것 이외에도, 자신의 위엄을 손상당해서 성을 내고 있는 노인네들을 달래서 기분을 풀어 주고, 나이 많은 노부인들에게는 그림엽서를 살 수 있도록 충분히 시간을 주며, 보편적인 40대의 특성을 살려 매사에 유머를 섞어가며 노닥거리는 일도 포함되어 있었다. 이 마지막 임무는 그의 꾸밈없는 말에 무슨 미묘한 의미가 담겨 있는지 알아내려고 아주 적극적으로 달려드는 여성들 덕에, 그로서는 더욱 쉽게 해낼 수 있었다.

테일러 양이 다시 다그쳤다.

"그럼, 어째서 그분이 당신을 조라고 부르는 거죠?"

"아, 그건 그게 아마도 내 이름이 아니기 때문일 겁니다."

"그렇다면, 어째서 하필 젠틀먼 조라고 부르는 거죠?"

"그것도 같은 이유에서지요."

"어머나, 케이드 씨는 정말……."

테일러 양은 몹시 당황해 하며 항의했다.

"정말이지 그렇게 말씀하실 줄은 몰랐어요. 파파는 어젯밤 당신이 무척 신사다운 태도를 가진 분이라고 침이 마르게 칭찬하셨는데 말이에요."

"당신 아버님이 그렇게 말씀하셨다니 나로선 너무 황송해서 몸 둘 바를 모르겠군요, 테일러 양."

"그리고 우리 일행도 모두 당신이 정말 신사라고 생각하고 있어요. 이건 정말이랍니다."

"정말 황공무지로소이다."

"아이 참, 제 말은 진심이란 말이에요."

"따뜻한 마음씨야말로 백 가지 벼슬보다 더 소중한 것이지요."

앤터니는 입에서 나오는 대로 무심코 내뱉으며 어서 점심시간이 되기만을 빌었다.

"그건 정말 아름다운 시구 같아요. 시를 많이 알고 계세요, 케이드 씨?"

"나는 다급해지면 '소년은 타오르는 갑판 위에 서 있었다'를 암송한답니다. '소년은 타오르는 갑판 위에 서 있었다. 모두 배를 떠났고, 남은 사람은 오직 그뿐.' 이게 내가 아는 전부지만, 그래도 당신이 원한다면 연기까지 해보일 수 있지요. '소년은 타오르는 갑판 위에 서 있었다.' 화르륵, 화르륵, 활활(이건 불꽃이 마구 이글거리는 모습이죠). 모두 배를 떠났고, 남은 사람은 오직 그뿐.' 그리고 나는 마치 개처럼 이리 뛰고 저리 뛰는 겁니다."

테일러 양은 더는 참을 수 없어 깔깔거리며 웃음을 터뜨렸다.

"아유, 케이드 씨 좀 보세요. 정말 우스워서 못 참겠어요."

"자, 이제 차를 마실 시간입니다." 앤터니가 쾌활하게 소리쳤다.

"여러분, 이쪽으로 오십시오. 다음 길목에 가면 멋진 카페가 있답니다."

캘디컷 부인이 그윽한 목소리로 말했다.

"그 비용은 여비에 포함되어 있는 것이겠죠?"

앤터니는 짐짓 사무적인 태도를 보이며 대답했다.

"아침 차를 마시는 비용은 별도로 계산됩니다."

"정말 야박하군요."

"인생이란 고난으로 가득 찬 곳이지요, 그렇지 않습니까?"

앤터니가 명랑한 어조로 말했다.

캘리컷 부인은 예리한 시선으로 그를 쏘아보며, 마치 폭탄이라도 내던질 듯한 기세로 입을 열었다.

"내 그럴 줄 알고, 오늘 아침에 차를 한 통 타 놓았지! 그걸 알코올램프에 데우기만 하면 따뜻한 차가 되는 거죠. 갑시다, 여보."

캘리컷 부인은 자신의 선견지명을 자랑이라도 하듯이 어깨를 으쓱거리며 자기 남편과 함께 의기양양한 모습으로 호텔로 돌아갔다.

앤터니는 멍하니 그들을 지켜보며 중얼거렸다.

"세상에 원, 하기야 세상에는 별난 사람들도 많은 법이니까."

그는 나머지 사람들을 이끌고 카페로 향했다. 테일러 양은 그의 곁에 바싹 다가서며 다시 질문을 계속했다.

"그 친구 분과는 오랜만에 만난 건가요?"

"한 7년은 되었을 겁니다."

"그분하고는 아프리카에서 알게 되었나요?"

"예, 바로 이 지역은 아니었지만요. 내가 지미 맥그러스를 처음 만난 것은, 그가 꽁꽁 묶여서 펄펄 끓고 있는 가마솥에 던져 넣어지려는 찰나였지요. 이곳 오지에 있는 부족 중에는 식인종이 있답니다. 우리가 정말 아슬아슬하게 때를 맞추어 도착한 거죠."

"어머나, 어떻게 그런 일이?"

"뭐, 그다지 대수롭지 않은 일이었죠. 우리는 그 야만인들을 사로잡았었는데, 그 중 몇 명이 도망치는 바람에 우린 그 뒤를 추적했던 겁니다."

"어쩜, 케이드 씨, 당신은 정말 모험으로 가득 찬 인생을 살아오셨나 봐요!"

"천만에요, 태평스럽기 그지없는 세월이었답니다."

하지만, 그녀가 그의 말을 곧이곧대로 믿지 않는다는 것은 분명했다.

그날 밤 10시쯤, 앤터니 케이드는 지미 맥그러스의 작은 방으로 찾아갔다. 그는 갖가지 병들을 만지작거리고 있었다.

"강한 걸로 타 주게, 제임스 독주라도 마시지 않고는 견딜 수 없을 것 같야." 앤터니가 말했다.

"아마도 그럴 게야, 친구. 나라면 아무리 많이 준다고 해도 그런 일은 맡지 않을 걸세."

"그렇다면, 자네가 다른 일 좀 알선해 주게나. 당장 집어치울 테니 말일세."

맥그러스는 익숙한 솜씨로 자기 잔에 술을 따르고 나서, 다시 한 잔을 더 만들었다. 그러고는 천천히 말했다.

"자네 그 말 진심인가, 응?"

"그 말이라니?"

"다른 일거리가 생기면 지금 하고 있는 그 일을 집어치우겠다는 것 말일세."

"그건 왜? 설마하니 구걸하러 다니는 일을 주선하려는 건 아닐 테지? 그런 좋은 일감이 있다면 어째서 자네 자신이 맡지 않는 건가?"

"맡긴 맡았었지. 하지만, 그 일에는 별로 마음이 내키지 않아서 말일세. 그래서 자네에게 넘겨주려는 거라고."

앤터니는 불쑥 의심이 솟았다.

"뭔가 구린 데가 있는 일인가? 혹시 자네를 주일학교 선생으로 채용한 것은 아닐 테지?"

"이 친구 보게, 그래 세상에 어떤 작자가 나 같은 위인을 주일학교 선생으로 채용하려 하겠나?"

"하긴 자네란 사람을 잘 알고 있다면, 그런 일이야 도저히 있을 수 없는 노릇이지, 아무렴."

"그 일은 완벽한 일감일세. 구린 데라고는 전혀 없어."

"남아메리카에서 무슨 행운이라도 움켜잡게 되는 그런 일은 아닐 테지? 나는 전부터 남아메리카에 대해서는 상당한 흥미를 가지고 있었거든. 그곳에 있는 어떤 작은 공화국에서 머지않아 혁명이라도 일어날 것 같은 조짐이 보여서 말일세."

맥그러스는 씁쓰름하게 웃어 보였다.

"자네는 혁명이라면 언제나 사족을 못 썼지. 어떻게 해서든 그 난리통에 끼어들고 싶어서 말이야."

"나는 바로 그런 곳에서야말로 내 재능을 발휘할 수 있을 것 같은 기분이 든다네. 여보게, 지미, 나는 말이야, 그런 혁명의 와중 속에서 비로소 크게 쓰임새가 있을 거야―그게 어느 편이든 상관없이. 마냥 똑같은 성실하고 평온무사한 생활보다 그편이 내 성미에 더 잘 맞거든."

"전에도 자네의 그런 감상에 대해서는 들어본 적이 있는 것 같은데. 하지만, 이번 일은 남아메리카에서의 일이 아니라 바로 영국에서 할 일이라네."

"영국이라고? 수많은 세월을 방황하다가 마침내 조국의 품속으로 돌아가는 풍운아! 그런데 이제 7년이나 지났으니 자네한테 돈 갚으란 소리는 할 수 없을 테지, 지미?"

"그럴 거야. 그런데 자네는 그 일에 대해서 좀더 자세한 이야기를 듣고 싶은 겐가, 아닌가?"

"물론 듣고 싶고말고. 그런데 한 가지 이해가 가지 않는 것은, 어째서 자네가 그 일을 맡지 않느냐 이걸세."

"내 말해 주지. 실은, 앤터니, 나는 금광을 찾을 생각이라네. 내륙으로 깊숙이 들어가서 말이야."

앤터니는 휘파람을 한 차례 불고 나서, 가만히 그의 얼굴을 들여다보았다.

"지미, 그러니까 자네는 우리가 처음 만났을 때부터 지금까지 줄곧 금광을 찾아 헤매고 있었던 셈이로군. 그게 바로 자네의 약점이야―그 별난 취미 말일세. 내가 아는 그 어떤 사람보다도 자네는 환상에 푹 빠져서 맹수들이 들끓고 있는 원시림 속을 쏘다니고 있으니."

"언젠가는 찾아내게 될걸세. 그건 틀림없어."

"글쎄, 하기야 사람들은 저마다 나름대로 취미를 갖고 있는 법이니까. 나는 난리통을 찾아 헤매고, 자네는 금광을 찾아다니니."

"아무튼, 그 일에 대해서 말인데, 자네도 헤르초슬로바키아에 대해서 알고 있겠지?"

앤터니는 예리한 시선으로 그를 쳐다보았다.

"헤르초슬로바키아?"

앤터니가 묘하게 울림이 있는 목소리로 되물었다.

"맞아. 그 나라에 대해서 알고 있을 테지?"

대답하기에 앞서 앤터니는 잠시 생각에 잠겼다. 이윽고 그가 천천히 입을 열었다.

"누구나 알고 있는 정도밖에는 알지 못하네. 그 나라는 발칸 제국(유럽 동남쪽 발칸 반도의 국가들) 중의 하나가 아닌가, 맞지? 주요한 강이나 산들의 이름은 알 수 없고, 다만, 그 수가 상당히 많다는 건 알고 있지. 수도는 에카레스트이고, 국민 대다수가 산적이며, 그들의 취미는 왕들을 암살하고 혁명을 일으키는 일이지. 마지막 왕이 니콜라스 4세—7년 전에 암살당했지. 그 뒤론 공화제가 시행되었고 대체로 말해서 아주 흥미있는 나라라고 할 수 있어. 처음부터 헤르초슬로바키아와 관계가 있는 일이라고 말하지 그랬나?"

"그거야 아무러면 어떻겠나?"

앤터니는 화가 난 기색이 아니라 측은해하는 표정으로 그를 주시하며 말했다.

"이 문제에 대해서는 자네도 뭔가 조치를 취해야 할 걸세, 제임스 통신 강좌 같은 거라도 듣게. 동로마 제국의 황금시대에 그런 말이라도 했다면, 아마 자네는 거꾸로 매달려 발바닥을 맞거나 하는 모진 형벌을 받았을 거야."

지미는 이러한 비난에도 추호도 아랑곳하지 않고 이야기를 계속해 나갔다.

"스틸프티치 백작에 대해서 들어보았나?"

"기왕 말이 나왔으니 말인데, 모르긴 몰라도 헤르초슬로바키아에 대해서 한 번도 들어본 적이 없는 사람일지라도, 아마 스틸프티치 백작에 대해서 언급하게 되면 눈을 빛내며 고개를 끄덕일 걸세. 발칸 제국의 위대한 노영웅, 이 시대의 가장 위대한 정치가, 세상을 멋대로 활보하는 희대의 악당 등등. 어떤 신문을 읽느냐에 따라 저마다 의견이 분분할 테지만, 그러나 한 가지 분명한 것은 이 스틸프티치 백작이라는 이름은 자네나 나나 죽어 흙으로 돌아간 뒤에도 길이길이 후세에 남아 전해질 이름이라는 것이지. 지난 20년 동안 중근동에서 일어난 갖가지 정변 뒤에는 바로 이 스틸프티치 백작이 반드시 개입되어 있었거든. 그는 독재자이며 애국자이고, 뛰어난 정치가였지만, 그러나 실상 그가 권모술수의 대가라는 것 말고는 아무도 그가 진정 어떠한 인물인지에 대해서는 정확하게 모르고 있는 형편일세. 그런데 그가 어떻게 되었다는 건가?"

"그는 헤르초슬로바키아의 수상이었지. 그것이 바로 내가 그의 이름을 거론한 이유라네."

"자네는 도통 비중에 대한 개념이 없구먼, 지미. 헤르초슬로바키아 따위는 스틸프티치 백작이란 인물에 비하면 극히 미미한 존재에 지나지 않아. 그 나라는 단지 그에게 출생할 장소를 제공했고, 그에게 공적인 지위를 부여했을 뿐이야. 하지만, 그는 이미 죽은 걸로 알고 있는데?"

"맞아. 그는 두 달 전 파리에서 죽었지. 내가 자네한테 말하려는 것은 몇 년 전에 있었던 일이라네."

"도대체 나한테 무슨 이야기를 하려는 겐가?"

앤터니가 미간을 좁히며 물었다.

지미는 고개를 끄덕이며 서둘러 본론을 꺼냈다.

"바로 이런 이야기일세. 그때 나는 파리에 있었는데, 한 4년쯤 된 일이었지, 아마. 틀림없을 거야. 어느 날 밤 나는 혼자서 호젓한 밤거리를 걷고 있었는데, 그때 대여섯 명의 프랑스 깡패 녀석들이 풍채가 좋은 노신사를 뭇매질하고 있는 광경을 보게 된 거라네. 나는 불공평한 싸움을 보면 도저히 참지 못하는 성미라서, 즉시 그 싸움에 끼어들어 그 깡패 녀석들을 닥치는 대로 두들겨 패기 시작했지. 그 녀석들은 그때까지만 해도 진짜 모진 주먹을 맞아 본 적이 없었던 모양이야. 정말 눈 깜짝할 사이에 줄행랑을 쳐 버리더구먼!"

"과연 자네다운 행동일세, 지미. 그때의 그 광경이 눈에 선하구먼."

앤터니가 흡족한 듯이 말했다.

지미는 겸손하게 말했다.

"아, 별로 대단한 일도 아니었어. 하지만, 그 노인은 정말 너무도 고마워하더구먼. 술이 약간 취해 있는 것 같았는데, 다 깼는지 내 이름과 주소를 묻고는, 다음 날 나를 찾아와 고맙다고 하는 거야. 참으로 정중하고 기품 있는 태도로 말일세. 그때야 비로소 나는 내가 도와준 그 노인이 스틸프티치 백작이란 사실을 알게 되었지. 그는 부아 근처에 저택을 가지고 있었다네."

앤터니가 고개를 끄덕였다.

"맞아, 스틸프티치 백작은 니콜라스 국왕이 암살된 뒤 파리로 옮겨 가 살았지. 국민은 그가 돌아와 대통령이 되어 주기를 바랐지만, 그는 받아들이지 않았던 거야. 발칸 제국에서 일어나는 모든 정치 공작을 배후에서 조종하고 있었음에도 그는 자신의 지위를 드러내지 않고 암중의 지배자로 남아 있었던 걸세. 정말 심기가 깊었던 인물이야, 스틸프티치 백작은."

"니콜라스 4세는 아내를 고르는 데 있어서 별난 취향을 가지고 있었던 모양이지?" 지미가 불쑥 물어보았다.

"맞아. 그리고 그것이 그를 망친 거라고 할 수 있지. 그의 아내는 파리에 있는 어떤 뮤직홀에서 춤을 추는, 출신을 알 수 없는 무희로서 도저히 왕가(王家)와는 연분을 맺을 수 없는 여자였다네. 하지만, 니콜라스는 그녀에게 완전히 빠져서 결국, 그녀를 왕후로 삼고 말았지. 좀처럼 믿기 어려운 일이었지만, 그들은 어찌어찌해서 그렇게 되었던 걸세. 그녀를 포포프스키 백작부인이라든가 뭐 그렇게 부르며, 로마노프 왕가(1613~1917년까지 러시아를 지배한 왕조)의 핏줄을 이어받은 것처럼 속였던 거야.

니콜라스는 자기들 결혼식을 에카레스트 대성당에서 올리며, 그걸 달갑지 않게 여기던 대주교 두 명한테 식을 집전케 해서는 그녀의 머리에 '배라가 왕후'의 관을 씌워 주었던 걸세. 니콜라스는 각료들을 매수했는데, 그는 그걸로 모든 문제가 해결되었다고 생각했던 모양이야. 하지만, 그는 백성의 지지를 받아야 한다는 사실을 잊고 있었던 거지. 헤르초슬로바키아 국민은 아주 귀족적이고 보수적인 사람들로, 그들은 자기네 왕과 왕비가 훌륭한 혈통을 지니기를 바랐다네. 따라서 왕가에 대한 국민의 불만과 불평이 고조되었고, 이를 억누르기 위해 무자비한 탄압정책이 시행되었지만, 결국, 국민이 벌떼처럼 들고일어나 왕국을 습격해서 왕과 왕비를 살해하고는 공화제를 선포하게 된 걸세. 그 뒤 헤르초슬로바키아에는 공화제가 계속되고 있지만, 여전히 국내 정세는 매우 유동적인 상태라고 하더군. 그동안 한두 명의 대통령이 옹립되었다가 암살되곤 했는데, 그네들은 그런 일에는 아주 익숙해져 있다나 봐.

그건 그렇다고 치고, 다시 본론으로 되돌아가도록 하세나. 자네는 스틸프티치 백작한테, 그의 은인으로서 크게 감사를 받았겠구먼?"

"물론이지. 아무튼, 그 일은 그걸로 끝났다네. 그러고는 다시 아프리카로 돌아와 2주일 전, 그게 얼마나 오랫동안이었는지는 주님만 아실 테지만, 아무튼, 내 뒤를 줄곧 쫓아다닌 것으로 여겨지는 괴상한 모양의 소포 꾸러미를 받기 전까지만 해도 그 일에 대해서는 까맣게 잊고 있었어. 스틸프티치 백작이 파리에서 최근에 세상을 떠났다는 사실은 신문을 통해 알고 있었다네. 그런데 그 소포에는 그의 자서전이랄까, 아니면 회고록이랄까, 아무튼, 그런 종류의 원고가 들어 있었던 거야. 그리고 만일에 내가 그 원고를 10월 13일 이전까지 런던에 있는 한 출판사에 전해 주게 될 경우에는 나한테 1천 파운드를 지급하도록 되어 있다는 내용의 편지가 함께 들어 있었던 걸세."

"1천 파운드라고? 자네 방금 1천 파운드라고 했나, 지미?"

"그랬지, 1천 파운드라고. 그게 나를 놀리기 위한 장난이 아니기를 빌 뿐이지. 왕자나 정치가의 말은 믿지 말라는 격언도 있지만. 아무튼, 편지에는 분명히 그렇게 적혀 있다네. 그 원고는 내 뒤를 따라 이리저리 옮겨다닌 관계로 이제 마감날이 얼마 남지 않게 된 거야. 그런데 정말 안타깝게도 전부터 추진해 오던 이번 오지로의 여행 계획이 이제 막 완성되어서, 나는 이번 여행을 결코 포기할 수가 없는 심정이라네. 그렇게 좋은 기회는 다시는 잡지 못할 테니까."

"자넨 정말 구제불능이로구먼, 지미. 손안에 쥐어진 1천 파운드의 현금은 그 어떤 가공의 황금보다 더 값어치가 있는 법일세."

"그런데 만일에 그게 모두 헛소리에 지나지 않는다면 어쩌겠나? 아무튼, 나는 지금 여기에 있고, 모든 준비를 하여 남아프리카 케이프타운행 배편까지 예약해 놓았는데, 뜻밖에도 자네가 바람처럼 나타난 게 아니겠나!"

앤터니는 자리에서 일어나 담배에 불을 붙였다.

"이제야 좀 감이 잡히기 시작하는구먼, 제임스. 자네는 계획대로 금광을 찾으러 떠나고, 나는 자네 대신 1천 파운드를 받아다 준다 이거지? 그래, 내 몫은 얼마나 되나?"

"4분의 1 정도면 어떨까?"

"그러니까 세금 없는 200하고도 50파운드란 말이지?"

"바로 그러네."

"좋아, 결정된 걸세. 자네가 알게 되면 이를 갈 테지만, 사실 나는 100파운드만 준다고 해도 기꺼이 맡을 생각이었다네! 이봐, 제임스 맥그러스, 자네의 은행 계정을 헤아리다가 분한 나머지 침대에서 급사하는 일이 없도록 조심하게나."

"아무튼, 이걸로 이번 일은 결정이 난 거야."

"그럼, 결정이 된 거고말고. 나로서는 아무런 불만도 없네. 캐슬스 실렉트 투어 여행사 쪽에서야 낭패가 아닐 수 없을 테지만."

그들은 엄숙하게 건배를 들었다.

곤경에 빠진 여인

앤터니는 잔을 비우고 테이블 위에 내려놓았다.

"그건 그렇고, 자네는 어떤 배를 탈 예정이었나?"

"그래나스 캐슬 호라네."

"자네 이름으로 예약이 되어 있을 테니, 나도 제임스 맥그러스인 체하고 여행을 하는 게 낫겠구먼. 여권 수속에 따른 복잡한 절차에서 벗어날 수 있을 테니 말일세, 안 그런가?"

"그거야 맘대로 하세. 자네와 나는 전혀 닮지 않았지만, 그러나 그런 어설픈 인상 명세서에는 아마도 비슷하게 묘사될걸세. 키 6피트, 갈색 머리, 푸른 눈, 코는 보통, 턱도 보통……."

"무턱대고 그렇게 '보통'이라고 하지 말게. 캐슬스 실렉트 투어 여행사에서는 나의 준수한 용모와 훌륭한 태도를 보고 여러 응모자 가운데서 특별히 나를 채용했거든."

지미는 쓴웃음을 지었다.

"자네의 그 훌륭한 태도는 오늘 아침에 잘 감상했다네."

"제길, 놀리지 말게나."

앤터니는 자리에서 일어나 방 안을 서성거렸다. 눈썹을 가볍게 찌푸리고는 뭔가를 잠시 생각하는 것 같더니, 이윽고 입을 열었다.

"여보게, 지미. 스틸프티치 백작은 파리에서 죽었어. 그런데 자기 원고를 파리에서 아프리카를 거쳐 런던으로 보내려 한 것은 대체 무슨 까닭일까?"

지미도 도저히 이해가 안 간다는 듯이 고개를 설레설레 저었다.

"나도 모르겠어."

"어째서 그 원고를 작게 잘 포장해서 우편으로 보낼 생각을 하지 않은 걸

까?"

"내 생각에도 그렇게 하는 것이 더 도리에 맞는 것 같네만."

앤터니가 다시 말을 이었다.

"물론, 왕이라든가 왕비, 또는 정부 관리들이란 무슨 일이든 간단하고 솔직하게 처리하는 것을 예의에서 벗어나는 일이라고 여기는 작자들이란 걸 나도 익히 알고 있지. 어명을 전달하는 왕의 사자(使者)라든가 등등을 통해서만 입을 열거든. 중세에는 '열려라 참깨'와 같은 마술적인 주문에 버금가는 인장 반지 따위가 절대적인 효력을 나타냈었다더군. 그 반지를 제시하면, '오, 임금님의 반지로군요! 통과하십시오, 나리!' 이렇게 해서 무사 통과하게 되는 거지. 대개는 그 반지를 몰래 훔친 작자가 그걸 이용하기는 했지만. 내가 늘 궁금하게 여기는 것은, 어째서 머리 좋은 친구가 그 반지의 모조품을 한 다스쯤 만들어서 한 개에 백 더컷(옛날 유럽 대륙에서 사용된 금화)씩 받고 팔 생각을 하지 못했을까 하는 것이네. 중세 사람들은 아마도 독창성이 전혀 없었던 모양이야."

지미는 하품을 했다.

"중세 시대에 대한 내 이야기가 자네한테는 별로 재미가 없나 보구먼. 그렇다면, 다시 스틸프티치 백작에 대한 문제로 돌아가세나. 프랑스에서 아프리카를 거쳐 영국으로 보낸다는 것은 아무리 외교적인 명사에 속하는 사람이라고 할지라도 너무 지나친 방법이 아닌가 싶네. 만일에 그가 자네에게 1천 파운드를 정말로 주고 싶었다면, 그 돈을 유언장을 통해서 자네에게 남길 수도 있었을 텐데 말이야. 자네나 나나 유산 받기를 마다할 정도로 대단한 자존심을 가지고 있는 인물도 못 되고, 스틸프티치 백작이 갑자기 노망이 들었던 것은 아닐까?"

"자넨 정말로 그렇게 생각하는가?"

앤터니는 미간을 찌푸린 채 여전히 방 안을 서성거렸다.

"자네, 그걸 조금이라도 읽어 보았나?" 그가 갑자기 물어보았다.

"그거라니? 뭘 말인가?"

"그 원고 말일세."

"원, 세상에. 물론 전혀 읽어 보지 않았지. 대체 뭣 때문에 내가 그런 것을 읽어 보려고 했겠나?"

앤터니는 미소를 지었다.

"그저 궁금했을 따름이야. 그래서 물어본 거지. 회고록 때문에 여러 가지 말썽이 생기는 수가 많다는 건 자네도 알 거야. 극비의 사실 같은 걸 경솔하게 폭로하는 경우가 있거든. 살아 있는 동안은 조개처럼 단단히 입을 봉하고 있는 사람들도, 자신이 무사하게 죽음을 맞이하게 되면 그만 말썽이라도 일으키고 싶은 충동을 강하게 느끼는 경향이 있는 것 같아. 그건 그들에게 일종의 사악한 쾌감 같은 걸 주게 되거든. 이봐, 지미, 대체 그 스틸프티치 백작이란 사람은 어떤 위인이었나? 자네는 그와 직접 대면해서 이야기를 나누어 보았고, 게다가 자네한테는 사람의 본성을 꿰뚫어 볼 줄 아는 훌륭한 혜안도 있지 않은가? 자네가 보기에 그는 복수심이 강한 늙은 악마 같지는 않았나?"

지미는 고개를 저었다.

"뭐라고 말하기가 어려운데. 알겠지만, 처음 만난 그날 밤 그는 분명히 술에 취해 있었고, 다음 날 찾아왔을 때는 기품이 있는 노인으로 너무나 정중한 태도로 감사의 말을 늘어놓아 나로 하여금 정말 몸 둘 바를 모르게 만들었거든."

"그런데 혹시 그가 술에 취해 있을 때 뭔가 흥미를 끌 만한 말을 하지는 않던가?"

지미는 옛 기억을 더듬어 보기라도 하듯 눈썹을 찌푸리고 곰곰이 생각에 잠겼다. 이윽고 다소 자신이 없는 듯한 어조로 말했다.

"그는 자기가 코이누어(1849년 이래 영국 황실이 소장해둔 인도산 다이아몬드. 108캐럿으로 세계에서 가장 큰 다이아몬드)가 어디 있는지 알고 있다고 하더군."

"아, 그거야 누구나 다 아는 사실이 아닌가. 그건 런던탑 속에 보관되어 있어, 맞지? 두꺼운 유리와 철창으로 보호되어 있고, 그 주위에는 아무도 접근할 수 없도록 괴상한 옷을 입고 있는 여러 명의 친구들이 경계를 하고 있지."

"맞아." 지미가 동의했다.

"스틸프티치 백작은 그 밖에 또 그와 비슷한 말을 하지 않던가? 이를테면, 월러스 컬렉션이 어디 있는지 알고 있는지 등등 말일세."

지미는 고개를 저었다.

"흠!"

앤터니는 다시 담배를 피워 물고 방 안을 이리저리 거닐기 시작했다.

"제길, 자네는 도대체 신문도 안 읽나, 이 무식한 친구야?"

그가 내뱉듯이 한마디 했다.

맥그러스는 아무렇지도 않게 받아넘겼다.

"그리 자주 읽는 편은 아니라고 할 수 있지. 대개는 내 흥미를 끌 만한 기사가 전혀 실리지 않거든."

"자네보다는 내가 훨씬 문명화되었다는 데 대해서 하늘에 감사해야겠구먼. 요즘 신문에는 최근 헤르초슬로바키아의 정세에 관한 기사가 가끔씩 보도되는데, 왕정복고의 조짐이 보인다고 하더군."

"니콜라스 4세는 아들이 없지만, 그렇다고 해서 오볼로비치 왕가의 핏줄이 끊겼다고는 생각지 않네. 아마 4촌이나 6촌 등 젊은 친족들이 꽤 많이 남아 있을 걸세."

"그렇다면, 국왕의 후보를 물색하는 데는 아무 어려움도 없겠구먼?"

지미가 대답했다.

"적어도 그런 어려움은 없을 걸세. 그 나라 국민이 이제는 공화제에 대해 싫증을 내고 있다 해도 그리 이상할 것도 없을 거야. 그들처럼 혈기왕성하고 격정적인 민족은 왕정에 익숙해져 있던 터라, 대통령을 제거하는 일이 정말 끔찍할 정도로 흥이 나지 않는 맥빠진 일이란 걸 느끼게 되었을 테니까. 참, 왕 이야기를 하다 보니 생각나는 게 있는데, 그날 밤 스틸프티치 백작이 이런 말도 했었어. 자기를 쫓고 있는 악당들을 알고 있다고 말이야. 그들은 킹 빅터의 부하라고 하더군."

"뭐라고?" 앤터니가 급히 돌아다보았다.

맥그러스의 얼굴에 천천히 미소가 번져 갔다.

"그래, 조금 흥분이 되는가 보구먼, 젠틀먼 조?"

그가 점잔을 빼며 느릿하게 말했다.

"바보 같은 소리 하지 말게, 지미. 자네가 방금 한 말은 상당히 중요한 정보라고."

그는 천천히 창가로 다가가서 밖을 내다보았다.

"그런데 도대체 이 킹 빅터라는 사람은 누군가? 발칸 제국의 왕 중 하나 가?" 지미가 궁금한 표정으로 물었다.

"아니, 그 친구는 그런 국왕이 아니야." 앤터니가 천천히 대답했다.

"그럼 대체 누군가?"

잠시 침묵이 흐르고 나서 앤터니가 입을 열었다.

"그자는 도둑이라네, 지미. 그것도 세계에서 가장 유명한 보석 도둑이지. 참으로 대담하고 신출귀몰한 친구로서, 대적할 상대가 아무도 없다네. 킹 빅터란 파리에서 알려진 그의 별명이야. 파리가 그의 본거지고 경찰이 그곳에서 그를 체포해서는 가벼운 죄상으로 7년간 옥고를 치르게 했지. 그에 대해서 그 이상의 중대한 혐의점을 찾아내지 못했기 때문일세. 머지않아 감옥에서 나오게 될 거야. 아니, 이미 나왔는지도 모르지."

"스틸프티치 백작이 그가 체포되도록 무슨 수작을 부렸던 것은 아닐까? 그것 때문에 그 악당들이 그를 쫓고 있었던 걸까? 복수를 위해서?"

앤터니가 말했다.

"글쎄, 그거야 알 수 없지. 하지만, 겉으로 드러난 사실로 봐서는 그럴 가능성은 별로 없을 것 같구먼. 킹 빅터는 내가 듣기로는 헤르초슬로바키아 왕실의 보석을 훔친 적이 결코 없었으니까. 아무튼, 모든 게 상당히 암시적인 것 같아, 그렇지 않나? 스틸프티치의 죽음, 회고록, 신문지상을 장식하는 여러 가지 소문들, 모두가 모호하기는 하지만, 상당히 흥미있는 일들이야. 게다가 헤르초슬로바키아에서 유전이 발견되었다는 놀라운 소문도 있거든. 여보게, 지미, 어쩐지 사람들이 모두 그 보잘것없는 작은 나라에 대해 관심을 기울이고 있는 게 아닌가 하는 기분을 떨쳐 버릴 수가 없구먼."

"어떤 종류의 사람들이 말인가?"

"이를테면, 영국의 자본가들 말일세."

"도대체 자네 무슨 말을 하려는 거야?"

"간단히 말해서 쉬운 일을 어렵게 만들려 한다는 거지."

"설마하니 원고 뭉치 하나를 출판사에 넘겨주는데 무슨 어려움이 따를지도 모른다는 소리를 할 생각은 아니겠지?"

"아니, 나도 그 일에 무슨 대단한 어려움이 따르리라고는 보지 않아. 아무튼, 이봐, 지미, 내가 그 250파운드가 생기면 어디로 뜰 것 같은가?"

"남아메리카인가?"

"아닐세, 이 친구야. 헤르초슬로바키아로 갈 거라고. 그 공화국을 위해 일할 생각이라네. 결국에는 대통령이 될지도 모르지. 아마 충분히 가능한 이야기야."

"어째서 오볼로비치 왕가의 후예인 양 행세해서 그 나라의 왕이 될 생각은 않는 건가?"

"그건 안 돼, 지미. 왕 노릇은 평생을 해야 하거든. 그에 비해 대통령은 4년 정도밖에는 일하지 않아도 되니까. 헤르초슬로바키아 같은 나라를 한 4년쯤 다스리는 것도 꽤 재미있을 거야."

"그보다는 오히려 왕들의 평균 재위 기간이 더 짧을 텐데."

지미가 반대했다.

"내가 혹시 자네 몫까지 합해서 그 1천 파운드를 몽땅 혼자서 독식하려는 유혹에 빠질지도 모르지. 자네가 금 덩어리를 잔뜩 짊어지고 돌아오게 되면 그깟 1천 파운드쯤은 안중에도 없게 될 테니까. 그러면 내가 자네를 위해서 그 돈을 헤르초슬로바키아의 석유 주식에 투자해 줌세. 이야, 지미, 이거 정말 생각하면 할수록 더욱 재미있어지는데. 자네의 이번 제안이 말이야. 자네가 헤르초슬로바키아에 대해서 언급하지 않았다면, 나도 그런 생각은 결코 하지 못했을 게 아닌가? 좋아, 런던에서 하룻밤만 지내고, 그 상금을 받아서는 곧장 오리엔트 특급열차를 타고 발칸 반도로 직행하겠네!"

"그렇게 서둘러서 떠나지는 말게나. 실은 자네에게 미처 언급하지 못했는데, 한 가지 더 부탁할 일이 있다네. 뭐, 대수롭지 않은 일일세."

앤터니는 풀썩 의자에 주저앉으며 신랄한 눈초리로 그를 쏘아보았다.

"자네가 뭔가 꿍꿍이속을 감추고 있다는 건 벌써 알고 있었지. 이제야 그 음흉한 속을 드러내는구먼."

"절대로 그런 게 아니야. 다만, 어떤 여인을 좀 도와 달라는 것뿐일세."

"한 가지건 두 가지건 간에, 자네의 추잡한 여자 문제와 관계가 있는 일이라면 난 사양하겠네, 제임스"

"이건 내 여자 문제가 결코 아냐. 나는 그 여인을 한 번도 본 적이 없다고 자, 내 모든 사정을 털어놓겠네."

"또 자네의 그 장황한 옛날이야기를 늘어놓을 생각이라면, 우선 마실 것부터 한 잔 주게나."

지미는 그의 요구에 순순히 응해서 칵테일을 한 잔 타 주고 나서 이야기를 시작했다.

"그러니까 내가 우간다에 있을 때였네. 거기서 어떤 짐꾼의 목숨을 구해 준 적이 있었는데……."

"여보게, 지미, 내가 만일 자네라면, '내가 죽음에서 구해 준 사람들'이라는 제목의 책을 한 권 쓰겠네. 이것이 오늘 저녁 자네한테서 들은 두 번째의 인명 구조담이 되겠구먼."

"글쎄, 사실 이번 이야기에서는 내가 눈부시게 활약한 부분이 별로 없었다고 할 수 있지. 단지 강에 빠진 그 친구를 건져 주었을 뿐이니까. 다른 짐꾼들처럼 그도 헤엄을 못 쳤거든."

"잠깐만, 이번 이야기가 아까 그 일과 무슨 관계가 있나?"

"아무런 관계도 없다고 할 수 있네만, 그 친구가 헤르초슬로바키아인이었다는 것이 좀 공교로운 일인 것 같구먼. 우리는 그를 항상 '더치 페드로'라고 불렀지만 말일세."

앤터니는 무표정하게 고개를 끄덕였다.

"어서 계속하게나, 지미."

"그 친구는 그 일에 대해서 무척 고마워하더구먼. 그 뒤로는 충성스러운 개처럼 내 뒤를 졸졸 따라다녔다네. 그러고는 약 6개월 뒤 그는 열병으로 세상을 떠나게 되었고, 내가 그의 임종을 지켜보았던 거야. 그런데 마지막으로 숨을 거두기 전에 손짓으로 나를 부르더니 뭔가 잘 알아들을 수 없는 목소리로 어떤 비밀에 대해서 털어놓았는데, 내 생각에는 금광에 대한 비밀을 말하는 것 같았어. 그러고는 늘 품속에 간직하고 다니던 기름종이에 싼 물건을 건네주더군. 하지만, 그 당시에는 그 물건에 대해서 별로 관심이 없었다네. 그 뒤

1주일이 지나도록 나는 그 봉투를 뜯어보지 않았어. 그런데 솔직히 말해서 갑자기 호기심이 생겼던 거야. 물론 더치 페드로 같은 작자가 설사 금광을 발견했다고 하더라도 그걸 알아볼 만한 지식이 있을 리야 없었겠지만, 혹시나 하는 생각에……."

"그리고 금광이라는 말만 들어도 자네의 심장은 걷잡을 수 없이 마구 뛰었을 테니까." 앤터니가 중간에 끼어들면서 말했다.

"정말 생각만 해도 넌더리가 나는군. 그걸 금광이 아닐까 여겼다니, 원 세상에! 하긴, 그 더러운 자식에게는 그것이 금광이었는지도 모르지. 그래, 그게 뭐였겠나? 어떤 여인의 편지였다네—어떤 여인의 편지였다고. 그것도 영국 여인 말일세. 그 더러운 자식은 그걸로 그 여인을 협박해 왔던 모양인데, 글쎄 뻔뻔스럽게도 그 더러운 물건을 나한테 넘겨 준 거라고."

"여보게, 제임스, 자네의 그 공명정대한 마음씨를 탓할 수야 없지만, 그러나 악당들은 악당다워야 한다는 점을 잊어서는 안 되네. 그는 호의에서 그런 거였다고. 자기 목숨을 살려 준 자네의 은혜에 보답하려고 돈이 생기는 보물단지를 자네에게 선사하고자 한 것이지. 자네 같은 고매한 사고를 하는 영국인들로서는 그런 그의 사고방식을 결코 이해할 수 없을 걸세."

"아무튼, 그 더러운 물건을 대체 어떻게 처치해야 했겠나? 처음에는 불태워 버릴까 하고 생각했지. 그런데 문득 이런 생각이 들게 된 거야. 만일 그걸 불태워 버린다면 그 가엾은 부인은 그것이 없어졌다는 사실도 모르고, 혹시나 그자가 다시 나타나지는 않을까 하는 불안 속에서 살아가게 될 것이 아닌가 하는 생각이 말일세."

"정말 뜻밖에도 자네는 상상력이 풍부하구먼, 지미."

앤터니가 담배를 피워 물면서 한마디 했다.

"확실히 그 문제는 처음에 생각했던 것보다 훨씬 사정이 복잡한 것 같네. 우편으로 그 여인에게 보내면 어떻겠나?"

"그런데 여자들이란 다 그런 모양인지, 그녀도 편지에 날짜라든가 주소 따위는 전혀 적어 놓지를 않았거든. 다만, 한 가지 주소 비슷한 것이 있기는 한데, 침니스라는 말이 있더구먼."

앤터니는 성냥불을 끈다는 것을 그만 잊고 멍청히 있다가, 손가락을 불에 델 지경에 이르러서야 깜짝 놀라며 성냥불을 떨어뜨렸다.

"침니스라고 했나? 그거 정말 놀라운 일인데?"

"왜 그러나? 자네는 그 침니스란 곳을 알고 있나?"

"그곳은 영국에서도 유명한 저택 중 하나라네, 지미. 왕과 왕비들이 그곳에서 주말을 보내기도 하고, 여러 외교관들이 모여서 외교 문제를 토론하기도 하는 곳이지."

"그렇다면, 더더욱 자네가 나 대신 영국에 가 주어야겠구먼. 자네라면 그런 일들에 대해서 잘 알고 있을 테니까." 지미는 순진하게 말을 이었다.

"나처럼 캐나다의 벽지에서 자란 시골뜨기야 온통 실수만 저지르게 될 게 아니겠나? 하지만, 자네처럼 이튼과 해로우 출신의 인텔리라면……"

"그중 한쪽 출신이라네." 앤터니가 겸손하게 말했다.

"어쨌든 자네라면 잘해낼 걸세. 그런데 어째서 우편으로 보내지 않았느냐고 물었었지? 글쎄, 그건 좀 위험할 것 같은 생각이 들어서야. 그 편지 내용으로 미루어 보아서, 그 여인의 남편은 질투가 꽤 심한 사람인 것 같거든. 만일 그가 실수로 그 편지를 뜯어보게 되었다고 생각해 보게. 그때는 그 가엾은 부인이 어떻게 되겠나? 아니면, 그 부인이 이미 죽고 없을지도 모르지. 그 편지들은 상당히 오래전에 쓰인 것 같거든. 그래서 내가 생각할 수 있는 유일한 방법은, 누군가가 그걸 영국으로 가지고 가서 직접 그녀의 손에 전해 주는 것뿐일세."

앤터니는 담배를 비벼끄고 나서 친구에게로 다가가, 그의 등을 다정하게 두드려 주었다.

"여보게, 지미, 자네야말로 참다운 기사일세. 아마 자네의 고향인 캐나다 벽지 사람들도 자네를 자랑스럽게 여길 거야. 나 같은 건 자네의 발밑에도 못 미칠걸세."

"그럼 맡아 주겠나?"

"물론이지."

맥그러스는 자리에서 일어나 서랍을 열고 한 묶음의 편지 더미를 꺼내어 테이블 위에 올려놓았다.

"자, 이걸세. 자네가 한번 살펴보는 게 좋을 거야."

"과연 그럴 필요가 있을까? 내 생각에는 안 보는 편이 좋을 것 같네만."

"글쎄, 그 침니스란 곳이 자네 말대로 그런 곳이라면, 그 여인은 단지 잠시 동안 그곳에 머물렀던 것에 지나지 않을 수도 있지 않겠나? 그렇다면, 혹시 그 여인의 진짜 주소를 알아낼 수 있는 단서를 잡기 위해서라도 이 편지들을 자세히 읽어 보는 게 좋을 것 같은데."

"하긴, 자네 말이 맞는 것 같구먼."

그들은 그 편지들을 자세히 살펴보았지만, 기대했던 단서는 전혀 찾아낼 수가 없었다. 앤터니는 그 편지들을 다시 조심스럽게 정리하며 말했다.

"가엾은 사람, 이 여인은 몹시 겁을 집어먹고 있었겠구먼."

지미는 고개를 끄덕였다.

"그래, 그 여인을 찾아낼 수 있을 것 같은가?"

그가 근심스러운 표정으로 물었다.

"그녀를 찾을 때까지는 영국을 결코 떠나지 않을 생각이네. 이봐, 지미, 자네는 이 미지의 여인에 대해서 무척 관심이 있나 보구먼?"

지미는 그 여인의 서명을 조심스럽게 쓰다듬으며 좀 쑥스러운 듯한 표정으로 말했다.

"정말 예쁜 이름이지 않나? '버지니아 레블'이라니……."

제3장

권력층의 고민

"그러시겠죠, 물론 그러실 거요." 캐터햄 경이 말했다.

그는 벌써 같은 말을 세 번씩이나 반복했고, 그때마다 제발 이 대화를 끝내고 빨리 이 자리를 피했으면 하고 바라는 심정이었다. 그는 자기가 속해 있는 고급 사교 클럽의 돌층계 위에 서서 꼼짝없이 조지 로맥스 장관의 끝없는 웅변을 들어야 하는 것이 정말 끔찍하게 싫었기 때문이다.

클리멘트 에드워드 앨리스테어 브렌트—즉, 캐터햄 후작 9세는 키가 자그마한 신사로, 옷차림마저 초라한 것이 도무지 후작 같은 고귀한 신분의 귀족이라고는 보이지 않는 사람이었다. 흐릿한 푸른 눈에 가늘고 우울해 보이는 코와, 정중하기는 했지만 맥빠진 듯 좀 흐리멍덩한 태도를 보이고 있었다.

캐터햄 경의 생애 중 가장 불행한 사건은 4년 전에 8대째 후작인 형의 뒤를 이어야 했다는 것이다. 선대 캐터햄 경은 전 영국 사람들의 입에 오르내리던 유명한 인물이었기 때문이다. 한때는 영국의 외무상으로서 대영제국의 이익을 위해 밤낮없이 정열을 쏟기도 했으며, 그의 별장 침니스 저택은 손님들에 대한 극진한 대접으로 명성을 떨쳤었다.

침니스 저택의 비공식적인 주말 파티에서 퍼스 공작의 딸인 아내의 유능한 내조를 받아 역사가 이루어지기도 했고 이루어지지 않기도 했는데, 전 영국의 아니, 사실 전 유럽의 명사 중에서 한 번 이상 그의 침니스 저택에서 주말을 보내지 않아 본 사람은 아마도 찾아보기가 어려우리라.

그것은 참으로 훌륭한 업적으로, 9대 캐터햄 후작은 자기 형을 무척이나 존경했고, 또한 늘 형에 대한 추억에 잠기곤 했었다. 그의 형 헨리는 화려하게 일생을 보낸 것이었다. 하지만, 캐터햄 경은 자기 또한 형의 발자취를 따라야 한다는 속박감과, 침니스 저택이 개인의 시골 별장이라기보다는 오히려 국가의 소유물처럼 취급되는 점이 도무지 못마땅하기만 했다. 그에게는 정치보다 따분한 짓거리는 없었다—물론 정치가들도 예외는 아니었지만. 따라서, 그 끝없이 계속되는 조지 로맥스의 장황한 연설로 인해 그의 참을성은 한계에 와 있었던 것이다. 조지 로맥스는 체격이 당당한 건장한 사람으로, 붉은 얼굴에 개구리처럼 눈이 튀어나온, 자기 과시욕이 강한 위인이었다.

"그 점을 아시겠소, 캐터햄? 우리는 지금 어떠한 스캔들도 견뎌 낼 수가 없단 말이오. 극히 위태로운 처지에 놓여 있는 거요."

"그거야 언제는 안 그랬소이까?"

비꼬기를 좋아하는 캐터햄 경이 한마디 했다.

"이보시오, 캐터햄. 나는 모든 걸 알 수 있는 지위에 있는 사람이오."

"그러시겠죠, 물론 그러실 거요."

캐터햄 경이 아까의 방위선으로 물러나며 말했다.

"이번 헤르초슬로바키아 건이 한마디라도 새어나갈 경우에 우리는 끝장나는 거란 말이오. 석유 이권이 영국 회사로 넘어오도록 하는 것은 대단히 중요한 일이에요. 당신도 그걸 잘 아실 텐데?"

"물론, 알고 있소."

"미카엘 오볼로비치 왕자가 이번 주말에 도착하게 되면 침니스 저택에서 사냥 파티를 여는 체하고 모든 일을 성사시킬 수 있을 거요."

"난 이번 주에 외국 여행을 할 생각이었소." 캐터햄 경이 말했다.

"말도 안 되는 소리를. 이보시오, 10월 초에 외국 여행을 나가는 사람이 세상에 어디 있소?"

"내 주치의는 내 건강이 별로 좋지 않다고 생각하는 모양이오."

캐터햄 경은 지나가는 택시를 안타까운 듯 곁눈질로 바라보면서 말했다. 하지만, 그는 도저히 빠져나갈 도리가 없었다. 그건 로맥스에게는 틀림없이 오랜 경험으로 얻은 소산일 테지만, 중요한 이야기를 나누는 동안 상대방을 붙잡고 있는 불쾌한 버릇이 있기 때문이었다. 이번에도, 캐터햄 경의 옷자락을 단단히 움켜쥐고 있었던 것이다.

"이보시오, 내 엄숙히 말하는 바이지만, 국가의 존망이 걸린 위급한 때에 그런 쓸데없는 일에 고집을 부린다면……."

 캐터햄 경은 불안스레 몸을 움직거렸다. 순간 그는 조지 로맥스의 그 지겨운 설교를 장황하게 듣느니보다는 차라리 몇십 번이라도 파티를 열어 주는 편이 훨씬 낫겠다는 생각이 들었다. 로맥스는 잠시도 쉬지 않고 20분 이상을 내리 지껄여댈 수 있는 사람임을 경험을 통해서 잘 알고 있기 때문이었다.

 그가 서둘러 말했다.

 "좋아요, 내 그렇게 하겠소. 허나, 당신이 모든 준비를 해줄 테지요?"

 "이보시오, 달리 준비할 것도 전혀 없어요. 침니스 저택은 그 역사적인 배경은 제쳐 두고라도 참으로 이상적인 장소라 할 수 있기 때문이오. 나는 그곳에서 채 7마일도 안 떨어진 웨스트민스터 사원에 있게 될 거요. 내가 그 파티에 참석하는 것은 별로 바람직하지 못할 테니 말이오."

 "물론 그럴 테지요."

 캐터햄 경은 어째서 그래야 하는 건지도 모르고, 또한 굳이 그 이유를 알고 싶은 생각도 없이 그냥 맞장구쳤다.

 "하지만, 빌 에버슬레이를 부르는 것은 별 상관이 없을 거요. 그러면 심부름을 보내는 등 쓸모가 많을 테니 말이오."

 "그거 좋겠군요." 캐터햄 경은 다소 활기를 띠면서 말했다.

 "빌은 명사수인데다가, 내 딸 번들도 그 사람을 좋아하니까."

 "사격 같은 거야 아무러면 어떻소. 그건 단지 구실에 불과한 거니까."

 캐터햄 경은 다시 맥빠진 표정을 지었다.

 "그렇다면, 그걸로 모두 결정된 셈이로군. 왕자와 그의 수행원, 그리고 빌 에버슬레이. 또 허먼 아이작슈타인……."

 "누구요?"

 "허먼 아이작슈타인이오. 당신한테 말했던 신디케이트(기업 연합) 대표자 말입니다."

 "전 영국 신디케이트?"

 "그렇소만, 그건 왜 묻는 거요?"

 "아니, 아무것도 아니오. 다만, 궁금했을 따름이라오. 그뿐이오."

"그런데 물론 그럴 듯하게 보이기 위해서라도 외부 인사를 몇 명 초대해야 할 거요. 당신 딸 레이디 아일린이라면 거기에 알맞은 사람을 물색해 줄 겁니다. 젊고 사교적이며, 정치 문제 따위에는 전혀 관심이 없는 그런 사람 말이오."

"그런 일은 번들이 다 알아서 처리할 거요."

"아, 그렇지." 로맥스는 갑자기 어떤 생각이 떠오른 모양이었다.

"좀 전에 내가 한 말 생각나시오?"

"당신이 한 말이 어디 한두 가지였소?"

"아니, 그게 아니고, 그 왜 재수 없게 끼어든 사건 말이오."

그는 무슨 큰 비밀이라도 털어놓는 양 목소리를 낮추었다.

"그 회고록, 스틸프티치 백작의 회고록 말이오."

"내 생각에는 당신이 잘못 생각한 것 같은데요."

캐터햄 경이 억지로 하품을 참으며 말했다.

"사람들은 스캔들을 좋아하는 법이오. 제길, 나도 그런 회고록 따위를 즐겨 읽는 편인데, 그런대로 상당히 재미있다오."

"물론 많은 사람들이 그걸 즐겨 읽을 테지만, 문제는 그걸 읽느냐, 읽지 않느냐 하는 게 아니라, 이런 어려운 시기에 그것이 세상에 공개된다면 모든 공로가 다 허사가 된다는 거요. 모든 게 말이오. 헤르초슬로바키아 국민은 왕정이 복고 되기를 바라고 있으며, 또한 우리 영국 정부의 지지를 받고 있는 미카엘 왕자를 옹립할 준비를 하는 이 마당에……."

"그리고 그가 왕좌를 차지하기 위해 필요한 자금인 1백만 파운드가량의 돈을 대부받기 위한 담보로서, 아이작슈타인 회사에 석유 이권을 넘겨 줄 채비도 되어 있고……."

"제발, 이보시오, 캐터햄." 로맥스는 거의 신음하듯 애원조로 속삭였다.

"제발 좀 자중하시오 누가 듣기라도 하면 어쩌겠소. 그러니, 제발 목소리 좀 낮추구려."

상대방의 애원을 받아들여 캐터햄 경은 목소리를 낮추기는 했지만, 다소 흥미가 돋구어진 듯 밝은 어조로 계속 말을 이었다.

"그러니까, 문제는 스틸프티치 백작의 회고록 내용이 그 계획을 망쳐 버릴

지도 모른다 이거로군요? 역대 오볼로비치 왕가의 포악한 전제정치며 부패상 같은 것 때문에 말이오, 응? 그렇게 되면 의회에서 비난이 빗발치듯 하겠지. 어째서 지금의 온건하고 민주적인 정권을 무너뜨리고 대신 전제정권을 세우려 하는 거냐? 정부가 탐욕스런 자본가들 손에 놀아난 결과다. 부패한 내각을 해산시켜라 등등, 그런 것들 말이오. 그렇잖소?"

로맥스는 고개를 끄덕였다.

"그보다 더 사태가 악화할지도 모르오."

그가 여전히 숨죽인 목소리로 말을 받았다.

"만일, 이건 정말 만일의 일이지만, 만일 그 분실 사건, 그 불행한 분실 사건에 대해서도 언급이 되어 있다면, 무슨 말인지 당신도 아실 테지요?"

캐터햄 경은 멍하니 그를 쳐다보았다.

"아니, 무슨 말을 하는 건지 도통 모르겠군요. 그래, 도대체 뭘 분실했다는 거요?"

"당신도 그 일에 대해서 들어보셨을 텐데? 왜, 전에 침니스 저택에서 일어났던 사건 말이오. 당신 형 헨리가 그 일로 해서 어쩔 줄 몰라 했지 않습니까? 그 일 때문에 거의 그의 경력에 종지부를 찍을 뻔했으니까."

캐터햄 경이 다시 물었다.

"정말 궁금하게 만드는구려. 도대체 누가, 아니 무엇이 없어졌다는 게요?"

로맥스는 몸을 구부려 그의 귀에 바싹 입을 갖다댔다. 캐터햄 경은 급히 고개를 피했다.

"아이고 저런."

"무슨 말인지 알아들었소?"

캐터햄 경은 마지못해 하며 대답했다.

"예, 알겠소이다. 당시에 그 일에 대해서 무슨 이야기를 들었던 것이 이제야 생각나는군. 정말 기묘한 사건이었지. 도대체 누구의 짓이었을까? 결국, 밝혀지지 않았지요?"

"그렇소. 물론 우리는 극히 신중을 기해서 그 사건을 다루어야 했지만. 그 분실 사건이 결코 외부에 새어나가지 않도록 해야 했거든요. 하지만, 그 당시 스틸프티치 백작도 그곳에 있었는데, 틀림없이 그는 뭔가를 눈치 채고 있었을 게요. 물론 전체 사정을 알 수는 없었겠지만, 어느 정도까지는 알고 있었던 것이 분명해요. 그런데다가 우린 터키 문제로 해서 한두 번 그와 사이가 벌어진 적도 있었으니 말이오. 만일에 그가 앙심을 품고 그 모든 사실을 회고록 속에 누구나 읽을 수 있도록 적어 놓았다고 생각해 했거든. 아마도 그건 돌이킬 수 없는 엄청난 결과를 몰고 오게 될 거요. 모두 이렇게 말하겠지, 어째서 그 사실을 쉬쉬하고 숨겼었느냐고 말이오."

"그야 당연한 일 아니겠소?"

캐터햄 경은 노골적으로 즐거움을 드러내 보이며 한마디 했다.

자신도 모르게 목소리가 높아졌던 로맥스는 다시 자신을 억제하며 나지막하게 속삭이듯 말했다.

"이러면 안 되는데. 좀 자중을 해야지. 아무튼, 그래 당신은 어떻게 생각하시오? 그가 소동을 일으킬 목적이 아니었다면, 어째서 그렇게 어려운 방법을 택해서 그 원고를 런던으로 보내려고 했겠는가 말이오?"

"그건 확실히 수상하군요. 그런데 당신이 알고 있는 정보가 정확한 거요?"

"그야 물론이지요. 우리는 그러니까, 파리에 정보원을 두고 있단 말이오. 그의 회고록은 그가 죽기 몇 주일 전 은밀하게 빼돌려진 거요."

"그렇군. 확실히 뭔가 수상쩍은 내막이 숨겨져 있는 것 같군요."

캐터햄 경은 다시 예의 은근한 즐거움을 드러내 보이며 말했다.

"우리는 그 원고가 아프리카에 있는 캐나다인인 지미, 아니 제임스 맥그러스란 자에게 보내졌다는 사실을 확인했다오."

"호, 그야말로 국제적인 사건이 된 셈이로군요?"

캐터햄 경이 밝은 목소리로 물었다.

"제임스 맥그러스란 자는 내일 그래나스 캐슬 호 편으로 영국에 도착할 예정이지요. 목요일에 말입니다."

"그래, 당신은 거기에 대해서 어떤 조치를 취할 생각이오?"

"물론 우리는 곧바로 그와 접촉을 가져, 최소한 한 달 정도 그 회고록의 출판을 연기해 달라고 부탁하고, 가능하면 공정한 판단에 따라 내용을 수정할 수 있도록 허락을 구할 생각이오."

"만일에 그가 거절하거나 아니면, '당신이 끝장나는 꼴을 보고 싶소' 하고 말한다면 어쩔 생각이오?"

캐터햄 경이 넌지시 떠보았다.

"그것이 바로 내가 걱정하는 점이오." 로맥스가 솔직하게 털어놓았다.

"그래서 문득 한 가지 묘안이 떠올랐는데, 그자도 침니스 저택으로 오라고 초대하면 어떻겠소? 그렇게 되면 물론, 미카엘 왕자 같은 사람과 함께 초대받았다는 사실에 몹시 기분이 우쭐해질 테고, 따라서 다루기도 한결 쉬워질 거요."

"그건 절대로 안 될 일이오." 캐터햄 경이 서둘러 반대를 하고 나섰다.

"캐나다인과 자리를 함께한다는 것은 결코 있을 수 없는 일이에요, 암 안 되고말고. 게다가, 아프리카에서 대부분을 보낸 사람이라니, 원 세상에!"

"뜻밖에도 멋진 친구일지도 모르잖소. 가공하지 않은 다이아몬드 원석처럼 말이오."

"안 돼요, 로맥스. 나는 절대로 그와 상대하지 않을 거요. 누군가 다른 사람이 그자를 맡아 준다면 혹시 몰라도 말이오."

로맥스가 이마를 탁 치며 말했다.

"참, 문득 생각이 났는데, 여자라면 이런 경우에 쓸모가 많을 거요. 사정을 충분히, 그러나 어느 수준 이상을 알려 주지 않고 말이오. 무슨 말인지 알겠소? 여자라면 그 모든 일을 세심하게 처리할 수 있을 거요. 그리고 재치 있게 그를 막판으로 몰아넣지 않고, 다시 말해 그의 화를 돋우는 일 없이 잘 다룰 수 있을 테니까. 그렇다고 해서 정치 문제에 여자가 끼어드는 것을 찬성하는 건 아니라오. 오늘날 세인트 스티븐의 아내 같은 여인은 전혀 찾아볼 수가 없으니 말이오. 하지만, 여자들도 나름대로 자기가 맡은 분야에서는 훌륭한 일들을 해낼 수 있어요. 헨리의 아내가 그를 얼마나 잘 내조했는지 보시오. 마시아는 정말 유능하고 개성이 뛰어난 여인으로, 참으로 완벽하게 정치가 아내로서의 역할을 해냈거든."

"설마 마시아 형수를 이번 파티에 초청하라는 소리는 아니겠지?"

캐터햄 경은 그 무서운 형수의 이름을 듣자 얼굴에서 핏기를 잃으며 조심스럽게 물었다.

"아니, 그런 게 아니에요. 내 말을 잘 새겨들어야지. 나는 다만, 일반적인 여성들의 영향력에 대해서 말한 거요. 아니, 그보다는 젊고 매력적인, 미인인데다가 똑똑한, 그야말로 재색을 겸비한 여인이라면 어떻겠소?"

"번들은 안 될 거요, 그렇죠? 번들은 그런 일에는 아무짝에도 쓸모가 없을 거요. 그녀는 그런 제안을 받게 되면 아마도 웃음을 금치 못할 겁니다."

"내가 생각한 건 레이디 아일린이 아니라오. 당신 딸은 물론 대단히 매력적이기는 하지만, 아직 너무 어려요. 우리에게 필요한 여인은 좀더 재치가 있고, 기품이 있으며, 세상 물정에 대해서도 얼마간 눈이 뜨인 그런 여인인데, 아, 그래요, 거기에 꼭 알맞은 사람이 있어요. 바로 내 사촌누이인 버지니아 말이오."

"레블 부인?"

캐터햄 경의 얼굴이 밝아졌다. 그는 비로소 그 파티가 즐거운 모임이 될지도 모른다는 생각이 들기 시작했다.

"정말 좋은 생각이오, 로맥스. 그야말로 런던에서도 가장 매력적인 여인이니까."

"게다가, 버지니아는 헤르초슬로바키아 사정에 대해서도 아주 잘 알고 있거든. 남편이 그곳 대사관에서 일한 적이 있으니 말이오. 그리고 물론 굉장히 매력적인 여인이기도 하고."

"정말 마음에 드는 사랑스러운 여인이지."

캐터햄 경이 혼잣말로 중얼거렸다.

"그럼, 그렇게 하기로 합시다."

로맥스 씨가 잡고 있던 옷자락을 놓아 주자, 캐터햄 경은 그 기회를 재빨리 이용했다.

"그럼, 잘 가시오, 로맥스. 모든 준비는 당신이 알아서 해줄 테지요?"

그는 택시 안으로 뛰어들었다.

한 고결한 기독교인 신사가 다른 고결한 기독교인 신사를 싫어할 수 있는 최대 한도까지 캐터햄 경은 조지 로맥스를 싫어했다. 그의 뒤룩뒤룩하게 살진

붉은 얼굴이며, 거친 숨소리, 게다가 툭 튀어나온 푸른 눈 등 어느 한 가지 마음에 드는 것이 없었다.

캐터햄 경은 다가올 그 주말을 생각하자 절로 한숨이 나왔다. 성가신, 참으로 끔찍하게 성가신 일이 아닐 수 없었다. 그런데 문득 버지니아 레블에 생각이 미치자 다소 마음에 위안이 되었다.

그는 속으로 중얼거렸다.

'매혹적인 여인이야. 참으로 사랑스럽고 매혹적인 여인이지.'

제4장

매력 만점의 젊은 부인

조지 로맥스는 곧장 화이트홀(런던의 관청 소재 구역)로 돌아왔다. 그가 막 자신의 호화로운 집무실에 들어섰을 때, 그는 누군가가 허둥지둥 자리를 피하는 소리를 들었다. 빌 에버슬레이는 부지런히 편지들을 정리하고 있었지만, 그러나 창문 가까이에 있는 커다란 팔걸이의자에는 사람의 온기가 남아 있었다.

빌 에버슬레이는 아주 매력적인 젊은이였다. 나이는 대략 스물다섯 살쯤 되었고, 커다란 몸집에 동작은 다소 굼뜨기는 했지만, 애교 만점의 못생긴 얼굴에 놀라울 정도로 하얀 이와 정직해 보이는 갈색 눈을 가지고 있었다.

"리처드슨은 아직 그 보고서를 보내오지 않았나?"

"예, 각하. 그 일에 대해서 그에게 문의를 해볼까요?"

"그럴 필요까지는 없네. 나한테 전화 온 것은 없었나?"

"오스카 양이 대개 전화를 받습니다만, 아이작슈타인 씨가 각하와 내일 사보이 호텔에서 점심을 함께할 수 있겠는지 물어왔었습니다."

"오스카 양에게 내 일정표를 살펴보고, 내일 특별한 약속이 없으면 그에게 전화를 걸어 그 제의를 수락하도록 하라고 하게나."

"알았습니다, 각하."

"그건 그렇고, 에버슬레이, 지금 전화 좀 걸어 주게나. 폰트가(街) 487번지, 레블 부인한테 말일세."

"알았습니다, 각하."

빌은 전화번호부 책을 뒤적여 M자 열을 재빨리 훑어본 다음, 다시 탁하고 닫고는 책상 위에 있는 전화기 쪽으로 다가갔다. 그는 수화기를 들다가, 갑자기 뭔가 생각이 나기라도 한 듯 동작을 멈추었다.

"아 참, 각하, 지금 생각이 났는데, 부인의 전화는 고장이 난 것 같습니다.

조금 전에도 레블 부인한테 전화를 걸어 보았지만, 연결이 되지 않았거든요."

조지 로맥스는 미간을 찌푸리며 말했다.

"낭패로군. 정말 낭패야."

그는 초조한 듯 손가락으로 책상을 두드렸다.

"중요한 일이라면, 각하, 제가 차를 타고 갔다 오도록 하겠습니다. 아마 오전 중 이 시간에는 부인도 집에 계실 겁니다."

조지 로맥스는 결정을 못 하고 잠시 그 문제를 생각해 보았다. 빌은 그렇게 하라는 말만 떨어지면 당장에라도 달려나갈 듯한 태세를 갖추고 있었다.

이윽고 로맥스가 입을 열었다.

"그게 제일 좋은 방법이겠구먼. 좋아, 그러면 자네가 택시를 타고 레블 부인에게 가서 내가 중요한 용건이 있어서 꼭 좀 만나봐야겠는데, 오늘 오후 4시쯤 집에 있을 건지 물어봐 주게나."

"알았습니다, 각하."

빌은 급히 모자를 집어들고 집무실을 나섰다. 그로부터 10분 뒤, 택시는 폰트가 487번지에서 그를 내려 주었다. 그는 초인종을 누르는 한편 손잡이를 계속해서 두드렸다. 엄숙한 표정의 하인이 문을 열어 주자, 빌은 오래전부터 아는 사이인 듯 친숙하게 고개를 끄덕여 보였다.

"잘 있었소, 칠버스. 레블 부인 안에 계신가?"

"계시기는 한데, 선생님, 부인께서는 막 외출하시려는 참인 것 같습니다."

"거기 빌 인가요, 맞죠?"

계단 난간 너머에서 여인의 목소리가 들려왔다.

"그 요란한 문소리를 듣고 당신인 줄 이미 짐작했어요. 어서 올라오세요."

빌은 고개를 들고 자신을 향해 환하게 미소 짓고 있는 얼굴을 올려다보았다. 언제나 그를 아니, 그뿐만 아니라 모든 남성들을 꼼짝 못하게 사로잡아 횡설수설 말 한마디 제대로 못 하게 만들곤 하는 그 얼굴을.

그는 한 번에 두 계단씩 뛰어 올라가, 자기에게 내민 버지니아 레블의 두 손을 놓칠세라 꼭 움켜쥐었다.

"안녕하십니까, 버지니아!"

"오랜만이에요, 빌!"

매력이란 참으로 묘한 것이다. 버지니아 레블보다 훨씬 아름답고 젊은 수백 명의 아가씨 역시 똑같은 억양으로, '오랜만이에요, 빌.' 하고 말할 수 있겠지만, 그런 것들은 그에게 아무런 효력도 나타내지 못할 것이다. 하지만, 버지니아의 입에서 나온 그 두 마디의 말은 빌을 완전히 몽롱하게 만드는 것이었다.

버지니아 레블은 올해 스물일곱 살이었다. 늘씬하고 우아하기 이를 데 없는 자태, 실로 그녀의 그 아름다운 몸매를 형용하는 말만 가지고도 한 편의 시가 되기에 충분하리만큼 그녀의 몸매는 기가 막힐 정도로 우아하고 균형이 잘 잡혀 있었다. 그녀의 머리칼은 그야말로 아련하게 초록빛을 띤 진짜 금발이었고, 단호해 보이는 앙증맞은 작은 턱과, 사랑스러운 오똑한 코, 살포시 내려 감은 듯한 눈꺼풀 사이로 그윽한 수레국화꽃의 영롱한 빛이 반짝이는 푸른 눈. 그리고 한쪽 끝이 보일 듯 말듯 살짝 기울어져 있어서 이른바 '비너스의 미소'라 일컫기에 조금도 부족함이 없는, 너무도 우아하고 매력적인 입술.

정말로 표정이 풍부한 얼굴로, 그녀에게서는 언제나 사람들의 마음을 잡아끄는 일종의 방사선 같은 생기가 발산되고 있었다. 버지니아 레블을 무시하고 고개를 돌리는 일이란 거의 불가능한 일인 듯싶었다. 그녀는 마치 초원 한가운데에 뜻밖에도 아름답게 어우러져 피어 있는 크로커스 꽃밭처럼, 하늘색이며 보랏빛, 초록, 노랑으로 화려하게 꾸며진 작은 응접실로 빌을 끌고 갔다.

버지니아가 다정하게 말했다.

"이봐요, 빌, 당신이 자리에 없으면 외무성의 모든 기능이 마비되는 건 아닌가요? 그들은 당신 없이는 아무 일도 못 할 것 같거든요."

"아니, 떠버리 영감의 전갈을 가지고 온 겁니다."

빌은 건방지게도 자기 상사의 별명을 거침없이 불렀다.

"그런데 참, 버지니아, 혹시라도 나중에 영감이 묻게 되면 오늘 아침 부인 전화가 고장 났었다고 해주십시오."

"아니, 전화는 아무런 이상도 없는데."

"그건 나도 알고 있어요. 하지만, 내가 고장 났다고 했단 말입니다."

"어째서죠? 외무성에서는 참 이상한 식으로 일하나 보군요. 어서 그 까닭을 털어놔 봐요."

빌은 그녀에게 나무라는 듯한 시선을 던졌다.

"그렇게 해야 내가 부인을 뵈러 여길 올 수 있지 않겠습니까."

"어머나, 빌, 어쩜 내가 이렇게 둔하다지! 정말 당신은 너무너무 다정하세요!"

"칠버스 말로는 부인이 외출할 거라고 하던데요."

"그랬죠. 슬론가(街)에 나가려고요. 어서 조지 오빠의 전갈이나 알려줘요."

"영감은 부인이 오늘 오후 4시에 집에 계실지 알고 싶다는군요."

"아마 집에 없을 거예요. 레인라에 있게 될 거예요. 도대체 무슨 이유로 날 만나시겠다는 거죠? 혹시 나한테 프러포즈라도 할 생각일까요?"

"글쎄요, 나도 모르겠군요."

"혹시 그런 일 때문이라면, 그분한테 이렇게 전해 주세요. 난 충동적으로 프러포즈하는 남자를 더 좋아한다고 말이에요. 아시겠죠?"

"나처럼 말입니까?"

"빌, 당신의 프러포즈는 충동적이 아니라 습관적이에요."

"버지니아, 부인은 정말 너무……"

"아니, 안 돼요, 그만, 빌. 점심도 먹기 전인 아침부터 그런 문제에 시달리고 싶지는 않아요. 당신이 흠뻑 빠져 있는 이 버지니아는 이미 사십 줄에 접어든 중년의 마음씨 좋은 어머니 같은 여자라고 생각해 주세요."

"버지니아, 나는 부인을 진정으로 사랑하고 있습니다."

"알아요, 빌, 나도 잘 알아요. 하지만, 나는 단지 사랑받기만을 좋아하거든요. 내가 너무 못돼먹은 여자라고 하겠죠? 나는 세상의 모든 멋진 남성들로부터 사랑받고 싶답니다."

"아마 그 대부분이 당신을 사모할 겁니다." 빌이 우울한 표정으로 말했다.

"하지만, 조지의 사랑은 받고 싶지 않아요. 그리고 조지 오빠가 나를 사랑할 수 있으리라고도 생각지 않고요. 오빠는 자기 출세에 너무 정신이 팔려 있거든요. 그런데 오빠가 그 밖에 또 무슨 말을 했나요?"

"단지 아주 중요한 용건 때문이라고만 하셨습니다."

"어머나, 빌, 슬슬 흥미가 생기는데요. 조지 오빠가 중요하다고 생각하는 일은 정말로 흔치 않거든요. 그럼, 레인라에 가는 일은 그만둘까 봐요. 레인라야 아무 때곤 갈 수 있으니. 조지 오빠한테 가서 4시 정각에 내가 순한 양처럼 기다리고 있겠다고 전해 주세요."

빌은 손목시계를 들여다보았다.

"굳이 점심 전에 돌아가야 할 필요는 없을 것 같은데. 어때요, 버지니아, 나가서 함께 점심식사라도 하는 것이 말입니다."

"그러지 않아도 어디든 가서 점심을 먹으려던 참이었답니다."

"정말 잘 됐군요. 그럼, 오늘 하루는 만사 다 제쳐놓고 느긋하게 보내야겠습니다."

"그거 정말 멋지겠는걸요." 버지니아는 그에게 미소를 지어 보였다.

"버지니아, 당신은 정말 사랑스럽습니다. 말해 주세요, 당신도 나를 좋아하시죠? 다른 그 누구보다 더 말입니다."

"빌, 당신을 정말로 좋아해요. 만일 내가 누군가와 결혼해야 했다면, 그러니까 만일 염라대왕이 나한테, '누군가와 결혼하겠느냐, 아니면 천천히 고문을 당하다 죽겠느냐?' 하고 선택을 하라고 한다면, 아마 생각해 볼 것도 없이 당신을 택할 거예요, 틀림없이."

"그렇다면……."

"그래요, 하지만, 나는 누구와도 결혼할 수 없어요. 그냥 심술궂은 미망인으로 남아 있는 것이 더 좋거든요."

"당신은 결혼한다고 해도 지금과 똑같이 지낼 수 있을 겁니다. 마음대로 돌아다닐 수도 있고 집에 있어도 나에 대해서는 전혀 신경 쓸 필요가 없을 겁니다."

"빌, 당신은 이해하지 못하세요. 나는 만일 결혼을 한다면 아주 열광적으로 할 그런 여자예요."

빌은 허망한 신음 소리를 냈다.

"아마도 그만 권총으로 목숨을 끊어야 할까 봅니다."

그는 우울한 표정으로 중얼거렸다.

"어머나, 빌, 그러면 안 돼요. 당신에게는 예쁜 아가씨를 데리고 저녁식사를 하러 가는 편이 어울릴 거예요. 어젯밤처럼 말이에요."

에버슬레이는 순간 당황을 금치 못했다.

"그, 그러니까, 도로시 커크패트릭을 말씀하시는 거라면, 그녀는 훅 단추 같은 아가씨로, 그게 뭐냐 하면, 한마디로 말해서 아주 고지식하고 훌륭한 아가씨라 할 수 있지요. 그녀와 저녁식사를 한 번 같이 했다고 해서 뭐 안 될 것도 없지 않겠습니까?"

"물론이에요, 빌. 누가 잘못됐다고 했나요? 나도 당신이 재미있게 보내는 걸 좋아한답니다. 하지만, 실연을 당했다고 해서 금방 다 죽어가는 양 허풍을 떠는 것이 못마땅할 뿐이에요."

에버슬레이는 다시 위엄을 회복하며 진지한 어조로 말했다.

"부인은 도무지 이해를 못 하시는군요, 버지니아. 남자들이란……."

"모두 일부다처주의자들이죠! 나도 잘 알고 있어요. 이따금 나는 내가 혹시 일처다부주의자가 아닌지 심히 의심스러울 때도 있답니다. 아무튼, 빌, 당신이 정말로 나를 사랑한다면 어서 점심식사에나 데려가 주세요."

제5장

런던에서의 첫날밤

아무리 완벽한 계획이라 하더라도 종종 허점이 있기 마련이다. 조지 로맥스 역시 한 가지 실수를 범하고 있었는데, 바로 그 준비 과정에 허점이 있었던 것이고, 그 허점이란 다름 아닌 빌이었던 것이다.

빌 에버슬레이는 아주 훌륭한 젊은이였다. 훌륭한 크리켓 선수에다 핸디 O의 골퍼이며, 유쾌하고 상냥한 태도를 지녔지만, 외무성에서의 그의 지위는 우수한 두뇌로 해서 얻은 게 아니라 든든한 연줄 덕에 얻은 것이었다.

그가 하는 일은 그에게 잘 어울렸다. 그는 조지의 충성스런 개와도 같은 존재였다. 무슨 책임을 질 일이라든가, 아니면 머리를 써야 할 일은 전혀 하지 않았다. 그가 할 일은 늘 조지의 곁에서 대기를 하며, 조지가 만나고 싶지 않은 별 볼일 없는 사람들과 면담을 하고, 여러 가지 잔심부름과 그 밖에 그가 소용되는 일에 종사하는 것이었다. 이런 일들을 빌은 충실하게 해냈다.

그는 조지가 부재중일 때는 가장 커다란 의자에 다리를 죽 뻗고 앉아서 스포츠 신문을 읽으며 시간을 보내곤 했는데, 이렇게 함으로써 그는 오래전부터 지켜져 내려온 전통을 충실하게 지켰던 것이다.

빌을 심부름 보내는 일에 익숙해져 있던 조지는 그를 유니온 캐슬 회사에 보내어 그래나스 캐슬 호가 언제 입항하는지 알아보도록 했었다. 그런데 고등교육을 받은 다른 영국의 젊은이들도 대개 그렇듯이 빌 역시 듣기에는 좋으나, 아주 알아듣기 힘든 목소리를 가지고 있었다. 어떤 교사라도 그래나스라고 말하는 그의 발음이 잘못되었다는 것을 알아볼 수 있으리라. 그것은 듣기에 따라 다른 단어로도 들릴 수 있는 발음이었다.

담당직원은 그걸 칸프래라고 들었던 것이다. '칸프래 캐슬' 호는 오는 목요일에 입항할 예정이었기에 그 직원은 그렇게 말했나. 빌은 고맙다고 하고 그곳을 떠났다.

조지 로맥스는 그 정보를 믿고 거기에 따라 계획을 세우게 되었다. 그는 유니온 캐슬 회사의 정기 여객선에 대해서 아는 게 전혀 없었기 때문에, 제임스 맥그러스가 목요일에 도착할 줄로만 믿고 있었던 것이다.

따라서 수요일 오전, 클럽 층계에서 캐터햄 경을 억지로 붙들고 한창 연설을 늘어놓고 있을 때, 그래나스 캐슬 호가 이미 전날 오후에 사우댐프턴(영국 남해안의 도시) 항구에 들어와서 정박하고 있다는 사실을 그가 알았다면 아마 기절초풍하게 놀랐을 것이리라.

지미 맥그러스의 이름을 빌려 여행을 하고 있던 앤터니 케이드는 그날 오후 2시 런던의 워털루 역에서 사우댐프턴에서 오는 입항열차에서 내려 택시를 잡아타고는 잠시 생각해 본 다음, 운전사에게 블리츠 호텔로 가자고 했다.

"어쩌다 한 번쯤은 안락한 생활을 즐겨도 괜찮겠지."

그는 속으로 중얼거리며 흥미있는 눈길로 차창 밖을 내다보았다. 실로 15년 만에 돌아와 보는 런던이었다.

그는 호텔에 도착해서 방을 잡아놓고는 잠시 템스 강변을 거닐었다. 런던에 다시 돌아온 것은 즐거운 일이었다. 물론 모든 게 다 달라졌다. 하지만, 템스 강을 가로질러 놓여 있는 블랙프라이어스 다리를 조금 지나서 있는, 함께 공부하던 친구들과 자주 찾아가서 식사를 하곤 했던 그 조그만 레스토랑은 변함없이 그 자리에 있었다.

그는 다시 호텔로 발걸음을 돌렸다. 그가 막 길을 건너려고 할 때 어떤 남자와 부딪쳐서 그는 균형을 잃고 하마터면 길바닥에 쓰러질 뻔했다. 둘 다 가까스로 중심을 잡고 바로 서게 되자, 그 사나이는 미안하다고 중얼거리면서 앤터니의 얼굴을 확인이라도 하듯이 자세히 살펴보는 것이었다. 키가 작고 딱 벌어진 체격의 노동자인 듯싶은 그 사나이는 어딘지 외국인 같은 인상을 풍기고 있었다.

도대체 뭘 살피려고 그렇게 쏘아보았을까 하고 궁금히 여기며 앤터니는 호텔로 들어섰다. 아마 별 뜻은 없었을 테지. 그의 검게 그을린 얼굴이 아마도 핼쑥한 런던 사람들 속에서 좀 특이하게 보여서 그 친구의 눈길을 끌게 되었으리라. 방으로 올라간 그는 문득 충동적으로 거울 앞에 서서, 그 속에 비친 자신의 얼굴을 살펴보았다. 옛날에 친하게 지내던 몇 안 되는 친구들, 정말로 몇 안 되는 가까웠던 친구들이 지금 이 모습대로 마주치게 된다면 과연 자기를 알아볼 수 있을까? 그는 고개를 설레설레 저었다.

그가 런던을 떠난 것은 겨우 열여덟 살밖에 안 되었을 때로, 포동포동하고 볼이 발그레한 장난꾸러기 천사 같은 표정을 짓고 있는 해맑은 소년이었다.

그 소년이 지금의 다갈색 얼굴에 괴상한 표정을 떠올리고 있는 사나이와 같은 인물이라는 것을 알아볼 사람은 아무도 없을 것 같았다.

그때 침대 곁에 있던 전화기가 울려서 앤터니는 수화기를 집어들었다.

"여보세요!"

접수계 직원의 목소리가 들렸다.

"제임스 맥그러스 씨죠?"

"그렇소만."

"어떤 신사분이 찾아오셔서 뵙고자 하는데요."

앤터니는 깜짝 놀랐다.

"나를 만나고 싶다고?"

"그렇습니다, 선생님. 외국 분이십니다."

"이름이 뭐라고 하오?"

잠시 사이를 두었다가 다시 접수계 직원이 말했다.

"보이에게 그분의 명함을 올려 보내 드리겠습니다."

앤터니는 수화기를 내려놓고 기다렸다. 잠시 뒤 문 두드리는 소리가 나고, 조그만 보이가 쟁반에 명함을 한 장 얹어 들고 나타났다. 앤터니는 그 명함을 집어들었다. 거기에는 다음과 같은 이름이 인쇄되어 있었다.

'Baron Lolopretjzyl(롤로프레티질 남작)'

그는 그때야 그 접수계 직원이 대답을 못 하고 우물쭈물하던 까닭을 알 것 같았다. 잠시 그 명함을 들여다보며 서 있다가, 이윽고 그는 마음을 결정했다.

"그 신사분을 올려 보내게."

"알았습니다, 선생님."

잠시 뒤 롤로프레티질 남작이 그 방으로 안내되어 들어왔다. 덩치가 큰 사람으로 커다란 부채 모양의 검은 콧수염을 기르고, 이마가 높게 벗겨져 있었다. 그는 발뒤꿈치를 소리 내어 붙이고는 깍듯하게 인사를 했다.

"맥그러스 씨." 그가 말했다.

앤터니는 가능한 한 그의 동작을 흉내 내려고 애썼다.

"남작이시군요." 앤터니는 의자를 끌어당겼다.

"자, 이리 앉으십시오. 처음 뵙지요?"

"그렇습니다."

남작은 자리에 앉았다. 그러고는 다시 정중하게 덧붙였다.

"전에 서로 알지 못했다는 것이 정말 유감이 아닐 수 없군요."

"나 역시 그렇게 생각합니다만."

앤터니는 같은 말투로 답례했다.

다시 남작이 말했다.

"그럼, 본론으로 들어가도록 하지요. 나는 런던 주재 헤르초슬로바키아 왕정 지지파의 대표입니다."

"틀림없이 훌륭한 일을 하고 계실 테지요."

앤터니가 대충 얼버무리며 말했다.

남작은 그 겉치레 말에 공손히 머리를 숙여 보인 다음, 짐짓 점잔을 빼며 말했다.

"그렇게 봐 주신다니 정말 고맙군요, 맥그러스 씨. 그러면 숨기는 것 없이 모두 털어놓겠습니다. 황공하옵게도 우리의 가장 자비로우신 군주 니콜라스 4세 황제께서 참혹한 최후를 마치신 이후로 단절되었던 왕정을 복고시킬 시기가 드디어 찾아온 겁니다."

"아멘." 앤터니가 중얼거렸다.

"아무렴, 그렇게 되어야지요. 참으로 경사스러운 일입니다."

"영국 정부의 전폭적인 지지를 받고 있는 미카엘 황태자 전하께서 왕위에 오르시게 될 겁니다."

"놀랍군요. 이렇게 찾아오셔서 그 일을 알려 주시다니 정말 영광이 아닐 수 없습니다."

앤터니가 황송하다는 듯이 말했다.

"모든 준비가 빠짐없이 갖추어졌는데, 다만, 당신이 말썽의 불씨를 안고 이곳에 오게 된 겁니다."

남작은 엄한 눈초리로 그를 노려보았다.

"아니, 그게 무슨 소리요, 남작?"

앤터니가 불만스러운 어조로 항의했다.

"아, 알아요, 알고 있습니다. 내가 무슨 말을 하는 건지 말입니다. 당신은 고 스틸프티치 백작의 회고록을 갖고 있지 않습니까?"

남작은 비난하는 듯한 눈초리로 앤터니를 쏘아보았다.

"아니, 내가 그걸 갖고 있다고 하더라도, 대체 그 회고록이 미카엘 왕자와 무슨 관계가 있습니까?"

"그 회고록으로 인해 쓸데없는 스캔들이 야기될 테니 말입니다."

"회고록이란 대개 그런 법이 아닙니까?"

앤터니가 그를 달래듯 말했다.

"하지만, 백작은 수많은 비밀을 알고 있었습니다. 그중에서 4분의 1만 폭로한다고 하더라도, 아마 전 유럽은 순식간에 전쟁의 소용돌이 속으로 말려 들어가게 될 겁니다."

"설마하니, 이보시오, 그렇게까지 사태가 악화되기야 하겠습니까? 그건 너무 지나친 과장이오."

앤터니가 고개를 저으며 말했다.

"적어도 오볼로비치 왕가에 대해서 불리한 평판이 널리 퍼지게 될 겁니다. 민주주의가 바로 영국을 대표하는 정신이니까요."

앤터니가 다시 말했다.

"그 오볼로비치 왕가가 이따금 폭정을 한 것만은 틀림나 보군요. 그건 일종의 혈통 때문일 겁니다. 하지만, 영국 국민은 발칸 제국 사람들에게 그런 면이 있다는 것을 당연하게 여기지요. 어째서 그런지는 모르겠지만, 아무튼, 영국인들은 그렇게 여긴답니다."

"당신은 모를 겁니다. 아마도 전혀 이해가 안 갈 테지요. 아, 그걸 어떻게 말씀드려야 할지."

남작은 길게 한숨을 내쉬었다.

"도대체 정확히 말해서 뭘 걱정하시는 겁니까?"

앤터니가 고개를 갸웃하며 물었다.

"그 회고록을 읽어 보기 전까지는 나도 알 수가 없는 노릇이지요."

남작이 솔직하게 털어놓으며 말을 이었다.

"하지만, 뭔가 중요한 내용이 담겨 있으리란 것만은 확실합니다. 백작처럼 위대한 외교가들이란 늘 입이 가벼운 법이거든요. 쉽게 말하자면, 공든탑이 일순간에 무너질 수도 있다는 겁니다."

앤터니가 친절하게 말했다.

"이보시오, 남작. 당신은 일을 너무 비관적인 시각으로만 보시는 것 같군요. 나는 출판사들에 대해서 잘 알고 있는데, 그 친구들은 마치 암탉이 달걀을 품듯이 그냥 죽치고 앉아 원고를 썩히기 일쑤지요. 그 원고가 출판되기까지에는 아마 적어도 1년은 걸릴 겁니다."

"당신은 아주 지능적이거나, 아니면 매우 단순한 사람일 거요. 그 회고록은 지금 당장에라도 어느 일요신문에 게재될 수 있도록 만반의 준비가 되어 있는 형편입니다."

"저런, 그렇습니까?" 앤터니는 다소 뜻밖이었다.

"하지만, 그렇다고 해도 당신들이 그 모든 내용을 부인해 버리면 되지 않겠습니까?"

그가 희망적으로 말했다.

남작은 서글프게 고개를 저었다.

"그만, 그런 말 같지도 않은 소리는 그만두십시오. 이제 우리 본론으로 들어갑시다. 당신은 그 원고를 전달하는 대가로 1천 파운드를 받기로 되어 있지요, 그렇지 않습니까? 아시겠지만, 그 일에 대해서는 벌써 정보를 입수하고 있습니다."

"과연 왕정파의 정보기관은 정말 유능하군요."

"그렇다면, 나는 당신에게 1천 5백 파운드를 제시하겠습니다."

앤터니는 깜짝 놀라며 상대방을 물끄러미 쳐다보다가, 유감이라는 듯이 고개를 저었다.

"그렇게는 안 되겠군요." 그가 말했다.

"좋습니다. 그럼, 2천 파운드면 되겠습니까?"

"정말 구미가 당기는 말씀이로군요, 남작. 하지만, 역시 그 제안은 받아들일 수가 없습니다."

"그렇다면, 당신이 값을 부르십시오."

"남작은 내 입장을 이해하지 못하는가 보군요. 물론 나도 당신들이 천사들의 편에 서 있고, 또한, 이 회고록이 당신네 정치 생명에 치명적인 손상을 줄 수도 있다는 것을 진심으로 믿고 싶은 심정입니다만, 그러나 그렇다고 하더라도 일단 내가 그 일을 맡은 이상, 나에게는 그 일을 끝까지 완수해야 할 책임이 있는 겁니다. 아시겠습니까? 나는 결코 나에게 일을 맡긴 사람의 반대편 사람에게 매수될 수는 없습니다. 그런 일은 도저히 있을 수 없어요."

남작은 주의 깊게 그의 이야기를 끝까지 들어주었다. 이윽고 앤터니의 이야기가 끝나자 남작은 거듭해서 고개를 끄덕여 보였다.

"알았습니다. 그것이 영국 신사가 지켜야 할 명예라는 거로군요?"

앤터니가 말했다.

"우리는 그런 식으로 표현하지 않습니다. 하지만, 그 어휘가 좀 다르기는 해도 의미야 같은 것이지요."

남작은 자리에서 일어서며 엄숙한 어조로 말했다.

"영국인의 명예를 존중해 주어야 할 테지요. 우린 다른 방법을 찾아봐야겠습니다. 그럼, 좋은 아침이 되시기를. 안녕히 계십시오."

그는 발뒤꿈치를 딸각하고 부딪치며 정중하게 인사를 하고는 꼿꼿이 선 자세로 당당하게 그 방을 떠났다.

앤터니는 조용히 생각해 보았다.

'대체 그게 무슨 뜻일까? 일종의 협박일까? 그런 롤리팝(사탕 과자) 같은 노인네는 전혀 두렵지 않아. 좋아, 지금부터는 그 사람을 롤리팝 남작이라고 불

러야겠구먼.'

그는 다음에 어떤 행동을 취해야 할지 결심이 서지 않아 방 안을 이리저리 서성거렸다.

원고를 넘겨 줄 기한은 아직도 1주일 이상 남아 있었다. 오늘은 10월 5일이었다. 앤터니는 마감일 전에 그 원고를 넘겨 줄 생각은 없었다. 솔직히 말해서 그 원고를 읽어 보고 싶은 생각이 굴뚝같았기 때문이었다.

그는 배를 타고 오는 도중에 읽어 보려고 했지만, 열병 증세로 시달려 꼼짝없이 침대 신세를 져야 했기에, 더구나 타이프로 친 것도 아닌 꼬불꼬불 제멋대로 휘갈겨 쓴 글씨여서 도무지 읽어 볼 엄두가 나지 않았었다. 그러나 지금은 그 원고에 대체 무슨 내용이 적혀 있길래 그토록 야단법석을 떠는 것인지 알아봐야겠다는 결심이 더욱 단단해졌다.

그 밖에도 또 다른 일이 있었다. 문득 여기에 생각이 미치자 그는 전화번호부 책을 집어들고 레블이라는 이름을 찾아보았다. 하지만, 레블이라는 이름은 여섯이나 되었다.

할리가(街)의 외과의사인 에드워드 헨리 레블.

마구상 제임스 레블 상회.

햄스테드 애보트버리 맨션의 레녹스 레블.

얼링이란 주소에 사는 메리 레블 양.

폰트가 487번지의 티모시 레블.

캐드건 스퀘어 42번지의 월리스 레블 부인.

이 중에서도 마구상과 메리 레블 양은 제쳐두고 나머지 넷만 조사하면 됐지만, 그러나 그 부인이 꼭 런던에서 살고 있으리라고 여길 만한 근거는 전혀 없었던 것이다. 그는 잠시 고개를 젓고 나서 전화번호부 책을 덮었다.

"당분간은 운에 맡길 도리밖에 없지. 대개 보면 갑자기 무슨 단서가 잡히기 마련이니까."

그는 혼잣말로 중얼거렸다.

이런 점에 있어서 앤터니 케이드의 행운은 어느 정도 거기에 대한 그 자신의 신념에 기인한다고도 볼 수 있으리라. 앤터니는 불과 30분도 안 돼서, 무심코 화보를 뒤적거리다가 자신이 찾고 있는 것을 발견하게 되었던 것이다.

그것은 퍼스 공작부인이 주최한 어떤 자선 연극에 대한 기사였는데, 중앙에 동양풍의 드레스를 입고 있는 한 여성의 사진 밑에 다음과 같은 말이 쓰여 있었다.

'클레오파트라역의 티모시 레블 부인. 레블 부인은 결혼 전에 에지바스튼 경의 영애인 버지니아 코스론 양이었다.'

앤터니는 한동안 그 사진을 들여다보다가, 마치 휘파람이라도 불듯이 천천히 입술을 오므렸다. 그러고는 그 페이지를 뜯어내어 가지런히 접은 다음, 주머니 속에 집어넣었다. 그는 다시 위층의 방으로 올라가서 옷가방을 열고는 그 편지 뭉치를 꺼냈다. 그러고는 주머니에서 아까의 그 페이지를 꺼내어 편지 묶음 속에 끼워 넣었다.

그때, 갑자기 뒤에서 무슨 소리가 들려 그는 급히 돌아다보았다. 앤터니의 눈에는 희극 오페라의 합창단에나 나올 듯싶어 보이는 한 사나이가 문 입구에 서 있었다. 흉악한 인상에, 짐승처럼 찌부러진 머리와, 귀밑까지 찢어진 입에는 사악한 웃음을 흘리고 있었다.

"도대체 당신 여기서 뭘 하고 있는 거야? 아니, 대체 누가 당신을 올려 보낸 거냐고?"

앤터니가 불쾌한 표정으로 물었다.

"내가 오고 싶어서 온 거지."

낯선 사나이가 대답했다. 비록 그의 영어는 상당히 정확했지만, 그래도 어딘지 외국인 같은 발음에다 목구멍에서 그르렁거리는 듯한 목소리였다.

또 외국인인가 하고 생각하며 앤터니는 불쾌한 어조로 소리쳤다.

"아무튼, 이 방에서 썩 나가. 내 말 알아듣겠냐?"

그 사나이의 눈은 앤터니가 들고 있는 그 편지 묶음에 고정되어 있었다.

"내가 얻고자 하는 것을 나한테 넘겨주면 순순히 돌아가지."

"자네가 원하는 것이 무엇인가?"

그 사나이는 한 걸음 더 가까이 다가섰다.

"스틸프티치 백작의 회고록이다."

그가 쇳소리를 내며 말했다.

"그걸 손에 넣으려는 생각일랑 일찌감치 버리시지. 아예 꿈도 꾸지 말라고. 아무리 봐도 자네는 꼭 연극에 나오는 악당 같구먼. 자네 연기가 정말 마음에 들었어. 그래, 대체 누가 자네를 여기 보냈나? 롤리팝 남작인가?"

앤터니가 물었다.

"남작……?"

그 사나이는 귀에 거슬리는 쉬쉬 소리를 내며 내뱉듯이 되물었다.

"오, 그래, 그것이 자네들이 말하는 방식인가, 응? 이건 그야말로 개가 으르렁거리는 것인지, 아니면 짖어대는 것인지 분간이 안 가는구먼. 나라면 도저히 흉내도 못 낼 것 같은데, 내 목젖은 그런 소리를 낼 수 있도록 되어 있지 않아서 말이야. 아무튼, 나는 그를 롤리팝이라고 부르겠다. 그래, 그자가 너를 보냈지, 그렇지 않은가?"

하지만, 그에게 돌아온 것은 격렬한 방식으로 표현된 부정의 대꾸였다. 이 방문자는 아주 현실적인 방법으로 침을 퉤 하고 뱉음으로써 대답을 대신했던 것이다. 그러고는 주머니에서 종이 한 장을 꺼내어 테이블 위에 던지며 한마디 했다.

"자, 이거나 봐라, 이 빌어먹을 영국인 녀석아! 아마도 오금이 저리도록 겁날 거다."

앤터니는 상당히 흥미를 가지고 그것을 보았지만, 그자의 말대로 오금이 저리거나 하지는 결코 않았다. 그 종이 위에는 사람의 손 모양이 붉은색으로 조잡하게 그려져 있었다. 그러고는 그가 한마디 던졌다.

"뭐, 사람의 손 같구먼. 하지만, 네 녀석이 이걸 보고 북극의 해지는 광경이라고 우기더라도, 내 기꺼이 그렇다고 해줄 용의는 충분히 있지."

"그건 바로 '레드 핸드' 당원의 표시다. 이 몸이 바로 레드 핸드 당원의 일원이라는 말이다."

"저런, 진작에 그런 말을 하지 않고."

앤터니는 아주 흥미있는 눈초리로 그를 살펴보았다.

"그런데 다른 당원들도 모두 자네같이 생겼나? 글쎄, 그 문제에 대해서 우생학회에 한 번 문의해 봐야 할지 어떨지 모르겠는데."

그 사나이는 화가 나서 으르렁거리며 말했다.

"개 같은 자식. 아니, 네 녀석은 개만도 못한 놈이야. 타락한 전제 군주한테 영혼을 팔아먹은 노예 자식! 어서 그 회고록을 내놔. 그러면 네놈의 목숨만은 살려 주지. 그런 점에서 우리 레드 핸드 당은 무척 자비롭다고."

앤터니가 말했다.

"호, 정말 자네들은 친절한 것 같구먼. 그런데 내 생각에는 자네와 자네 친구들이 뭔가 잘못 알고 있는 것 같아. 내 임무는 그 원고를 전해 주는 것인데, 그건 자네의 친절한 당이 아니라, 어떤 출판사에 전해 줄 거라네."

"하하!"

상대방은 큰소리로 웃음을 터뜨렸다.

"네놈이 살아서 그 출판사에 갈 수 있을 거라고 생각하나? 정말 어리석기 짝이 없는 소리구먼. 자, 빨리 그 원고를 내놔. 그렇지 않으면 네 녀석 가슴에 구멍이 날 테니."

그는 주머니에서 권총을 꺼내어 위협적으로 휘둘렀다. 하지만, 그는 앤터니 케이드를 잘못 보고 있었다. 생각과 동시에, 아니, 생각보다 더 빨리 행동을 할 수 있는 사람을 다루어 보지 못했던 것이다.

앤터니는 권총이 들이대질 때까지 그대로 내버려 두지 않았다. 상대가 권총을 꺼내는 것과 거의 동시에 앤터니는 몸을 날려 상대의 손을 내리쳤다. 그 일격은 상대방의 몸을 빙그르르 돌게 만들어, 적에게 등을 보이게 하였다.

그 좋은 기회를 앤터니가 놓칠 리가 없었다. 전력을 다해 정확하게 상대의 등을 걷어차자, 그자는 문지방에서 복도까지 날아가 꼴사납게 죽 뻗어 버리고 말았다.

앤터니가 그 사나이의 뒤를 쫓아 복도로 나갔지만, 그 용맹스러운 레드 핸드 당원도 그만 기가 꺾였는지, 허겁지겁 일어나서 쏜살같이 달아나 버렸다. 앤터니는 그를 뒤쫓지 않고 다시 방으로 돌아왔다.

"레드 핸드 당원 문제는 이걸로 해결된 듯싶은데."

그가 중얼거렸다.

"극적인 방법으로 나타나기는 했지만, 직접 맛을 보여 주었더니 맥없이 달아나 버리는구먼. 그런데 도대체 그 녀석은 어떻게 들어왔을까? 아무튼, 분명하게 밝혀진 사실 중 하나는 이번 일이 애초에 내가 생각했던 것처럼 그렇게 호락호락하게 해결되지 않으리란 거야. 벌써 나는 왕정파와 공화정파 양쪽 모두한테서 시달림을 받았단 말씀이야. 머지않아 민족주의자들과 독립 자유당에서도 대표자를 보내올지도 모르겠는데. 한 가지는 분명해졌지. 당장 오늘 밤부터 그 원고를 읽어 봐야겠어."

손목시계를 들여다보니 거의 9시가 다 되어서, 앤터니는 그냥 방에서 식사를 하기로 마음을 먹었다. 또다시 예기치 않은 손님이 찾아올 것 같지는 않았지만, 그래도 조심하는 게 좋을 것 같다는 생각이 들었다. 만에 하나라도 아래층 식당에 있는 동안 옷가방을 도둑맞게 되는 비극을 겪고 싶은 생각은 결코 없었다. 그는 벨을 눌러 메뉴를 가져오라고 하고는 요리 두 가지와 보르도 포도주 한 병을 주문했다. 웨이터는 주문을 받고 곧 물러갔다.

식사가 나오기를 기다리는 동안, 그는 회고록 원고 뭉치를 꺼내서 편지 묶음과 함께 테이블 위에 올려놓았다.

이윽고 노크 소리가 나고는, 웨이터가 작은 테이블 위에 식사를 차려서 가지고 들어왔다. 앤터니는 벽난로 쪽으로 성큼성큼 걸어가서는, 등을 보인 채 멈추어 서서 무심코 바로 앞에 있는 거울을 힐끗 들여다보다가 기묘한 것을 발견하게 되었다.

웨이터의 눈이 꼼짝 않고 원고 뭉치에 못 박혀 있었던 것이다. 이윽고 그는 추호도 움직이지 않는 앤터니의 등을 곁눈질로 살피면서 소리없이 테이블 주위를 돌았다. 그자는 미미하게 손을 떨면서 입술이 타는지 혀로 입술을 핥고 있었다. 앤터니는 좀더 자세히 그를 관찰했다.

훤칠한 키에, 모든 웨이터들이 다 그렇듯이 낭창낭창한 몸매를 하고, 깨끗이 면도를 한 민감한 표정의 얼굴을 갖고 있었다. 프랑스인은 아니고, 이탈리아인인 것 같다고 앤터니는 생각했다.

결정적인 순간에 앤터니는 갑자기 몸을 돌렸다. 웨이터는 약간 움찔하기는 했지만, 곧 태연하게 소금 단지를 만지작거리는 체했다.

"자네 이름이 뭔가?"

앤터니가 퉁명스럽게 물었다.

"쥐제페입니다, 무슈."

"이탈리아인인가, 응?"

"그렇습니다, 무슈."

앤터니가 그에게 이탈리아어로 말하자, 그자는 유창하게 대답했다. 이윽고 앤터니는 그를 고갯짓으로 물리치고는, 그 쥐제페란 자가 차려온 훌륭한 음식을 들면서 이리저리 생각해 보았다.

자신이 잘못 생각한 것일까? 원고 뭉치에 대한 쥐제페의 관심은 단지 일반적인 호기심에 지나지 않았던 것은 아닐까? 물론 그럴 수도 있겠지만, 그러나 그자의 격렬한 흥분으로 인해 팽팽히 긴장되어 있던 모습을 보건대, 앤터니는 그러한 생각을 포기하기로 했다. 아무튼, 그는 머리가 혼란스러웠다.

앤터니는 속으로 중얼거렸다.

'제길, 모든 사람이 다 그 망할 놈의 원고를 노릴 수는 없는 노릇 아니겠나. 아마도 내가 지나치게 상상을 하는 모양이야.'

식사가 끝나고 식탁을 내가자, 그는 회고록을 읽는데 열중했다. 스틸프티치 백작의 필체가 워낙 엉망이어서 그 일은 영 진도가 더디기만 했다. 정말 이상할 정도로 앤터니는 자꾸만 하품이 나왔다. 결국, 제4장까지 읽고는 그만 더 이상 읽는 걸 포기했다. 그때까지 읽은 부분에서는 무슨 스캔들이 될 만한 내용이라고는 전혀 찾아볼 수도 없고, 그저 넌더리가 날만큼 지루한 회고록이라는 사실밖에는 알아낸 것이 없었다.

그는 테이블 위에 이리저리 흐트러져 있던 편지와 원고를 차근차근 정리해서 다시 옷가방에 집어넣고 자물쇠를 잠갔다. 그러고는 문을 잠그고, 다시 예방 조치로서 의자를 문에 기대어 놓았다. 게다가, 의자 위에는 욕실에서 가져온 물병을 올려놓기까지 했다.

이런 장치를 자랑스러운 듯 살펴보며, 그는 옷을 벗고 침대에 들었다. 그러고는 다시 스틸프티치 백작의 원고를 꺼내 읽기 시작했지만, 곧 눈꺼풀이 무거워지는 것 같아 원고를 베개 밑에 집어넣고 나서, 전등 스위치를 내리고는 이내 잠이 들었다.

그가 깜짝 놀라 잠에서 깬 것은 그로부터 한 네 시간쯤 지났을 무렵이었다. 무엇 때문에 잠을 깨게 되었는지는 알 수 없었지만, 아마도 무슨 소났을 들었거나, 아니면 항상 모험으로 가득 찬 생활을 해옴으로써 저절로 터득하게 된 위험에 대한 직감 때문이었는지도 모른다.

잠시 동안 그는 온몸의 신경을 곤두세우고 꼼짝 않고 누워 있었다. 아주 희미한 옷자락 스치는 소리가 들리고 나서, 자신과 창문 사이에, 곧 옷가방 옆의 방바닥에 시커먼 그림자가 웅크리고 있다는 것을 알게 되었다.

갑자기 침대에서 튀어 일어나며 앤터니는 전등 스위치를 올렸다. 그러자 옷가방 옆에서 몸을 웅크리고 있던 자가 깜짝 놀라며 뛸 듯이 벌떡 일어났다.

그것은 웨이터 쥐제페였다. 그의 오른손에는 날이 길고 가느다란 나이프가 번뜩이고 있었다. 그자는 곧장 앤터니에게 달려들었지만, 그때는 이미 앤터니도 위험을 충분히 인식하고 있었다. 앤터니는 빈손이었고, 쥐제페는 자신의 손에 들린 그 나이프의 사용에 완전히 숙달되어 있는 것이 분명했다.

앤터니가 재빠르게 옆으로 비켜서자, 쥐제페의 나이프는 목표물을 잃고 빗나갔다. 다음 순간, 두 사람은 한데 얽혀서 바닥에 나둥그러졌다. 앤터니는 온 힘을 다해 쥐제페의 오른팔을 비틀어 나이프를 쓰지 못하도록 했다. 그러고는 천천히 그 팔을 뒤로 꺾었다. 그 순간 그는 그 이탈리아인의 다른 손이 자신의 숨통을 힘껏 움켜쥐고는 강하게 조르기 시작해 숨이 막혀 오는 것을 느끼게 되었다. 하지만, 여전히 그는 필사적으로 그자의 오른팔을 뒤로 꺾었다.

이윽고 쨍그랑하고 쇳소리를 내며 나이프가 바닥에 떨어졌다. 동시에 그 이탈리아인은 앤터니의 손아귀에 잡혀 있던 손목을 비틀어 빼내며 재빠르게 벗어났다. 앤터니 역시 잽싸게 몸을 일으켰지만, 상대방의 퇴로를 차단하고자 문 쪽으로 달려간 것이 그만 실수였던 것이다. 의자와 물병이 원래의 자리에 그대로 있다는 사실을 알았을 때는 이미 때가 늦었다.

쥐제페는 창문을 통해서 들어왔던 것이고, 지금 그가 달려간 곳도 바로 창문 쪽이었다. 그는 앤터니가 문쪽으로 달려가는 그 틈을 이용해서 창문을 통해 발코니로 뛰어내려, 다시 옆 발코니로 건너가서는 그곳 창문을 통해 사라져 버렸다. 이제 그를 추적해 봐야 아무런 소용도 없다는 것을 앤터니도 잘 알고 있었다. 빠져나갈 길을 충분히 마련해 두었음이 틀림없기 때문이다. 그를 뒤쫓아봐야 고생을 자초하는 꼴이 되고 말 테니 말이다.

그는 침대로 들어가 베개 밑에 손을 집어넣고 회고록을 꺼냈다. 다행히도 그 회고록은 옷가방 속이 아니라 베개 밑에 있었던 것이다. 그는 편지 묶음을 꺼내어 볼 생각으로 옷가방 옆으로 가서 안을 들여다보았다. 그리고는 나직하게 신음 소리를 냈다. 그 편지 묶음이 없어진 것이다.

제6장

부드러운 협박

버지니아 레블이 건전한 호기심으로 인해 약속 시간을 지키려고 폰트가의 집으로 돌아온 것은 4시 5분 전이었다. 가지고 있던 열쇠로 문을 열고 홀 안에 들어선 그녀는 곧 무표정한 얼굴을 한 칠버스와 마주치게 되었다.

"저, 죄송합니다만, 마님, 그러니까……, 어떤 분이 마님을 뵙자고 찾아오셨는데……."

하지만, 그 순간, 버지니아는 칠버스가 차마 직접적으로 표현하지 못하고 은근히 속뜻을 담아 묘하게 표현하는 것에 전혀 주의를 기울이지 않았다.

"로맥스 오빠가? 어디 계시지? 응접실에 계셔?"

"오, 아닙니다, 마님. 로맥스 나리가 아닙니다."

칠버스의 어조에는 좀 안타깝다는 듯한 기색이 담겨 있었다.

"어떤 남자인데―저는 그 사람을 들여놓지 않으려고 했지만, 그 사람 말이 몹시 중요한 일이 있다고, 돌아가신 대위님과 관계가 있는 일이라고 하는 것 같아서요. 마님이 그 사람을 만나고 싶어 하실 거라고 생각해서, 저는 그 사람을 서재에서 기다리게 했습니다만."

버지니아는 그 자리에 서서 잠시 동안 생각에 잠겼다. 그녀는 미망인이 된 지 벌써 여러 해가 지났고, 사실 남편에 대한 이야기는 좀처럼 하려 들지 않았는데, 그런 그녀의 담담한 태도를 보고 어떤 사람들은 아직도 그 슬픔의 상처가 아물지 않았기 때문이라고 했고, 혹은 버지니아가 팀 레블을 진정으로 사랑한 적이 결코 없었기 때문에 마음에도 없는 슬픔을 굳이 드러내 보이고자 하는 것은 속이 들여다보이는 가식에 지나지 않는다는 사실을 알고 있기 때문에 그러는 것이라고 말하기도 했다.

칠버스가 계속 말을 이었다.

"저, 미처 말씀드리지 못했습니다만, 마님, 그 남자는 외국인인 것 같습니다."

버지니아의 관심이 좀 높아졌다. 그녀의 남편은 외교관이었고, 헤르초슬로바키아의 왕과 왕비가 충격적으로 살해되기 바로 직전까지 그들 부부는 함께 헤르초슬로바키아에서 지낸 적이 있었다. 지금 찾아온 이 사람은 혹시 헤르초슬로바키아인으로, 그 뒤 불행한 나날을 보내야 했던 옛날의 신하일지도 모르는 일이었다.

"잘했어요, 칠버스." 그녀는 가볍게 고개를 끄덕였다.

"어디에다 모셨다고 했지? 서재에?"

그녀는 가볍고 경쾌한 걸음걸이로 홀을 지나 식당 옆에 붙어 있는 조그만 방문을 열었다.

손님은 벽난로 옆에 있는 의자에 앉아 있었다. 그녀가 들어서자 그는 의자에서 일어나 그녀를 쳐다보았다. 버지니아는 사람들의 얼굴을 기억하는데 아주 뛰어난 기억력을 가지고 있었고, 따라서 즉시 그가 전에 한 번도 만나본 적이 없는 사람이란 것을 확신할 수 있었다.

큰 키에 검은 머리, 그리고 유연해 보이는 체격을 가진 사람으로, 한눈에도 외국인이라는 것을 알아볼 수 있었지만, 슬라브계 인종은 아닌 것 같았다. 그녀는 이탈리아인이거나, 아니면 아마 스페인일 거라고 생각했다.

그녀가 물었다.

"나를 찾아오셨다고요? 내가 바로 레블 부인이에요."

그 사나이는 한동안 대답을 하지 않았다. 마치 그녀의 값어치를 자세히 재보기라도 하려는 듯 찬찬히 그녀를 살펴보았다. 그런 그의 태도에는 건방진 기색이 숨겨져 있다는 것을 그녀는 재빨리 감지할 수 있었다.

"어서 용건을 말씀하세요."

그녀는 다소 짜증스러운 기색을 보이며 말했다.

"당신이 정말 레블 부인입니까? 티모시 레블 부인이 맞습니까?"

"그래요, 방금 그렇게 말씀드리지 않았나요?"

"좋습니다. 부인께서 나와의 대면을 이렇게 허락해 주신 것은 정말 잘하신 일입니다, 레블 부인. 그렇지 않았다면, 아까 부인의 집사한테도 말한 것처럼, 부인의 남편과 이 일에 대해서 얘기할 수밖에 없었을 테니까요."

버지니아는 깜짝 놀라며 그를 쳐다보았지만, 문득 어떤 알 수 없는 충동이 막 입술을 비집고 나오려는 말을 못 하게 가로막았다. 그녀는 냉담하게 다음과 같이 말함으로써 자신도 만족할 수 있었다.

"그건 좀 어려울 거예요."

"나는 그렇게 생각지 않습니다. 이래 봬도 아주 끈질긴 사람이랍니다. 아무튼, 요점으로 들어가도록 하죠. 아마 부인도 이것을 알아보실 테지요?"

그는 손에 들고 있던 것을 자랑이라도 하듯 흔들어 보였다. 버지니아는 별로 흥미가 없다는 표정으로 그것을 바라보았다.

"이게 뭔지 아시겠습니까, 부인?"

"편지 같군요." 하고 대답하며, 버지니아는 자기가 상대하고 있는 이 사내가 아무래도 머리가 돈 게 틀림없다고 확신했다.

"그리고 아마 부인은 이 편지가 누구한테 보내진 것인지도 아실 겁니다."

그 사나이는 그 편지를 그녀에게 내밀며 의미심장하게 말했다.

"물론 나도 읽을 수 있어요." 하고 말하며, 버지니아는 그에게 상냥한 어조로 읽어 주었다.

"받는 사람의 주소는 파리시(市) 케넬가(街) 15번지로, 오네유 대위 앞으로 되어 있군요."

그 사나이는 자기가 발견하지 못한 어떤 것을 그녀의 얼굴에서 찾아내려는 듯 탐욕스러운 시선으로 그녀의 표정을 살피고 있었다.

"편지 내용을 한번 읽어 보시지요, 레블 부인."

버지니아는 그 편지를 받아서 안에 들어 있는 내용물을 꺼내어 대충 훑어본 다음, 안색을 굳히며 곧바로 다시 그에게 넘겨주었다.

"이건 개인적인 편지예요. 물론 나더러 읽어 보라고 쓴 편지는 더욱더 아닐 테고."

그 사나이는 비웃기라도 하듯이 냉랭하게 웃음을 터뜨렸다.

"부인의 그 놀라운 연기에는 정말 감탄을 금치 못하겠습니다, 레블 부인. 정말이지 완벽한 연기를 하시는군요. 하지만, 이 서명만은 결코 부인하시지 못할 거요!"

"서명이라뇨?"

버지니아는 그 편지를 다시 살펴보고는 깜짝 놀라 그만 할 말을 잊고 말았다. 그 서명은 아름다운 필체로 버지니아 레블이라고 되어 있었던 것이다. 그녀는 터져 나오려는 놀람의 탄성을 억지로 되삼키고는, 다시 처음부터 그 편지를 자세하게 읽어 보았다. 그 편지의 성격은 그 사나이가 대체 뭘 바라고 있는 것인지를 분명하게 알려 주고 있었다.

다시 그가 말했다.

"어떻습니까, 부인? 그것은 부인의 이름이 틀림없지요?"

버지니아가 말했다.

"오, 그래요. 내 이름이 맞아요."

"하지만, 내 필적은 아니에요." 하고 덧붙여야 했을지도 모른다. 그러나 그 대신 그녀는 그 방문객에게 매혹적인 미소를 지어 보이며 달콤한 목소리로 이렇게 말했다.

"우리 앉아서 함께 이 일에 대해 차근차근 의논해 보는 것이 어떻겠어요?"

그는 어리둥절한 모양이었다. 아마도 그녀가 이런 식으로 나오리라고는 전혀 예상치 못했기 때문인 것 같았다. 그는 본능적으로 그녀가 자기를 조금도 두려워하지 않는다는 것을 직감할 수 있었다.

"우선 말이죠, 나는 당신이 어떻게 나를 찾아낼 수 있었는지 알고 싶어요."

"그건 쉬운 일이었지요."

그는 주머니에서 그 화보에서 뜯어낸 페이지를 꺼내어 그녀에게 넘겨주었다. 앤터니 케이드가 이 자리에 있었다면 그것을 금방 알아보았을 것이다.

그녀는 그것을 보고 나서 미간을 가볍게 찌푸리고는 다시 그에게 돌려주며 말했다.

"과연 그렇겠군요. 정말 아주 쉬운 일이었겠어요."

"물론 부인도 잘 아실 테지만, 편지는 이것뿐만이 아니랍니다, 레블 부인. 이것 말고도 여러 통이 있지요."

다시 버지니아가 말했다.

"어머나, 세상에. 난 정말 너무도 조심성이 없는 것 같아요."

다시 그녀는 자신의 밝은 어조가 그를 당황하게 만들었다는 사실을 알 수 있었다. 이제 그녀는 정말로 신이 나서 그 일을 즐기고 있었다. 그녀는 그에게 달콤한 미소를 지어 보이며 말을 계속 이었다.

"아무튼, 일부러 날 찾아와서 그 편지를 돌려주신다니 정말 당신은 너무도 친절한 분이세요."

목청을 가다듬기라도 하려는 듯 그는 잠시 헛기침을 두어 번 해본 다음, 이윽고 아주 의미심장한 어조로 입을 열었다.

"나는 가난한 사람입니다, 레블 부인."

"어머나, 그러시다면 당신은 틀림없이 누구보다도 쉽게 천국에 들어가실 수 있을 거예요. 나는 언제나 그런 이야기를 들어왔거든요."

"나는 이 편지들을 그냥 아무 대가도 없이 부인께 드릴 수는 없습니다."

"저런, 아마도 당신은 뭔가 잘못 알고 계신 모양이에요. 그런 편지들은 바로 그걸 쓴 사람의 소유물이랍니다."

"법률적으로는 그렇게 될지 몰라도, 부인, 하지만, 이 나라에서는 이렇게들 말하지요. '물건을 가지고 있는 자가 임자다.'라고 말입니다. 그렇다면, 부인은 이 문제를 법의 힘에 호소하실 생각인가요?"

"법은 공갈 협박범들에게는 아주 엄격하답니다."

버지니아는 그에게 타이르듯 말했다.

"이봐요, 레블 부인. 나는 바보 멍텅구리가 아니에요. 나는 이 편지들을 읽어 보았는데, 한 여인이 자기 애인한테 보낸 편지로, 그 사실이 남편에게 발각당할까 봐 몹시 두려워하는 내용의 편지도 있더군요. 부인은 내가 이 편지들을 부인 남편께 보여 드리기를 바라십니까?"

"당신은 한 가지 가능성을 미처 생각해 보지 않았나 보군요. 그 편지들은 벌써 여러 해 전에 쓴 거예요. 어쩌면 그 이후로, 내가 미망인이 되었을지도 모르는 거 아니에요?"

그는 자신을 가지고 힘차게 고개를 저었다.

"그렇다면, 말입니다, 정말 부인이 아무것도 두려울 게 없다면 말입니다, 부인은 이처럼 나와 마주 앉아서 이야기를 나누고 있지는 않을 겁니다."

버지니아는 미소를 지었다.

"도대체 얼마를 원하는 거죠?" 그녀는 사무적인 태도로 물었다.

"1천 파운드를 내신다면 그 편지들을 고스란히 돌려 드리겠습니다. 물론 내가 요구하는 액수는 너무도 초라한 금액이지만, 아시다시피 나도 이런 일은 별로 좋아하지 않거든요."

"1천 파운드라니, 그만한 액수는 도저히 줄 수가 없어요."

버지니아는 딱 잘라 말했다.

"부인, 거기서는 한 푼도 깎을 수 없습니다. 1천 파운드입니다. 그러면 그 편지들을 부인 손에 넘겨 드리겠습니다."

그녀는 곰곰이 생각에 잠겼다.

"잠시 생각해 볼 시간을 주시겠어요? 그렇게 많은 돈을 구하기란 결코 쉽지 않으니까."

"그렇다면, 선금 조로 조금, 한 50파운드 정도만 미리 주신다면 다음에 다시 찾아뵙도록 하지요."

버지니아는 시계를 올려다보았다. 4시 5분, 벨 소리가 나는 것 같았다.

그녀는 서둘러 말했다.

"좋아요. 그러면 내일 다시 오세요. 하지만, 오늘보다는 좀 늦게, 한 6시쯤 오도록 하세요."

그녀는 벽과 마주 보고 서 있는 책상으로 가서 서랍을 열고, 지폐를 아무렇게나 한 움큼 꺼냈다.

"한 40파운드쯤 될 거예요. 이거면 되겠지요?"

그는 낚아채듯 그 돈을 받아들었다.

"자, 이제 어서 돌아가 주세요."

그는 순순히 그 방을 물러났다. 열려 있는 문을 통해서 버지니아는 홀에 서 있다가 막 칠버스의 안내를 받아 위층으로 올라가는 조지 로맥스의 모습을 볼 수 있었다. 현관문이 닫히자, 버지니아는 그를 불러 세웠다.

"이쪽으로 오세요, 조지 오빠. 칠버스, 이 방으로 차를 내오도록 해요, 알았죠?"

그녀는 두 개의 창문을 모두 활짝 열어젖혔다. 방 안으로 들어온 조지 로맥스는 그녀가 꼿꼿이 몸을 세우고 바람결에 머리칼을 날리며 눈을 깜빡이고 있는 모습을 보게 되었다.

"조금 있다가 창문을 닫을게요. 방 안의 공기를 바꿔야 할 것 같아서요. 혹시 홀에서 그 협박꾼을 보지 못했나요?"

"뭐라고?"

"협박꾼요, 조지 오빠. 협—박—꾼 말이에요. 남을 위협해서 돈을 긁어내는 악당 말이에요."

"세상에 원, 버지니아, 농담이 너무 지나친 것 같구나!"

"어머나, 농담하는 게 아니에요. 정말이라고요."

"그렇다면, 그자가 협박을 하려고 여길 찾아왔었다는 거냐?"

"나를 협박하려고요, 오빠."

"아니, 버지니아, 네가 무슨 떳떳치 못한 일이라도 저지른 게냐?"

"아니에요. 공교롭게도 일이 그렇게 된 거지, 나는 아무런 잘못도 하지 않았어요. 그 사람이 나를 다른 사람과 혼동한 거죠."

"물론 경찰에 전화했을 테지?"

"아뇨, 전화는 하지 않았어요. 오빠는 내가 그렇게 했어야 한다고 생각하시나 보군요."

"글쎄다······." 조지는 자못 심각한 표정이었다.

"아니, 아니야, 그렇게는 생각지 않아. 아마도 네가 현명하게 처신을 한 걸게다. 쓸데없이 사건에 말려들어 증언을 하게 될지도 모르는 일이니까. 아마도 증언대에 서서······."

버지니아가 재빨리 그의 말을 가로챘다.

"어머나, 나는 한번 그래 봤으면 좋겠어요. 법정에 출두해서 말이에요. 신문이나 잡지에 씌어 있듯이 정말로 판사들이 저속한 농담이나 하는지 내 눈으로 직접 보고 싶거든요. 그건 정말 가슴 뛰는 경험일 거예요. 언젠가 한번 잃어버린 다이아몬드 브로치를 찾기 위해 바인가(街)에 간 적이 있었는데, 정말로 기막히게 멋진 형사가 있었어요. 이제껏 내가 본 중에서 가장 멋진 사람이었어요."

조지는 언제나처럼 본 화제와 직접적인 관계가 없는 말은 그냥 무시해 버렸다.

"그런데 그 악당한테는 어떤 조치를 취했지?"

"음, 조지 오빠, 나는 말이에요, 그가 마음대로 하도록 그냥 내버려 두고 싶거든요."

"뭘 말이야?"

"나를 협박하는 거 말이에요."

조지의 놀라는 표정이 너무도 심각하게 보여서 버지니아는 그만 자기도 모르게 아랫입술을 깨물었다.

"그러니까, 네 말은, 다시 말해서, 그자가 지금 하는 짓이 오해에서 비롯된 것이라는 사실을 깨우쳐 주지 않을 생각이라는 말이냐?"

버지니아는 고개를 살래살래 저으면서 곁눈질로 그의 표정을 흘끔 살펴보았다.

조지가 다시 말했다.

"이런 세상에! 버지니아, 머리가 좀 어떻게 된 게 아니냐?"

"물론 오빠한테는 그렇게 보일지도 모르죠."

"네 머리가 이상한 게 아니라면, 어째서 그런 짓을 하도록 그냥 내버려 두겠다는 게냐? 도대체 그 까닭이 뭐냐?"

"물론 거기에는 몇 가지 이유가 있죠. 우선은 그가 아주 멋진 방법으로 그 일을 하려고 했거든요. 그 협박을 하는 방법 말이에요. 나는 정말로 솜씨를 다해서 아름답게 작업을 하는 예술가를 훼방 놓고 싶지는 않아요. 그리고 다음에는, 오빠도 알겠지만 나는 여태껏 한 번도 협박 같은 걸 받아 본 적이 없어서……."

"구태여 그런 불쾌한 일을 겪을 필요는 없지 않니?"

"하지만, 나는 그게 어떤 기분인지 알고 싶었단 말이에요."

"허 참, 네 속은 도무지 알 수가 없구나, 버지니아."
"물론 오빠는 결코 이해하지 못하실 거예요."
"그 작자한테 돈을 주지는 않았겠지?"
"주었어요, 아주 조금요."
버지니아는 변명이라도 하듯이 얼굴을 붉히며 말했다.
"얼마냐?"
"40파운드."
"버지니아!"
"조지 오빠, 그건 이브닝드레스 한 벌 값밖에 되지 않아요. 새 드레스를 살 때와 마찬가지로 새로운 경험을 사는 것 역시 즐거운 일이에요. 아니, 그보다 더 흥분되는 일이죠."

너무도 기가 막혀 조지 로맥스는 다만, 고개만 휘휘 내젓고 있었는데, 그때 마침 칠버스가 찻주전자를 들고 나타나서 그는 자신의 감정을 터뜨리지 않아도 되게 되었다. 차가 들어오자, 버지니아는 익숙한 솜씨로 그 무거운 찻주전자를 다루며, 다시 그 문제에 대해서 말하기 시작했다.

"그리고 오빠, 나한테는 또 다른 동기가 있었어요. 더욱 고상하고 훌륭한 동기 말이에요. 우리 여자들은 대개 고양이처럼 심술궂다고들 하지만, 나는 오늘 오후에 다른 여자를 위해 좋은 일을 해주었다고 할 수 있어요. 그 사내는 굳이 또 다른 버지니아 레블을 찾아보려고 하지는 않을 거예요. 왜냐하면, 이미 봉을 잡았다고 믿고 있을 테니까요. 가엾게도 그 불쌍한 여인은 그 편지를 쓸 당시 몹시 겁을 먹고 있었나 봐요. 그 협박꾼 선생은 아마도 이번 일은 누워서 떡 먹기라고 여겼을 거예요. 하지만, 그자는 자기의 상대가 결코 만만한 존재가 아니란 걸 모르고 있거든요. 나는 아무 부끄러움 없이 살아온 내 입장을 최대한도로 살려서 그자가 다른 짓거리를 못 하도록 가지고 놀 생각이에요. 꾀를, 조지 오빠, 갖은 꾀를 다 써서 말이에요."

여전히 조지는 고개를 젓기만 했다.

"아무래도 나는 마음이 놓이질 않아. 도무지 네 생각에 찬성하고 싶지가 않구나."

"아이 참, 오빠도. 걱정하지 마세요. 그런데 오빠는 그런 협박꾼 얘기나 들으려고 오신 건 아닐 테죠? 대체 무슨 일로 날 찾아오신 거예요? 정답은 '그대를 만나러!'겠죠. 그대라는 말을 특히 강조하며 깊은 의미를 담고 그녀의 손을 다정하게 잡으면서 말이에요. 그 그대가 두껍게 버터를 바른 머핀을 먹고 있을 경우에는 할 수 없이 눈으로 대신해야 할 테지만."

조지가 진지한 어조로 말했다.

"맞아, 나는 너를 만나러 왔다. 그리고 네가 혼자 있어서 정말 다행이구나."

"어머나, 오빠, 이건 너무 갑작스러워요. 아, 찌르르하고 전기가 통하는 것 같아요."

"한 가지 부탁하고 싶은 일이 있어서. 버지니아, 나는 언제나 네가 아주 매력이 넘치는 여인이라고 생각하고 있거든."

"어머나, 오빠도 참!"

"거기다가 지적인 여성이기도 하고!"

"정말인가요? 하기야, 제대로 된 남자라면 다들 그렇게 생각하지만."

"실은, 버지니아, 내일 한 젊은 친구가 영국에 도착하는데, 네가 그 사람을 만나주었으면 해서 말이다."

"좋아요, 오빠. 하지만, 그건 오빠의 개인적인 생각일 뿐이에요. 그 점을 분명히 아셔야 해요."

"네가 마음만 먹는다면 너의 그 넘치는 매력을 충분히 발휘할 수 있을 거라고 나는 확신한다."

버지니아는 고개를 한쪽으로 갸웃했다.

"하지만, 오빠, 나는 직업적으로 '매력'을 발휘하지는 않는다는 걸 아셔야 해요. 상대방이 내 마음에 들고 또한, 상대방도 나를 좋아할 때만 나도 내 매력을 마음껏 과시할 수 있는 거예요. 세상에, 내가 무슨 재주로 아무런 흥도 없이 처음 만난 사람을 매혹시킬 수 있겠어요. 그런 일은 할 수 없어요, 오빠, 그건 정말로 안 돼요. 그런 일이라면 나보다 훨씬 잘해낼 수 있는 직업적인 요부들이 있잖아요."

"그건 당치도 않은 생각이야, 버지니아. 문제의 그 젊은이는 캐나다인으로,

이름은 맥그러스라고 하는데……."

"아마도 스코틀랜드계의 캐나다인인가 보군요."

"아마 영국 상류사회의 관습에 대해서는 전혀 경험이 없을 거야. 그래서, 나는 진짜 영국 숙녀의 세련된 매력을 그에게 맛보게 하고 싶은 거지."

"나를 말씀하시는 거예요?"

"물론이지."

"어째서죠?"

"무슨 말이지?"

"어째서냐고 물었어요. 설마하니 영국에 상륙하는 모든 캐나다 떠돌이 사내들한테 진짜 영국 숙녀의 매력을 선전하고자 하시는 건 아닐 테고, 도대체 진짜 속셈은 뭐죠, 오빠? 진짜 목적이 뭐예요? 속된 말로 해서, 그렇게 함으로써 오빠는 무슨 이득을 얻게 되느냐 말이에요."

"그게 너와 무슨 상관이 있을지 모르겠는데, 버지니아."

"어째서 그래야 하는지 그 이유와 목적을 알기 전까지는 하룻밤 동안 한 사내를 홀리고 싶은 생각이 들지 않을 것 같아요."

"넌 정말 묘한 표현을 하는구나, 버지니아. 혹시라도 다른 사람이 들으면 오해를……."

"멋대로 생각하라지요! 어서요, 오빠, 조금이라도 더 자세한 내막을 알려 주세요."

"버지니아, 실은 요즈음 정세가 약간 심상치 않은 동유럽의 한 나라와 관계가 있는 일이야. 그것은 중요한 문제인데, 어떤 밝힐 수 없는 이유로 해서 이……, 그러니까, 맥그러스라는 친구에게 헤르초슬로바키아의 왕정을 복고시키는 일이 유럽의 평화를 위해서 절대적으로 필요하다는 사실을 인식시켜야 하기 때문이지."

버지니아가 냉정하게 말했다.

"유럽의 평화니 뭐니 하는 소리는 다 시시한 얘기예요. 하지만, 나는 언제나 왕정을 절대 지지하는 입장인데, 특히 그 헤르초슬로바키아 국민처럼 혈기가 끓어 넘치는 사람들에게는 더욱 왕정이 필요하다고 생각해요. 그렇다면, 헤르초슬로바키아 정부에 왕을 옹립하려는 거죠? 그래, 누구를 추대할 건가요?"

조지는 그 질문에 대해 대답을 하고 싶지 않았지만, 그러나 그 질문을 피할 수 있는 뾰족한 수가 떠오르질 않았다. 이 대화는 그가 애초에 계획했던 거와는 영 다른 방향으로 진행되고 있었다. 그는 버지니아가 예쁜 기계인형처럼 온순하게 자기 말에 따르며, 약간의 힌트라도 줄라치면 그저 고맙게만 받아들이고 난처한 질문 같은 것은 일절 하지 않을 거라고 예상했었다.

그러나 그런 예상은 완전히 빗나간 것이었다. 그녀는 이번 일에 대해서 하나도 빠짐없이 알아야겠다고 단단히 마음을 먹은 것 같았고, 반면에 여자들의 분별력에 대해 뿌리깊은 불신감을 품고 있는 조지는 어떻게 해서든 그녀가 그 내막을 알지 못하게 할 결심이었다. 그는 사람을 잘못 골랐던 것이다. 버지니아는 결코 그의 기호에 맞는 여인이 아니었다. 사실, 까딱하면 그녀는 심각한 문제를 일으킬 소지도 갖고 있었다. 그 협박꾼을 다룬 그녀의 솜씨는 그에게 심각한 우려를 불러일으키기에 충분했다. 심각한 문제를 조금도 진지하게 다루려고 하지 않는 도무지 신뢰할 수 없는 여인인 것이었다.

"미카엘 오볼로비치 왕자야."

그는 버지니아가 자기 입만 쳐다보며 대답을 기다리고 있는 것을 보자 할 수 없이 대답했다.

"하지만, 그 이야기는 제발 그만 하기로 하자."

"조지 오빠, 그건 말도 안 돼요. 그런 얘기라면 이미 신문에서도 여러 가지로 다루고 있고, 대부분의 기사에서 오볼로비치 왕가에 대한 평판을 좋게만 다루며, 살해된 니콜라스 4세를 마치 순교한 성인이나 영웅처럼 묘사하고 있어요. 삼류 여배우한테 정신이 팔렸던 그 어리석은 사내를 말이에요."

조지는 그만 눈살을 찌푸렸다. 그는 버지니아의 도움을 받고자 한 것이 잘못이라는 생각이 더욱 확고해졌다. 일이 이렇게 된 이상, 그녀로부터 빨리 도망치는 수밖에 달리 도리가 없을 것 같았다.

"맞아, 버지니아, 네 말이 옳다."

그는 서둘러 말하며, 그녀에게 작별을 고하기 위해 자리에서 일어났다.

"이런 부탁을 하지 말았어야 하는 건데. 하지만, 우리는 그 캐나다인이 이 헤르초슬로바키아의 정세에 대해 우리와 의견이 같기만을 간절히 바라고 있으며, 더욱이 그 맥그러스라는 사람은 저널리스트 계에서 막강한 영향력을 가지고 있다고 알고 있거든. 그래서, 열렬한 왕정 지지자이며, 또한 그 나라에 대해서 상당한 지식을 가지고 있는 버지니아가 그를 만나게 되면 뭔가 유익한 결과를 얻게 되지 않을까 하고 생각한 거지."

"그게 진짜 이유인가요?"

"물론이지. 하지만, 버지니아는 그가 마음에 들지 않을 거야."

버지니아는 잠시 그를 말끄러미 바라보더니, 갑자기 웃음을 터뜨리며 말했다.

"조지 오빠, 오빠는 영 형편없는 거짓말쟁이에요."

"버지니아!"

"형편없어요. 그것도 완전히! 만일 내가 오빠만큼 경험을 쌓았다면, 그것보다는 훨씬 잘할 수 있었을 거예요. 적어도 믿을 만한 거짓말을 궁리해 냈을 거예요. 하지만, 그렇다고 하더라도 나는 금방 알아볼걸요, 가엾은 조지 오빠! 그 점에 대해서는 믿으셔도 좋아요. 수수께끼에 싸인 맥그러스 씨라. 이번 주말에 침니스 저택에 가게 되면, 뭔가 단서를 잡게 될지도 모르겠군요."

"침니스 저택에? 너도 거기 갈 생각인가?"

조지는 마음의 동요를 감출 도리가 없었다. 캐터햄 경이 그 초대장을 아직 보내지 않았다면 당장에라도 그에게 달려가서 말리고 싶은 심정이었다.

"번들이 오늘 아침 전화를 해서 나더러 내려오라고 했거든요."

조지는 최후의 노력을 기울여 보았다.

"틀림없이 지루한 파티일 거야. 버지니아, 너한테는 맞지 않을 걸, 아마."

"가엾은 조지 오빠. 어째서 나를 믿고 진실을 털어놓지 않는 거죠? 지금이라도 아직 늦지 않았어요."

조지는 그녀의 손을 잡았다가 도로 맥없이 놓아 주었다. 그러고는 얼굴 하나 붉히지 않고 냉담한 어조로 천연덕스럽게 말했다.

"나는 진실을 말했다."

"이번에는 그래도 좀 낫군요."

그녀는 그 말을 인정하듯 한마디 하며 다시 말을 이었다.

"하지만, 아직도 충분치 않아요. 좀 기운을 내세요, 오빠. 나는 틀림없이 침니스 저택에 내려가서, 오빠 말대로 '넘치는 매력'을 한껏 발산할 테니까요. 아, 인생이 갑자기 너무도 즐거워진 것 같아요. 처음에는 협박꾼, 그리고 다음에는 외교적인 골칫거리를 잔뜩 안고 있는 조지 오빠. 아, 과연 그는 부디 자기를 믿어 달라고 간청하는 그 아름다운 여인에게 모든 것을 털어놓을 것인가? 아니, 그는 최후의 순간까지 무엇 하나 누설하지 않으리라. 안녕, 조지 오빠. 가시기 전에 마지막으로 한 번 상냥한 미소를 보여 주실 수는 없나요? 안 되나요? 오, 조지 오빠, 뭐 그런 일 가지고 그렇게 골을 내세요!"

조지가 무거운 걸음걸이로 현관문을 나서자마자, 버지니아는 한달음에 전화기 쪽으로 달려갔다. 이윽고 신청한 전화번호가 연결되자, 그녀는 레이디 아일린 브렌트를 바꿔 달라고 했다.

"번들? 나, 내일 침니스 저택에 내려갈게요. 뭐라고요? 따분할 거라고? 아니, 그렇지 않을 거예요. 이봐요, 번들, 사나운 말들이 나를 그냥 내버려 둘 것 같아요! 그럼, 내일 만나요!"

맥그러스, 초대를 거절하다

편지 뭉치가 없어졌다! 일단 그것이 없어졌다는 사실을 확인하게 되자, 그는 그 사실을 받아들일 수밖에 다른 도리가 없었다. 앤터니도 이제 와서 블리츠 호텔의 복도 구석구석을 헤집고 다니며 쥐제페를 뒤쫓을 수는 없는 노릇이란 것을 너무나도 잘 알고 있었다. 그렇게 함으로써 쓸데없이 다른 사람들의 이목만 끌게 될 뿐, 자신의 목적을 달성하는 데는 조금도 도움이 되지 않을 것이 뻔했다.

그 편지 뭉치 역시 다른 포장지에 싸여 있었기 때문에 쥐제페는 그걸 회고록 원고로 착각한 모양이라고 그는 결론을 내렸다. 따라서, 그가 자신이 실수했다는 사실을 깨닫게 되면 다시 한 번 그 회고록을 손에 넣고자 시도할 것이 분명했다. 앤터니는 그런 그자의 기도를 완전히 무위로 돌아가게 할 수 있는 만반의 준비를 해놓기로 했다.

문득 그의 머릿속에 또 다른 계획이 떠올랐는데, 그것은 그 편지 뭉치를 되찾기 위해서 신중하게 광고를 내야겠다는 생각이었다. 만일에 쥐제페가 레드핸드 당에 고용된 앞잡이라면, 아니 그보다는 앤터니 생각에 그자는 왕정파 무리에게 고용된 앞잡이일 가능성이 더 많은 것 같아 보였지만, 아무튼, 그 어느 쪽이라고 하더라도 그들은 그 편지 뭉치에는 전혀 관심이 없을 게 분명했고, 그 쥐제페란 놈은 비록 작은 액수라 할지라도 그것을 돌려주는 대가로 돈을 손에 넣으려고 할 것이 틀림없었다.

여기까지 생각해 본 앤터니는 다시 침대로 돌아와서 아침까지 마음을 편하게 먹고 잠을 청했다. 쥐제페란 자도 그날 밤 두 번씩이나 습격할 마음은 감히 먹지 못할 거라고 생각했기 때문이었다.

앤터니는 행동 계획을 충분히 세운 다음 침대에서 빠져나왔다. 그는 아침을 든든하게 먹고, 헤르초슬로바키아에서 석유가 발견되었다는 기사로 가득 찬 신문을 대충 훑어보고 나서는, 지배인을 좀 만나자고 해서, 앤터니 케이드의 장기인 은근한 태도로 결국에는 자신이 의도한 대로 목적을 이루고야 마는 천부적인 재능을 십분 발휘하여, 자신이 원하는 것을 손에 넣을 수 있었다.

아주 정중한 태도를 지닌 프랑스인 지배인은 자기 사무실에서 앤터니를 맞이했다.

"나를 뵙자고 하셨다면서요, 저, 맥그러스 씨?"

"그렇습니다. 나는 어제 오후에 이 호텔에 도착해서 저녁식사를 내 방으로 가져오도록 했는데, 쥐제페란 이름의 웨이터가 식사를 가지고 왔더군요."

그는 잠시 말을 멈추었다.

"확실히 그런 이름의 웨이터가 있기는 합니다만."

지배인은 추호도 동요하는 기색 없이 인정했다.

"어쩐지 그 웨이터의 태도가 별나다는 생각이 문득 들기는 했지만, 그때에는 그 점에 대해서 그다지 신경을 쓰지 않았지요. 그런데 그 뒤, 한밤중쯤 되었을 무렵 나는 방 안에서 누군가가 살그머니 움직이는 소리를 듣고서 잠에서 깨어났습니다. 재빨리 전등 스위치를 올려 보니까, 글쎄 그 쥐제페란 자가 내 가죽 옷가방을 뒤지고 있지 않겠습니까."

지배인의 태연자약한 태도가 이제는 눈을 씻고 찾아봐도 볼 수가 없었다. 그가 항의라도 하듯 불안한 어조로 물었다.

"하지만, 그런 이야기는 전혀 듣지 못했는데요? 어째서 좀더 일찍 알리시지 않았습니까?"

"그자와 나는 한바탕 격투를 벌였습니다. 그자는 손에 나이프를 들고 있었거든요. 아무튼, 그자는 결국, 창문으로 해서 달아나 버렸지요."

"그래서 다음에 어떻게 하셨습니까, 맥그러스 씨?"

"물론 내 옷가방을 살펴보았지요."

"없어진 물건이라도?"

"아무것도요―그리 값나가는 물건은 아니었습니다만."

앤터니는 천천히 말했다.

지배인은 안도의 한숨을 내쉬며 뒤로 깊숙이 기대어 앉았다.

"그러시다니 정말 다행이로군요. 그런데 이런 말씀을 드리게 되어서 죄송합니다만, 일을 그런 식으로 처리하신 손님의 태도가 나로서는 도무지 이해가 가지 않는군요. 호텔 직원을 깨울 생각은 하시지 않았나요? 그 도둑을 뒤쫓거나 하시지도 않았고요?"

앤터니는 어깨를 으쓱해 보였다.

"앞서도 말씀드렸듯이 뭐 값나가는 물건을 도둑맞은 것도 아니고 해서요. 물론 엄밀히 말하자면 경찰을 불러야 마땅한 사건이라는 걸 나도 압니다만,……."

그가 말끝을 흐리자, 지배인은 내키지 않는 듯한 태도로 중얼거렸다.

"경찰을 부른다. 물론 그래야겠지요……."

"아무튼, 그자는 흔적 없이 사라져 버린 것이 분명했고, 없어진 물건이라고 해봐야 별로 값이 나갈 물건도 아닌데 무엇 때문에 경찰을 오라 가라 해서 귀찮게 해야 하나요?"

지배인의 입가에 슬며시 미소가 떠올랐다.

"이미 짐작하셨을 테지만, 맥그러스 씨, 나는 경찰을 부른다는 것이 별로 마음에 내키지 않는답니다. 우리 입장에서 보면, 그것은 재앙이나 다를 바 없거든요. 신문들은 우리 호텔처럼 규모가 큰 최신식 호텔과 관계가 있는 정보를 입수할 수만 있다면, 그것이 정보로서의 가치가 있고 없고 간에 상관없이 언제나 기사로 다루려고 할 겁니다. 거기에 따르는 문제의 심각성 따위는 아예 고려해 보지도 않고 말입니다."

"그야 물론이죠." 앤터니는 맞장구를 치며 말을 이었다.

"방금 내가 값나갈 만한 것은 아무것도 도둑맞지 않았다고 했는데, 그것은 어떤 뜻에서 보면 분명히 사실입니다. 그러나 그 도둑한테는 아무런 가치도 없는 것인지 모르지만, 나에게 있어서는 중요한 것을 그자가 가져간 겁니다."

"그래요?"

"그건 바로 편지였습니다."

오직 프랑스인만이 보일 수 있는 초인적인 자중의 표정이 지배인의 얼굴에 떠올랐다. 그러고는 나직한 목소리로 속삭이듯 말했다.

"아, 이제 알겠습니다. 확실히 그건, 그리고 당연히 그건 경찰 신세를 질 만한 문제가 아니지요."

"그 점에 있어서 우리는 의견이 완전히 일치하는 것 같군요. 하지만, 당신이 아셔야 할 것은, 나는 그 편지를 되찾을 수만 있다면 무슨 수든 써 보고 싶은 심정이란 사실입니다. 내가 있었던 곳에서는 무슨 일이든 자기 손으로 해결한답니다. 따라서, 당신께 부탁할 것은 이 쥐제페란 자에 대해서 하실 수 있는 한 자세한 정보를 가르쳐 주십사 하는 겁니다."

지배인은 잠시 사이를 두었다가 말했다.

"그 점에 대해서는 조금도 염려하지 마십시오. 물론 지금 당장은 아무런 정보도 드릴 수 없지만, 한 30분쯤 있다가 다시 들러 주시면 필요한 모든 정보를 갖추어 놓겠습니다."

"정말 고맙습니다. 그렇게만 해주신다면야 더 이상 바랄 나위가 없지요."

앤터니가 30분 뒤 지배인 방에 들어가 보니, 지배인은 자신의 말대로 자료를 준비해 놓고 있었다. 쥐제페 마넬리에 대해서 알려진 모든 관련 사실들이 한 장의 종이 위에 일목요연하게 적혀 있었다.

"그는 한 석 달쯤 전에 우리 호텔에 들어왔지요. 일 솜씨도 나무랄 데 없었고 경험도 많은 웨이터였습니다. 우리로서는 더 이상 바랄 게 없었지요. 한 5년 전에 영국으로 건너왔다고 하더군요."

두 사람은 함께 그 이탈리아인이 일했던 호텔과 레스토랑의 명단을 살펴보았다. 문득 앤터니는 한 가지 중요할지도 모르는 사실을 발견했다. 다름 아닌 두 군데 호텔에서 쥐제페가 고용되어 있는 동안 중대한 도난 사건이 있었다는 사실이다. 물론 그들 사건에서 쥐제페에게는 아무런 혐의도 돌아가지 않았지만, 그럼에도 그 사실은 확실히 시사하는 바가 컸다.

쥐제페는 단순한 호텔 털이 전문 도둑에 지나지 않은 것일까? 그자가 앤터니의 옷가방을 뒤진 것은 상습적인 절도범으로서의 행위에 불과한 것일까? 앤터니가 전등 스위치를 올렸을 때, 마침 그는 그 편지 뭉치를 손에 들고 있었기에, 따라서 손을 자유롭게 하기 위해서 기계적으로 그 뭉치를 주머니에 집어넣은 것일 수도 있다.

그렇다면, 그것은 단순한 절도 사건에 지나지 않는 것이다. 그러나 그것으로는 전날 밤 그가 그 원고가 놓여 있던 테이블을 탐욕스럽게 바라보던 그의 이상할 정도로 흥분된 모습이 설명되지 않는다. 당시 테이블 위에는 도둑들의 탐욕을 자극할 만한 돈이라든가, 값나갈 물건 따위는 전혀 없었기 때문이다. 역시 쥐제페는 어떤 외부 단체의 앞잡이로서 행동했으리라는 것을 앤터니는 거의 확신할 수 있었다.

지배인이 그에게 제공해 준 정보로 쥐제페의 개인 생활에 대해 뭔가 알아낼 가능성이 충분히 있으므로, 결국에는 그를 붙잡게 될지도 모르는 일이었다. 그는 그 종이를 접어서 집어넣고 자리에서 일어났다.

"정말 고맙습니다. 물론 이건 물어보나 마나 한 질문일 테지만, 쥐제페는 이미 호텔에 없겠지요?"

지배인은 미소를 지어 보였다.

"그의 침대는 잠을 잔 흔적이 없고, 짐도 모두 그대로 남아 있더군요. 아마도 그는 손님의 방에서 도망쳐 나와 그대로 달아난 게 틀림없어요. 내 생각에는 앞으로 다시 그자를 보기는 쉽지 않을 것 같습니다만."

"나 역시 같은 생각입니다. 아무튼, 정말 고맙습니다. 당분간 여기서 머물러야 할 것 같군요."

"글쎄요, 나도 손님 일이 잘되기를 바라지만, 솔직히 말해서 좀 어렵지 않겠습니까?"

"나는 언제나 희망을 포기하지 않습니다."

앤터니가 제일 먼저 착수한 일은 쥐제페와 친하게 지냈던 다른 웨이터들에게 몇 가지 물어보는 것이었는데, 소득은 별로 없었다.

그는 처음에 세운 계획대로 광고 문안을 작성해서 발행 부수가 가장 많은 5대 신문에 그것을 내달라고 의뢰했다. 그러고는 쥐제페가 전에 근무했던 레스토랑을 찾아가 보려고 외출하려는 참에 전화벨이 울렸다.

앤터니는 급히 수화기를 집어들었다.

"여보세요, 누구십니까?"

저쪽에서 단조로운 목소리가 대답했다.

"맥그러스 씨입니까?"

"그렇습니다만, 누구시죠?"

"여긴 볼더슨 앤드 호지킨스 출판사입니다만, 잠깐만 기다려 주십시오. 볼더슨 씨를 바꿔 드리겠습니다."

드디어 우리의 친애하는 출판사인가 하고 앤터니는 생각했다. 그렇다면, 그들도 역시 걱정을 하고 있었을까? 그럴 필요가 없는데. 아직 1주일이나 남아 있는데 말이다. 갑자기 정감 어린 목소리가 그의 귓전을 울렸다.

"안녕하십니까! 맥그러스 씨가 맞지요?"

앤터니가 말했다.

"말씀하십시오."

"나는 볼더슨 앤드 호지킨스 출판사의 볼더슨이라고 합니다만, 그 원고는 어떻게 된 겁니까, 맥그러스 씨?"

앤터니가 말했다.

"원고가 어떻다니요?"

"그 원고에 대한 모든 것을 묻는 겁니다. 맥그러스 씨, 나도 당신이 이제 막 남아프리카에서 영국에 오셨다는 걸 알고 있습니다. 그러니 이곳 형편에 대해서 잘 알지 못하는 것도 무리가 아니겠죠. 지금 그 원고를 둘러싸고 분쟁이 일어나고 있어요. 맥그러스 씨, 그것도 굉장한 분쟁이 말입니다. 때로는 그 원고를 맡겠다고 하지 말 걸 그랬다는 생각마저 들 정도입니다."

"그래요?"

"틀림없는 일입니다. 지금 나는 그 원고를 될 수 있는 대로 빨리 손에 넣고 싶은 심정뿐입니다. 사본이라도 몇 부 만들어 놓기 위해서 말이죠. 그렇게 해 놓으면 원본이 없어진다 하더라도, 별 지장이 없을 테니까요."

"멋진 생각이로군요."

"그렇습니다. 당신한테는 부질없는 짓으로 여겨질 겁니다, 맥그러스 씨. 하지만, 분명히 말씀드리건대, 당신은 상황을 제대로 인식하지 못하고 있습니다. 심지어는 그 원고가 우리 사무실에 전달되지 못하게 방해하려는 음모까지 준비되어 있는 실정이지요. 솔직히 말씀드리지만, 만일에 당신이 그 원고를 직접 가지고 오실 생각이라면, 아마 당신은 결코 이곳까지 오지도 못할 겁니다."

"믿을 수 없군요. 내가 원한다면 나는 어디든 갈 수 있는 사람입니다."

"다수의 아주 위험한 자들이 당신을 노리고 있습니다. 아마 한 달 전이었다면 나 자신도 그 말을 믿지 못했을 겁니다. 그런데 이런저런 자들이 번갈아 들이닥치며 매수하려 들기도 하고, 공갈 협박을 하는가 하면, 그럴 듯한 말로 속이려 들기도 해서 우리는 도무지 정신을 차릴 수가 없을 지경입니다. 그러니 직접 그 원고를 이곳으로 가지고 올 생각은 마십시오. 우리 직원을 당신이 계신 호텔로 보내 그 원고를 받아오도록 하겠습니다."

"그런데 만일 그 사람이 악당들한테 당하게 되면 어떻게 합니까?"

앤터니가 물었다.

"그럴 경우, 그 책임은 우리한테 있지 당신이 책임질 일은 아니지요. 당신이 그 원고를 우리 대리인에게 넘겨주게 되면, 그 대가로 면책부를 받게 되는 겁니다. 다시 말해서, 그 수표, 그러니까, 우리가 당신에게 건네 줄 1천 파운드짜리 수표는 고인, 다시 말해 저자의 유언 집행인과 우리 사이에 맺은 계약에 따라 다음 수요일까지는 사용할 수 없게 되어 있습니다만, 당신이 꼭 고집하신다면 동일한 액수의 내가 발행한 수표를 보내 드릴 수도 있습니다."

앤터니는 잠시 생각해 보았다. 처음에는, 어째서 그토록 난리들을 피우는 것인지 알고 싶어서 마감일까지 그 회고록 원고를 자신이 보관하고 있을 생각이었다. 하지만, 출판사 측의 주장이 설득력이 강하다고 생각했다.

그는 가볍게 한숨을 토하며 말했다.

"좋습니다. 당신네 좋으실 대로 하십시오. 사람을 보내 주십시오. 그리고 지장이 없으시다면 당장 쓸 수 있는 수표를 보내 주시기 바랍니다. 다음 수요일 이전에 영국을 떠나게 될지도 모르니까요."

"그렇게 하지요, 맥그러스 씨. 내일 아침 일찍 우리 쪽 대리인이 당신을 찾아갈 겁니다. 여기 사무실에서 직접 사람을 보내는 것은 그리 현명한 처사가 못 될 겁니다. 우리 회사의 직원인 홈스 씨가 남런던에 살고 있으니, 그 사람이 출근길에 당신을 찾아가 그 원고를 받아 오도록 하겠습니다. 그리고 한 가지 제안을 한다면, 오늘 밤엔 가짜 원고 꾸러미를 준비해 지배인의 금고 속에 보관하시라는 겁니다. 그것을 노리고 있는 자가 이 사실을 알게 되면, 오늘 밤에는 당신 방을 습격하지 않을 테니 말입니다."

"정말 좋은 생각이로군요. 말씀대로 하겠습니다."

앤터니는 생각에 잠긴 얼굴로 수화기를 내려놓았다. 그러고는 전화로 인해 중단되었던 쥐제페의 행방을 수소문하는 계획을 실행에 옮겼다. 그러나 소득이 전혀 없었다. 쥐제페는 문제의 그 레스토랑에서 일한 적은 있었지만, 아무도 그의 사생활이나 친분 관계에 대해서 알고 있지 않은 것 같았다.

앤터니는 속으로 중얼거렸다.

'하지만, 네놈은 붙잡고야 말겠다. 이 친구야, 아직은 너를 붙잡지 못했지만, 그건 시간문제에 지나지 않는다고.'

그가 런던에서 맞이한 이틀째의 밤은 완전히 평온 무사하게 지나갔다.

다음 날 아침 9시 정각에 볼더슨 앤드 호지킨스 출판사의 홈스라고 적힌 명함이 전달되고 나서, 홈스라는 사람이 들어왔다. 키가 작고 금발을 한 조용해 보이는 사람이었다.

앤터니는 그 원고를 넘겨주고 1천 파운드짜리 수표를 받았다. 홈스는 그 원고를 자기가 가지고 온 조그만 갈색 가방에 집어넣고는, 앤터니에게 인사를 하고 그 방을 떠났다. 모든 일이 아주 순조롭게 진행된 듯싶었다.

"하지만, 저 사람은 도중에 살해될지도 모르는 일이지."

앤터니는 큰소리로 중얼거렸다.

그는 그 수표와 함께 몇 자 적어 넣은 쪽지를 편지 봉투 속에 집어넣고, 조심스럽게 풀로 붙였다. 지미는 불라와요에서 앤터니를 만났을 당시 꽤 많은 자금을 가지고 있었는데, 그는 그 자금에서 상당한 액수를 앤터니에게 주었고, 아직도 그 돈은 손대지 않은 채 고스란히 남아 있었다.

"한 가지 일은 끝난 것도 같은데, 다른 일은 그렇지 못하지."

앤터니는 다짐이라도 하듯 자신에게 속으로 말했다.

"지금까지는 실수만 거듭해 왔어. 하지만, 그렇다고 해서 죽는소리를 할 수야 없지. 이제부터 적당히 변장을 하고 폰트가 487번지란 곳을 살피러 나가 보실까?"

그는 짐을 꾸려 들고 아래층으로 내려가서 계산을 한 다음 짐을 택시에 실어 달라고 했다. 그러고는 지나가는 길에 서 있는 종업원들에게, 대부분 그를 위해 무엇 하나 특별히 해준 것도 없었지만, 적당히 팁을 쥐어 주고 나서 택시에 올라 막 출발하려고 하는데, 조그만 보이가 손에 편지를 한 통 들고 계단을 뛰어 내려왔다.

"지금 막 선생님한테 편지가 왔습니다."

앤터니는 한숨을 내쉬며 다시 1실링을 내밀었다.

택시가 부르릉 소리를 내고 기어가 맞물리는 소름끼치는 소리를 내며 앞으로 박차고 나가자, 앤터니는 그 편지를 뜯어보았다.

그것은 상당히 기묘한 편지였다. 그는 도대체 무슨 내용인지를 분명하게 이해하기 위해서 네 번씩이나 그것을 읽어야 했다. 알기 쉬운 영어로 표현하자면 바로 이런 내용이었다(하지만, 그 편지는 평범한 문제가 아니라, 관청에서 발행하는 문서에 공통으로 쓰이는 특수한 문체로 작성되어 있었다).

맥그러스 씨가 오늘, 다시 말해, 목요일에 남아프리카에서 영국에 도착하리라고 생각하고서 스틸프티치 백작의 회고록에 대해 간접적으로 언급한 편지로, 조지 로맥스 씨와 은밀히 만나기 전까지는 문제의 회고록을 다른 사람에게 넘겨주지 말라고 맥그러스 씨에게 부탁하는 내용이었다. 그리고 오는 금요일, 캐터햄 경이 주최하는 파티에 귀빈으로 모시기로 했으니 부디 침니스 저택에 내려와 주시기 바란다는 내용이 틀림없는 초대장이기도 했다.

수수께끼 같기도 하고, 참으로 모호한 편지였다. 하지만, 앤터니는 그것이 정말 마음에 들었다.

"과연 영국인다운 처사야." 그는 애정이 담긴 목소리로 중얼거렸다.

"한 이틀쯤 까먹는 것은 보통이지. 정말 유감인데. 하지만, 그렇다고 해서 속이고 침니스 저택에 갈 수야 없는 노릇이지. 그런데 어디 묵을 만한 적당한 여관이 없을까? 앤터니 케이드를 아무도 모르는 여관 같은 데 묵어야 하거든."

그가 차창 밖으로 몸을 내밀며 운전사에게 새로운 지시를 하자 운전사는 경멸하듯 흥 하고 콧소리를 내며 고개를 끄덕였다.

이윽고 택시는 런던 변두리 어떤 여관 앞에 멈추어 섰다. 앤터니 케이드의 이름으로 방을 예약한 그는, 지저분한 라이팅 룸(편지 따위를 쓰는 방)으로 들어가서 블리츠 호텔 이름이 찍혀 있는 편지지를 꺼내어 휘갈겨 썼다.

그는 자기가 화요일에 도착했다는 것과, 문제의 그 원고는 이미 볼더슨 앤드 호지킨스 출판사에 넘겨주었다는 사실을 밝히고 나서, 유감스럽지만 곧바로 영국을 떠나게 되어서 캐터햄 경의 친절한 초대에 응할 수가 없노라고 썼다. 그러고는 마지막으로 제임스 맥그러스 올림이라고 서명했다.

앤터니는 봉투에 우표를 붙이며 중얼거렸다.

"이제 일을 보러 나가야지. 제임스 맥그러스는 퇴장하고, 대신 앤터니 케이드가 등장하는 것이다."

죽은 사람

 같은 날, 즉 목요일 오후 버지니아 레블은 레인라에서 테니스를 즐기고 있었다. 폰트가의 집으로 돌아오는 동안 내내 그녀는 커다랗고 호화로운 리무진차 안에서 푹신하게 뒤로 기대어 앉아, 앞으로 닥칠 만남에서 자신이 연출해야 할 연기를 머릿속으로 예행연습을 해보며 줄곧 입가에 잔잔한 미소를 흘리고 있었다. 물론 그 협박꾼이 나타나지 않을 가능성도 결코 배제할 수 없었지만, 그러나 그녀는 그가 틀림없이 나타나리라는 확신이 들었다.

 왜냐하면, 어제 그녀는 먹기 좋은 먹이가 되어주었으니 말이다. 하지만, 이번에는 그자를 깜짝 놀라게 해주어야지!

 이윽고 차가 집 앞에 멈추어 서자, 그녀는 계단을 오르기 전에 운전사를 돌아보며 말했다.

 "참, 깜박 잊고 있었는데, 부인은 좀 어떤가요, 월튼?"

 "상당히 좋아진 듯싶습니다. 마님, 6시 30분경에 의사 선생님이 집사람을 보러 오겠다고 했습니다. 그런데 차를 또 쓰실 일이 있으신지요?"

 버지니아는 잠시 생각해 보았다.

 "주말여행을 떠날 생각이에요. 패딩턴 역(런던 서쪽의 역)에서 6시 40분 기차를 탈 예정인데 당신은 그만 돌아가 보도록 해요. 나는 택시를 타면 되니까. 당신은 의사 선생님을 만나보도록 하세요. 의사 선생님이 부인을 주말에 어디든 데리고 가는 게 좋겠다고 하면, 그렇게 하도록 해요, 월튼. 그 비용은 내가 부담할 테니까."

 머리를 끄덕여 월튼이 고맙다고 하려는 말을 가로막고, 버지니아는 계단을 뛰어올라 가서는 핸드백을 뒤져 열쇠를 찾다가, 문득 열쇠를 두고 나왔다는 것이 생각나자 서둘러 벨을 눌렀다.

한동안 아무런 기척도 나지 않아 초조하게 기다리고 있는데, 한 젊은이가 계단을 올라왔다. 그는 남루한 옷차림에 손에는 전단 뭉치를 들고 있었다. '왜 나는 조국에 봉사했는가?'라는 표제가 잘 보이도록 하며 그는 버지니아에게 전단을 한 장 내밀었다.

버지니아는 미안해하며 말했다.

"하루에 그 끔찍한 시를 두 번씩이나 살 수는 없잖아요. 오늘 아침에 그걸 한 장 샀거든요, 진심으로 경의를 표하면서 말이에요."

그러자 그 젊은이는 고개를 뒤로 젖히며 쾌활하게 웃음을 터뜨렸다.

버지니아는 저도 모르게 그를 따라 함께 웃었다. 무심코 그의 모습을 살펴보다가, 그녀는 그가 보기 드물게 호감이 느껴지는 사람이라고 생각했다. 그녀는 그의 갈색으로 그을린 얼굴과 탄탄해 보이는 날씬한 체격이 마음에 들었다. 심지어, 그를 위해서 적당한 일자리를 제공해 주고 싶다는 생각마저 들었다.

하지만, 바로 그때 문이 열렸고, 이내 버지니아는 그 실업자에 대한 생각을 잊어버리게 되었다. 왜냐하면, 놀랍게도 문을 열어 준 사람은 칠버스가 아니라 자기 시중을 들어주는 엘리스였기 때문이다.

그녀는 홀 안으로 들어서며 뾰족한 목소리로 물었다.

"칠버스는 어디 있지?"

"그이는 다른 사람들과 같이 떠났는데요, 마님."

"다른 사람들이라니, 어떤 사람들 말이야? 그리고 도대체 어디로 떠났다는 거야?"

"물론 다체트에 갔죠, 마님. 별장에 말이에요, 마님이 보내신 전보대로요."

"내 전보라고?"

버지니아는 도무지 영문을 알 수 없다는 얼굴로 되물었다.

"마님께서 전보를 보내시지 않았나요? 그럴 리가 없는데요. 그 전보는 한 시간 전쯤 도착했거든요."

"난 결코 전보 같은 걸 보낸 적이 없어. 그래, 뭐라고 쓰여 있는데?"

"아마 아직까지 테이블 위에 그대로 있을 거예요."

엘리스는 급히 뛰어가서 그 전보를 손에 들고 돌아와서는 자랑스럽게 버지니아에게 내밀었다.

"보세요, 마님!"

그 전보는 칠버스 앞으로 보낸 것으로, 다음과 같이 적혀 있었다.

'즉시 사람들을 모두 데리고 별장으로 내려가서 주말 파티 준비를 할 것. 5시 49분 기차를 타도록.'

전보에는 아무런 이상한 점도 없었다. 그녀는 종종 충동적으로 자신의 강변에 있는 별장에서 파티를 열 계획을 세우고, 그런 종류의 전보를 보내곤 했기 때문이었다. 언제나 집에서 일하는 사람들은 전부 내려 보내고, 나이 많은 여자에게 집을 맡겨 놓곤 했었다. 칠버스는 당연히 그 전보에서 아무런 이상도 발견하지 못하고, 성실한 하인답게 그 명령을 충실하게 이행했을 뿐이리라.

엘리스가 다시 말했다.

"마님, 저는 마님께서 돌아오시면 짐을 꾸리는 데 저를 찾으실 것 같아서 남아 있었던 거예요."

"이건 엉터리 장난 전보야!"

버지니아는 화를 내며 그 전보를 바닥에 내팽개쳤다.

"너도 알고 있잖아, 엘리스, 내가 침니스 저택에 내려가기로 되어 있다는 사실을 말이야. 오늘 아침에 분명히 일러주었을 텐데?"

"마님 생각이 변하신 줄 알았죠. 전에도 가끔 그러셨잖아요, 마님?"

버지니아는 씁쓰레한 미소를 지으며 그런 비난을 받아도 할 말이 없다고 생각했다. 그녀는 재빨리 머리를 굴리며, 도대체 누가 무엇 때문에 이런 터무니없는 장난을 친 것인지 생각해 보았다.

그때 엘리스가 문득 생각이 떠오른 듯 두 손을 꼭 움켜쥐며 소리쳤다.

"큰일 났어요! 어쩌면 강도나 도둑놈이 꾸민 짓인지도 몰라요! 가짜 전보를 쳐서 집 안에 있는 사람들을 모두 쫓아내고, 그 사이에 몽땅 털어 가려는 수작일 거예요."

"과연 그럴까?" 버지니아가 의심스러운 듯 고개를 갸웃하며 말했다.

"물론이죠, 틀림없어요, 마님. 그건 의심해 볼 여지도 없다고요. 신문에도 매일같이 그런 일이 보도되잖아요. 어서 경찰에 전화를 하세요, 빨리요, 그자들이 들이닥쳐 우리 목을 베기 전에 말이에요, 마님!"

"그렇게 흥분하지 말고 좀 진정해, 엘리스. 설마하니 아무리 지독한 강도라고 하더라도 저녁 6시밖에 안 됐는데, 덮어놓고 쳐들어 와서 우리 목을 베야 할라고."

"마님, 제발요, 저를 보내 주세요. 당장 달려가서 경관을 불러올게요."

"도대체 무슨 말을 하는 거야? 어리석은 소리 그만해, 엘리스. 그보다도, 어서 올라가서 아직 짐을 꾸리지 않았으면 침니스 저택에 가지고 갈 내 옷을 챙겨 줘. 새로 맞춘 이브닝드레스하고, 흰 크레이프(주름진 비단 옷의 일종), 그리고……, 그래, 검은색 벨벳. 검은색 벨벳이라면 정치적인 파티에는 썩 잘 어울릴 거야, 그렇지?"

"마님한테는 오드닐(암녹색) 새틴(견수자, 광택이 나는 공단)이 아주 잘 어울리세요."

엘리스가 자신의 직업적인 본능을 살려 버지니아에게 권했다.

"아냐, 그건 입지 않을 거야. 어서 서둘러, 엘리스. 시간이 별로 없으니까 말이야. 다체트에 가 있는 칠버스에게 전보를 치고, 순찰 경관한테 우리 집이 빌 테니 특별히 관심을 가지고 순찰해 달라고 부탁해야겠어. 이봐, 엘리스, 그렇게 토끼 눈을 해 가지고 뒤룩거리지 마. 무슨 일이 일어나기도 전에 그렇게 겁을 집어먹는다면, 만일 어떤 사내가 어두운 구석에 숨어 있다가 갑자기 튀어나와서 칼이라도 들이대면 어떻게 하겠니?"

엘리스는 기겁을 하며 비명을 지르고는, 허둥지둥 계단을 올라가며 불안한 시선으로 자꾸만 이쪽저쪽을 번갈아 가며 살피는 것이었다.

버지니아는 달아나는 엘리스의 등을 향해서 얼굴을 찌푸려 보이고는 홀을 가로질러 전화기가 있는 작은 서재로 걸어갔다. 그녀 생각에도 경찰서에 전화를 하라는 엘리스의 제안이 괜찮은 생각인 듯싶어서, 곧 지체하지 않고 전화를 걸기로 마음을 먹었다.

그녀는 서재 문을 열고 전화기 쪽으로 다가가서 수화기를 들려고 하다가 흠칫하고 손을 멈추었다. 한 사나이가 기묘하게 웅크린 듯한 자세로 큰 팔걸이의자에 앉아 있었던 것이다. 가짜 전보 소동으로, 그만 기대하고 있던 방문객에 대한 생각을 까맣게 잊고 있었던 것이다. 그는 그녀를 기다리다가 깜박 잠이 들어 버린 모양이었다.

그녀는 입가에 짓궂은 미소를 떠올린 채, 곧장 그 의자로 다가갔다. 그런데 갑자기 그녀의 얼굴에서 미소가 사라졌다.

그 사나이는 잠이 든 게 아니라 죽어 있었던 것이다. 그녀는 그것을 곧 알 수 있었다. 바닥에 떨어져 있는 반짝이는 조그만 권총과, 그의 왼쪽 가슴에 나 있는 작은 구멍, 그리고 그 주위에 배어 있는 검붉은 얼룩이며, 끔찍한 모습으로 축 늘어진 턱 등을 살펴보기도 전에 그녀는 본능적으로 그가 죽었다는 것을 알 수 있었다.

그녀는 두 손을 허리에 댄 채 꼼짝 않고 서 있었다. 무서운 정적 속에서 그녀는 엘리스가 계단을 뛰어 내려오는 소리를 들었다.

"마님! 마님!"

그녀는 재빨리 문쪽으로 달려갔다.

"아니, 무슨 일이야?"

그녀는 본능적으로, 아무튼, 잠시 동안만이라도, 이 사실을 엘리스한테 숨겨야겠다는 생각이 들었다. 그렇지 않으면 엘리스는 대번에 히스테리를 일으키리란 것을 그녀는 잘 알고 있었고, 또한 도대체 어떻게 된 일인지 누구의 방해도 받지 않고 조용히 생각해 볼 필요가 있다고 느꼈기 때문이었다.

"마님, 현관문에 쇠사슬 빗장이 걸려 있는지 살펴보는 게 좋겠죠? 강도들이 언제 들이닥칠지도 모르니까요."

"그래, 좋을 대로 하려무나, 아무튼, 너 좋을 대로 해."

쇠사슬 빗장이 걸리고, 이윽고 엘리스가 위층으로 다시 올라가는 소리가 들리자, 그녀는 안도의 한숨을 길게 내쉬었다.

그녀는 의자에 웅크리고 있는 그 사나이를 보고, 다시 전화기 쪽을 쳐다보았다. 그녀가 취해야 할 행동은 아주 분명했다. 그것은 즉시 경찰에 전화를 하는 일이었다. 하지만, 여전히 그녀는 아무런 행동도 취하지 않고 그대로 서 있었다. 두려움과 머리를 어지럽히는 복잡하게 얽힌 여러 가지 상념들로 인해서 마치 온몸이 굳어 버리기라도 한 듯 꼼짝 않고 서 있었다.

가짜 전보. 그것과 이 일이 무슨 관계라도 있는 걸까? 엘리스가 집에 남아 있지 않았다면 어찌 되었을까? 그랬다면 그녀가 혼자서 문을 열고, 다시 말해서, 여느 때처럼 자기 열쇠를 가지고 집 안으로 들어왔다면, 그녀는 집 안에 자기와 살해당한 사나이, 전날 자기를 협박하러 찾아왔던 사나이와 단둘이 있게 되었을 것이다. 물론 그녀는 그 협박 사건을 해명할 순 있다.

하지만, 해명을 해야 한다고 생각하니까 왠지 마음이 편치 못했다. 그녀는 조지가 자기 말을 전적으로 믿어 주지 않았던 것이 생각났다. 다른 사람들도 그렇게 생각할까? 그 편지들, 물론 그녀는 그런 편지들을 결코 쓴 적이 없지만, 그걸 그렇게 쉽게 증명할 수 있을까?

그녀는 두 손으로 머리를 감싸쥐고 고통스럽게 생각을 짜냈다.

"궁리를 해내야 해. 무슨 수를 써서든 묘안을 짜내야 해."

누가 저 사람을 집 안에 들여놓았을까? 엘리스는 분명 아니다. 만일 그녀가 그랬다면, 틀림없이 곧바로 그런 사실을 보고했을 테니 말이다. 모든 일이 생각하면 할수록 더욱 풀 수 없는 수수께끼처럼 느껴질 뿐이었다. 할 수 있는 일은 오직 한 가지, 경찰에 전화를 거는 것이다.

그녀는 전화기로 손을 뻗었다가 문득 조지의 얼굴을 떠올렸다. 남자, 그녀에게 필요한 것은 남자였다. 형세를 정확히 판단할 수 있고, 따라서 그녀가 취해야 할 최선의 행동을 일러 줄 수 있는 건전한 양식과 냉정한 분별력을 갖춘 남자가 필요했다. 이윽고 그녀는 고개를 저었다.

조지는 안 된다. 조지는 우선 자기 입장부터 생각할 테니까. 그는 이런 일에 휘말리기를 끔찍하게 싫어할 것이다. 조지는 아마 아무런 도움도 주지 못할 것이리라. 그런데 갑자기 그녀의 얼굴이 밝아졌다. 그렇다, 빌이 있었지!

더 이상 고심할 것도 없이 그녀는 즉시 빌에게 전화를 걸었다. 하지만, 그는 이미 30분 전에 침니스 저택으로 떠났다는 대답이었다.

"어쩌면 좋아!" 하고 외치며 버지니아는 수화기를 내팽개쳤다.

하소연할 상대도 없이 말 없는 시체와 한 방에 갇혀 있다고 생각하니 소름이 끼치도록 두려웠다. 바로 그때 현관벨 소리가 들렸다.

버지니아는 깜짝 놀라며 펄쩍 뛰었다. 잠시 뒤 다시 벨 소리가 났다. 아마 엘리스는 위층에서 짐을 꾸리는 데 정신이 팔려 벨 소리를 듣지 못한 모양이었다.

버지니아는 홀로 나가 쇠사슬 빗장을 풀고, 그 밖에도 엘리스가 열심히 채워 놓은 온갖 걸쇠들을 벗겼다. 이윽고 길게 숨을 들이마시고는, 용기를 내어 문을 열어젖혔다. 계단 위에는 아까의 그 젊은 실업자가 서 있었다.

버지니아는 팽팽하게 당겨져 있던 긴장감이 일순간에 풀리는 것을 느끼며 안도의 한숨을 내쉬었다. 그녀가 말했다.

"들어오세요. 어쩌면 당신한테 한 가지 일을 부탁하게 될지도 모르겠군요."

그녀는 그를 식당으로 데리고 가서 의자를 권하고는, 그와 마주 보고 앉아 깊은 관심을 가지고 찬찬히 살펴보았다. 그녀가 다시 말했다.

"실례지만, 당신은 어쩐지……, 내 말은……."

그 젊은이가 얼른 말을 받았다.

"이튼과 옥스퍼드 출신입니다. 그걸 묻고 싶으신 거죠, 그렇지 않습니까?"

"바로 그런 거였어요." 버지니아가 인정했다.

"건실한 일에 계속 매달릴 능력이 없어서 이렇게 완전히 몰락해 버렸습니다. 부인께서 나한테 부탁하실 일은 물론 건실한 일이 아닐 테죠, 맞습니까?"

한순간 그녀의 입가에 미소가 감돌았다.

"맞아요. 아주 건실치 못한 일이에요."

"좋습니다." 그 젊은이는 만족한 듯한 어조로 말했다.

버지니아는 감상이라도 하듯 그의 구릿빛 얼굴과 탄탄해 보이는 늘씬한 체구를 만족한 눈길로 바라보았다. 그녀가 다시 말했다.

"실은, 지금 나는 곤경에 처해 있는데, 내가 친하게 지내는 사람들은 대부분, 그러니까, 신분이 높은 양반들이라서, 자기들 몸을 돌보기에도 바쁜 형편이에요."

"나한테는 돌보고 자시고 할 것도 전혀 없지요. 계속하십시오. 그래, 그 난처한 문제가 무엇입니까?"

"옆방에 죽은 사람이 있어요. 아마도 살해된 것 같은데, 그걸 어떻게 처리해야 좋을지 모르겠어요."

버지니아는 그런 말을 천진스런 어린아이처럼 아무렇지도 않게 털어놓았다.

그녀의 말을 듣고 있는 젊은이의 태도를 보고, 그녀는 그에 대한 호감이 더욱 커졌다. 그는 마치 매일같이 그러한 진술을 들어온 사람 같았다.

"정말 재미있군요." 그는 몹시 흥에 겨운 어조로 말했다.

"내가 늘 하고 싶었던 일이 바로 이런 아마추어 탐정 노릇이죠. 그럼, 지금 당장 그 시체를 보러 갈까요, 아니면 그전에 내가 알아야 할 사실들을 일러 주시겠습니까?"

"우선 사실을 말씀드리는 게 좋을 것 같아요."

그녀는 잠시 말을 끊고, 어떻게 하면 이야기의 요점을 함축시켜 전달할 수 있을지 생각해 본 다음, 침착한 어조로 간결하게 말하기 시작했다.

"그 사람이 어제 집으로 찾아와 나를 만나겠다고 한 것이 일의 발단이었어요. 그는 어떤 편지를 가지고 왔었는데, 그건 바로 내 이름으로 서명이 된 연애편지였어요."

"하지만, 그것은 부인이 쓴 편지가 아니었다 이거죠?"

젊은이가 조용한 어조로 중간에 끼어들며 물었다. 버지니아는 상당히 놀란 표정으로 그를 쳐다보았다.

"어떻게 그걸 아셨죠?"

"아, 그저 추측해 보았을 뿐입니다. 계속하십시오."

"그는 그걸 미끼로 나를 협박하려고 했는데, 사실 말하자면, 오히려 내가, 이 말을 이해하시지 못할지도 모르겠지만, 아무튼, 나는 그가 그렇게 하도록 내버려 두었지요."

그러고는 그녀가 호소하는 듯한 눈길로 바라보자, 그는 안심하라는 듯 힘있게 고개를 끄덕여 보였다.

"물론 나는 이해할 수 있습니다. 부인은 협박을 당하는 게 어떤 기분인지 경험해 보고 싶었던 거죠, 그렇지 않습니까?"

"어머나, 정말 놀라운 분이시군요! 어쩜 그렇게 알아맞힐 수 있는 거죠? 바로 그런 기분이었어요."

"확실히 나는 머리가 좋은 편이지요. 하지만, 솔직히 말해서, 그런 심리 상태를 이해할 수 있는 사람은 그리 흔치 않습니다. 대부분의 사람들은 상상력이 부족하니까요."

"그럴 거예요. 아무튼, 나는 그 사람한테 오늘 6시에 다시 찾아오라고 했어요. 그리고 오늘 레인라에서 집에 돌아와 보니, 누군가가 가짜 전보를 쳐서 내 몸 시중을 드는 하녀 한 사람만 빼놓고는 하인들을 전부 집에서 떠나도록 한 거예요. 그래서 전화를 걸려고 서재에 들어갔는데, 바로 거기서 총을 맞고 죽어 있는 그 사람을 발견했어요."

"누가 그 사람을 집 안에 들였습니까?"

"모르겠어요. 하녀가 그랬다면 틀림없이 내게 그 일을 말했을 텐데요."

"그 하녀는 무슨 일이 일어났는지 알고 있습니까?"

"모를 거예요. 그녀한테는 아무 말도 하지 않았으니까."

그 젊은이는 고개를 끄덕이고는 자리에서 일어났다. 그러고는 활기 있게 말했다.

"그럼, 시체를 보러 갑시다. 그전에 한 가지 말씀드릴 게 있는데, 대개의 경우 사실대로 말하는 게 최선의 결과를 가져오게 된다는 겁니다. 한 번 거짓말을 하게 되면 결국, 그런 거짓말에서 헤어 나오지 못하게 되고, 또한, 계속해서 거짓말을 늘어놓는다는 건 정말 끔찍하게 견디기 어려운 일이지요."

"그렇다면, 나더러 경찰에 신고하라는 말씀인가요?"

"아마도. 하지만, 그전에 우선 그 친구를 잠깐 봅시다."

버지니아는 앞장서서 그 방을 나서다가, 문득 문지방에서 멈추어 서며 그를 돌아다보며 말했다.

"그런데 아직 당신이 누구인지 이름을 밝히지 않으셨잖아요?"

"내 이름 말입니까? 아, 나는 앤터니 케이드라고 합니다."

제9장

시체 처리

앤터니는 얼굴에 가벼운 미소를 띤 채 버지니아의 뒤를 따라 그 방을 나섰다. 상황은 바야흐로 전혀 예기치 못한 국면으로 접어들고 있었다. 하지만, 의자 위에 웅크리고 죽어 있는 시체를 들여다보게 되자 그의 표정은 점점 심각한 얼굴로 변해 갔다. 이윽고 그가 날카로운 어조로 말했다.

"아직도 몸이 따뜻하군. 이 사람은 살해된 지 30분도 안 된 것 같습니다."

"그렇다면, 내가 들어오기 바로 전이었을까요?"

"틀림없습니다."

그는 잔뜩 미간을 찌푸린 채 몸을 일으켰다. 그러고는 버지니아가 쉽사리 이해하기 어려운 질문을 던졌다.

"물론 부인의 하녀는 이 방에 없었겠지요?"

"물론이죠."

"부인이 이 방에 들어왔었다는 사실을 하녀가 알고 있습니까?"

"예. 그런데 그건 왜 묻는 거죠? 나는 문에서 하녀와 이야기를 했어요."

"시체를 발견한 뒤였겠군요."

"그래요."

"그리고 시체에 대해서는 아무 말도 하지 않고요?"

"말을 했어야 좋았을 거라는 말인가요? 하지만, 나는 엘리스가 히스테리를 일으킬까 봐 걱정했던 거예요. 그녀는 프랑스인이라 쉽게 흥분하거든요. 그래서, 나는 그녀에게 사실을 알리지 않고 이 일을 어떻게 처리해야 좋을지 생각하고 싶었던 거예요."

앤터니는 아무 말 없이 그냥 고개만 끄덕였다.

"내가 잘못했나요?"

"글쎄요, 그것이 오히려 화근이 된 셈입니다, 레블 부인. 만일 부인이 돌아오신 즉시 하녀와 함께 시체를 발견했었다면 문제는 훨씬 간단해졌을 겁니다. 그랬다면 저 사람은 부인이 돌아오시기 전에 살해된 것이 분명해졌을 테니까요."

"그런데 지금은 내가 돌아온 뒤에 살해되었다고 할 수도 있다는 말이로군요. 이제야 무슨 말인지 알겠어요."

그녀가 자기 말을 이해하는 것을 보고, 앤터니는 그녀가 바깥 계단에서 자기에게 말을 걸었을 때 받았던 그녀의 첫인상이 한층 더 확고해졌다. 그녀는 아름다운 용모와 더불어 용기와 우수한 두뇌를 소유하고 있었다.

버지니아는 지금 당면한 수수께끼 같은 문제를 푸는데 골몰하느라고, 이 낯선 사내가 자기 이름을 마치 오래전부터 알고 지내던 사이인 것처럼 친숙하게 부른 것을 미심쩍게 생각할 여유도 없었다.

"어째서 엘리스는 총소리를 듣지 못했을까?" 그녀는 혼잣말로 중얼거렸다.

그때 마침 지나가던 자동차의 굉음 소리가 들리자 앤터니는 창문을 가리켰다.

"저것 때문이지요. 런던이란 곳은 설사 총소리가 난다고 하더라도 알아듣기 어려운 곳입니다."

버지니아는 의자 속의 시체를 돌아보며 흠칫하고 몸을 떨었다.

"이탈리아인이 아닌가 싶어요." 그녀가 궁금한 듯이 한마디 했다.

앤터니가 말했다.

"이탈리아인이 맞습니다. 이자의 본업은 웨이터였고, 공갈 협박은 부업에 지나지 않았다고 할 수 있지요. 이름은 아마 쥐제페라고 할 겁니다."

"어머, 정말 놀랍군요!" 버지니아가 탄성을 터뜨렸다.

"혹시 셜록 홈스가 아니세요?"

앤터니는 양심의 가책을 느끼며 입을 열었다.

"그렇지는 않습니다. 알고 보면 별것 아닌 마술 같은 것이라고나 할까요. 그 점에 대해서는 차차 말씀드리기로 하겠습니다. 부인은 이자가 부인한테 어떤 편지를 보여 주며 돈을 요구했다고 하셨는데, 그래 돈을 주었습니까?"

"예, 주었어요."

"얼마나 주었습니까?"

"40파운드예요."

"좋지 않은데요."

앤터니는 별로 놀란 표정도 짓지 않으며 말을 이었다.

"그럼, 그 전보를 좀 보여 주시겠습니까?"

버지니아는 테이블에서 그 전보를 집어들어 그에게 건네주었다. 그녀는 그 전보를 살펴보는 그의 표정이 차츰 심각해지는 것을 알 수 있었다.

"뭐가 잘못되었나요?"

그는 전보를 그녀에게 보여 주며 말없이 발신국의 이름을 가리켰다.

"번스입니다." 이윽고 그가 다시 입을 열었다.

"그리고 부인은 오늘 오후, 레인라에 있었지요. 그러니, 부인이 이 전보를 보내는 데에는 아무런 어려움도 없었을 겁니다."

버지니아는 그의 말에 홀린 듯한 기분이었다. 마치 자신을 둘러싸고 있는 그물이 점점 더 죄어오는 듯싶었다. 그는 그녀가 마음속으로 어렴풋이 느끼고 있던 모든 일들을 확실하게 알 수 있도록 해주고 있었다.

앤터니는 손수건을 꺼내어 손에 감은 다음 바닥에 떨어져 있던 권총을 집어들었다. 그러고는 변명이라도 하듯 말했다.

"우리 범죄자들은 매사에 신중을 기해야 합니다. 다시 말하자면, 지문을 남기지 말아야 한다는 거죠."

갑자기 그녀는 그의 온몸이 경직되는 것을 알 수 있었다. 그러고는 이제까지와는 전혀 다른 아주 차가운 목소리로 그녀에게 물었다.

"레블 부인, 이 권총을 전에도 보신 적이 있습니까?"

"아뇨."

버지니아는 영문을 알 수 없다는 표정으로 대답했다.

"확실합니까?"

"물론이죠."

"부인은 권총을 갖고 계십니까?"

"아뇨."

"전에 권총을 갖고 있었던 적이 있습니까?"

"아뇨, 그런 적은 결코 없었어요."

"확실합니까?"

"그럼요, 확실하고말고요."

그는 잠시 동안 그녀를 뚫어지게 주시했다. 버지니아 역시 그의 완전히 달라진 말투에 놀라 망연히 그의 얼굴을 쳐다보았다.

이윽고 그는 한숨을 내쉬며 긴장된 표정을 풀었다.

"그것참 이상하군요. 부인은 이걸 어떻게 설명하시겠습니까?"

그는 그 권총을 그녀에게 내밀었다. 그것은 마치 장난감처럼 작고, 몹시 탐이 나 보이는 물건으로, 도저히 그런 끔찍한 일을 저지를 수 있을 것 같지가 않았다. 손잡이에는 버지니아라는 이름이 새겨져 있었다.

"세상에, 이건 있을 수 없는 일이에요." 버지니아가 외쳤다.

그녀의 놀라는 모습이 너무도 진지해 보여 앤터니는 그녀의 말이 거짓이 아니라는 것을 믿어 의심치 않았다.

그가 침착하게 말했다.

"앉으시지요. 이걸로 해서 상황은 처음에 생각했던 것보다 더욱 복잡해지는 것 같군요. 우선, 우리가 생각해 볼 수 있는 가설에는 어떤 것이 있을까요? 가능성이 있는 가설은 두 가지밖에 없습니다. 그중 한 가지는 그 편지를 쓴 원래의 버지니아란 여인이 있다는 거죠. 그녀는 어떻게 해서인가 그자의 뒤를 밟아 여기까지 와서 그를 쏘고는, 권총을 내던지고 그 편지를 빼앗아 달아난 거라는 가설이지요. 상당히 가능성이 있는 이야기가 아닐까요?"

"그럴 수도 있겠지요." 버지니아가 내키지 않는 듯 대답했다.

"다른 또 하나의 가설은 그보다는 훨씬 흥미진진한 것입니다. 즉, 누군가 쥐제페를 해치우려고 한 자들이 그 죄를 부인한테 덮어씌우려고 했다는 것으로, 사실 주된 목적은 부인한테 죄를 덮어씌우는 데 있었다고 볼 수 있습니다. 그자들은 아무 데서나 쉽게 그를 죽일 수도 있었을 텐데, 구태여 이곳에서 그를 죽이려고 갖은 노력과 애를 썼습니다. 게다가, 다체트에 있는 부인의 별장이며, 그곳에 늘 하인들을 모두 내려 보낸다는 사실, 그리고 부인이 오늘 오후 레인라에 있었다는 사실 등, 그자들은 부인에 대한 모든 것을 알고 있었습니다. 어리석은 질문이 될지도 모르겠지만, 혹시 부인은 적을 갖고 계십니까, 레블 부인?"

"아뇨, 적이라니, 그런 일은 전혀 없어요, 세상에."

다시 앤터니가 말했다.

"문제는 이제 우리가 어떻게 해야 하는가입니다. 우리한테는 두 가지 해결 방법이 있습니다. 방법 A—경찰에 전화를 걸어서 모든 사실을 털어놓고, 부인의 확고한 사회적 지위와, 지금까지 한점 부끄러움 없이 살아온 생활에 기대를 거는 겁니다. 방법 B—나한테 모든 걸 맡기고 시체를 잘 처리하는 것. 물론 내 개인적인 취향으로 당연히 B의 방법을 택하고 싶습니다.

나는 전부터 과연 내가 온갖 지혜를 다 짜내어 범죄 사실을 완전히 은폐시킬 수 있을지 한번 시도해 보고 싶다는 생각을 갖고 있었지만, 피를 흘리는 걸 보면 구토를 느끼는 심약한 기질이 있어서 결국, 실행에 옮기지는 못했지요. 대체로 볼 때 방법 A가 가장 건전한 해결책이 될 겁니다. 물론 같은 A라고 하더라도 적당히 '수정 삭제한 방법 A'도 있지요. 경찰에 전화해서 사실을 털어놓기는 하지만, 권총이나 협박의 도구가 된 그 편지들은 감추는 겁니다. 그 편지들이 아직도 저자의 몸에 있다면 말이죠."

앤터니는 재빨리 죽은 사내의 주머니를 뒤졌다. 그러고는 보고라도 하듯 말했다.

"깨끗이 털렸군요. 아무것도 남아 있지 않습니다. 경우에 따라서는 아직도 그 편지들로 더러운 짓을 할 가능성이 남아 있는 거죠. 어, 이게 뭐지? 주머니 안쪽에 구멍이 나 있고 뭔가 거기에 걸려서 거칠게 찢긴 모양인데, 음, 무슨 종잇조각 같은 것이 남아 있군요."

이렇게 말하면서 그는 종잇조각을 끄집어내어 불빛 아래로 가지고 왔다. 버지니아도 그의 곁으로 다가섰다.

"나머지 부분이 없는 게 유감이로군."

그가 중얼거리며, 그 종잇조각에 적혀 있는 것을 읽었다.

"침니스 저택, 목요일 11시 45분, 무슨 약속 같군요."

버지니아가 놀라며 외쳤다.

"침니스 저택이라고요? 정말 너무도 뜻밖이에요!"

"뭐가 뜻밖이라는 겁니까? 저런 하잘 것 없는 자에게는 너무 어울리지 않는 장소이기 때문인가요?"

"나는 오늘 밤, 침니스 저택에 내려갈 생각이거든요. 정말로 그럴 생각이었어요."

앤터니는 그녀를 돌아다보았다.

"뭐라고 하셨습니까? 다시 한 번 말씀해 주시죠."

"오늘 밤 침니스 저택에 내려갈 예정이란 말이에요."

버지니아는 같은 말을 되풀이했다. 앤터니는 그녀를 망연히 주시했다.

"이제야 알 것 같군요. 어쩌면 내가 틀렸을지도 모르지만, 적어도 하나의 그럴 듯한 추론이라고 볼 수 있지요. 다시 말해, 혹시 누군가가 부인이 침니스 저택에 가는 것을 적극적으로 막으려고 들지는 않았습니까?"

"사촌오빠인 조지 로맥스가 그랬죠."

버지니아는 미소를 지으며 말했다. 그리고는 다시 덧붙였다.

"하지만, 정말 조지 오빠가 살인을 했다고는 도저히 생각할 수 없어요."

앤터니는 미소를 짓지 않았다. 그는 생각에 몰두했다.

"만일 부인이 경찰에 전화를 한다면 오늘 아니, 내일까지도 침니스 저택에 갈 생각은 말아야 할 겁니다. 그런데 내 생각에는 부인이 침니스 저택에 가 주셨으면 하거든요. 그렇게 함으로써 우리는 정체를 알 수 없는 그 친구들을 당황하게 만들 수 있을 테니 말입니다. 레블 부인, 나한테 모든 걸 맡겨 주시지 않겠습니까?"

"그렇다면, B의 방법을 택하자는 말씀인가요?"

"그렇습니다. 방법 B를 택하는 거죠. 우선 할 일은, 부인의 그 하녀를 집에서 내보내는 일입니다. 그 일은 하실 수 있겠죠?"

"그건 쉬운 일이에요."

버지니아는 그 방에서 나가 홀에서 위층을 향해 소리쳐 불렀다.

"엘리스, 엘리스!"

"예, 마님."

앤터니는 뭐라고 급히 속삭이는 소리가 나고, 이윽고 현관문이 열렸다가 다시 닫히는 소리를 들을 수 있었다. 그리고 나서 버지니아가 다시 그 방으로 돌아왔다.

"이제 됐어요. 어떤 특별한 향수를 사러 보냈는데, 그 향수 가게가 8시까지는 영업할 거라고 했지만, 사실은 벌써 문을 닫았을 거예요. 돌아올 필요 없이 다음 기차를 타고 뒤따라 침니스 저택으로 내려오라고 했어요."

"훌륭합니다." 앤터니가 엄지손가락을 치켜세우며 말을 이었다.

"그럼, 이제는 저 시체를 처리할 수 있습니다. 좀 낡아빠진 수법이긴 하지만, 혹시 집에 커다란 트렁크 같은 것이 있습니까?"

"물론 있지요. 지하실에 내려가서 적당한 것을 골라 보세요."

지하실에는 갖가지 트렁크가 다 있었다. 앤터니는 필요한 크기의 튼튼한 트렁크를 골랐다.

"이 일은 나 혼자서도 충분하니까, 부인은 위층에 올라가서 떠날 준비를 하십시오."

버지니아는 그의 말에 순순히 따랐다. 테니스복을 벗고, 편한 갈색 여행복으로 갈아입은 다음, 작은 오렌지 색 모자를 쓰고 다시 내려와 보니, 앤터니는 벌써 트렁크를 끈으로 단단히 묶어서 들고 나와 홀에서 그녀를 기다리고 있었다.

"내 신상에 대해서 부인에게 말씀드리고 싶지만……."

그가 서두를 꺼내며 다음 말을 이었다.

"그러나 오늘 밤에는 그럴 만한 여유가 없을 것 같군요. 부인은 택시를 불러서 짐과 함께 이 트렁크를 싣고 패딩턴 역으로 가십시오. 그러고는 트렁크를 수하물 보관소에 맡기십시오. 나는 플랫폼에 있겠습니다. 그러면 내 옆을 지나가다가 슬쩍 그 보관증을 떨어뜨리는 겁니다. 나는 그것을 주워서 부인한테 돌려주는 체하지만, 실제로는 내가 그것을 갖게 되는 거죠. 그리고 나서 부인은 그대로 침니스 저택으로 내려가시고, 뒷일은 전부 나한테 맡기는 겁니다."

버지니아가 말했다.

"굉장히 머리가 좋으시군요. 하지만, 실은 이런 식으로 생전 처음 보는 분한테 시체를 떠맡기자니 정말 너무도 미안해서 마음이 안 놓이는군요."

앤터니가 태연하게 말했다.

"나는 이런 일을 좋아한답니다. 만일 내 친구, 지미 맥그러스가 여기 있었다면 이런 일이 나한테는 아주 제격이라는 것을 부인한테 보증해 주었을 겁니다."

버지니아는 멍하니 그의 얼굴을 쳐다보고 있었다.

"저, 뭐라고 하셨죠? 지미 맥그러스라고 하셨나요?"

앤터니는 날카로운 시선으로 그녀를 마주 보았다.

"그렇습니다만, 그건 왜 물으시는 거죠? 그 친구에 대해서 들어보신 적이 있습니까?"

"예, 바로 요즈음에 말이에요."

그녀는 잠시 망설이다가 다시 말을 이었다.

"케이드 씨, 당신에게 꼭 말씀드리고 싶은 게 있어요. 당신도 침니스 저택에 내려와 주시지 않겠어요?"

"어차피 오래지 않아 나를 보게 될 겁니다. 레블 부인. 그건 틀림없는 사실이지요. 자, 그러면 이제 음모자 A는 소리없이 뒷문으로 퇴장하고, 음모자 B가 택시를 타고 정문으로 휘황찬란한 조명을 받으며 등장하는 겁니다."

그 계획은 아무런 장애도 없이 순조롭게 진행되었다.

앤터니는 다른 택시를 잡아타고 역으로 달려가서 플랫폼에서 대기하고 있다가, 각본대로 떨어뜨린 수하물 보관증을 손에 넣었다. 그러고는 필요한 경우를 대비해서 그날 아침에 구입해 둔 다 찌그러진 중고차를 찾으러 갔다. 그 차를 몰고 다시 패딩턴 역으로 돌아온 그는 짐꾼에게 보관증을 주고 수하물 보관소에서 트렁크를 찾아 자기 차에 싣게 했다.

이윽고 앤터니는 차를 몰고 패딩턴 역을 출발했다. 그가 목표하는 곳은 런던에서 멀리 벗어난 곳이었다. 노팅힐에서 셰퍼드 숲을 빠져나와, 골드호크로(路)를 따라 브렌포드와 하운슬로를 지나서 마침내 하운슬로와 스테인스의 중간 지점인, 길이 길게 곧장 뻗어 있는 지역에 이르게 되었다. 그곳은 자동차의 물결이 끊임없이 이어지는 상당히 번잡한 도로였다. 발자국이나 타이어 자국 따위는 남아나지도 않을 것 같았다.

앤터니는 한곳에 차를 세웠다. 차에서 내린 그는 우선 번호판부터 진흙으로 뭉개어 버렸다. 그러고는 아무 쪽에서도 자동차 소리가 들려오지 않을 때까지 기다렸다가 트렁크를 열고 쥐제페의 시체를 끌어내어 도로 옆, 아니 지나가는 자동차의 헤드라이트가 비치지 않을 커브 안쪽에 똑바로 눕혔다.

그러고는 다시 차를 몰고 그곳을 떠났다. 그 일에 걸린 시간은 모두 해서 정확히 1분 30초였다. 런던으로 돌아가는 도중, 번햄 비치에서 차를 오른쪽으로 돌렸다. 다시 차를 세워 놓고, 울창한 숲속으로 들어가 조심스럽게 커다란 나무 위를 기어 올라갔다. 그 일은 앤터니로서도 힘에 부치는 일종의 곡예와도 같았다. 그는 맨 꼭대기의 나뭇가지를 하나 꺾어서 거기에다 갈색 종이에 싸인 작은 꾸러미를 매달아, 그 가지가 닿는 곳에 있는 조그만 구멍 속에 그 꾸러미를 감추었다.

"권총을 처리하는 방법으로는 가장 이상적이라고 할 수 있지."

앤터니는 스스로도 대견해 하며 중얼거렸다.

"사람들은 땅바닥을 수색하거나 연못 속을 뒤지거나 하는 법이지, 이런 나무 위에 올라가 볼 생각을 하는 사람은 영국에서도 찾아보기가 어려울 거야."

그러고는 런던으로 돌아와 다시 패딩턴 역으로 갔다. 이번에는 다른 수하물 보관소에 그 트렁크를 맡겼다—상행선 쪽에 있는 보관소에.

그는 푸짐한 스테이크와 감칠맛 나는 춉(뼈가 붙어 있는 고깃점), 그리고 풍성한 감자튀김 따위를 실컷 먹고 싶었지만, 유감이라는 듯 고개를 설레설레 저으며 손목시계를 흘끔 들여다보았다. 그는 자동차에 휘발유를 충분하게 넣은 다음, 다시 길을 떠났다. 이번에는 북쪽으로 방향을 잡았다.

11시 30분이 막 지났을 무렵 그는 침니스 저택의 넓은 정원을 끼고 나 있는 도로 옆에 차를 세울 수 있었다. 담장의 높이를 충분히 가늠해 본 다음 훌쩍 뛰어넘어 저택 쪽으로 다가갔다. 생각했던 것보다 거리가 상당히 멀어, 마침내 그는 뛰어가기 시작했다.

거대한 잿빛 물체가 어둠 속에서 모습을 나타냈다. 그것은 침니스 저택의 웅장한 모습이었다. 멀리 떨어진 마구간에서 시계가 45분 종을 쳤다.

11시 45분. 종이쪽지에 적혀 있는 바로 그 시간이었다.

앤터니는 테라스에 서서 건물을 올려다보고 있었다. 주위는 온통 어둠과 정적 속에 잠들어 있었다. 그는 속으로 중얼거렸다.

'정치가 나리들은 일찍 잠자리에 드는 법이지.'

그때, 갑자기 어떤 소리, 총소리가 그의 귓전을 울렸다. 앤터니는 재빨리 몸을 돌렸다. 이윽고 그는 그 총소리가 기다란 프랑스식 창문 중 하나에서 들려왔다고 판단하고 그쪽으로 올라갔다(프랑스식 창문은 길게 바닥까지 내려와 있어서 문으로 사용된다). 그러고는 손잡이를 당겨 보았다. 그것은 안으로 잠겨 있었다.

그는 다른 창문들도 살펴보며, 온 신경을 기울여 주위의 기척을 살폈다. 하지만, 다시는 아무런 소리도 들려오지 않았다.

결국, 그는 자기가 헛소리를 들었거나, 아니면 숲속에서 밀렵꾼이 오발을 한 모양이라고 자신을 타일렀다. 그는 어쩐지 불안하고 개운치 못한 심정으로 발길을 돌려, 정원을 가로질러 물러나왔다.

그가 저택 쪽을 다시 돌아다보자, 마침 위층에 있는 창문 중 하나에 불이 켜지더니, 잠시 뒤 다시 꺼지고는 모든 것이 칠흑 같은 어둠 속에 파묻혀 버렸다.

제10장

침니스 저택

배지워시 경감은 자기 사무실에 있었다. 오전 8시 30분. 그는 키가 크고 몸집이 비대한 사람으로, 규칙적이고 둔중한 걸음걸이를 가진, 직업적인 긴장감을 느낄 때에는 호흡이 거칠어지는 경향이 있는 사람이었다.

그를 보좌하는 존슨 순경은 아주 신출내기로, 보기에도 보송보송한 젖내가 가시지 않은 햇병아리였다. 책상 위의 전화가 요란하게 울리자, 경감은 예의 잔뜩 거드름을 부리는 태도로 수화기를 집어들었다.

"예, 마켓 베이싱 경찰서의 배지워시 경감입니다. 무슨 일이십니까?"

경감의 태도가 조금 달라졌다. 그가 존슨보다 훨씬 계급이 높듯이, 상대방이 배지워시 경감보다 훨씬 지위가 높은 모양이었다.

"말씀하십시오, 각하. 죄송합니다만, 뭐라고 하셨는지요? 혹시 제가 잘못 들은 것은 아닙니까?"

경감이 상대방의 긴 이야기를 경청하는 동안 평소에는 웬만해서 감정을 드러내지 않던 그의 얼굴에 갖가지 표정이 다 떠올랐다. 이윽고 그는 짤막하게 대답을 하고는 수화기를 내려놓았다.

"즉시 가겠습니다, 캐터햄 경."

그는 자못 엄숙한 표정을 지으며 존슨을 돌아다보았다.

"캐터햄 경이 말씀하시기를 침니스 저택에서 살인사건이 일어났다고 하네."

"살인사건이요?"

존슨이 적당히 놀란 표정을 지으며 앵무새처럼 되물었다.

"그래, 살인사건 말일세." 경감이 흡족한 표정으로 말했다.

"저런, 이곳에서는 살인사건이 난 적이 한 번도 없었는데(제가 알고 있는 한은 말입니다), 톰 퍼스가 권총으로 자기 애인을 쏘아 죽인 사건을 빼놓고는 말이죠."

"그건 엄밀히 말하자면 살인사건이라고도 할 수 없는 것이었어. 그저 술에 취해서 실수를 한 것뿐이지."

경감은 코웃음을 치며 말했다.

"하기야, 그는 그 일로 교수형을 당하지도 않았죠."

존슨이 맥없는 어조로 말을 받았다. 그러고는 다시 물었다.

"그런데 이번에는 진짜 살인사건인가 보군요?"

"그렇다네, 존슨. 총에 맞아 죽은 시체가 발견되었는데, 그는 캐터햄 경의 손님으로 외국 귀족이라고 하는구먼. 창문이 열려 있었고, 밖에는 발자국이 여기저기 흩어져 있다는 거야."

"외국인이라니 좀 안됐군요."

존슨이 좀 유감이라는 듯한 어조로 말했다.

죽은 사람이 외국인이라는 사실은 그 살인사건의 실감을 다소 약화시키는 모양이었다. 존슨 생각에는 외국인들은 설사 살해당한다고 하더라도 그리 놀라운 일이 아닌 것 같기 때문이었다.

"캐터햄 경은 몹시 당황한 모양이야." 경감이 다시 말을 이었다.

"카트라이트 의사를 찾아서 함께 가도록 하세. 제발 그 발자국들을 그대로 남겨 두었으면 좋겠는데."

배지워시 경감은 더할 나위 없는 행복감에 젖어 있었다.

살인사건이라니! 그것도 여기 침니스 저택에서! 이 배지워시 경감이 그 사건의 수사를 맡는 것이다. 경찰은 단서를 잡는다. 그러고는 세인(世人)을 놀라게 하는 극적인 해결로 드디어 범인을 체포. 결국, 배지워시 경감은 그 공로를 인정받아 명성과 함께 승진을 하게 된다!

'하지만, 그것은 런던경시청에서 끼어들지 않았을 경우의 이야기지.'

배지워시 경감은 속으로 중얼거렸다.

그런 생각은 그를 잠시나마 우울하게 만들었다. 여러 가지 상황으로 미루어 볼 때 그렇게 될 것이 거의 틀림없기 때문이었다.

그들이 카트라이트 의사의 집에 들르자, 비교적 젊은 편에 속하는 그는 커다란 관심을 나타냈다. 그의 태도는 존슨이 보였던 태도와 별반 다를 게 없었다. 그가 탄성을 지르며 말했다.

"이거 정말 큰일이로군요! 톰 퍼스 사건 이래로 살인사건은 처음 겪는 것이니 말입니다."

그들 세 사람은 의사의 작은 차를 타고 사뭇 들뜬 기분으로 침니스 저택을 향해 힘차게 출발했다.

그들이 그곳 마을의 여인숙인 졸리 크리케터스(유쾌한 크리켓 선수들이라는 뜻) 앞을 지나칠 때, 의사는 한 남자가 여인숙 현관에 서 있는 것을 보았다.

그가 불쑥 입을 열었다.

"처음 보는 사람인데, 상당히 잘생긴 친구로구먼. 이곳에 온 지 얼마나 되었을까요? 그리고 크리케터스 여인숙에 묵으면서 대체 뭘 하는 걸까요? 어제까지만 해도 전혀 본 적이 없으니, 아마 어젯밤에 도착한 모양이로군요."

"아까 그 사람은 기차로 오지 않았습니다." 존슨이 말했다.

존슨의 동생이 역에서 포터로 일하고 있었기 때문에, 그는 그 역을 이용하는 승객에 관한 일에 대해서는 잘 알고 있었다.

"어제 기차를 타고 침니스 저택에 온 사람은 누구누구지?"

"우선 캐터햄 경의 따님인 아일린 양이 있는데, 아일린 양은 3시 40분 기차로 미국인 신사 한 분과 한 젊은 군인하고 같이 왔죠. 시중드는 사람은 하나도 데리고 오지 않았고요. 그리고 캐터햄 경께서 한 외국인과 함께 5시 40분 기차로 내려오셨는데, 바로 그 외국인이 살해된 그 사람이 아닌가 싶습니다. 그 외국인을 따라온 시종도 한 사람 있었습니다. 에버슬레이 씨도 같은 기차로 내려왔지요. 레블 부인은 7시 25분 기차로 내려왔고, 또 다른 외국인으로 보이는, 머리가 벗겨지고 매부리코를 한 사람도 같은 기차로 도착했습니다. 레블 부인의 하녀는 8시 56분 기차로 내려왔습니다."

존슨은 말을 멈추고는 급히 숨을 몰아쉬었다.

"그러니까, 크리케터스 여인숙의 손님은 하나도 없었다는 얘기로군."

존슨은 그렇다고 했다.

다시 경감이 말했다.

"그렇다면, 아까 그 사람은 자동차로 온 것이 분명하구먼. 존슨, 돌아가는 길에 크리케터스 여인숙에 들러서 조사하는 것을 잊지 말게. 낯선 사람들에 대해서는 빠짐없이 알아두어야 할 필요가 있거든. 아까 그 사람은 얼굴이 햇볕에 몹시 그을려 있더구먼. 틀림없이 그 사람도 외국 어디에선가 왔을 거야."

경감은 마치 자기가 무엇 하나 소홀히 넘기지 않는, 빈틈이 전혀 없는 사람으로서 스스로도 자신의 총명함이 크게 대견스러운 듯 점잖게 고개를 끄덕였다.

이윽고 차가 침니스 저택의 정원으로 통하는 대문으로 들어섰다. 이 유서 깊은 저택에 대한 묘사는 어떤 관광 안내 책자에서도 찾아볼 수 있었다. 또한, 《영국의 유서깊은 저택》이라는 정가 21실링짜리 책에서는 세 번째로 침니스 저택에 대한 이야기를 다루고 있었다.

매주 목요일에는 샤라방이라고 불리는 대형 관광버스가 미들링검에서 이곳까지 운행하며 일반 대중에게 개방된 부분들을 구경시켜 주기도 한다. 이러저러한 면에서 볼 때, 더 이상 침니스 저택에 대해서 묘사하는 것은 괜히 지면만 낭비하는 부질없는 짓이리라.

머리가 하얗게 센 집사가 흠잡을 데 없이 정중한 태도로 그들을 맞이했다. 그런 그의 태도는 마치, 자기네들로서는 이 저택 안에서 살인이 저질러진 것은 정말 뜻밖의 일이며, 참으로 운수 사나운 날이 아닐 수 없고, 그러니 그야말로 침착하게 이 재앙을 대처해서 아무런 일도 없었던 것처럼 보여 주기 위해서라도 제발 좀 입을 다물어 주십사 하고 말하는 것 같았다.

집사가 말했다.

"나리께서 기다리고 계십니다. 자, 이쪽으로 오십시오."

그는 그들을 이끌고 캐터햄 경이 온갖 번거로움과 호사스런 것들로부터 벗어나서 조용히 쉬는 곳인 작은 방으로 안내했다. 그러고는 큰소리로 손님들이 찾아온 것을 알렸다.

"나리, 경찰에서 오신 분들과 카트라이트 의사이십니다."

캐터햄 경은 심리적으로 격심한 동요 상태에 빠진 듯 초조하게 방 안을 서성이고 있었다.

"아! 경감, 이제야 와주었구먼. 정말 고맙소 안녕하시오, 카트라이트? 이건 정말 너무도 끔찍한 일이야. 세상에 이런 일이 다 있을 수 있다니, 정말 미칠 지경이라오."

그러고는 격심한 고민에 사로잡혀 마구 머리칼을 쥐어뜯어, 마치 까치집이라도 지은 것 같은 모습이 여느 때보다 더욱 고귀한 상원의원으로서의 면모를 상실시키고 있었다.

"시체는 어디 있습니까?"

의사가 끓어오르는 직업적인 열정을 감추지 못하고 물었다.

캐터햄 경은 직접적인 질문을 받은 것이 오히려 다행이라는 듯 그를 돌아다보았다.

"회의실, 바로 그 방에서 발견되었는데, 아마 아무도 손대지 않았을 거요. 내 생각에는……, 음, 그러니까, 그렇게 하는 것이 옳을 것 같아서 말이오."

"잘하셨습니다, 캐터햄 경." 경감이 말했다.

그는 수첩과 연필을 꺼내어 들고 물었다.

"그런데 시체는 누가 발견했습니까? 경께서 발견하셨습니까?"

캐터햄 경이 정색을 하며 말했다.

"그게 무슨 소리요, 내가 시체를 발견하다니, 원. 경감은 내가 이렇게 꼭두새벽같이 일어나 설치고 다닌다고 생각하는 거요? 내가 아니오, 우리 집 하녀가 발견했지. 물론 소름끼치는 비명을 질렀을 테지만, 나는 전혀 듣지도 못했다오. 그런데 하인들이 그 일로 나를 찾아왔길래 내려가 보니, 정말로 그 방에 시체가 있더란 말이오."

"경께서는 그 시체가 이곳에 오신 귀빈 중 한 분이라는 사실을 확인하셨군요?"

"바로 그렇게 된 거요, 경감."

"그분의 성함은 어떻게 됩니까?"

이 간단한 질문이 캐터햄 경을 크게 당황하게 만든 모양이었다. 그는 몇 번인가 입을 열려다 말고는 도로 닫았다.

마침내 그는 힘없는 목소리로 되물었다.

"그러니까 그게, 경감 말은, 그의 이름이 뭐냐는 거요?"
"그렇습니다."
"그렇구먼."

캐터햄 경은 마치 보이지 않는 영감을 잡기라도 하듯이 방 안을 천천히 둘러보았다. 그러고는 띄엄띄엄 사이를 두어 가며 대답했다.

"그의 이름이 뭐였냐 하면(당연히 과거형으로 말해야겠지. 맞아, 그렇게 해야 하고말고), 그러니까, 그의 이름은 스타니슬라우스 백작이었소."

캐터햄 경의 말하는 태도가 하도 괴상스러워서, 경감은 연필을 내려놓고 대신 그의 얼굴을 멍하니 바라보았다.

그런데 마침 바로 그때, 당황하던 상원 의원으로서는 마치 구세주라도 맞은 듯, 쌍수를 들고 환영할 만한 일이 일어났다. 문이 열리고 한 젊은 여인이 들어온 것이었다. 늘씬한 키에 호리호리한 몸매, 그리고 흑단 같은 머리에 매력적인 소년 같은 얼굴을 한, 아주 활기에 넘치는 태도를 지닌 아가씨였다. 바로 캐터햄 경의 장녀인 레이디 아일린 브렌트로, 사람들한테는 번들이라는 이름으로 더 잘 알려져 있었다. 그녀는 다른 사람들에게 고개를 까딱하는 것으로 인사를 대신하고는 곧바로 자기 아버지한테 말을 걸었다.

"그를 붙잡았어요." 그녀가 큰소리로 알렸다.

순간, 경감은 이 젊은 숙녀가 정말로 그 잔혹한 살인범을 잡았다고 하는 줄로만 알고 정신없이 그녀에게 덮쳐 갈 듯한 자세로 엉덩이를 들썩였지만, 곧바로 그녀가 한 말은 그것과 전혀 다른 뜻이라는 것을 깨달았다.

캐터햄 경이 안도의 한숨을 내쉬며 말했다.

"정말 잘했다. 그래, 그가 뭐라고 하던?"

"즉시 이리로 건너오시겠대요. 우리는 '극도의 신중을 기해서' 일을 처리해야 한다면서요."

그녀의 아버지는 화풀이라도 하듯이 코웃음을 쳤다.

"과연 조지 로맥스답게 얼간이 같은 소리만 골라서 하는구먼. 아무튼, 그가 오게 되면, 나는 이번 일에서 깨끗이 손을 떼겠다."

그는 그렇게 할 생각을 하자 기분이 다소 나아진 듯싶어 보였다.

"그러니까, 그 살해당한 사람의 이름이 스타니슬라우스 백작이었다는 말씀이지요?"

의사가 조심스럽게 물었다.

아버지와 딸 사이에 재빠른 눈짓이 오고간 다음에, 아버지가 다소 위엄을 갖추며 말했다.

"물론이오. 방금 내가 그렇게 말하지 않았소?"

"제가 물어본 것은 경께서 그 말씀을 하시기 전에 상당히 망설이시는 것 같아 보였기 때문입니다."

카트라이트가 자신의 입장을 설명했다.

반짝하고 눈을 빛내며 캐터햄 경은 나무라는 듯한 시선으로 그를 주시했다.

"그럼, 회의실로 여러분을 안내하겠소."

그는 더욱 활기찬 어조로 말했다.

맨 뒤에 처져서 일행을 따라가며 경감은 마치 액자라든가 문 뒤 등에서도 단서를 잡을 수 있다고 크게 기대하고 있기라도 하듯, 줄곧 사방을 예리한 시선으로 둘러보고 있었다.

캐터햄 경은 주머니에서 열쇠를 꺼내어 자물쇠를 돌리고는 힘껏 문을 열어젖혔다. 그들은 온통 떡갈나무 판자로 장식이 되고, 테라스 쪽을 향해 높다란 프랑스식 창문이 세 개가 나 있는 커다란 방으로 들어갔다. 방 안에는 기다란 테이블과 떡갈나무로 만들어진 많은 가구, 그리고 아름다운 옛날식 의자들이 있었다. 벽에는 역대 캐터햄 경들의 초상화와, 다른 여러 그림들이 걸려 있었다. 그리고 문과 창문의 중간쯤 되는 왼쪽 벽 가까운 곳에 한 사나이가 두 팔을 활짝 벌리고 천장을 향해 바로 누워 있었다.

카트라이트 박사는 시체 옆으로 다가가서 무릎을 꿇고 앉았다. 경감은 큰 걸음으로 창문 쪽으로 가서 하나하나 자세히 살펴보았다. 그중 가운데 창문은 그냥 닫혀 있기만 하고 안으로 잠겨 있지는 않았다. 바깥 층계에는 창문을 향해 이어진 발자국과 다시 돌아간 발자국이 나 있었다.

"틀림없군."

경감은 고개를 끄덕이며 중얼거렸다.

"하지만, 방 안에도 발자국이 남아 있어야 할 텐데. 여기처럼 쪽매붙임으로 마루청을 깐 바닥에는 발자국이 선명하게 남는 법인데 말입니다."

"그 점은 제가 설명할 수 있을 거예요." 번들이 불쑥 끼어들면서 말했다.

"그 하녀가 시체를 발견했을 때는 이미 바닥을 반 이상 닦았을 때였답니다. 하녀가 이 방에 들어왔을 때는 아직 날이 완전히 새기 전이었거든요. 방 안으로 들어와서는 곧장 창문 쪽으로 가서 커튼을 젖혀 놓고는 바닥을 닦기 시작했는데, 방 저쪽은 테이블에 가려져 있어서 당연히 시체를 발견 못 한 거죠. 그곳에 이를 때까지는 시체를 보지 못한 거예요."

경감은 고개를 끄덕였다.

"아무튼……."

캐터햄 경은 빨리 빠져나가고 싶어 안달하며 말을 이었다.

"이곳 일은 모두 당신한테 맡기겠소, 경감. 혹시라도, 음, 나한테 볼일이 있으면 언제든지 나를 찾으시오. 하지만, 조지 로맥스가 곧 와이번 애비 별장에서 건너올 테고, 그렇게 되면 경감한테 보다 자세한 이야기를 해줄 수 있을 거요. 사실 이건 그의 일이니까. 나로서는 흡족한 설명을 해줄 수 없지만, 아마 그 사람이 오게 되면 자세한 내용을 일러줄 거요."

캐터햄 경은 대답도 기다리지 않고 황급히 그 방을 빠져나오며 투덜거렸다.

"제길, 해도 정말 너무했지, 로맥스는. 나한테 이런 끔찍한 일을 겪게 하다니. 무슨 일인가, 트레드웰?"

머리가 하얗게 센 집사는 공손한 자세로 그의 곁에 시립하고 섰다.

"죄송합니다만, 나리, 나리께서 괜찮으시다면 조금 이르기는 하지만, 지금 아침식사를 드시지요. 식당에 아침식사 준비가 다 되어 있습니다."

"먹고 싶은 생각이 전혀 없는데."

캐터햄 경은 참울하게 말하며 식당 쪽으로 걸음을 옮겼다.

"아무것도 먹고 싶지가 않아."

번들은 아버지의 팔을 끼고는 함께 식당으로 들어갔다. 식기대 위에서는 10여 개의 무거운 은제 접시에 담긴 음식들이 요즈음 새로 발명된 요리 기구에 의해서 정교하게 데워지고 있었다.

"오믈렛."

캐터햄 경은 양쪽 눈꺼풀을 번갈아 가며 들어 올리며 말을 이었다.

"달걀과 베이컨, 강낭콩, 새구이 요리, 대구, 냉동 햄, 차가운 꿩 요리. 여기 있는 음식 중에서는 아무것도 먹고 싶지 않구먼, 트레드웰 요리사한테 말해서 달걀 반숙을 하나 만들어오지 않겠나?"

"분부대로 하겠습니다, 나리."

트레드웰이 물러가자 캐터햄 경은 건성으로 강낭콩과 베이컨을 한 접시 가득 담고, 커피를 한 잔 따라서 기다란 식탁에 자리를 잡고 앉았다.

번들은 벌써 달걀과 베이컨이 수북하게 담긴 접시를 앞에 놓고 바쁘게 손을 놀리고 있었다.

"정말 끔찍하게 배가 고팠거든요. 아마 너무도 흥분이 돼서 그런가 봐요."

번들이 입에 음식을 가득 물고 말했다.

캐터햄 경이 투덜거리며 말했다.

"너한테야 신나는 일이겠지. 너같이 젊은 사람들은 뭔가 자극적인 일을 좋아하는 법이니까. 하지만, 나는 건강 상태가 아주 좋지 않거든. 걱정거리는 될 수 있는 대로 피하라고, 애브너 윌리스 경이 그렇게 말하더구나. 될 수 있으면 걱정거리를 피하라고 말하기야 쉬운 일이지, 자기는 할리가(街)(런던의 병원이 밀집한 지역)의 진찰실에 편히 앉아서 말이다. 그 늙다리 당나귀 같은 로맥스가 나를 이 지경으로 만들어 놓는 데야 내가 걱정거리를 피할 도리가 있겠나? 그 때 좀더 마음을 모질게 먹었어야 하는 건데. 무슨 말을 하든 꿈쩍도 하지 말았어야 했어."

서글프게 고개를 저으면서 캐터햄 경은 자리에서 일어나 손수 햄을 잘라 접시에 담았다.

"그 떠버리 영감님도 이번에는 단단히 혼이 났나 봐요."

번들이 쾌활한 어조로 말했다.

"전화에서도 마구 횡설수설해서 도무지 무슨 말을 하는 건지 알아들을 수가 있어야죠. 곧 있으면 이리로 달려올 텐데, 아마도 자중을 하라느니, 입을 함부로 놀리지 말라느니 하면서 정신없이 설쳐댈 거예요."

캐터햄 경은 그런 장면을 상상하자 그만 자기도 모르게 신음 소리를 냈다.

"그 사람 깨어 있더냐?" 그가 물었다.

번들이 대답했다.

"자기는 벌써 일어나서 7시부터 편지라든가 외교 각서 따위를 받아쓰게 하고 있었다고 하더군요."

"그것도 무슨 자랑거리라고 원." 그녀의 아버지가 한마디 했다.

"정치가들이란 다 자기만 아는 족속들이지. 그따위 시시한 것들을 받아쓰게 하려고 꼭두새벽부터 가엾은 비서들을 두드려 깨우다니 원. 그 치들을 11시까지 잠자리에서 일어나지 못하도록 규정하는 법이 있었다면, 나라를 위해서도 엄청난 이익이 되었을 거야! 그 친구들이 그런 허튼소리를 하지 않는다고 하더라도 나는 그런 일에 전혀 신경도 쓰지 않을 게다. 로맥스는 늘 나한테 내 '신분'이 어쩌니저쩌니 하면서 잔소리를 하는데, 내 신분이 도대체 어떻다는 건지 원. 그래, 요즘 세상에 누가 상원의원이 되고 싶어 하겠냐?"

번들이 말했다.

"아무도 없을 거예요. 그보다는 오히려 날로 번창하는 술집을 경영하려고 할걸요."

그때, 트레드웰 집사가 소리없이 나타나 반숙된 달걀이 두 개 담긴 작은 은접시를 캐터햄 경이 앉아 있는 식탁 위에 내려놓았다.

"이게 뭔가, 트레드웰?"

캐터햄 경이 가볍게 얼굴을 찌푸리며 물었다.

"달걀 반숙입니다, 나리."

"달걀 반숙이라니, 난 이런 건 딱 질색이야."

캐터햄 경이 역정을 내며 말했다.

"도대체 무슨 맛이 있어야지. 이런 건 쳐다보기도 싫으니 어서 치우게, 알았나, 트레드웰?"

"분부대로 하겠습니다, 나리."

트레드웰과 달걀 반숙은 나타날 때와 마찬가지로 소리없이 사라졌다.

"우리 집에서는 일찍 일어나는 사람들이 아무도 없어서 정말 다행이다. 그렇지 않고 모두 깨어 있었다면 그들에게 이 사건에 대해서 목이 쉬도록 떠들어대야 했을 테니 말이다."

캐터햄 경은 진정으로 다행이라고 생각하며 이렇게 말하고는 크게 한숨을 내 쉬었다.

번들이 말했다.

"도대체 누가 그분을 살해했을까요? 그리고 대체 무엇 때문에?"

캐터햄 경이 말했다.

"그건 우리가 알 바 아니다, 고맙게도 뭐 경찰이 알아낼 테지. 물론 배지워시는 아무것도 알아내지 못할 테지만. 대체로 봐서 난 아이작슈타인이 한 짓이 아닌가 싶어."

"무슨……."

"그 사람은 전 영국 신디케이트의 대표이거든."

"아이작슈타인 씨는 그분을 만날 목적으로 이곳에 내려왔는데, 무엇 때문에 그분을 살해하겠어요?"

"뭔가 복잡한 경제 문제 때문일 수도 있겠지."

자신 없는 어조로 대답하며 캐터햄 경은 계속 말을 이었다.

"그리고 지금 생각난 것인데, 아이작슈타인이 어째서 아직도 일어나지 않은 것인지 정말 이상한 일이야. 혹시 언제 우리 앞에 불쑥 나타날지도 모르지. 그게 런던 사람들의 습관이거든. 제가 아무리 부자라고 하더라도 9시 17분 차를 타야 하기 때문이지."

그때, 굉장한 속도로 달려오는 자동차 소리가 열린 창문을 통해서 들려왔다.

"떠버리 영감이에요." 번들이 외쳤다.

아버지와 딸은 창 밖으로 몸을 내밀고는, 현관 입구에 차가 멈추어 서자 그 차에 타고 있는 사람을 요란스럽게 외쳐 불렀다.

"이쪽이오, 로맥스, 이쪽으로 오시오."

캐터햄 경은 입에 물고 있던 햄을 급히 삼키며 외쳤다. 하지만, 조지에게는 프랑스식 창문을 넘어서 들어갈 생각이 전혀 없었다. 그는 현관문으로 모습을 감추었다가, 다시 트레드웰의 안내를 받아 모습을 나타냈고, 트레드웰은 즉시 물러갔다.

캐터햄 경이 그에게 악수를 청하며 말했다.

"아침식사 좀 드시구려. 콩팥 고기는 어때요?"

조지는 조바심을 치며 그 콩팥 고기 접시를 물리쳤다.

"이런 일이 일어나다니, 정말 난리가 났소. 이걸 어떻게 하면 좋겠소? 나는 정신이 다 아득할 지경이오."

"그야 정말 큰일이 아닐 수 없지요. 그러면 대구 요리를 좀 들구려."

"아니, 아무것도 생각 없어요. 그것보다도 이 일은 절대 외부로 새어나가면 안 돼요. 무슨 수를 써서든 사람들의 입을 막아야 하오."

번들이 예상했던 대로, 조지는 정신없이 떠벌리기 시작했다.

캐터햄 경이 정말 딱하다는 듯이 말했다.

"나도 당신의 그런 심정 이해가 가요. 하지만, 우선 뭘 좀 들어야지. 베이컨 계란 부침이나 아니면 대구 요리라도 들어보시구려."

"이건 정말 상상치도 못했던 비극적 상황입니다. 국가적인 재앙이 아닐 수 없어요. 석유 채굴권마저도 위협받게 되었으니……."

다시 캐터햄 경이 달래듯 말했다.

"마음을 좀 느긋하게 갖구려. 그리고 우선 조금이라도 음식을 들어야 해요. 마음을 가라앉히기 위해서라도 당신한테는 음식이 필요할 거요. 그럼, 달걀 반숙은 어떻소? 조금 전만 해도 여기 달걀 반숙이 있었는데."

조지가 말했다.

"음식은 필요 없어요. 벌써 아침은 먹었고, 설사 아침식사를 하지 않았다고 하더라도 음식을 들고 싶은 생각이 전혀 없었을 거요. 앞으로 어떻게 해야 좋을지 대책을 강구해야 합니다. 경은 아직 아무에게도 알리지 않았겠죠?"

"글쎄요, 여기 번들하고 내가 알고 있고 그리고 이곳 경찰과 카트라이트 의사가 알고 있소. 물론 하인들은 모두 알고 있고."

조지는 신음 소리를 냈다.

캐터햄 경이 다정하게 말했다.

"기운 좀 내시오, 장관. 내 생각에는 당신도 아침을 좀 먹어 두는 편이 좋을 것 같은데, 당신은 사람이 죽은 일을 결코 감출 수가 없다는 걸 모르는 모양이구려. 시체를 매장한다든지, 하여튼 어떻게든 처리해야 할 게 아니오? 정말 운수 사나운 일이기는 하지만, 그 수밖에 달리 무슨 방법이 있겠소?"

조지는 갑자기 침착해졌다.

"당신 말이 맞소, 캐터햄. 아까 이곳 경찰을 불렀다고 했지요? 그들은 아무 소용도 없을 거요. 우리에게는 배틀이 필요해요."

"배틀(battle: 전쟁)이라니? 살인, 그리고 갑작스런 죽음이 무슨?"

캐터햄 경은 얼떨떨한 표정을 지으며 되물었다.

"아니, 그런 게 아니오. 내 말을 오해한 거요. 나는 런던경시청의 배틀 총경을 말한 거요. 아주 신중하기 이를 데 없는 사람이지. 그 왜, 우리 당의 자금을 둘러싸고 벌어졌던 가슴 아픈 사건이 있었지 않소? 그때 그 사람이 우리를 위해 큰일을 해준 적이 있었어요."

"대체 그게 무슨 사건이었소?"

캐터햄 경이 상당한 관심을 가지고 물었다.

하지만, 조지는 창 밖으로 몸을 반쯤 내밀고 앉아 있는 번들의 모습이 눈에 들어오자 가까스로 넘어오려던 말을 도로 삼키며, 자중해야 한다는 사실을 다시금 상기했다. 그는 자리에서 일어났다.

"우리에겐 쓸데없이 시간을 낭비할 여유가 없어요. 나는 지금 즉시 전보를 쳐야겠소."

"당신이 전보 내용을 써주면 번들이 전화로 그 전보를 보낼 수 있을 거요."

조지는 만년필을 꺼내어 믿기지 않을 정도의 빠른 속도로 전보 내용을 써 내려갔다. 그가 첫 전보문을 번들에게 건네주자, 그녀는 지대한 관심을 갖고 그것을 읽어 보고 한마디 했다.

"세상에, 뭐 이런 이름이 다 있다지. 이거 무슨 남작이라고 읽죠?"

"롤로프레티질 남작이라오."

번들은 눈을 깜박였다.

"알겠어요. 하지만, 우체국에 전하는 데는 좀 애를 먹겠는데요."

조지는 계속 써내려갔다. 이윽고 전보문을 다 작성하자, 그것을 번들에게 건네주고는 캐터햄 경을 돌아보며 말했다.

"캐터햄, 당신이 할 수 있는 최선의 행동은……"

"뭐요?" 캐터햄 경이 염려스런 어조로 물었다.

"모든 걸 내 손에 맡기는 거요."

캐터햄 경은 혹시라도 그의 생각이 바뀔세라 서둘러 말했다.

"그야 이를 말이 있겠소? 내가 생각하고 있었던 것도 바로 그거라오. 회의실에 가면 경찰에서 온 사람과 카트라이트 의사를 만나볼 수 있을 거요. 그리고 그, 시체도 거기 있고 이봐요, 로맥스, 필요하다면 침니스 저택을 당신 마음대로 쓰도록 하시오. 내 생각은 할 필요 없이 당신 편한 대로 쓰시구려."

조지가 말했다.

"고맙군요. 혹시라도 당신과 의논할 일이 있으면……"

하지만, 캐터햄 경은 이미 문 저 밖으로 조용히 사라져 버린 뒤였다. 번들은 도망치듯 빠져나가는 아버지의 뒷모습을 냉혹한 미소를 띤 채 지켜보고 있었다. 이윽고 그녀가 말했다.

"지금 즉시 전보를 보낼게요. 회의실을 찾아가실 수 있겠어요?"

"고맙소, 레이디 아일린."

조지는 서둘러 그 방을 나섰다.

제11장

배틀 총경의 도착

조지가 만나보자고 할까 봐 걱정이 되어서 캐터햄 경은 오전 내내 자신의 정원을 둘러보며 시간을 보냈다. 그러나 참을 수 없는 배고픔으로 인해 할 수 없이 집을 향해 발걸음을 돌렸다. 또한, 최악의 사태는 지나갔으리라는 생각이 들기도 했기 때문이었다.

그는 저택 옆에 나 있는 작은 쪽문을 통해서 조심스럽게 집 안으로 들어갔다. 그러고는 은밀하게 자기만의 성소로 숨어들었다. 아무한테도 들키지 않고 몰래 들어왔다는 사실에 그는 상당히 만족하고 있었지만, 그건 오산이었다. 주의 깊은 트레드웰 집사의 눈을 벗어날 수는 없었던 것이다. 이윽고 그가 문 앞에 모습을 나타냈다.

"죄송합니다만, 나리……."

"무슨 일인가, 트레드웰?"

"저, 로맥스 장관께서 나리가 돌아오시는 대로 서재에서 뵙고 싶다고 하시는데요."

이러한 트레드웰의 미묘한 말투에는 만일 캐터햄 경만 원한다면 아직 돌아오지 않은 것으로 하겠다는 암시가 내포되어 있었다.

캐터햄 경은 한숨을 내쉬고는 의자에서 일어났다.

"어차피 피할 수 없는 일일 테지. 그래, 서재라고 했나?"

"그렇습니다, 나리."

캐터햄 경은 다시 한숨을 내쉬고는 조상 대대로 물려온 저택의 넓은 공간을 지나서 서재 문에 이르렀다. 문은 안으로 잠겨 있었다. 그가 손잡이를 마구 흔들자, 안에서 자물쇠가 풀리며 문이 조금 열리더니, 그 틈새로 조지 로맥스의 얼굴이 나타나며 조심스럽게 밖을 내다보았다.

상대가 누구라는 것을 알자, 곧 그의 표정이 풀렸다.

"아, 캐터햄, 어서 들어오시오. 그러지 않아도 도대체 어찌된 일인지 궁금하던 참이었는데."

캐터햄 경은 영지 관리라든지, 세를 준 집들에 대한 수리 등에 대한 말을 대충 얼버무리고는, 멋쩍어하는 듯한 표정으로 눈치를 살피며 방 안으로 들어섰다. 서재에는 조지 말고도 다른 두 사람이 더 있었다. 한 사람은 군(郡) 경찰 국장인 멜로즈 대령이었고, 또 한 사람은 체격이 당당한 중년의 사내로, 이상하게 표정이 없는 얼굴이 그의 개성을 더욱 돋보이게 만드는 사람이었다.

"배틀 총경은 도착한 지 한 시간쯤 되었소. 배지워시 경감과 함께 현장을 둘러보고, 카트라이트 의사도 만나보았는데, 우리에게 알고 싶은 사실이 몇 가지 있는 모양이오." 조지가 말했다.

캐터햄 경은 멜로즈 대령과 인사를 나누고 배틀 총경에게 자신을 소개한 다음, 그들과 함께 자리에 앉았다.

이윽고 조지가 입을 열었다.

"배틀 총경, 당신한테는 이번 사건이 극도의 신중을 기해야 할 일이라는 점을 굳이 강조할 필요도 없을 거요."

배틀 총경이 소탈하게 고개를 끄덕이는 모습이 캐터햄 경의 마음에 상당히 들어보였다.

"그 점은 염려 마십시오. 하지만, 우리 사이에 비밀이 있어서는 안 됩니다. 저는 살해당한 분이 스타니슬라우스 백작이라고 불리었다고 알고 있습니다만, 적어도 하인들은 그분의 이름이 그런 걸로 알고 있더군요. 그런데 그것이 그분의 본명이었습니까?"

"그렇지는 않소."

"그분의 본명은 무엇이었습니까?"

"헤르초슬로바키아의 미카엘 왕자였소."

배틀의 눈이 순간 조금 크게 뜨였으나, 그밖에 다른 변화는 찾아볼 수가 없었다.

"그런데 이런 질문을 드려도 되는지 모르겠는데, 그분이 이곳을 방문한 목적은 무엇이었습니까? 단순히 사교를 위한 방문이었습니까?"

"물론 거기에는 더 중요한 목적이 있었소, 배틀. 더 말할 것도 없이 이것은 극비에 속하는 일이오."

"물론, 그 점은 충분히 인식하고 있습니다, 장관님."

"멜로즈 대령도?"

"물론이지요."

"그렇다면, 나도 안심하고 털어놓겠소. 사실 미카엘 왕자가 이곳을 방문한 특별한 목적은 허먼 아이작슈타인 씨와의 회담에 있었다고 할 수 있소. 어떤 융자에 대한 조건을 합의하기 위한 회담이었지요."

"합의 내용은 어떤 것이었습니까?"

"나도 그 정확한 내용은 알 수 없어요. 사실, 그들 간에는 아직 합의가 이루어지지 않은 상태였으니까. 하지만, 한 가지 분명한 것은 미카엘 왕자가 왕위에 오르게 될 경우에는 특정 석유 채굴권을 아이작슈타인 씨가 관계하고 있는 기업에 넘겨주기로 약속이 되어 있었던 거요. 영국 정부는, 영국의 입장을 적극 지지하겠다고 천명한 미카엘 왕자가 왕위에 오르는 데 필요한 모든 지원을 할 수 있도록 만반의 준비를 갖추고 있었던 거고."

배틀 총경이 말했다.

"과연 그 문제는 더 이상 깊이 파고들 필요가 없을 것 같군요. 미카엘 왕자는 돈을 원했고, 아이작슈타인 씨는 석유를 원했으며, 영국 정부는 유력한 대부(大父)로서 행사할 준비가 되어 있었다 이거로군요. 한 가지 여쭈어 보고 싶은 것이 있는데요, 혹시 석유 채굴권을 노리는 다른 사람이 없었습니까?"

"한 미국의 재벌 그룹이 그 문제로 왕자와 교섭한 적이 있었다고 알고 있소만."

"그런데 거절당했군요?"

하지만, 조지는 그의 질문에 대한 대답을 의식적으로 회피했다.

"미카엘 왕자는 절대적으로 영국의 입장을 지지하는 견해를 가지고 있었소." 그가 되풀이해서 말했다.

배틀 총경은 그 문제를 더 이상 따지고 들지 않았다.

"저, 캐터햄 경, 어제 있었던 일에 대해서 제가 알고 있는 것은 이렇습니다. 경께서는 어제 런던에서 미카엘 왕자를 만나 그분과 함께 이곳으로 내려오셨습니다. 왕자는 보리스 안초코프라는 헤르초슬로바키아인 시종을 대동했고, 그분의 시종 무관인 안드라시 대위는 런던에 남았습니다. 왕자는 도착하자마자 몹시 피곤하다고 하며 그분을 위해 준비된 방으로 올라가서 저녁도 그곳에서 들었고, 이 댁의 파티에 초대된 다른 손님들과는 일체 접촉하지 않았습니다. 여기까지는 정확합니까?"

"아주 정확하오."

"오늘 아침 하녀가 시체를 발견한 것은 대략적으로 봐서 7시 45분경이었습니다. 카트라이트 의사가 시체를 살펴본 결과, 사인은 권총에서 발사된 탄환에 의한 것으로 밝혀졌습니다. 하지만, 권총은 아무 데서도 발견되지 않았고, 또한 집 안에 있는 아무도 총소리를 듣지 못한 듯싶습니다. 한편, 피해자가 손목에 차고 있던 시계가 넘어질 때의 충격으로 인해 부서져서, 범행 시간이 정확히 11시 45분이었음을 가리켜 주고 있습니다. 그렇다면, 경께서는 어젯밤 몇 시에 잠자리에 드셨습니까?"

"좀 일찍 침실로 돌아갔다고 할 수 있어요. 어쩐지 파티가 더 이상 계속될 것 같지 않아서였는데, 내 말이 무슨 뜻인지 아시겠소, 총경? 우리는 한 10시 30분쯤 되었을 때 각자 침실로 돌아갔지요, 아마."

"감사합니다, 캐터햄 경. 그럼, 이제 제가 부탁할 것은 이 저택에서 묵고 있는 모든 사람들에 대해서 말씀해 주십사 하는 겁니다."

"하지만, 이보시오, 총경. 그것은 외부에서 침입한 자의 소행이 아니겠소?"

배틀 총경은 미소를 지어 보였다.

"외부인의 소행으로 볼 수도 있지요. 물론입니다. 하지만, 그렇다고 하더라도 저로서는 집 안에 있는 사람들에 대해서도 알아두어야 합니다. 수사상 필요한 절차라서 말입니다."

"글쎄……, 미카엘 왕자와 그의 시종, 그리고 허먼 아이작슈타인 씨가 있었는데, 그들에 대해서는 총경도 알고 있을 거요. 다음에는 에버슬레이……."

"내 밑에서 일하고 있는 사람이오."

조지가 친절하게도 옆에서 거들어주었다.

"그 사람도 미카엘 왕자가 이곳에 온 진짜 이유를 알고 있었습니까?"

조지가 무게 있는 어조로 대답했다.

"아니, 그렇다고는 할 수 없을 거요. 물론 무슨 일인가가 비밀리에 진행되고 있다는 정도는 눈치 채고 있었을 테지만, 그러나 그에게 모든 비밀을 털어놓을 필요는 없다고 생각했소."

"알겠습니다. 그럼, 다음을 계속해 주시지요, 캐터햄 경."

"가만있자, 하이럼 피시 씨가 있었소."

"하이럼 피시 씨란 어떤 분입니까?"

"피시 씨는 미국인으로, 루시어스 고트 씨의 소개장을 가지고 왔더군요. 총경은 루시어스 고트라는 이름을 들어보셨소?"

배틀 총경은 알고 있다는 듯이 미소를 지어 보였다. 그 유명한 억만장자인 루시어스 C. 고트라는 이름을 모르는 사람이 세상에 있을까?

"그 사람은 내가 가지고 있는 초판본 책자들에 대해서 특별한 관심을 가지고 있더군요. 물론 고트 씨의 수집품도 견줄 만한 것을 찾아볼 수가 없는 훌륭한 것이지만, 그러나 나도 정말로 진귀한 것들을 몇 점 가지고 있답니다. 이 피시라는 사람은 진서광(珍書狂)이더군요. 로맥스 씨가 이번의 주말 파티를 좀 더 그럴 듯하게 보이도록 하려면 그런 별난 사람들도 한두 명 초대하는 것이 좋을 거라고 해서 피시 씨를 초대하게 되었던 거요. 남자들은 이상이 전부지요. 여자라고는 레블 부인밖에 없는데, 물론 하녀도 함께 데려왔을 테지만 말이오. 그러고는 내 딸이 있고, 아이들과 그 애들을 돌보는 보모와 가정교사, 그리고 하인들이 전부요."

캐터햄 경은 이야기를 마치고는 숨을 깊이 들이마셨다.

배틀 총경이 말했다.

"고맙습니다. 단순한 절차상의 문제이기는 하지만, 그런대로 필요한 작업이기도 해서 말입니다."

조지가 묵직한 어조로 물었다.

"범인이 창문을 통해서 들어왔었다는 데 대해서는 의문의 여지가 없는 것 같은데, 이 점에 대해서는 어떻게 생각하시오?"

배틀은 잠시 사이를 두었다가 천천히 대답했다.

"창문 쪽으로 왔다가 다시 돌아간 것으로 보이는 발자국이 계속 이어져 있었습니다. 그리고 어젯밤 11시 40분경에 자동차 한 대가 정원 바깥에 멈추어 서 있었지요. 밤 12시 정각, 즉 자정에 한 젊은 사내가 차를 타고 졸리 크리케터스 여인숙에 도착해서 방을 하나 빌렸습니다. 그는 장화를 닦아 달라며 벗어 놓았는데, 그 장화는 물에 흠뻑 젖고 진흙이 잔뜩 묻어 있어서, 그가 정원의 울창한 풀밭 속을 걸어다녔음을 보여 주고 있는 것 같습니다."

조지가 흥분한 표정으로 상체를 내밀었다.

"그 장화와 발자국을 대조해 볼 수는 없겠소?"

"벌써 대조해 보았습니다."

"결과는?"

"완전히 일치했습니다."

조지가 탄성을 질렀다.

"그걸로 사건은 해결된 거요. 드디어 그 살인범을 잡은 거란 말이오. 그 젊은 사내, 참, 그자의 이름은 뭐라고 하오?"

"그 여인숙의 숙박부에는 앤터니 케이드라고 적혀 있더군요."

"그렇다면, 당장 그 앤터니 케이드란 자를 추적해서 체포하도록 하시오."

"그를 추적할 필요는 없을 겁니다." 배틀 총경이 말했다.

"그건 어째서요?"

"왜냐하면, 그 사람은 아직도 그곳에 머무르고 있기 때문입니다."

"뭐요?"

"좀 이상한 일이죠."

멜로즈 대령이 날카로운 시선으로 그를 쏘아보았다.

"도대체 무슨 생각을 하는 거요, 배틀 총경? 그 꿍꿍이속을 어서 털어놓으시오."

"그저 이상한 일이라고 했을 뿐입니다. 그 젊은이는 당연히 달아났어야 하는데, 달아나질 않고 있으니 말입니다. 오히려 이곳에 머무르면서 발자국을 대조해 볼 수 있도록 우리에게 온갖 편의를 다 제공해 주고 있거든요."

"그렇다면, 총경은 어떤 생각을 하는 거요?"

"도대체 뭘 생각해야 할지조차도 모르겠습니다. 제 심경은 지금 온통 뒤죽박죽이 된 상태입니다."

"총경은 혹시……."

멜로즈 대령이 서두를 꺼냈지만, 마침 조심스럽게 문을 두드리는 소리가 들려, 도중에 말을 멈추게 되었다.

조지가 자리에서 일어나 문쪽으로 걸어갔다. 이렇게 비굴한 태도로 문을 두드려야 하는 것에 대해서 남몰래 고통을 겪고 있는 트레드웰이 문지방 뒤에 위엄 있게 버티고 서서 주인에게 아뢰었다.

"죄송합니다만, 나리, 어떤 신사분이 찾아와서 오늘 아침에 있었던 비극과 관계가 있는 긴급하고도 중대한 일로 나리를 뵙고 싶다고 하십니다."

"그래, 이름이 뭐라고 하던가?" 배틀이 불쑥 물었다.

"예, 앤터니 케이드라는 분인데, 그분 말로는 자기 이름은 아무에게도 아무런 의미가 없을 거라고 하더군요."

그 말은 그곳에 있던 네 사람에게 각기 다른 의미를 던져 준 것 같았다. 그들은 제각기 다른 차원의 놀라움을 보이며 거의 동시에 자리에서 일어났다.

캐터햄 경은 기분 좋은 웃음을 흘리기 시작했다.

"일이 정말로 재미있게 되어가기 시작하는구먼. 그 사람을 들여보내게, 트레드웰. 지금 즉시 가서 모셔 오게나."

제12장

앤터니의 이야기

"앤터니 케이드 씨입니다."

트레드웰이 큰소리로 알렸다.

"마을 여인숙에 묵고 있는 의심스러운 낯선 사나이의 등장입니다."

앤터니가 자기소개를 했다. 하지만, 그는 전혀 낯선 사람답지 않게 본능적인 날카로운 직관력으로 곧장 캐터햄 경 쪽으로 다가갔다.

동시에 머릿속으로 다른 세 사람의 신분에 대해서 대충 파악해 보았다. 1) 런던경시청에서 온 형사. 2) 지방 고관—아마도 경찰국장쯤 될 것임. 3) 졸도를 일으킬 지경에 이르도록 고민하고 있는 신사—아마 정부의 고위 관계자일 것임.

앤터니는 여전히 캐터햄 경을 쳐다보며 말을 이었다.

"우선 사과의 말씀부터 드려야겠군요. 이처럼 불쑥 끼어들게 된 것을 말입니다. 하지만, 그 '졸리 독'인가 하는, 여러분께서는 그곳을 뭐라고 부르는지 알 수 없지만, 아무튼, 그곳에서 떠도는 이야기로는 이 저택에서 살인사건이 났다고 해서, 혹시 제가 그 사건에 한줄기 서광을 던져 줄 수 있을지도 모르겠다는 생각에서 이렇게 찾아뵙게 된 겁니다."

잠시 동안 아무도 입을 열지 않았다. 배틀 총경은 오랜 경험으로 미루어 봐서 사람들이 이야기하고 싶어 한다면 그렇게 하도록 그냥 내버려 두는 편이 훨씬 유익하다는 사실을 알고 있기 때문이었고, 멜로즈 대령은 평소에도 별로 말이 없는 사람이었기 때문이며, 조지는 상대방으로부터 먼저 질문받는 것에 습관이 되어 있었기 때문이고, 캐터햄 경은 도대체 무슨 말을 해야 좋을지 몰랐기 때문에 입을 열지 않았던 것이다.

하지만, 다른 세 사람은 계속 침묵을 지켰지만, 그 마지막 사람인 캐터햄 경은 상대방이 자기에게 직접 말을 걸어왔기 때문에 결국에 가서는 입을 열지 않을 도리가 없었다. 이윽고 캐터햄 경이 좀 신경질적으로 말했다.

"아, 그랬군요. 좋습니다. 자, 어쨌든 자리에 좀 앉으시오."

"고맙습니다." 앤터니가 말했다.

조지가 엄숙한 표정으로 점잖게 목청을 가다듬었다.

"그러니까, 당신은 이번 사건에 대해서 한 줄기 서광을 던져 줄 수 있다고 했는데, 그게 무슨……?"

앤터니가 말했다.

"제 말은, 어젯밤 11시 45분경 저는 캐터햄 경의 소유지에(경께서는 부디 용서해 주시기 바랍니다만) 무단으로 침입했다가 총소리를 듣게 되었다는 겁니다. 따라서, 저는 범행 시간을 단정할 수 있습니다."

그는 다른 세 사람의 표정을 차례로 살펴보다가, 시선이 배틀 총경의 얼굴에 이르자 마치 총경의 무표정한 얼굴을 감상이라도 하듯이 오랫동안 못 박혀 있었다.

"하지만, 그것은 여러분에게 새로운 소식이 아닌 모양이로군요."

그가 점잖은 어조로 덧붙였다.

"그게 무슨 말입니까, 케이드 씨?" 총경이 물었다.

"바로 이렇습니다. 오늘 아침 나는 자리에서 일어나 구두를 신었는데, 그것은 내가 맡겨 놓았던 장화를 찾을 수가 없었기 때문입니다. 어떤 젊은 순경이 와서 가져갔다고 하더군요. 당연히 나는 둘 더하기 둘은 넷이라는 결론에 이르게 되어 될 수 있는 대로 빨리 내 신분을 밝혀야겠다는 생각에 허겁지겁 이리로 달려오게 된 겁니다."

"당연히 그랬어야지요." 배틀 총경이 모호하게 말했다.

앤터니의 눈이 가볍게 빛났다.

"상당히 과묵하시군요, 경감님. 경감이 아니십니까?"

캐터햄 경이 대신 말을 받았다. 그는 앤터니가 마음에 들기 시작했다.

"이분은 런던경시청에서 내려온 배틀 총경이라오. 이쪽은 군 경찰국장인 멜로즈 대령, 그리고 이분은 로맥스 씨이고."

앤터니는 날카로운 시선으로 조지를 쏘아보았다.

"조지 로맥스 장관이십니까?"

"그렇소."

앤터니가 다시 말했다.

"로맥스 장관이시로군요. 저는 어제 장관께서 보내신 편지를 받고 정말 기쁘기 이를 데 없었습니다."

조지는 그를 멍하니 바라보았다.

"그래요?" 그가 냉담하게 대꾸했다.

하지만, 그는 속으로 오스카 양이 여기에 있었으면 좋겠다고 생각했다. 오스카 양은 그의 모든 편지를 대신 처리해 주고 있어서, 그 편지가 누구한테 보낸 것인지, 어떤 내용의 편지인지 등을 모두 기억하고 있기 때문이었다. 조지처럼 지체가 높으신 양반이 성가시게 그런 사소한 것들까지 일일이 기억하고 있을 수야 없는 노릇일 테니 말이다.

그가 다시 넌지시 물어보았다.

"이보시오, 케이드 씨, 어젯밤 11시 45분경 당신은 이곳에 들어와서 대체 무엇을 하고 있었는지에 대해서 우리에게 설명해 주지 않겠소?"

하지만, 그의 어조는, '그대가 무슨 변명을 늘어놓든 우리는 그 말을 결코 믿을 수 없을 거야.'라는 자신의 심증을 노골적으로 드러내 보이고 있었다.

"그래요, 케이드 씨, 도대체 당신은 무엇을 하고 있었소?"

캐터햄 경도 몹시 궁금한 표정으로 물었다.

앤터니는 좀 난처한 표정을 지으며 말했다.

"글쎄요, 막상 말하자니 이야기가 좀 길어질 것 같군요."

그는 담배 케이스를 꺼냈다.

"피워도 되겠습니까?"

캐터햄 경이 고개를 끄덕이자, 앤터니는 담배에 불을 붙이며 이러한 시련에 대처할 수 있도록 마음의 자세를 가다듬었다.

그는 자신이 절박한 위험의 상황에 처해 있다는 사실을 너무도 잘 알고 있었다. 불과 24시간도 안 되는 사이에 그는 서로 별개인 두 범죄 사건에 말려든 것이었다.

첫 번째 범죄와 관련해서 그가 취한 행동은 다음 범죄를 찾아서 뛰어들 생각으로 한 것은 아니었다. 조심스럽게 시체를 처리함으로써 본의 아니게 법의 본래의 취지를 위반한 다음에, 바야흐로 막 두 번째의 범죄가 저질러지고 있는 범죄 현장에 때를 맞추어 도착하게 된 것이었다. 말썽거리를 찾아다니고 있는 젊은이에게 있어서는 이보다 좋은 기회가 있을 수 없었다.

앤터니는 설사 남아메리카에 간다고 하더라도 이 이상 신나는 일거리는 찾아볼 수 없을 거라고 생각했다. 그는 이미 행동 방침을 결정했다. 그는 진실을 털어놓기로 했다. 한 가지 사소한 문제는 적당히 각색하고, 다른 한 가지 중대한 사실은 아예 삭제해 버리기로 하고 말이다.

이윽고 앤터니가 입을 열었다.

"이야기의 시작은 약 3주 전, 불라와요로 거슬러 올라갑니다. 물론 로맥스 장관께서는 그곳이 어디란 것을 알고 계실 테지만, 대영제국의 변방 식민지로서, '우리는 영국을 기억하고 있는데, 과연 영국은 우리를 기억하고 있는가?' 하는 그런 곳이지요. 저는 그곳에서 절친한 친구인 제임스 맥그러스라는 사람을 우연히 만나 이야기를 나누게 되었는데……."

그는 일부러 그 이름을 천천히 말하며 조심스럽게 조지의 표정을 살폈다. 조지는 엉덩이를 들썩이며 가까스로 터져 나오려는 탄성을 눌러 참고 있었다.

"그 얘기의 결과로, 저는 맥그러스가 도저히 몸을 빼낼 수가 없어서 대신 저에게 의뢰한 어떤 작은 일을 처리하기 위해 영국으로 건너오게 되었습니다. 배편이 이미 그 사람의 이름으로 예약되어 있었던 관계로, 저는 제임스 맥그러스라는 이름으로 여행을 했지요. 물론, 저는 그것이 어떤 종류의 불법 행위에 속하는지 알 수가 없지만, 총경께서는 잘 알고 계실 테니, 필요하다면 저를 몇 달 동안 감옥에서 고초를 겪게 하실 수도 있을 겁니다."

"그런 걱정은 접어두고 하던 이야기나 계속하시기 바랍니다, 케이드 씨."

배틀 총경이 눈을 가볍게 빛내며 말했다.

"런던에 도착해서도 저는 여전히 제임스 맥그러스로 행세하며 블리츠 호텔에 여장을 풀었습니다. 런던에서의 제 용무는 어떤 원고를 한 출판사에 전해 주는 일이었는데, 호텔에 들자마자 저는 외국의 어떤 나라의 두 파벌이 파견한 대표들을 맞이하게 되었지요. 한쪽 대표는 아주 합법적인 방법으로 자신의 목적을 달성하고자 했고, 다른 한쪽은 전혀 그렇지가 못했습니다. 당연히 저도 그에 알맞은 방법으로 그들을 다루었지요. 그러나 말썽은 그것으로 끝나지 않았습니다. 그날 밤 호텔의 웨이터 한 명이 몰래 제 방에 숨어들어와 도둑질을 한 겁니다."

"우리 경찰에서는 그런 보고를 받지 못한 것으로 알고 있습니다만?"

배틀 총경이 물었다.

"그렇습니다. 그 일은 경찰에 알리지 않았습니다. 아무것도 도둑맞지 않았기 때문이죠. 하지만, 저는 호텔 지배인에게 그 일을 알렸으니, 확인해 보시면 그가 제 이야기를 증명해 줄 겁니다. 그리고 그날 밤중에 문제의 그 웨이터가 갑자기 모습을 감추어 버렸다는 사실도 아울러 말해 줄 겁니다.

다음 날, 그 출판사에서 전화가 걸려와 저한테 자기네 직원을 보낼 테니 그 원고를 인계해 달라고 하더군요. 저도 그 제의에 동의를 했고, 따라서 그 일은 그 다음 날 아침에 아무 일 없이 처리되었습니다. 그 뒤로 저는 아무런 소식도 듣지 못했으니, 아마도 그 원고는 탈 없이 그 출판사에 전달된 모양입니다. 그리고 어제 여전히 제임스 맥그러스의 신분으로, 저는 로맥스 장관님으로부터 편지를 한 통 받았습니다만……."

앤터니는 말을 멈추었다. 그는 이제야 슬슬 재미를 느끼기 시작했다. 조지는 안절부절못하고 있었다.

조지가 우물쭈물하며 말했다.

"이제 생각나는구먼. 상당히 긴 편지였는데, 이름이 달라서 그만 혼동이 되었던 거요."

그러고는 도덕적인 안정감을 느꼈는지, 조지의 목소리는 단호한 기색을 띠며 다소 억양이 높아졌다.

"하지만, 그런, 그런, 당신처럼 다른 사람의 이름을 도용하는 것은 도저히 용납될 수 없는 행동이라고 생각하오. 당신은 틀림없이 엄중한 법률적인 처벌을 받게 될 거요."

앤터니는 그 말에 전혀 아랑곳하지 않고 계속 말을 이었다.

"그 편지에서 로맥스 장관께서는 제가 보관하고 있던 원고와 관계해서 여러 가지 제안을 하셨더군요. 그리고 이 저택에서 열리는 파티에도 참석해 달라는 캐터햄 경의 초대의 말씀도 들어 있었습니다."

캐터햄 경이 끼어들며 말했다.

"정말 잘 오셨소, 젊은 친구. 비록 늦기는 했지만 오지 않은 것보다는 훨씬 낫지, 안 그렇소?"

조지는 그에게 얼굴을 찌푸려 보였다.

배틀 총경이 냉정한 시선으로 앤터니를 쏘아보며 물었다.

"그것이 어젯밤 당신이 이곳에 출현하게 된 상황에 대한 설명입니까, 케이드 씨?"

앤터니가 진심 어린 어조로 대답하며 다시 이야기를 계속했다.

"물론 그렇지는 않습니다. 만일 제가 어떤 시골 저택에서 초대를 받는다면, 한밤중에 월장을 해서 마구 정원을 짓밟고 다니며 아래층 창문을 열어보려고 애쓰지는 않을 겁니다. 현관 입구까지 차를 타고 들어와서 벨을 누르고는, 신발닦개에다 구두를 깨끗하게 닦고 들어가지요. 앞서 하던 이야기를 계속하겠습니다. 저는 로맥스 장관님의 편지를 받고는, 이미 그 원고가 제 손을 떠나 남의 손에 들어갔으므로, 유감스럽지만 캐터햄 경의 친절한 초대에 응할 수가 없노라는 내용의 답장을 보냈습니다. 하지만, 답장을 보내고 나서야 그때까지 깜박 잊고 있었던 어떤 사실이 생각난 겁니다."

그는 잠시 말을 멈추었다. 드디어 살얼음판에서 스케이트를 타야 할 순간이 왔기 때문이다.

"사실은, 그 쥐제페란 웨이터와 격투를 벌이던 중 저는 그자의 손에서 뭔가 적혀 있는 종잇조각을 빼앗았습니다. 물론 그 당시만 해도 저에게는 아무런 의미도 없는 쪽지였지만 용케도 버리지 않고 가지고 있었는데, 침니스라는 말이 그것을 다시 떠올리게 한 거죠. 그래서, 저는 그 찢어진 종잇조각을 다시 꺼내어 살펴보았습니다. 역시 제가 생각했던 대로였습니다.

자, 여기 그 쪽지가 있으니 여러분이 직접 살펴보십시오. 그 위에 적혀 있는 말은, '침니스, 목요일 11시 45분'이라는 구절입니다."

배틀은 그 종잇조각을 주의 깊게 살펴보았다.

다시 앤터니가 말을 계속했다.

"물론 침니스란 말은 이 저택과는 아무런 관계가 없을지도 모릅니다. 하지만, 이 쥐제페라 자는 흉악한 강도입니다. 그래서 저는 어젯밤 자동차로 이곳에 내려와 과연 일이 어떻게 될지 제 눈으로 직접 확인하고, 그 여인숙에서 묵은 뒤 아침에 캐터햄 경을 찾아뵙고 혹시 주말에 도둑이 들지도 모르니 조심하라는 충고를 드리려고 한 겁니다."

"하, 일이 그렇게 된 거로군." 캐터햄 경이 격려하듯 말했다.

"저는 생각보다 늦게 이곳에 도착하게 되어서, 시간적인 여유가 거의 없었습니다. 따라서, 급히 차를 멈추고는 담을 뛰어넘어서 그대로 정원을 가로질러 테라스로 향했습니다. 제가 테라스에 도착했을 때 저택은 어둠과 정적 속에 파묻혀 있었지요.

그런데 막 돌아가려는 순간 총소리를 듣게 되었습니다. 집 안에서 총소리가 난 것 같아 다시 돌아서서, 테라스로 올라가 창문들을 열려고 해보았지요. 하지만, 모두 안으로 잠겨 있었고, 집 안에서는 아무런 소리도 들리지 않았습니다. 잠시 더 기다려 보았지만, 여전히 사방이 죽은 듯이 고요하기만 해서, 결국, 제가 잘못 들었거나, 아니면 숲속을 헤매는 밀렵꾼의 총소리를 들은 모양이라고 생각하게 되었던 것인데, 그런 상황에서는 당연히 내릴 수 있는 결론이라고 봅니다."

"물론 당연한 결론일 테지요."

배틀 총경이 아무런 감정도 없이 대꾸했다.

"그래서 저는 아까 말씀드렸듯이 여인숙으로 가서 묵게 되었고, 오늘 아침에 그 소식을 듣게 된 겁니다. 물론 저는 그런 상황 아래에서는 꼼짝없이 의심받게 되었다는 사실을 깨닫고는, 부디 손에 수갑이 채워지지 않기만을 바라는 마음으로 제 사정을 말씀드리고자 이렇게 찾아온 겁니다."

잠시 침묵이 흘렀다.

이윽고 멜로즈 대령이 곁눈질로 배틀 총경을 살펴보며 한마디 했다.

"내 생각에는 충분히 사리에 맞는 이야기 같군요."

배틀이 말했다.

"그렇습니다. 오늘 아침에는 아직 수갑을 꺼내 들 상황이 아닌 것 같습니다."

"다른 질문은 없소, 배틀?"

"제가 알고 싶은 것이 하나 있긴 있습니다만, 그 원고라는 게 대체 무엇입니까?"

그가 조지 쪽을 바라보자, 조지는 마지못해 하는 기색으로 대답했다.

"그건 고 스틸프티치 백작의 회고록인데, 말하자면……"

배틀이 그의 말을 가로채며 말했다.

"그 정도면 충분합니다. 더 이상은 말씀 안 하셔도 됩니다. 무슨 말씀인지 잘 알겠습니다."

그는 앤터니를 돌아다보았다.

"살해당한 사람이 누구였는지 알고 있습니까, 케이드 씨?"

"졸리 독 여인숙에서 듣기로는 스타니슬라우스 백작인가 하는 분이었다고 하더군요."

"케이드 씨한테 설명해 주시지요."

배틀 총경이 조지 로맥스에게 불필요한 말은 다 빼 버리고 요점만 말했다.

조지는 비록 내키지는 않았지만 어쩔 수 없이 입을 열었다.

"그 스타니슬라우스 백작이라는 익명으로 이 저택에 묵고 있었던 사람은 실은 헤르초슬로바키아의 미카엘 왕자였다오."

앤터니는 휘파람 소리를 냈다.

"정말 상황이 지독하게 꼬이게 되겠군요."

앤터니의 거동을 자세하게 살피고 있던 배틀 총경은 이윽고 뭔가 만족할 만한 결과를 얻었는지, 짧게 음 하는 소리를 내고는 갑자기 자리에서 일어났다. 그러고는 큰소리로 말했다.

"케이드 씨한테 몇 가지 물어보고 싶은 게 있는데, 이분을 제가 회의실로 모시고 가도 되겠습니까?"

캐터햄 경이 대답했다.

"물론이지요. 총경이 필요하다면야 어디든 모셔 가도 좋아요."

앤터니와 총경은 나란히 그 방을 나섰다.

시체는 이미 그 비극의 현장에서 옮겨진 뒤였다. 비록 시체가 놓여 있던 바닥에는 검붉은 핏자국이 남아 있었지만, 그것 말고는 그런 비극이 일어났었다는 사실을 엿볼 수 있는 흔적은 어디에도 남아 있지 않았다.

밝은 햇살이 세 개의 커다란 창문을 통해 쏟아져 들어와 방 안을 넘칠 듯이 가득 채우고 있었고, 벽을 장식한 떡갈나무 널에 반사되어 그 은은한 색조를 더욱 돋보이게 만들고 있었다.

앤터니는 방 안을 둘러보며 진정으로 매료당한 듯한 표정을 떠올렸다. 이윽고 그가 입을 열었다.

"정말 훌륭하군요. 옛날 영국의 아름다움에 비견할 만한 것은 세상에 없을 듯싶군요."

"그러니까 처음에는 이 방에서 총소리가 난 걸로 여겼다고 했지요, 케이드 씨?"

배틀 총경은 앤터니의 아름다움에 대한 찬미를 무시하며 단도직입적으로 질문을 던졌다.

"잠깐 기다려 주십시오."

앤터니는 창문을 열고 테라스로 나가 저택을 살펴보았다.

"그렇습니다. 바로 이 방이 맞아요. 이 방은 건물에서 돌출해서 지어졌고, 따라서 방 하나가 한 모퉁이를 이루고 있습니다. 만약에 총이 다른 곳에서 발사되었다면, 그 소리는 아마 내 왼쪽에서 들렸을 텐데, 분명히 총소리는 내 뒤가 아니면 오른쪽에서 들렸거든요. 바로 그것 때문에 내가 밀렵꾼이 쏜 총소리라고 생각했던 겁니다. 보시다시피, 이 방은 건물의 익면 끝단에서 위치하고 있으니까요."

그는 문턱을 넘어 다시 방 안으로 걸음을 옮겨 놓다가, 갑자기 생각이 난 듯 불쑥 물어보았다.

"그런데 그건 왜 물어보시는 건가요? 총경도 그가 이 방에서 살해당했다는 사실을 이미 알고 계시지 않습니까?"

"아!" 탄성을 발하며 배틀 총경이 대답했다.

"사람들은 결코 자신이 알고 있다고 여기고 있는 만큼 사실을 알고 있지는 못하는 법이지요. 아무튼, 그가 이 방에서 총에 맞았다는 것은 분명합니다. 그런데 당신은 여기 창문들을 열어보려고 했었다고요?"

"그렇습니다. 모두 안쪽으로 잠겨 있더군요."

"어느 창문이었습니까?"

"셋 다였지요."

"틀림없습니까, 케이드 씨?"

"나에게는 확실한 것만 말하는 습관이 있습니다. 그건 왜 묻습니까?"

"그렇다면, 좀 이상하군요." 배틀 총경이 말했다.

"뭐가 이상하다는 겁니까?"

"오늘 아침 시체가 발견되었을 때, 가운데 창문이 하나 열려 있었거든요. 다시 말해서, 빗장이 걸려 있지 않았다는 겁니다."

"휘유!"

앤터니는 창문턱에 털썩 주저앉으며 담배 케이스를 꺼내어 들었다.

"그건 좀 뜻밖이로군요. 다시 말해, 그런 사실은 사건을 전혀 다른 방향으로 해석할 수도 있게 해줍니다. 즉, 우리는 두 가지로 상황을 설정할 수 있습니다. 하나는, 그는 집 안의 누군가에 의해서 살해되었고, 그자는 내가 창문을 만져 본 뒤에 그 창문의 빗장을 벗겨 놓아 마치 외부에서 침입한 자, 말하자면, 나처럼 이 일 저 일에 참견하기 좋아하는 작자의 소행으로 보이도록 한 것이거나, 아니면 다른 말은 필요없이 간단하게 말해서 내가 거짓말을 하고 있다는 것, 이 두 가지 중 하나임이 틀림없습니다. 물론 총경께서는 두 번째 가능성을 택하려 하실 테지만. 그러나 내 명예를 걸고 말하건대, 그건 총경께서 크게 잘못하시는 겁니다."

"내가 조사를 끝내기 전까지는 아무도 이 집에서 떠날 수 없다는 것을 당신한테 분명히 해두겠소."

배틀 총경이 엄숙한 표정을 지으며 단호하게 말했다.

앤터니는 날카로운 시선으로 그를 쏘아보았다.

"총경은 언제부터 이번 사건이 내부인의 소행일 가능성도 있다는 생각을 품게 되었습니까?"

배틀은 미소를 지어 보였다.

"그런 생각은 처음부터 갖고 있었소. 당신의 흔적은 너무도 요란스러워서, 마치 이건, '나 왔다 갑니다.' 하고 광고라도 하는 것 같았거든요. 당신의 장화와 발자국이 서로 일치한다는 것을 확인하고서부터 나는 의혹을 품기 시작했소."

"역시 런던경시청의 엘리트답군요."

앤터니가 밝은 어조로 말했다. 그러나 바로 그 순간, 배틀이 겉으로는 자기를 이번 범죄와는 전혀 무관하다고 인정해 주는 듯싶은 바로 그 순간, 앤터니는 그 어느 때보다도 신경을 곤두세우고 경계를 늦추지 말아야 할 필요가 있다고 느꼈다. 배틀 총경은 아주 빈틈없는 사람이었다.

배틀 총경 앞에서는 한 치의 허점이라도 보여서는 안 되는 것이었다.

"저기가 사건이 일어난 바로 그 장소인가 보군요?"

앤터니가 바닥에 거무스름한 얼룩이 남아 있는 곳을 고갯짓으로 가리키며 물었다.

"그렇습니다."

"흉기가 무엇이었습니까, 권총이었습니까?"

"그런 것 같습니다만, 그러나 시체를 해부해서 탄환을 빼내기 전까지는 확실한 것을 알 수 없는 노릇이지요."

"그렇다면, 범행에 사용된 흉기가 아직 발견되지 않았군요."

"그렇습니다, 아직 발견되지 않았소."

"무슨 단서조차 전혀 없습니까?"

"글쎄, 이걸 발견하기는 했소."

배틀 총경은 마치 요술쟁이 같은 손짓을 해보인 다음에 반으로 잘라진 편지지를 꺼내어 보였다. 그러고는 아무 일도 없었던 것처럼 다시 앤터니의 태도를 면밀하게 주시했다. 하지만, 앤터니는 놀라는 기색도 없이 그 편지지에 그려진 표식을 알아보았다.

"아하! 또 레드 핸드 당원이로군. 그런 걸 마구 뿌리고 다니는 걸 보면, 아마도 그들은 그걸 석판으로 대량 찍어낸 모양입니다. 한 장씩 손으로 그린다면 끔찍하게 시간이 오래 걸릴 테니까. 그건 어디서 발견하셨습니까?"

"시체 밑에 있더군요. 이걸 전에도 본 적이 있소, 케이드 씨?"

앤터니는 그 애국심으로 불타던 당원과의 짧았던 만남에 대해서 그에게 자세하게 들려주었다.

"그것은 레드 핸드 당에서 그를 제거했다는 증거가 아닐까요?"

"당신은 그게 가능한 생각이라고 봅니까, 케이드 씨?"

"글쎄요, 그건 그들의 선전과도 일치하는 것이 아닐까요? 하지만, 노상 피가 어쩌고저쩌고 떠들어대는 자들은 사실 정말로 피가 흐르는 광경을 한 번도 본 적이 없는 게 대부분이라는 사실을 나는 경험을 통해서 잘 알고 있습니다. 그 일당이 나만큼 용기가 있다고는 생각되지 않습니다. 게다가, 그들은 아주 특이한 인종들이어서, 이런 시골 저택에 어울리는 손님으로 변장할 수도 없을 겁니다. 하지만, 그거야 아무도 장담할 수 없는 일이지요."

"맞습니다, 케이드 씨, 아무도 장담할 수는 없지요."

앤터니는 문득 재미있는 생각이 들었는지 얼굴에 미소를 흘렸다.

"이제야 알겠습니다. 열려 있는 창문, 요란스런 발자국, 그리고 마을 여관에 묵고 있는 의심스런 이방인. 하지만, 이건 정말입니다, 총경님, 아무리 그렇기로서니, 나는 절대로 레드 핸드 당의 지방 밀정은 아니랍니다."

배틀 총경은 슬며시 미소를 떠올렸다. 그러고는 그의 마지막 카드를 펼쳐보였다.

"그 시체를 한번 보시겠소?" 그가 불쑥 내뱉듯이 말했다.

"반대할 이유가 없지요."

앤터니가 망설이지 않고 대답했다.

배틀은 주머니에서 열쇠를 꺼내어 들고 앞장서서 복도를 내려가 어떤 문 앞에서 걸음을 멈추더니, 열쇠를 꽂고 문을 열었다. 그 방은 일종의 작은 응접실이었다. 시체는 흰 천에 덮여 테이블 위에 안치되어 있었다.

배틀 총경은 앤터니가 옆에 올 때까지 기다렸다가 갑자기 그 시트를 잡아 젖혔다.

앤터니가 깜짝 놀라며 부지중에 탄성을 지르는 모습을 지켜보는 배틀 총경의 눈이 열기를 띠고 빛났다.

"역시 이 사람을 알아보는군요, 케이드 씨."

그는 억지로 자신의 승리감을 억누르며 말했다.

"그렇습니다, 전에 한 번 만나본 사람입니다."

앤터니는 본래의 태도를 회복하며 말했다.

"하지만, 그때는 미카엘 오볼로비치 왕자의 신분이 아니었습니다. 이 사람은 자기가 볼더슨 앤드 호지킨스 출판사에서 보낸 사람이라고 하며 자기 이름을 홈스라고 했습니다."

제13장

미국 손님

배틀 총경은 자신의 비장의 무기가 불발로 끝나자, 다소 낙담한 표정을 지으며 다시 시트를 덮었다. 앤터니는 주머니에 손을 찔러 넣은 채 곰곰이 생각에 잠겨 있었다.

"그때 롤리팝 남작이 말했던 '다른 방법'이 바로 그것이었군."

이윽고 그가 이렇게 중얼거렸다.

"뭐라고 했소, 케이드 씨?"

"아무것도 아닙니다, 총경님. 그냥 뭔가 좀 생각하느라고요. 그러니까 나는 아니, 내 친구인 지미 맥그러스는 1천 파운드를 졸지에 고스란히 날려 버린 셈이거든요."

"1천 파운드라면 상당히 큰 액수라 할 수 있지요."

배틀 총경이 말했다.

"물론 총경 말씀대로 상당한 액수이긴 하지만, 문제는 그 1천 파운드뿐만이 아닙니다. 그 일을 생각하면 할수록 정말 화가 치밀어 못 견디겠군요. 풋내기 애송이처럼 멍청하게 속아서 그 원고를 순순히 넘겨주었으니 말입니다. 어처구니가 없군요, 총경님, 정말이지 불쾌하기 짝이 없습니다."

배틀 총경은 아무 말도 하지 않았다. 다시 앤터니가 말을 이었다.

"물론 이미 엎질러진 물 가지고 후회해 봐야 소용없는 일일 테죠. 하지만, 그렇다고 해서 아직 포기할 단계는 아니라고 생각합니다. 다음 수요일까지 그 원고를 다시 찾을 수만 있다면 모든 게 다 순조롭게 될 테니까."

"회의실로 다시 돌아갑시다, 케이드 씨. 거기에서 당신한테 한 가지 보여 줄 것이 있소."

다시 회의실로 돌아오자, 총경은 곧장 가운데 창문으로 걸어갔다.

"케이드 씨, 아까부터 생각하고 있었던 것인데, 이 창문은 몹시 **뻑뻑하다는** 거요. 정말 뻑뻑하기 이를 데 없습니다. 그래서 당신이 안으로 잠긴 거라고 생각한 것인지도 모르지요. 단지 너무 **뻑뻑해서** 열리지 않은 것일 수도 있다는 겁니다. 내 생각에는, 그렇습니다, 당신이 잘못 생각한 것이 분명하다고 봅니다."

앤터니는 날카롭게 그를 쏘아보았다.

"내가 잘못 안 게 아니라고 확신한다면 어쩌시겠습니까?"

"당신이 잘못 알았을 수도 있다고는 생각지 않소?"

배틀이 조금도 지지 않고 그를 마주 쏘아보며 되물었다.

"그렇게까지 말씀하신다면야 승복할 도리밖에 없겠지요, 총경님. 좋습니다, 내가 실수한 걸로 해둡시다."

배틀 총경은 만족한 듯이 미소를 지어 보였다.

"상당히 이해가 빠르시군요, 케이드 씨. 그러면 적당한 때를 봐서 자연스럽게 그렇게 말해 주시지 않겠소? 내 말에 이의 없으시죠?"

"물론입니다. 그렇다면, 나는······."

하지만, 그는 갑자기 배틀 총경이 팔을 잡자 도중에 말을 멈추었다.

총경은 상체를 앞으로 내밀면서 가만히 귀를 기울였다. 그는 손짓으로 앤터니의 입을 막으면서, 발끝으로 소리를 죽여 가며 살금살금 문으로 다가가서는 갑자기 문을 열어젖혔다.

문 앞에는 키가 크고 아주 순진해 보이는 청잣빛 푸른 눈, 널쩍하고 큰 얼굴에 검은 머리를 단정하게 한가운데서 갈라 빗어 넘긴 사나이가 서 있었다.

"실례합니다만."

그 사람은 대서양 너머 저쪽의 악센트가 담긴 목소리로 느릿느릿 끌어가며 말을 이었다.

"범행 현장을 볼 수 있도록 허락해 주시지 않겠습니까? 두 분 모두 런던경시청에서 나오셨나 보군요?"

앤터니가 대답했다.

"나는 그 영예를 받을 자격이 못 되지만, 이쪽은 런던경시청에서 나온 배틀 총경입니다."

그 미국인은 굉장한 관심을 보이며 말했다.

"그렇습니까? 이렇게 뵙게 되어서 정말 기쁘군요, 총경님. 나는 뉴욕에서 온 하이럼 P. 피시입니다."

"그래, 선생은 무엇을 보고 싶다는 겁니까?" 배틀 총경이 물었다.

미국인은 점잖게 방 안으로 들어와서는 바닥 위에 검붉게 얼룩이 진 자국을 아주 흥미 있게 살펴보았다.

"나는 범죄에 상당히 관심이 많답니다, 배틀 총경님. 내 취미 가운데 하나라고 할 수 있지요. 일전에 미국의 한 주간지에 '타락과 범죄'라는 제목의 전공 논문을 발표한 적도 있거든요."

이렇게 말하면서 그는 마치 방 안에 있는 모든 것을 머릿속에 새겨 넣기라도 할 듯이 천천히 방 안을 둘러보았다. 그의 시선은 창문에서 더 오랫동안 머물렀다.

"시체는 다른 곳으로 옮겼습니다."

배틀 총경은 당연한 사실을 말해 주었다.

"그럴 테지요."

피시 씨가 말했다. 그의 시선은 떡갈나무 벽으로 향했다.

"이 방에는 상당히 훌륭한 그림들이 걸려 있군요. 홀바인의 작품 한 점, 반 다이크 것이 두 점, 그리고 만일에 내가 잘못 본 것이 아니라면 저것은 벨라스케즈의 작품 같군요. 나는 그림에 무척 관심이 많습니다. 초판본 책자와 마찬가지로 말입니다. 캐터햄 경께서는 정말 친절하시게도 자신의 초판본 책자들을 감상 할 수 있도록 나를 초대해 주셨지요."

그는 가볍게 한숨을 내쉬고는 다시 말을 이었다.

"하지만, 이제는 소용없는 일이겠죠. 손님들은 모두 즉시 런던으로 돌아가려고들 할 테니까요. 그런 기분을 갖는 것도 당연하지 않겠습니까?"

배틀 총경이 말했다.

"그렇게 되지는 않을 것 같군요, 피시 씨. 심리(審理)가 끝날 때까지는 아무도 이 저택을 떠날 수 없습니다."

"일이 그렇게 되는 겁니까? 그런데 그 심리는 언제 열리게 됩니까?"

"내일 열릴 수도 있고, 아니면 월요일까지 연기될 수도 있습니다. 검시를 하고, 또 검시관도 만나봐야 하니까요."

피시 씨가 말했다.

"알았습니다. 상황이 이렇게 되었으니 우울한 파티가 되겠군요."

배틀은 앞장서서 문쪽으로 걸어가며 말했다.

"이 방에서 나가는 게 좋을 것 같군요. 문을 잠가 놓아야겠습니다."

그는 다른 두 사람이 나오기를 기다렸다가 열쇠를 돌려 문을 잠그고는 열쇠구멍에서 열쇠를 빼내었다.

"물론 지문을 조사하셔야겠죠?"

"아마도."

배틀 총경이 짤막하게 대답했다.

"내 생각에는 어젯밤 같은 밤에는 침입자가 그 딱딱한 마룻바닥 위에 발자국을 남겨 놓았을 성싶은데요?"

"방 안에는 전혀 발자국을 찾아볼 수가 없었고, 대신 창문 밖에 요란한 발자국이 남아 있더군요."

"바로 내 발자국이었답니다." 앤터니가 유쾌한 어조로 말했다.

"설마, 그게 정말이오?"

피시 씨는 그 순진해 보이는 눈으로 앤터니를 돌아보며 물었다.

이윽고 그들이 복도 모퉁이를 돌아 회의실처럼 온통 오래된 떡갈나무로 장식이 되어 있고, 그 너머에는 널찍한 회랑이 있는 큰 홀로 들어서게 되었을 때, 저쪽 끝에서 두 사람의 모습이 보였다.

피시 씨가 말했다.

"아! 이 저택의 친절한 주인이신 캐터햄 경이로군요."

그의 캐터햄 경에 대한 찬사가 너무 우스꽝스럽게 들려서, 앤터니는 그만 터져 나오려는 웃음을 감추려고 고개를 다른 쪽으로 돌렸다.

미국인이 계속 말을 이었다.

"그리고 함께 계신 숙녀분의 이름은 어젯밤 미처 새겨듣지는 못했지만, 아무튼, 똑똑한, 대단히 똑똑한 여성이더군요."

캐터햄 경과 함께 있는 여인은 버지니아 레블이었다.

앤터니는 이러한 그녀와의 상봉을 벌써부터 예기하고 있었지만, 그러나 자기가 어떤 태도를 취해야 할지에 대해서는 아무런 대책도 세워놓지 못한 형편이었다. 따라서, 오로지 버지니아에게 맡기는 도리밖에 없었다. 비록 그녀의 침착성에 대해 완전히 신뢰하고 있었지만, 대체 그녀가 어떤 태도로 나올지에 대해서는 전혀 짐작조차 가지 않았다. 하지만, 그는 곧 그러한 불안감을 떨쳐 버리게 되었다.

"어머나, 케이드 씨가 아니세요?" 버지니아는 그에게 두 손을 내밀었다.

"결국, 이곳에 내려오시게 되었군요?"

"이런, 레블 부인, 케이드 씨가 당신 친구일 줄은 정말 몰랐소."

캐터햄 경이 놀라며 말했다.

"이분은 저하고 오래전부터 알고 지내는 친구세요."

앤터니에게 다정한 미소를 보내며 버지니아는 장난스럽게 한쪽 눈을 찡긋해 보였다.

"저는 어제 정말 뜻하지도 않게 런던에서 이분을 만나서, 제가 이곳으로 내려올 거라는 말을 해주었거든요."

앤터니는 재빨리 그녀의 연극에 보조를 맞추며 그녀를 거들어주었다.

"레블 부인한테 제 사정을 설명해 주었지요. 제가 경의 친절한 초대를 어쩔 수 없이 거절해야 했던 것은 사실 제가 다른 사람으로 행세하고 있었기 때문이라는 사정을 말입니다. 그리고 또한, 시치미를 뚝 떼고 경 앞에서 전혀 다른 사람인 양 행세하는 노릇은 도저히 할 수가 없을 것 같았거든요."

캐터햄 경이 말했다.

"잊어버려요, 젊은 친구. 그런 거야 아무려면 어떻소? 이제는 다 지나간 일인 게요. 당신 짐을 가져오라고 크리케터스 여인숙으로 사람을 보내야겠구먼."

"정말 고마우신 말씀이지만, 저, 캐터햄 경……."

"그게 무슨 소리요? 당연히 당신은 여기 침니스 저택에서 지내야 해요. 크리케터스 여인숙은 정말 끔찍한 곳이라오. 내 귀한 손님이 지내기에는 말이오."

"그래요, 여기서 지내셔야 해요, 케이드 씨."

버지니아가 말했다.

앤터니는 자신의 사정이 달라졌다는 것을 깨달았다. 버지니아가 이미 그를 위해 나선 이상, 더 이상 그는 정체불명의 낯선 인물이 아니었다. 이곳에서 그녀의 위치는 난공불락의 요새와도 같은 것으로, 그녀가 보증하는 사람이라면 누구든 의심치 않고 신분이 확실한 인물로 받아들여지는 것이 당연했다. 그는 번햄 비치의 나무 위에 숨겨져 있을 권총을 생각하며 남모르게 속으로 미소를 지었다.

캐터햄 경이 다시 앤터니에게 말했다.

"당신 짐을 가져오도록 하겠소. 하지만, 상황이 상황이니만큼, 사격 시합은 할 수 없을 것 같군. 물론 섭섭한 일이기는 하지만, 어쩌겠소? 그나저나 아이작슈타인이 정말 안됐어. 그야말로 이건 엎친 데 덮친 격이니……."

우울한 상원의원은 무겁게 한숨을 내쉬었다.

버지니아가 말했다.

"그럼, 그건 결정됐어요. 봐요, 케이드 씨, 당신은 벌써 도움이 되기 시작했잖아요. 어서 나를 호수에 데리고 가주세요. 거긴 범죄니 뭐니 그런 것들로부터 벗어나서 정말 평화스럽게 지낼 수 있는 곳이거든요. 캐터햄 경 댁에서 살인사건이 나다니, 정말 너무도 안되셨어요. 이건 모두 조지 오빠 탓이지 뭐예요."

"아!" 한숨을 내쉬며 캐터햄 경이 말했다.

"정말이지 그의 말을 듣지 말았어야 했는데!"

그의 태도는 마치 자신이 하나뿐인 약점을 적에게 드러내 보인 영웅이라도 되는 듯이 보였다.

버지니아가 말했다.

"누구든 조지 오빠의 말을 듣지 않고는 배겨날 도리가 없어요. 언제나 상대방을 꼭 붙잡고 얘기를 하니, 달아날 수가 있겠어요? 전 뗐다 붙였다 할 수 있는 옷섶을 발명할까 생각 중이랍니다."

캐터햄 경이 껄껄 웃으며 말했다.

"정말 그래 주었으면 좋겠소. 우리 집에 있게 되어서 기쁘군요, 케이드. 나는 의지할 사람이 필요하다오."

"이거 과분한 환대에 정말 몸 둘 바를 모르겠습니다, 캐터햄 경."
앤터니는 다시 덧붙였다.
"특히, 제가 이처럼 용의자로 지목된 마당에 말입니다. 하지만, 제가 이곳에 머무르게 되면 배틀 총경의 수고를 좀 덜어 주게 될 겁니다."
"어떤 점에서 말인가요, 케이드 씨?"
배틀 총경이 물었다.
"나를 감시하기가 훨씬 수월해질 거라는 거죠."
앤터니가 친절하게 설명해 주었다. 바로 그 순간, 총경의 눈꺼풀이 깜빡이는 것을 보고 그는 자기가 쏜 화살이 적중했음을 알 수 있었다.

복잡한 정치 경제 문제

 부지 간에 눈꺼풀을 깜박인 것 말고 배틀 총경의 무표정한 얼굴은 여전히 아무런 변화도 없었다. 설혹 버지니아가 앤터니를 알아보는 것을 보고 놀랐다고 하더라도, 아마 그는 아무런 내색도 하지 않았을 것이다.
 그와 캐터햄 경은 나란히 서서 그 두 사람이 정답게 어깨를 맞대고 정원으로 통하는 문을 나서는 모습을 지켜보았다. 피시 씨도 그 옆에서 그들의 뒷모습을 지켜보고 있었다.
 "좋은 청년 같아요, 저 사람." 캐터햄 경이 말했다.
 "레블 부인이 옛친구를 만나서 정말 잘 됐군요. 아마도 서로 알고 지낸 지가 꽤 오래되었나 봅니다." 미국인이 중얼거리며 말했다.
 캐터햄 경이 말했다.
 "그런 것 같소. 하지만, 전에는 그녀가 그 사람에 대해서 언급하는 걸 한 번도 들어보지 못했는데. 아 참, 배틀 총경, 로맥스 씨가 총경에게 물어볼 것이 있다고 합디다. 그 사람 지금 푸른 거실에 있어요."
 "알겠습니다, 캐터햄 경. 곧 그리로 가보지요."
 배틀은 어렵지 않게 푸른 거실을 찾을 수 있었다. 이미 저택의 약도에 대해서 익숙해져 있기 때문이었다.
 "아, 당신이로구먼, 배틀 총경." 로맥스가 말했다.
 그는 초조한 기색으로 카펫 위를 오락가락하고 있었다. 방 안에는 또 다른, 체격이 큰 사람이 벽난로 곁에 있는 의자에 앉아 있었다. 그 사람은 영국식 사격 복장을 빠짐없이 갖추고 있었지만, 그럼에도 불구하고 전혀 어울려 보이지 않았다. 살진 얼굴에 안색은 누렇게 떴고, 검은 눈은 마치 코브라의 눈처럼 도무지 의중을 파악할 수 없었다. 널찍한 턱의 단단해 보이는 선에는 권력이 깃들어 있었다.

로맥스가 몸이 달아서 말했다.

"어서 들어오시오, 배틀. 그리고 빨리 문을 닫으시오. 이분은 허먼 아이작슈타인 씨요."

배틀은 정중하게 고개를 숙여 보였다. 그는 허먼 아이작슈타인에 대해서 너무도 잘 알고 있었다. 또한 이 재계의 거물이 말없이 앉아 있는 반면, 로맥스는 방 안을 오락가락하며 떠들어대고 있었지만, 그러나 누가 이 방 안의 진정한 주도권을 쥐고 있는지도 잘 알고 있었다.

다시 로맥스가 말했다.

"이제 우리는 보다 자유롭게 이야기를 나눌 수 있을 게요. 사실 캐터햄 경과 멜로즈 대령이 있는 데서는 무척 말조심을 했거든. 이해하시겠소, 배틀? 이 일은 소문이 퍼지면 곤란하니 말이오."

"아!" 탄성을 지르며 배틀이 말했다.

"하지만, 유감스럽게도 이런 일들은 늘 새어나가기 마련이지요."

그때 비록 짧은 순간이었지만 배틀은 아이작슈타인의 누렇게 뜬 살진 얼굴에 살짝 미소가 비치는 것을 볼 수 있었다. 그 미소는 나타났을 때와 마찬가지로 순식간에 자취를 감추었다.

"총경은 그, 그 앤터니 케이드라는 젊은이를 대체 어떻게 생각하시오?"

조지가 다시 말을 이었다.

"아직도 그자가 결백하다고 보는 거요?"

배틀은 보일 듯 말듯 어깨를 으쓱했다.

"그의 이야기는 사실인 것 같습니다. 그 중 일부는 아마 확인해 볼 수도 있을 겁니다. 겉으로 봐서 그의 이야기는 어젯밤 그가 이곳에 출현하게 된 상황을 충분히 설명해 주고 있습니다. 남아프리카에 전보를 쳐보면 그의 신분에 대한 정보도 입수할 수 있을 겁니다."

"그렇다면, 총경은 그자를 혐의 대상에서 완전히 제외시킬 작정이시오?"

배틀은 커다란 손을 들어 올렸다.

"아직은 너무 이릅니다. 저는 결코 그렇게 말한 적은 없습니다."

"당신은 이번 사건에 대해 어떤 견해를 가지고 있습니까, 배틀 총경?"

아이작슈타인이 처음으로 입을 열며 물어보았다.

그의 목소리는 깊고 풍부한 것이, 상대방으로 하여금 어쩔 수 없이 끌려들게 만드는 마력 같은 것을 갖고 있었다. 그것은 그가 젊은 시절, 중역회의 같은 데에서 그에게 커다란 도움이 되었다.

"어떤 이론을 세우기에는 아직 때가 너무 이릅니다, 아이작슈타인 씨. 나로서는 첫 번째 의문에 대한 해답조차 찾지 못하고 있는 실정입니다."

"그게 무엇입니까?"

"아, 그건 언제나 똑같은 거지요. 동기입니다. 미카엘 왕자의 죽음으로 과연 누가 이득을 보게 될까요? 우리는 거기에 대한 해답을 찾아야 비로소 어떤 결과든 얻어낼 수가 있습니다."

"헤르초슬로바키아의 혁명분자들이······."

조지가 이렇게 말을 시작했지만, 배틀이 평소에 보이던 존경심이 다소 줄어든 듯한 태도로 손을 저으며 그의 말을 가로막고 나섰다.

"어떻게 생각하고 계신지는 모르겠지만, 레드 핸드 당원의 짓은 결코 아닐 겁니다."

"하지만, 그 종이, 그 새빨간 손이 그려진 종이는 뭐요?"

"그거야 속이 훤히 들여다보이는 수작이 아니겠습니까? 그런 목적으로 그걸 슬쩍 놓아둔 거죠."

조지의 자존심이 약간 상처를 입었다.

"이보시오, 배틀. 사실이지 나는 당신이 어떻게 그처럼 확신을 할 수 있는지 모르겠구려."

"솔직히 말씀드려서 경찰은 레드 핸드 당원의 동태에 대해서 손바닥 보듯 훤하게 알고 있습니다, 장관님. 미카엘 왕자가 영국에 도착한 이후로 우리는 그들에게서 한시도 눈을 떼지 않았으니까요. 그런 일은 저희 부서의 필수적인 임무인 셈이지요. 그들의 신변에서 1마일 이상 벗어나는 일이 결코 없도록 요원들을 배치해 놓았습니다."

아이작슈타인이 말했다.

"나는 배틀 총경의 생각에 동의합니다. 우리는 다른 곳으로 눈을 돌려야 합니다."

배틀은 그의 이러한 지지에 힘을 얻어 다시 말을 이었다.

"맞습니다. 우리는 이번 사건에 대해서 조금은 알고 있습니다. 설혹 왕자의 죽음으로 이득을 얻는 사람이 누구인지는 알 수 없을지 몰라도, 그로 인해 손해를 보는 사람은 알고 있습니다."

"무슨 말을 하려는 게요?" 아이작슈타인이 물었다.

그의 검은 눈동자가 배틀의 얼굴로 향했다. 그런 그의 시선은 배틀에게 전보다 더욱 뿔 코브라를 연상케 했다.

"왕정파는 물론, 당신과 장관님께서도, 말하자면 곤경에 빠지게 된 셈입니다."

"그건 사실이오, 배틀."

조지가 몹시 낭패한 표정으로 끼어들며 말했다.

"계속하시오, 배틀 총경. 곤경에 빠졌다는 표현은 상황을 아주 적절하게 묘사한 거요. 총경은 이해가 무척 빠르시군." 아이작슈타인이 말했다.

"두 분께서는 새로 왕을 찾아야 합니다. 모시고 있던 왕을 잃었으니 말이죠. 아시는 바와 같이 말입니다!"

그는 그 커다란 손가락들을 뚝뚝 꺾었다.

"두 분은 서둘러 다른 왕을 찾아야 하지만, 그러나 그건 결코 쉬운 일이 아니지요. 물론 여러분의 계획을 자세하게 알고 싶은 생각은 없고, 저에게는 그 대략적인 윤곽만으로도 충분합니다만, 아무튼, 그건 큰 이권이 걸린 거래일 겁니다, 그렇지 않습니까?"

아이작슈타인은 고개를 천천히 끄덕였다.

"그것은 아주 큰 이권이 걸린 거래요."

"그 말씀은 저에게 두 번째 의문을 제기하도록 하는군요. 헤르초슬로바키아의 다음 왕위 계승자는 누구입니까?"

아이작슈타인은 로맥스를 건너다보았다.

조지 로맥스는 내키지 않는 표정으로 한참 망설이다가 그 질문에 대답했다.

"그게, 그러니까, 그래요, 모든 가능성을 종합해 보건대, 니콜라스 왕자가 다음 계승자가 되지 않을까 하오."

"아! 그런데 니콜라스 왕자란 어떤 분입니까?" 배틀이 물어보았다.

"미카엘 왕자의 사촌이오."

배틀이 다시 말했다.

"아! 그렇군요. 그 니콜라스 왕자란 분에 대해서 알고 싶은데요. 특히, 그분이 지금 어디 있는지에 대해서 말입니다."

로맥스가 대답했다.

"사실 니콜라스 왕자에 대해서는 거의 알려진 바가 없소. 청소년 시절에는 사회주의자들, 공화주의자들과 어울리며 아주 색다른 사상을 가지고 있었고, 자신의 신분과는 전혀 어울리지 않는 행동을 하기도 했다오. 또한, 옥스퍼드 대학에서 퇴학을 맞은 적도 있었는데, 내가 알고 있기로는 뭔가 엉뚱하고 해괴한 장난을 쳤기 때문이었다는 거요. 그리고 2년 전 콩고에서 사망했다는 소문이 있었지만, 그건 어디까지나 소문에 지나지 않았다오. 불과 몇 달 전, 왕정파의 활동 소식이 떠돌기 시작할 무렵 다시 모습을 나타냈던 거요."

배틀이 급히 물었다.

"사실입니까? 어디에서 모습을 나타냈습니까?"

"미국에서요."

"미국이라!"

배틀은 아이작슈타인을 돌아보며 단도직입적으로 물었다.

"석유입니까?"

그 재계의 거물은 고개를 끄덕였다.

"니콜라스 왕자는 만일에 헤르초슬로바키아 국민이 왕을 뽑는다면, 미카엘 왕자보다는 현대적인 개화사상에 보다 깊은 관심을 가지고 있는 자기를 선택할 거라고 주장하며, 자신이 일찍부터 민주주의적인 사상을 가지고 있었음과, 공화주의자들의 사상에 공감을 했던 사실에 국민의 관심을 끌려 하고 있다오. 재정적인 지원의 대가로 그는 미국의 어떤 재벌 그룹에 석유 채굴권을 주기로 약속하고 있다는 거요."

배틀 총경은 그만 습관처럼 되어 버린 무신경한 듯한 침착성마저 멀리 내팽개치고 길게 휘파람을 불었다. 그러고는 중얼거리며 말을 이었다.

"일이 그렇게 된 것이로군요. 그럭저럭 하는 동안, 왕정파에서는 미카엘 왕자를 지지하고 나섰고, 여러분께서는 일이 다 성사된 걸로 확인하고 있었는데, 그만 이런 사건이 터졌으니!"

"설마 그런 생각을 하는 건……." 조지가 말을 꺼내다가 말았다.

배틀이 다시 말을 이었다.

"그것은 정말 큰 이권이 걸린 거래였겠군요. 아이작슈타인 씨 말대로 말입니다. 아이작슈타인 씨께서 큰 거래라고 하신다면 그건 틀림없이 큰 거래일 겁니다."

아이작슈타인이 침착하게 말을 받았다.

"그런 일에는 언제나 그 이권을 손에 넣기 위해 온갖 불법적인 수단이 다 동원되기 마련이오. 지금 이 순간에는 월가(街)(미국 금융 시장)가 이기고 있는 거지요. 하지만, 그들은 아직 나를 꺾지는 못했소. 미카엘 왕자를 살해한 자를 잡아 주시오, 배틀 총경, 진정으로 조국을 위해 봉사하고 싶은 생각이 있다면 말이오."

조지가 끼어들며 말했다.

"한 가지 정말 의심스러운 사실이 있는데, 어째서 시종 무관인 안드라시 대위는 어제 왕자와 함께 내려오지 않은 거요?"

배틀이 대답했다.

"그 점은 이미 알아보았습니다. 그 이유는 아주 간단하더군요. 그는 미카엘 왕자를 위해서 주말을 함께 보낼 어떤 부인과의 약속을 정하기 위해 런던에 남은 거지요. 남작은 그런 일을 못마땅하게 여기고 있고, 또한 추진하고 있는 계획이 막바지 단계에 이른 상황에서 그런 짓을 꾸민다는 건 분별없는 행동이라고 생각하고 있었기 때문에, 왕자는 그 일을 은밀하게 추진해야 했던 겁니다. 그분은, 말하자면 좀, 그러니까 상당히 방탕한 편이었던 모양입니다."

조지가 아주 점잖은 목소리로 말했다.

"그런 것 같소. 맞아, 그건 틀림없는 사실일 게요."

"또 한 가지 우리가 고려해야 할 문제가 있습니다."

배틀은 말을 꺼내기가 거북한 듯 상당히 망설이다가 다시 입을 열었다.

"킹 빅터가 영국에 잠입한 것 같습니다."

"킹 빅터?"

로맥스는 그게 누군지 생각해 내려고 잔뜩 미간을 찌푸렸다.

"유명한 프랑스인 도둑입니다. 저희는 파리경시청으로부터 그를 조심하라는 경고를 받았습니다."

조지가 말했다.

"아, 이제야 생각이 나는구먼. 보석 강도 아니오? 이런, 그자는 바로……"

그는 갑자기 말을 끊었다. 벽난로 곁에서 미간을 좁힌 채 생각에 잠겨 있던 아이작슈타인이 문득 그를 쳐다보았지만, 배틀 총경이 로맥스에게 보내는 경고의 눈짓을 알아차리기에는 이미 때가 늦은 것이었다. 하지만, 분위기의 변화에 상당히 민감한 사람인 그는 어떤 긴장감을 지각할 수 있었다.

"나한테는 더 이상 용무가 없는 건가요, 로맥스 장관?" 그가 물었다.

"그런 것 같군요. 정말 고마웠소."

"내가 런던으로 돌아간다면 당신 계획을 망쳐놓게 되겠지요, 배틀 총경?"

배틀 총경이 정중하게 대답했다.

"아마도 그럴 겁니다. 아시겠지만, 아이작슈타인 씨께서 떠나신다면, 다른 사람들 역시 떠나고 싶어 할 테니까요. 그리고 그렇게 되면 어떻게 손을 써볼 도리가 없게 될 겁니다."

"정말 그럴 거요."

그 재계의 거물은 문을 닫고 그 방을 떠났다.

"놀라운 사람이오, 아이작슈타인은."

조지 로맥스가 형식적으로 한마디 했다.

"아주 개성이 강한 사람 같더군요." 배틀 총경이 동감을 표시했다.

조지는 다시 방 안을 이리저리 거닐기 시작했다. 이윽고 그가 입을 열었다.

"총경은 정말 나를 기절하도록 놀라게 했소. 세상에, 킹 빅터라니! 나는 그자가 교도소에 있는 줄 알았는데."

"몇 달 전에 출감했습니다. 프랑스 경찰은 그자의 뒤를 미행할 생각이었는데, 그자는 순식간에 그들을 따돌렸다는군요. 능히 그러고도 남을 자이지요. 이제껏 제가 겪어 본 중에 가장 교활한 녀석입니다. 여러 가지 이유로 해서 프랑스 경찰은 그가 영국으로 잠입했다고 보고, 그 사실을 우리에게 통보해 온 겁니다."

"하지만, 도대체 그자가 영국에서 뭘 하겠다는 거요?"

"그 질문에 대해서는 장관님께서 대답하실 수 있을 겁니다."

배틀이 의미심장하게 말했다.

"대체 그게 무슨……? 설마? 물론, 총경도 그 이야기를 알고 있을 테지만—아, 그렇지. 그래, 나도 총경이 무슨 말을 하는지 알겠소. 물론 나는 그 당시 외무성에서 근무하지는 않았지만, 돌아가신 전대 캐터햄 경한테서 모든 이야기를 들었소. 그야말로 미증유의 엄청난 재앙이었지."

"다른 것도 아닌 코이누어였으니."

배틀 총경이 생각에 잠긴 표정으로 말했다.

"쉿, 배틀!"

조지는 경계하는 눈빛으로 주위를 둘러보았다.

"제발 그 이름은 입에 담지 마시오. 말하지 않는 것이 최선일 테지만, 굳이 그 이름을 거론해야겠다면 그저 'K'라고만 하시오."

배틀 총경은 다시 목석같은 얼굴로 돌아갔다.

"이번 사건이 킹 빅터와 관련이 있다고 여기는 거요, 총경?"

"단지 그럴 가능성도 있다는 것뿐입니다. 그 당시의 상황을 돌이켜본다면 기억이 나실 테지만 그, 어떤 국빈이 그 보석을 숨길 수 있었던 곳은 네 군데가 있었습니다. 침니스 저택이 그중 하나였지요. 킹 빅터는 그, 바로 그 K가 분실된 뒤 며칠 있다가 파리에서 체포되었습니다. 우리는 늘 언젠가 그자가 그 보석이 있는 곳으로 우리를 안내해 줄지도 모른다는 희망을 품고 있습니다."

"하지만, 여기 침니스 저택은 수십 차례나 마치 이 잡듯이 뒤졌지 않소?"

배틀이 제법 아는 체를 하며 대답했다.

"예. 하지만, 어디를 찾아야 할지도 모르면서 무턱대고 찾아봐야 아무런 소용도 없는 법입니다. 아무튼, 이건 하나의 가정에 지나지 않지만, 이 킹 빅터란 자가 그 물건을 찾으러 이곳에 들어왔다가 미카엘 왕자에게 발각되어서 왕자를 살해하게 된 것인지도 모릅니다."

조지가 말했다.

"가능한 일이오. 그게 가장 그럴 듯한 이론인 듯싶은데."

"저는 그렇게까지는 생각지 않습니다. 하나의 가능성일 뿐이지, 그 이상은 아닙니다."

"그건 또 왜 그렇소?"

"왜냐하면, 킹 빅터는 사람은 결코 해치지 않는 자로 알려져 있기 때문입니다."

배틀 총경이 진지하게 말했다.

"그래요? 하지만, 그런 위험한 범죄자들은……"

그러나 배틀 총경은 불만스런 표정으로 고개를 저었다.

"범죄자들은 항상 자신들의 전형적인 행동을 하게 마련입니다. 참으로 놀라운 사실이긴 하지만요. 아무튼……"

"뭐요?"

"왕자의 시종을 조사해 보았으면 합니다. 저는 일부러 그를 맨 마지막으로 남겨 놓았지요. 장관님께서 괜찮으시다면, 그를 이곳으로 부르고 싶은데요."

조지는 고개를 끄덕여 동의를 표시했다. 배틀 총경이 벨을 누르자 트레드웰이 나타나서 그의 지시를 받고 물러갔다.

이윽고 얼마 안 있어 트레드웰은 키가 크고 금발을 한, 높이 솟구친 광대뼈, 움푹 들어간 푸른 눈, 그리고 거의 배틀의 재판으로 보이는 돌처럼 무표정한 얼굴을 한 사람을 데리고 다시 나타났다.

"당신이 보리스 안초코프요?"

"예."

"미카엘 왕자의 시종이었소?"

"예, 저는 왕자 전하의 시종이었습니다."

그의 영어는 비록 귀에 거슬리는 외국인의 억양을 강하게 담고 있었지만,

그래도 상당히 훌륭한 수준이었다.

"당신이 모시고 있던 분께서 어젯밤 살해되었다는 사실을 알고 있소?"

침중한, 마치 상처입은 야수가 내는 듯한 신음 소리가 유일한 그의 대답이었다. 그 소리에 겁을 집어먹었는지, 조지는 조심스럽게 창가로 물러났다.

"당신이 왕자 전하를 마지막으로 뵌 게 언제였소?"

"전하께서는 10시 30분에 침실로 드셨습니다. 저는 언제나처럼 전하의 옆방에서 잠을 잤습니다. 전하께서는 다른 문, 복도 쪽으로 나 있는 문을 통해서 아래층으로 내려가셨던 것이 분명합니다. 전하께서 나가시는 소리를 듣지 못했으니까요. 혹시 제가 저도 모르게 수면제를 먹고 잠에 곯아떨어진 것인지도 모릅니다. 저는 불충한 하인이었습니다. 주인이 깨어 계신대도 잠을 잤으니. 저는 저주받을 하인입니다."

조지는 얼이 빠진 모습으로 그를 주시하고 있었다.

"당신은 왕자 전하를 사랑했던 모양이로군, 그렇소?"

배틀이 그의 표정을 면밀하게 살펴보며 물었다.

보리스의 얼굴이 괴로움으로 일그러졌다. 그는 침을 계속해서 두 번 삼킨 다음에 격한 감정으로 귀에 거슬리는 거친 목소리로 입을 열었다.

"영국 경관 나리, 저는 이 점을 분명히 말씀드릴 수 있습니다. 저는 전하를 위해서라면 기꺼이 목숨을 바칠 수도 있었습니다! 그런데 전하께서는 돌아가시고 저는 이처럼 욕되게 살아 있으니, 전하를 위해 복수하는 그날까지 제 눈은 결코 잠들지 않을 것이며, 제 마음은 한시도 편한 날이 없을 겁니다. 개처럼 저는 그 살인자의 냄새를 추적하다가 그자를 발견하게 되면 그때는—아!"

그의 눈이 격정으로 타올랐다. 갑자기 그는 품속에서 예리한 비수를 꺼내어 공중에다 대고 위협적으로 휘둘렀다.

"저는 결코 단번에 그자를 죽이지는 않을 겁니다. 천만에요, 그건 안 될 말입니다! 우선 그자의 코를 잘라내고, 귀를 도려내고, 눈을 파낸 다음에, 그다음에 이 비수를 그자의 시커먼 심장에 깊숙이 찔러 넣을 겁니다."

그는 재빨리 비수를 다시 품속에 갈무리한 다음, 돌아서서 그 방을 떠났다.

조지 로맥스는 그렇지 않아도 튀어나온 눈을 더 튀어나오도록 부릅뜨고 달힌 문을 망연히 바라보았다. 그러고는 중얼거렸다.

"정말로 순수한 혈통을 지닌 헤르초슬로바키아인이로군. 야만적인 민족이라 아니할 수 없어. 국민이 모두 산적이나 다름없으니."

배틀 총경이 주의를 환기시킬 듯 자리에서 벌떡 일어났다. 그러고는 입을 열었다.

"저자는 아주 진실한 사람이거나, 아니면 여태껏 제가 본 중에서도 가장 허풍쟁이일 겁니다. 그리고 만일 전자에 속하는 사람이라면, 미카엘 왕자의 살해범이 저 인간 블러드하운드(영국의 경찰견)의 손에 잡혔을 경우에는 얼마나 처참하게 당할지 가히 짐작이 갑니다."

제15장

낯선 프랑스인

 버지니아와 앤터니는 나란히 어깨를 맞대고 호숫가로 이르는 오솔길을 걸었다. 저택을 나서서도 한동안 그들은 침묵을 지켰다. 이윽고 버지니아가 나직하게 웃음을 터뜨리며 침묵을 깨뜨렸다.
 "이봐요, 정말 끔찍하지 않으세요? 당신에게 들려주고 싶은 것도, 알고 싶은 것도 산더미처럼 쌓여 있는데 도대체 어디서부터 어떻게 시작해야 좋을지 모르겠어요. 우선 말이에요(그녀는 목소리를 낮추었다). 그 시체를 어떻게 처리하셨죠? 정말 소름끼치는 일이에요! 내가 이토록 정신없이 범죄에 빠져들리라고는 꿈도 꾸지 않았거든요."
 "그야 부인한테는 신선한 자극일 테지요." 앤터니가 말했다.
 "그런데 당신한테는 그렇지 못한가요?"
 "글쎄요, 나도 시체를 처리하는 일은 이번이 처음이었습니다."
 "어떻게 처리하셨는지 말씀해 주세요."
 간단하게 요점만 추려서 앤터니는 자기가 지난밤에 한 일에 대해서 대충 이야기해 주었다. 버지니아는 주의 깊게 귀를 기울였다. 그가 이야기를 끝내자 그녀는 만족스러운 듯이 말했다.
 "정말 감쪽같이 처리하신 것 같군요. 이제 내가 패딩턴 역으로 가서 다시 그 트렁크를 찾아오면 되겠군요. 그런데 한 가지 어려운 점은 만일에 당신이 어젯밤 어디에 있었느냐는 질문을 받게 되면 어떻게 설명할 수 있느냐는 거예요."
 "그런 어려움은 생기지 않을 겁니다. 그 시체는 어젯밤 늦게까지 아니, 아마 오늘 아침까지도 발견되지 않은 게 분명합니다. 그렇지 않았다면 오늘 아침 신문에 그 일에 대한 기사가 실렸을 테니까요. 그리고 추리소설을 읽으면서 상상하는 것과는 달리, 의사들은 죽은 자의 사망시간을 정확하게 추정해 내는 그런 마술사 같은 재주는 없습니다. 죽은 자의 정확한 사망시간은 상당히 막연하게 추정될 겁니다. 그러니, 지난밤의 알리바이에 대해서는 그리 걱정할 필요가 없지요."

"알고 있어요. 캐터햄 경이 그 일에 대해서 모두 말해 주었거든요. 하지만, 그 런던경시청에서 온 사람은 과연 당신이 결백하다는 것을 믿어 줄까요?"

앤터니는 즉시 대답하지 않았다.

"그 사람은 그다지 영민한 사람이 되지는 못하는 것 같기는 하지만요."

버지니아가 다시 말을 이었다.

앤터니가 천천히 말했다.

"그 점에 대해서는 나도 잘 모르겠습니다. 그러나 배틀 총경한테서는 한치의 빈틈도 찾아볼 수 없다는 인상을 받았습니다. 겉으로는 내가 결백하다고 확신하고 있는 것 같지만, 나는 결코 마음을 놓을 수가 없답니다. 현재 그가 곤란을 겪고 있는 것은 나한테 뚜렷한 동기가 결여되어 있기 때문이지요."

"뚜렷한 동기라뇨?"

버지니아가 큰소리로 불만을 표시하며 말을 이었다.

"당신이 얼굴도 모르는 외국인 귀족을 살해할 까닭이 도대체 뭐가 있겠어요?"

앤터니는 날카로운 눈초리로 그녀를 쏘아보며 물었다.

"부인은 언젠가 헤르초슬로바키아에서 지낸 적이 있었죠?"

"그래요. 그곳 대사관에 근무한 남편과 함께 2년을 그곳에서 보낸 적이 있어요."

"국왕 부처가 암살당하기 바로 직전이었겠군요. 혹시 미카엘 오볼로비치 왕자를 만나보신 적은 있습니까?"

"미카엘 왕자? 물론 만나보았죠. 정말 더럽고 야비한 작자였어요. 글쎄 나한테 왕자 신분을 포기할 테니 자기와 결혼해 달라고 한 적도 있었는걸요."

"그게 정말입니까? 아니, 부인의 남편은 어떻게 하고 감히 그런 말을 할 수 있을까요?"

"다윗 왕이 자기 신하인 우리야를 전쟁터로 내보내고 그의 아내를 취한 일을 흉내 내려 한 거예요."

"그런데 부인은 그 친절한 제의에 대해 뭐라고 하셨는지요?"

버지니아가 말했다.

"외교관의 아내라는 신분이 한스러웠답니다. 그 꼴 보기 싫은 미카엘 왕자에게 무례함의 대가를 톡톡히 치르도록 했어야 마땅했지만, 차마 그럴 수는 없었죠. 하지만, 나한테 그에 못지않은 망신을 당하고 물러났어요. 그런데 어째서 그토록 미카엘 왕자에 대해서 관심이 많은 거죠?"

"내 엉터리 육감 덕에 뭔가 실마리를 잡을 수 있을 것도 같은데요. 부인은 그 살해당한 사람을 만나보지 못했겠죠?"

"예. 소설에 나오는 표현을 빌자면, 그는 '도착하자마자 자기 방에 틀어박혔다'라고 할 수 있으니까요."

"물론 그 시체도 보지 못했을 테고요?"

버지니아는 호기심으로 가득 찬 눈으로 그를 바라보더니 고개를 저었다.

"부인은 그 시체를 볼 수 있을 거라고 생각합니까?"

"신분이 높은 사람, 이를테면 캐터햄 경 같은 분의 영향력을 빈다면 틀림없이 가능할 거예요. 그런데 그건 왜 묻는 거죠? 일종의 명령인가요?"

앤터니가 질겁하며 말했다.

"원, 천만에요, 절대로 그런 게 아닙니다. 내가 어찌 감히 그런 무례를 범할 수 있겠습니까? 천만에요. 간단히 말하자면 이런 겁니다. 스타니슬라우스 백작이란 헤르초슬로바키아의 미카엘 왕자의 또 다른 신분이었습니다."

버지니아는 놀란 토끼 눈을 했다.

"이제 알겠어요."

그러고는 갑자기 그녀의 한쪽 입가가 말려 올라가며 상대방을 황홀하게 만드는 매력적인 미소가 얼굴에 떠올랐다.

"미카엘 왕자가 자기 방에 틀어박힌 것은 순전히 나와 만나게 될 것을 피하기 위해서였다는 말을 하시려는 거죠?"

앤터니가 고개를 끄덕이며 말했다.

"그와 비슷한 이야기죠. 만약에 내 생각이 옳다면, 누군가가 부인이 침니스 저택에 오는 것을 막으려고 한 이유는, 바로 부인이 헤르초슬로바키아에 대해서 잘 알고 있다는 데에 있었지 않을까 합니다. 이곳에서 미카엘 왕자의 얼굴을 알고 있는 사람은 오직 부인뿐이란 걸 아시겠습니까?"

"이번에 살해당한 사람이 가짜였을 거라는 말인가요?"

버지니아가 불쑥 물었다.

"충분히 가능성이 있는 일이라고 생각합니다. 만약에 부인이 캐터햄 경을 졸라 그 시체를 볼 수 있다면, 우리는 즉시 그 점을 분명하게 해둘 수 있을 겁니다."

버지니아가 신중하게 생각을 더듬으면서 말했다.

"그는 11시 45분에 살해되었고, 그 시각은 우리가 입수한 그 종이쪽지 위에 언급이 되어 있었죠. 정말 모든 게 도무지 종잡을 수 없는 수수께끼 같아요."

"그 말을 들으니 문득 생각나는 일이 있군요. 그러니까, 그게 혹시 부인의 방 창문은 아니었습니까? 회의실 위의 끝에서 두 번째 창문 말입니다."

"아뇨, 내 방은 엘리자베스 시대의 건축 양식으로 지어진 건물 익부(날개부분)에 있어요. 방금 물어보신 그 창문과는 반대쪽이죠. 그건 왜요?"

"어젯밤 내가 총소리를 들은 것 같다고 생각한 뒤 그곳을 떠나려고 할 때, 그 방에서 불빛이 새어나왔기 때문에 물어본 겁니다."

"정말 이상한 일이로군요! 지금은 그 방이 누구의 것인지 알 수 없지만, 번들한테 물어보면 곧 알 수 있을 거예요. 그 방의 주인은 혹시 총소리를 들었을지도 모르죠."

"그런데 그런 말은 없었던 모양입니다. 내가 배틀 총경한테 듣기로는, 총소리를 들은 사람이 집 안에는 아무도 없었다고 했거든요. 아무튼, 그 불빛은 내가 갖고 있는 유일한 단서고, 물론 아주 미미한 단서에 지나지 않지만, 그러나 그 단서가 어느 정도 가치가 있는지 끝까지 알아볼 생각입니다."

"이상한 일이네요, 확실히."

버지니아가 생각에 잠긴 얼굴로 말했다.

이윽고 그들은 호숫가에 있는 정고(艇庫: 보트를 넣어 두는 창고)에 도착했고, 거기에 기대어 서서 이야기를 나누고 있었다.

앤터니가 말했다.

"자, 그럼 이제부터 이야기는 런던경시청, 미국인 방문객, 그리고 호기심 많은 하녀들 등이 결코 엿들을 수 없는 호수 한가운데서 천천히 보트놀이나 즐기면서 나누기로 하지요."

버지니아가 말했다.

"캐터햄 경한테서 듣기는 했지만, 그걸로는 만족할 수가 없어요. 도대체 당신의 진정한 정체는 뭐죠? 앤터니 케이드인가요, 아니면 지미 맥그러스인가요?"

그날 아침 두 번째로 앤터니는 지난 6주 동안 자신이 겪은 이야기를 털어놓게 되었다. 단지 차이점이라고 한다면, 버지니아한테는 굳이 편집할 필요가 없이 솔직하게 들려주었다는 것이다. 그는 뜻밖에도 자신이 '홈스'로 여겨지게 된 사건으로 이야기를 끝냈다.

"그런데 레블 부인, 나는 부인이 자신도 위험에 빠질 모험도 아랑곳하지 않고 내가 부인의 옛친구인 양 말해 주신 그 은혜에 어떻게 감사를 드려야 좋을지 모르겠습니다." 하고 덧붙이며 그는 말을 마쳤다.

버지니아가 짐짓 놀라는 목소리로 외쳤다.

"어머나, 당연히 당신은 내 옛친구죠. 설마 당신은 내가 당신한테 그런 골치 아픈 일을 떠맡기고서도, 다음에 만날 때는 그저 얼굴이나 아는 체하는 그런 몰인정한 여자라고 생각하신 건 아닐 테죠? 도저히 그럴 수는 없는 거예요, 아무렴요!"

그녀는 잠시 멈추었다가 다시 말을 이었다.

"지금까지의 모든 사실을 생각해 보고 문득 내 머릿속에 어떤 생각이 떠올랐는지 아세요? 내 생각에는 그 회고록 속에 우리가 아직 알아내지 못한 어떤 중요한 비밀이 숨어 있는 것 같아요."

앤터니가 고개를 끄덕이며 말했다.

"부인 생각이 옳을 겁니다. 그리고 참, 부인에게 한 가지 물어보고 싶은 것이 있습니다."

"뭔데요?"

"그러니까, 폰트가에서 어제 내가 부인한테 지미 맥그러스의 이름을 언급했을 때, 어째서 그토록 놀라는 표정을 지었습니까? 전에 그 이름을 들은 적이 있었나요?"

"맞아요, 셜록 홈스 씨. 조지, 사촌오빠인 조지 로맥스가 실은 그 전날 나를 찾아와서는 아주 시시하기 짝이 없는 일을 한 가지 부탁했어요. 그의 생각이란 나더러 이곳에 내려와 맥그러스라는 남자를 홀려서 마치 딜라일라(데릴라. 삼손을 배반한 여인)처럼 그에게서 그 회고록을 빼앗아 내라는 거였죠. 물론 조지 오빠는 그런 식으로 표현하지는 않았지만요. 뭐 영국의 진짜 숙녀의 매력이 어쩌고저쩌고하면서 쓸데없는 말만 잔뜩 늘어놓았지, 오빠의 속마음이 어떤 건지는 도무지 모호하기만 했어요. 뭐 당최 시답지 못한 조지 오빠가 생각해 낸 거니 오죽했을라고요. 그래서 내가 이것저것 캐묻기 시작하자, 글쎄 한두 살 먹은 어린애도 속이지 못할 거짓말을 늘어놓으면서 나를 이곳에 오지 못하도록 빼돌리려고 하더군요."

"아무튼, 그의 계획은 일단 성공했다고도 볼 수 있겠군요."

앤터니가 끼어들며 말했다.

"그가 지미 맥그러스로 알고 있던 내가 이렇게 여기 와 있고, 또한 부인도 나를 완전히 사로잡고 있으니 말입니다."

"하지만, 가엾게도 우리 불쌍한 조지 오빠는 회고록을 손에 넣지 못했죠! 그건 그렇고, 참 나도 당신한테 묻고 싶은 것이 있었어요. 내가 그 편지들을 쓰지 않았다고 했을 때, 당신은 이미 알고 있다고 말했는데, 어떻게 그런 걸 알 수 있었죠?"

앤터니는 미소를 지어 보이며 말했다.

"아, 그거야 물론 다 아는 수가 있지요. 나는 그런 일에 제법 유용하게 쓰일 수 있는 심리학에 대해서 상당한 지식을 갖고 있거든요."

"그러니까 내 도덕적인 인격상의 진가를 알아보고 그런 일은……."

하지만, 앤터니는 격렬하게 고개를 저었다.

"결코, 그런 게 아닙니다. 사실 나는 부인의 도덕적 인격에 대해서는 전혀 아는 바가 없습니다. 부인은 몰래 애인을 숨겨두고 그에게 편지를 쓸 수도 있을 겁니다. 하지만, 그렇다고 해서 부인은 결코 협박 따위에 넘어가지는 않을 게 틀림없습니다. 그 편지를 쓴 버지니아 레블은 몹시 겁을 먹고 있었지요. 하지만, 부인이라면 굴복하기는커녕 마주 대항해서 싸웠을 겁니다."

"그 진짜 버지니아 레블이 누군지, 그녀가 어디 있는지 궁금해요. 그건 마치 어딘가에 또 다른 내가 있는 것 같은 기분이 들게 하거든요."

앤터니는 담배를 피워 물었다.

"부인은 그 편지 중에서 한 통이 바로 이곳 침니스 저택에서 보내진 거라는 사실을 아십니까?" 그가 이윽고 물었다.

"뭐라고요!"

버지니아는 소스라치게 놀랐다.

"그게 언제였는데요?"

"날짜는 적혀 있지 않았지요. 하지만, 이상하지 않습니까?"

"나 말고 다른 버지니아 레블이 침니스 저택에 머문 적은 결코 없었으리란 걸 나는 확신할 수 있어요. 만약에 그런 일이 있었다면 너무나도 나와 이름이 똑같은 것에 대해서 번들이나 캐터햄 경이 틀림없이 뭐라고 말했을 거예요."

"그렇습니다. 그건 정말 이상한 일입니다. 아세요, 레블 부인? 이 또 다른 버지니아 레블에 대해서 내가 심히 의심을 하기 시작했다는 걸 말입니다."

"정말 알 수 없는 여인이군요." 버지니아가 고개를 끄덕이며 말했다.

"도무지 종잡을 수 없는 여인입니다. 누군가가 고의로 부인의 이름을 사용해서 편지를 쓴 게 아니었나 하는 생각이 들기 시작하는군요."

버지니아가 놀라며 반문했다.

"하지만, 무엇 때문에요? 어째서 그런 짓을 했을까요?"

"그렇습니다, 바로 그것이 문제이지요. 모든 게 온통 의문투성이입니다."

갑자기 버지니아가 불쑥 물었다.

"당신은 누가 미카엘 왕자를 살해했다고 생각하세요? 레드 핸드 당원의 짓일까요?"

앤터니가 내키지 않는 듯한 목소리로 대답했다.

"그들의 짓이라고 볼 수도 있겠지요. 하지만, 무의미한 살상이 오히려 그들의 성격상 더 잘 어울릴 겁니다."

버지니아가 말했다.

"그럼, 일을 시작하기로 해요. 저기 캐터햄 경과 번들이 함께 산책을 하고 있나 봐요. 우선 할 일은, 죽은 사람이 과연 미카엘 왕자인지 아닌지를 확인하는 것이에요."

앤터니는 호숫가로 보트를 저어갔고, 잠시 뒤 그들은 캐터햄 경 부녀와 합류하게 되었다.

캐터햄 경이 낙심한 목소리로 입을 열었다.

"점심이 늦은 모양이야. 아마도 배틀이 요리사를 욕보였을 테지."

"이분은 내 친구예요, 번들. 잘 부탁해요."

버지니아가 앤터니를 소개했다.

번들은 잠시 앤터니를 진지하게 살펴보더니, 이윽고 마치 그가 그곳에 없기라도 한 듯이 버지니아에게 말을 걸었다.

"어디서 이런 미남자들을 줍는 거예요, 버지니아?"

버지니아가 관대하게 말했다.

"맘에 들면 당신이 가져도 좋아요. 나는 캐터햄 경이 필요하거든."

그녀는 즐거워하는 상원의원에게 미소를 지어 보이며 그의 팔짱을 끼고는 함께 그곳을 떠났다.

번들이 앤터니에게 물었다.

"말할 줄 아세요? 아니면, 그렇게 버티고 서서 입을 봉하고 있을 건가요?"

앤터니가 대꾸했다.

"말할 줄 아냐고요? 종알종알, 중얼중얼, 그리고 흐르는 시냇물처럼 도란도란 거리기도 하지요. 때로는 질문을 하기도 한답니다."

"이를테면요?"

"저 끝에서 왼쪽으로 두 번째 방에는 누가 있죠?"

그는 그 방을 손가락으로 가리키며 물었다.

번들이 대답했다.

"정말 별난 질문이로군요! 내 호기심을 크게 자극시키는데요, 당신은. 가만 있어 봐요. 그렇지, 저건 마드모아젤 브룅의 방이에요. 프랑스인 가정교사죠. 그녀는 내 꼬맹이 여동생들을 온순하게 길들이려고 무척 애를 쓰고 있어요. 덜시와 데이지라는 이름인데, 무슨 노래 제목 같죠? 아마 그 밑에 동생이 있었다면 도로시 메이라고 불렀을 거예요. 하지만, 어머니는 아들은 없고 딸만 낳는 데 지쳐서 그만 돌아가셨죠. 가문의 후계자를 준비하는 일은 누군가 다른 사람이 맡게 될 거라고 생각하셨던 모양이에요."

"마드모아젤 브룅이라……."

앤터니가 생각에 잠긴 얼굴로 물었다.

"그녀가 댁에 들어온 지는 얼마나 되었습니까?"

"두 달이요. 우리가 스코틀랜드에 있을 때 들어왔어요."

"하! 쥐 냄새가 나는데." 앤터니가 말했다.

번들이 말했다.

"나는 점심 냄새가 났으면 좋겠는데요. 그 런던경시청에서 내려왔다는 사람한테 우리와 함께 점심식사를 하자고 청해 볼까요, 케이드 씨? 당신은 세상일에 대해서 통달하신 분이니까, 이런 일에 있어서 지켜야 할 예절을 잘 아실 거예요. 전에는 우리 집 안에서 살인사건이 난 적이 한 번도 없었거든요. 정말 짜릿한 일이 아닐 수 없어요, 그렇죠? 오늘 아침 당신의 혐의가 그토록 말짱하게 벗겨진 것이 내겐 못내 아쉽기는 하지만요. 나는 항상 살인범을 한번 만나서 정말로 일요신문에서 노상 떠들어대는 것처럼 그렇게 상냥하고 매력적인지 직접 알아보고 싶었는데 말이에요. 어머니! 저게 뭐지?"

그 '무엇'이라는 것은 저택 쪽으로 접근하고 있는 택시를 두고 하는 말인 듯싶었다. 택시에는 두 사람이 타고 있었는데, 하나는 키가 크고 대머리에 검은 턱수염을 기른 사람이었고, 다른 하나는 그보다는 키가 조금 작고 검은 콧수염을 기른 젊은 사람이었다.

앤터니는 대머리에 턱수염을 기른 사람이 누군지 곧 알아보았고, 옆에 있던 여인의 입에서 놀람의 탄성이 터져 나오도록 한 것은 그가 타고 있는 자동차라기보다는, 오히려 그 사람 때문인 것 같다고 생각했다. 그가 말했다.

"내가 잘못 본 게 아니라면, 저건 틀림없이 내 옛친구인 롤리팝 남작일 겁니다."

"무슨 남작이요?"

"나는 편의상 저 사람을 롤리팝이라고 부르고 있지요. 저 사람의 원래 이름을 발음하다가는 동맥경화증에 걸릴 것 같아서 말입니다."

번들도 한마디 했다.

"그 이름 때문에 오늘 아침 전화기가 거의 고장 날 뻔했답니다. 저 사람이 바로 그 남작이로군요? 오늘 오후에는 내가 저 사람을 맡게 될 것 같아요. 오전에는 내내 아이작슈타인을 상대해야 했는데 말이에요. 자기 일이니까 조지한테 그 더러운 일을 맡아서 처리하라고 해야겠어요. 정말 정치 얘기 따위는 딱 질색이에요. 난 이만 실례해야겠어요, 케이드 씨, 가서 가엾은 우리 아버지를 도와 드려야하니까요."

번들은 급히 집으로 돌아갔다.

앤터니는 잠시 그녀의 뒷모습을 바라보며 서 있다가 미간을 좁히며 담배에 불을 붙였다. 바로 그때, 아주 가까이에서 뭔가 움직이는 듯한 아주 미약한 소리가 귓가에 들려왔다. 그는 정고(보트를 넣어 두는 창고) 옆에 서 있었는데, 그 소리는 바로 모퉁이 저쪽에서 난 것 같았다. 그의 마음속에 떠오르는 모습은 어떤 사람이 갑자기 터져 나오려는 재채기를 참으려고 헛된 노력을 하는 모습이었다.

앤터니는 속으로 생각했다.

'대체 누굴까? 누가 정고 뒤에 숨어 있는 것인지 정말 궁금한데. 하기야 직접 살펴보면 알게 되겠지.'

말과 행동을 일치시키며, 그는 방금 불어서 끈 성냥개비를 내던지고는 가볍게 뛰어가, 발소리를 죽여 가며 모퉁이를 돌았다.

그는 분명히 바닥에 무릎을 꿇고 있다가 막 일어서려고 하는 것으로 보이는 한 남자와 맞닥뜨렸다. 그 남자는 키가 크고 옅은 색깔의 오버코트 차림에 안경을 끼고 있었는데, 짧고 뾰족한 검은 콧수염을 기른, 좀 모양내기를 좋아하는 사람처럼 보였다. 나이는 30에서 40 사이로 보였고, 아주 고급스런 옷차림을 하고 있었다.

앤터니가 물었다.

"당신 대체 여기서 뭘 하는 거요?"

앤터니는 그 사람이 분명 캐터햄 경의 손님은 아니라고 확신했다.

"죄송합니다만,……."

그 낯선 사람은 외국인 억양이 섞인 발음으로 상대의 비위를 맞추려는 듯한 미소를 지으며 말을 이었다.

"졸리 크리케츠 여인숙으로 돌아가는 길을 찾고 있었습니다. 실은 길을 잃어버려서요. 길을 좀 가르쳐 주시지 않겠습니까?"

앤터니가 말했다.

"그러지요. 하지만, 물을 건너서 갈 수는 없소."

"예?" 낯선 사람은 어리둥절한 표정으로 되물었다.

앤터니는 정고 쪽에 의미 있는 시선을 던지며 말을 이었다.

"내 말은, 물을 건너서 갈 수는 없을 거라는 거였소. 좀 멀기는 해도 정원을 곧장 가로질러 가는 길이 있기는 하지만, 이곳은 모두 사유지요. 그러니까 당신은 지금 무단침입을 하고 있는 거요."

낯선 사람이 말했다.

"정말 죄송하게 됐습니다. 그만 완전히 방향을 잃고 말아서 이 지경이 되었군요. 이리로 오면 누군가에게 길을 물어볼 수 있지 않을까 하고 생각했었습니다."

앤터니는 정고 뒤에 무릎을 꿇고 앉아 있는 것은 남에게 길을 물어보기에는 좀 별난 방법이 아니냐고 따져 묻고 싶은 것을 꾹 눌러 참았다. 그는 낯선 사람의 팔을 친절하게 잡으며 말했다.

"이쪽 길로 가시오. 호수를 오른쪽으로 돌아서 곧장 나가면 큰 길이 나올 거요. 그 길을 따라 계속 가다 왼쪽으로 돌면 그 마을이 보일 겁니다. 크리케터스 여인숙에 묵고 있나 보군요?"

"그렇습니다, 무슈. 오늘 아침에 도착했습니다. 친절하게도 길을 가르쳐 주셔서 정말 감사합니다."

앤터니가 겸손하게 말했다.

"뭐 그깟 일 가지고요, 괜찮습니다. 부디 감기에 걸리지 않도록 조심하시구려."

"예?"

다시 그 낯선 사람이 물었다.

앤터니가 설명해 주었다.

"축축한 땅에 무릎을 꿇고 있으면 그렇게 된다는 거요. 내 말은, 아까 당신이 재채기하는 소리를 들은 것 같거든요."

"재채기를 했을지도 모르겠군요." 상대방이 인정하듯이 말했다.

"그럴 거요. 하지만, 나오려는 재채기를 억지로 참아서는 안 됩니다. 바로 며칠 전에 어떤 유명한 의사가 이런 말을 하더군요. 그건 대단히 위험한 짓이라고요. 정확한 내용은 잘 기억이 나지 않는데, 무슨 억제라고 했던가, 동맥경화증이라고 했던가? 아무튼, 결코 재채기를 참아서는 안 된다는 거요. 그럼, 살펴 가시구려."

"안녕히 계십시오, 무슈. 길을 일러 주셔서 정말 고맙습니다."

"마을 여인숙에 나타난 제2의 수상쩍은 낯선 사람이로구먼."

앤터니는 사라져 가는 그자의 뒷모습을 지켜보며 속으로 중얼거렸다.

'도대체 정체를 알 수가 없는 잔데. 언뜻 보기에는 장사하러 돌아다니는 프랑스인 여행자 같기도 하고 분명히 레드 핸드 당원으로는 보이지 않아. 혹시 정세가 혼란스러운 헤르초슬로바키아의 제3의 정당을 대표하는 인물은 아닐까? 그 프랑스 가정교사의 방이 끝에서 두 번째 창문이라고 했겠다. 의문의 프랑스인이 은밀히 돌아다니며 대화를 엿듣고 있는 것이 발견되었고, 틀림없이 뭔가가 있을 거야.'

이런저런 생각에 골몰하며 앤터니는 저택 쪽으로 걸음을 옮겼다. 테라스에서 그는 적당하게 우울한 표정을 짓고 있는 캐터햄 경과, 새로 도착한 두 사람과 마주치게 되었다.

캐터햄 경은 앤터니의 모습을 보자 얼굴이 다소 밝아졌다. 그가 말했다.

"아, 당신이로구먼. 소개하겠소. 이쪽은 음, 롤로……, 롤로……, 남작과 안드라시 대위라오. 그리고 이쪽은 앤터니 케이드 씨고."

남작은 구름같이 일어나는 의혹을 담은 시선으로 앤터니를 주시했다. 그가 딱딱한 어조로 말했다.

"케이드 씨라고요? 나는 다른 이름으로 알고 있었는데."

앤터니가 말했다.

"당신과 잠깐 할 이야기가 있습니다, 남작. 내 모든 걸 설명해 드리지요."

남작이 정중하게 머리를 숙여 보이고 나서, 두 사람은 테라스를 내려갔다.

앤터니가 말했다.

"남작, 우선 사과부터 드려야겠습니다. 나는 가명을 쓰며 이 나라를 여행함으로써 영국 신사의 명예를 땅에 떨어뜨리고 말았습니다. 나는 제임스 맥그러스인 양하고 남작에게 나를 소개했었습니다만, 그건 별로 대수롭지도 않은, 극히 사소한 일 때문에 그랬다는 것을 알아주셨으면 합니다. 남작도 셰익스피어의 희곡을 잘 알고 계실 테지만, 장미에 전문적인 이름을 붙이는 시시한 짓거리에 대한 대사가 있지 않습니까? 내 경우도 바로 그와 같습니다.

남작이 만나려고 한 사람은 그 회고록을 갖고 있는 사람이었지요. 그리고 내가 바로 그 사람이었습니다. 그런데 물론 남작이야 나보다도 더 잘 알고 계실 테지만, 그 회고록은 더 이상 내 수중에 있지 않습니다. 남작, 그건 정말 교묘한, 아주 교묘한 속임수라 할 수 있었습니다. 대체 누가 그런 멋진 생각을 짜낸 건가요? 남작이었습니까, 아니면 왕자 전하였습니까?"

"왕자 전하 자신께서 그 일을 생각해 내셨소. 그리고 그 일에 아무도 끼어들지 못하게 하셨지요."

앤터니가 칭찬이라도 하듯이 말했다.

"그분은 그 일을 참으로 멋지게 해내셨더군요. 나는 그분이 정말로 영국 사람인 줄로만 알았답니다."

남작이 설명했다.

"왕자 전하께서는 영국의 신사 교육을 받으셨지요. 그것은 헤르초슬로바키아의 관례라오."

"아마 전문가라고 해도 그 이상 감쪽같이 내 손에서 그 원고를 빼내지는 못했을 겁니다. 단도직입적으로 묻겠는데, 그 원고는 대체 어떻게 되었습니

까?"

"신사들 사이에……." 남작이 말을 꺼냈다.

"정말 지나치게 친절하시군요, 남작." 앤터니가 툴툴거리며 말을 이었다.

"하지만, 지난 48시간 동안 하도 그 신사라는 말을 자주 들어서 이제는 더 이상 신사라고 불릴 생각이 없습니다."

"그렇다면, 내 말하겠는데, 나는 그 회고록이 불태워진 것으로 믿고 있소."

"그렇게 믿고 있을 뿐, 실제로 어떻게 되었는지에 대해서는 모르지 않습니까, 그렇지요?"

"전하께서 직접 그 회고록을 갖고 계셨소. 그걸 읽으실 목적으로 가지고 계셨으니, 읽으신 다음에는 없애 버릴 생각이셨을 거요."

"알았습니다. 하지만, 그건 30분이면 다 읽을 수 있는 통속 문학 같은 거와는 차원이 다르지 않습니까?"

"돌아가신 전하의 유품 중에서 그 원고가 발견되지 않았으니, 분명히 그것은 불에 타 없어졌을 겁니다."

"흠! 과연 그럴까요?"

앤터니는 잠시 생각에 잠겼다가 다시 말을 이었다.

"남작, 내가 남작한테 이런 질문을 하는 것은, 이미 들어서 알고 계실 테지만, 바로 나에게 이번 사건에 대한 혐의가 씌워져 있기 때문이었습니다. 불확실한 것들은 모두 완전하게 밝혀야 나 자신이 혐의에서 벗어날 수 있는 겁니다."

"당연하겠지요. 당신의 명예가 그 일에 걸려 있으니 말이오."

"바로 맞았습니다. 아주 적절한 표현이라고 할 수 있습니다. 나는 그런 표현의 기술을 갖고 있지 못한 형편이라서요. 하던 이야기를 계속하자면, 나는 진짜 살인자를 찾아내야만 나 자신의 결백을 밝힐 수 있고, 또한 그러기 위해서는 모든 사실을 알아야 하는 겁니다. 그 회고록에 대한 문제는 아주 중요합니다. 그 원고를 손에 넣고자 하는 것이 바로 이번 사건의 범행 동기였을 가능성도 있지요. 과연 이런 내 생각이 너무 지나친 망상일까요, 남작?"

남작은 잠시 머뭇거렸다. 이윽고 그가 조심스럽게 물었다.

"당신은 그 회고록을 읽어 보았습니까?"

"나는 대답을 들은 것으로 여기겠습니다."

앤터니는 미소를 지으며 말했다.

"그건 그렇고, 남작, 한 가지 더 말씀드릴 게 있습니다. 나는 아직도 그 원고를 다음 주 수요일인 10월 13일까지 출판사에 넘겨주겠다는 내 의도를 포기하지 않고 있음을 정중하게 경고해 드리는 바입니다."

남작은 그를 쏘아보았다.

"하지만, 그 원고는 이미 당신 손에 있지 않소."

"다음 주 수요일이라고 했습니다, 나는. 오늘이 금요일이지요. 그 원고를 다시 손에 넣기까지는 5일이라는 시간이 남아 있습니다."

"하지만, 만약에 그 원고가 불타 없어졌다면?"

"나는 그것이 불타 없어졌다고는 생각지 않습니다. 내게는 그렇게 믿을 만한 충분한 근거가 있거든요."

그가 그렇게 말했을 때, 그들은 테라스 모퉁이를 돌고 있었다. 체격이 당당한 한 사나이가 그들 쪽으로 걸어오고 있었다. 그 위대한 허먼 아이작슈타인 씨를 아직 만나본 적이 없는 앤터니는 깊은 관심을 가지고 그를 살펴보았다.

"아, 남작."

아이작슈타인이 피우고 있던 커다란 검은 여송연을 흔들어 보였다.

"이번 일이 난처하게, 아주 난처하게 되었소."

"그렇습니다, 아이작슈타인 씨, 그건 사실입니다."

남작이 비명을 지르듯 애절한 어조로 말했다.

"모든 우리의 고귀한 성전이 일시에 무너지고 말았습니다."

앤터니는 비탄에 젖어 있는 두 사람한테서 조심스럽게 떨어져 나와, 테라스를 따라왔던 길을 되돌아갔다. 그러다가 그는 갑자기 걸음을 멈추었다.

가느다란 한 줄기 연기가 주목(朱木) 울타리 한가운데서 피어오르고 있었다. 앤터니는 생각했다.

'가운데가 텅 비어 있는 모양이로군. 전에도 그런 이야기를 들은 적이 있었지.'

그는 재빨리 좌우를 살펴보았다. 캐터햄 경은 안드라시 대위와 함께 테라스 저쪽 끝에 있었다. 그들은 앤터니 쪽으로 등을 돌리고 있다. 그는 몸을 숙이고는 주목(朱木) 울타리 사이를 이리저리 뚫고 들어갔다.

그는 자신의 짐작이 옳았음을 확인하게 되었다. 주목(朱木) 울타리는 한 겹이 아니라 두 겹으로 되어 있고, 그 사이로 좁은 통로가 나 있었다. 통로의 입구는 중간쯤에 저택을 향해 뚫려 있었다. 별로 신기할 것도 없었지만, 그러나 아무도 정면 쪽에서 주목(朱木) 울타리를 보지 않고서는 그렇게 되어 있으리라고 여기지 못할 것 같았다.

앤터니는 그 좁은 통로를 살펴보았다. 중간쯤에 한 사나이가 등나무 의자에 기대어 앉아 있었다. 반쯤 피우다 만 여송연이 의자 팔걸이 위에 남아 있고, 그 여송연의 주인은 잠들어 있는 것 같았다.

'흠! 확실히 하이럼 피시 선생은 그늘진 곳에 앉아 있기를 좋아하는 모양이로군먼, 역시.' 앤터니는 속으로 생각했다.

마드모아젤 브룅

앤터니는 사적인 대화를 나누기에 안전한 장소는 호수 한가운데밖에 없다는 것을 새삼 절감하면서 다시 테라스로 돌아왔다.

저택 쪽에서 징을 울리는 소리가 나고, 트레드웰이 옆문에서 위풍당당한 모습으로 나타났다.

"점심식사가 준비되었습니다, 나리."

"오, 그래!" 캐터햄 경은 다소 활기를 찾으며 말했다.

그때, 두 꼬마 어린이가 집 안에서 달려나왔다. 그들은 12살과 10살이 된 개구쟁이 꼬마 숙녀들로, 번들이 말해 준 바에 의하면 덜시와 데이지라는 이름으로 불리고 있을지는 모르지만, 오히려 가글과 윙클이라고 부르는 게 더 어울릴 듯한 모습들이었다. 그들은 토인들의 승리의 춤 같은 것을 추면서 마구 고함을 질러대며 정신없이 소동을 부렸다. 번들이 나타나서야 그들을 겨우 진정시킬 수 있었다.

"마드모아젤은 어디에 있지?" 그녀가 물었다.

"마드모아젤은 편두통에 걸렸대요, 편두통, 편두통!"

윙클이 노래를 부르듯 말했다.

"후라!" 가글이 합세하며 소리쳤다.

캐터햄 경은 손님들 대부분을 집 안으로 들여보내는 데 성공하자, 이윽고 앤터니의 팔을 잡아당기며 속삭였다.

"내 서재로 오시오. 특별한 것이 있으니까 말이오."

캐터햄 경은 집주인이라기보다는 마치 도둑처럼 소리를 죽여 가며 홀을 지나 자신의 소중한 은신처로 들어갔다. 그러고는 벽장문을 열고 여러 가지 병들을 꺼냈다.

"외국인들과 이야기를 나누다 보면 늘 갈증을 느낀단 말이오. 어째서 그런 건지는 알 수가 없지만."

그는 변명이라도 하듯이 말했다.

그때 노크 소리가 나며 버지니아가 문 틈새로 얼굴을 빠끔히 들이밀고 물었다.

"저한테도 그 특별한 칵테일을 한 잔 만들어주시지 않겠어요?"

"물론이오, 어서 들어와요."

캐터햄 경이 무척 반기며 말했다.

몇 분 동안 그들 사이에 진지한 의식이 행해졌다. 이윽고 캐터햄 경이 테이블 위에 잔을 내려놓고 한숨을 내쉬며 말했다.

"이게 절실히 필요했다오. 아까도 말했지만, 외국인들과 이야기를 나누다 보면 이상할 정도로 피로해지거든. 내 생각에는 아마 그들이 너무 예의를 차리기 때문이 아닌가 싶어요. 자, 그럼 이제 점심을 먹으러 갑시다."

그는 앞장서서 식당으로 갔다.

버지니아가 앤터니의 팔을 붙들고 조금 뒤로 그를 끌어당겼다. 그녀가 나직하게 속삭였다.

"난 오늘 할 일을 멋지게 끝냈어요. 캐터햄 경을 졸라서 그 시체를 보고 왔거든요."

"그래서요?"

앤터니가 몹시 궁금해하며 물었다. 그가 세운 하나의 가설이 증명되느냐, 아니면 틀린 것으로 밝혀지느냐 하는 기로에 서 있는 것이었다.

버지니아가 고개를 젓고는, 나직하게 속삭였다.

"당신 생각이 틀렸어요. 그건 미카엘 왕자가 틀림없어요."

"아!"

앤터니는 몹시 원통해 했다.

"게다가, 그 마드모아젤은 편두통이라니." 그는 불만스런 어조로 덧붙였다.

"그게 우리 일과 무슨 관계가 있나요?"

"전혀 관계가 없을지도 모르죠. 하지만, 나는 그녀를 만나보고 싶어졌습니다. 그 마드모아젤의 방이 끝에서 두 번째 즉, 어젯밤 내가 불빛을 본 바로 그 방이라는 사실을 알아냈거든요."

"그래요? 정말 재미있군요."

"공연한 헛수고가 될지도 모르지요. 하지만, 날이 저물기 전에 마드모아젤을 만나볼 작정입니다."

점심식사는 어떻게 보면 일종의 고역이었다. 번들의 쾌활하고 세심한 접대도 그 이질적인 사람들의 모임을 화기애애하게 만드는 데는 실패로 돌아갔다. 남작과 안드라시 대위는 고지식할 정도로 지나치게 예의범절을 지켜, 마치 묘지에서 식사를 하는 듯한 분위기를 풍기고 있었다. 캐터햄 경은 완전히 맥이 빠져 있는 모습이었다. 빌 에버슬레이는 갈망 어린 시선으로 줄곧 버지니아만 지켜보고 있었다. 자신이 처해 있는 괴로운 처지를 지나치게 의식하고 있는 조지는 남작과 아이작슈타인을 상대로 침울한 대화를 나누고 있었다.

가글과 윙클은 집 안에서 살인사건이 일어났다는 즐거움에 도취해서 정신없이 소란을 피우다가 끊임없이 야단과 주의를 듣고 입을 다물어야 했고, 하이럼 피시 씨는 천천히 음식을 씹으면서 이따금 아무런 재미도 없는 말들을 길게 잡아끌며 내뱉곤 했다. 배틀 총경은 소리도 없이 자취를 감추어, 아무도 그가 없어졌다는 사실을 눈치 채지 못했다.

"고마우신 하나님, 이제야 겨우 식사를 끝내고 한숨을 돌리게 되었군요."

번들이 식탁에서 물러나게 되자 앤터니에게 속삭이듯 말했다.

"그런데 조지 오빠는 오늘 오후 국가의 기밀을 논의하기 위해 외인부대를 전부 이끌고 애비 별장으로 건너간대요."

"그렇게 되면 아마 분위기가 한결 좋아질 겁니다." 앤터니가 말했다.

번들이 계속 말을 이었다.

"나는 그 미국인은 별로 걱정하지 않아요. 그 사람과 아버지는 어딘가에 틀어박혀 초판본에 대해 둘이서 시간가는 줄 모르고 이야기를 나눌 수 있을 테니까요. 어머, 피시 씨."

번들은 화제의 주인공이 다가오자 그의 이름을 부르며 말을 이었다.

"나는 지금 당신을 위한 평화스러운 오후 일과를 짜고 있는 중이랍니다."

미국인은 정중하게 고개를 숙여 보였다.

"정말 너무도 친절하시군요, 레이디 아일린."

"피시 씨는 아주 평화스러운 오전을 보내시는 것 같더군요."

앤터니가 말했다.

피시는 흘깃하고 그에게 시선을 던졌다.

"아, 그렇다면, 당신은 내가 한적한 곳에서 휴식을 즐기는 것을 보신 모양이로군요? 군중으로부터 벗어나 '멀리 속세를 떠나서 지내는' 것이 조용한 취미를 가진 사람이 취할 수 있는 유일한 모토가 될 때도 있답니다."

어느 사이엔지 번들은 가버리고 미국인과 앤터니 둘만이 남아 있게 되었다. 미국인이 다소 목소리를 낮추며 말했다.

"이번 소동에는 상당히 의문스러운 데가 있는 모양이더군요."

"그렇다고 할 수 있지요."

"그 머리가 벗겨진 사람은 아마 명문가라고 하죠?"

"그런 셈이죠."

"이 중근동 유럽의 민족들은 정말 혈기가 넘치나 봅니다."

피시가 감탄을 하며 말을 이었다.

"그 살해된 사람이 무슨 왕자라는 소문이 나돌고 있더군요. 당신도 그 소문을 알고 있습니까?"

"그 사람은 스타니슬라우스 백작이라는 신분으로 이곳에 머무르고 있었지요."

앤터니가 적당히 얼버무리며 대답했다.

"오, 그렇군요!"

뭔가 의미가 숨어 있는 듯한 탄성 말고는, 앤터니의 말에 대해 피시는 더 이상 캐묻지 않았다. 그러고는 잠시 침묵 속으로 빠져들었다.

이윽고 피시가 다시 입을 열었다.

"그 배틀인가 하는 총경은 꽤 유능합니까?"

"런던경시청에서는 그의 능력을 상당히 높게 평가하고 있지요."

앤터니는 냉담하게 대꾸했다.

다시 피시가 말했다.

"내가 보기에는 좀 도량이 좁은 사람 같더군요. 일을 전혀 시원스럽게 처리하질 못해요. 아무도 이 집을 떠날 수 없다니, 대체 이 무슨 터무니없는 생각입니까? 그래서 뭘 하겠다는 거죠?"

그는 앤터니의 얼굴에 날카로운 시선을 던졌다.

"모두 내일 아침에 열리는 심리에 참석해야 하니까 그럴 테지요."

"과연 그 일 때문일까요? 그것 말고 다른 이유가 전혀 없을까요? 혹시 캐터햄 경의 손님 중에서 누군가에게 혐의가 있기 때문은 아닐까요?"

"이보시오, 피시 씨! 어떻게 그런 생각을!"

"나는 조금 불안한 심정이랍니다. 이 나라에서는 나도 이방인이니까요. 하지만, 물론 그건 외부인의 짓이었을 겁니다. 지금 생각이 났는데, 창문 하나가 잠겨 있지 않은 것이 발견되었다지요, 맞습니까?"

"그렇습니다."

앤터니는 그의 얼굴을 똑바로 쳐다보며 말했다.

피시는 한숨을 내쉬었다. 잠시 뒤, 그는 푸념하는 듯한 어조로 말했다.

"광산에서 물을 어떻게 퍼내는지 아십니까?"

"어떻게 합니까?"

"펌프질로 퍼올리는데, 그건 엄청난 중노동이랍니다! 아, 저기 친절하신 주인께서 저쪽 무리로부터 빠져나오시는군요. 어서 가서 저분과 동행해야겠습니다."

피시가 점잖게 그곳을 떠나자 번들이 다시 소리없이 나타났다.

"피시란 사람 재미있죠?" 그녀가 물었다.

"그런 것 같습니다."

"버지니아만 그렇게 넋을 잃고 쳐다봐야 아무런 소용도 없어요."

번들이 야무진 어조로 말했다.

"나는 그런 적이 없었는데요"

"그랬어요. 어떻게 해서 그녀는 그토록 남자들의 마음을 사로잡는지 모르겠어요. 그녀의 말솜씨가 그래서 그런 건 아니고, 용모 때문에 그런 것도 아닌 것 같아요. 하지만, 그건 사실이거든요! 그녀는 매번 자기 뜻을 이룬단 말이에요. 아무튼, 그녀는 당분간 다른 일로 해서 바쁠 거예요. 그리고 나한테도 당신을 잘 접대해 달라고 했고, 나 역시도 당신을 잘 모실 생각이에요. 필요하다면 강제로라도요."

"강제까지 동원할 필요는 없을 겁니다."

앤터니가 그녀를 안심시키며 말을 이었다.

"하지만, 아무래도 상관없다면, 나는 호수에서 보트를 타며 당신의 친절을 받았으면 하는데요."

"그것도 나쁜 생각은 아니군요." 번들은 신중하게 말했다.

그들은 정답게 호숫가로 내려갔다.

"당신한테 한 가지 물어보고 싶은 것이 있습니다."

앤터니는 기슭에서 호수 가운데로 천천히 노를 저어가며 말을 이었다.

"진짜로 재미있는 화제로 넘어가기 전에 말이죠. 즐거움을 맛보기 전에 우선 할 일부터 해놓고 보자는 식이랄까요."

"이번에는 또 누구의 침실을 알고 싶은 건가요?"

번들이 짜증을 참으며 물었다.

"누구의 침실에 대한 문제가 아니라, 그 프랑스인 가정교사를 어디서 구했는지 알았으면 해서요."

번들이 말했다.

"남자들은 잘도 매혹 당하나 봐요. 어떤 소개업자한테서 그녀를 구했어요. 1년분의 급료로 1백 파운드를 주기로 하고요. 그녀의 세례명은 주느비에브예요. 더 이상 알고 싶은 것이 있나요?"

앤터니가 물었다.

"가령 우리가 그 소개업자라고 한다면, 그녀에 대한 신원 보증은 어떻게 해주어야 할까요?"

"세상에, 정말 열렬하시군요! 그녀는 뭐라던가 하는 백작부인과 10년 동안 같이 살았대요."

"뭐라던가 하는 백작부인이라뇨?"

"브르테유 백작부인, 디나르에 있는 브르테유 성."

"당신은 실제로 그 백작부인을 만나보지는 않았지요? 전부 편지로 확인한 거죠?"

"맞아요."

"흠!"

번들이 말했다.

"재미있군요. 당신은 정말 나를 무척 궁금하게 만드시는군요. 그건 사랑 때문인가요, 아니면 범죄 때문에?"

"아마도 순전히 어리석기 짝이 없는 내 일방적인 짝사랑일 겁니다. 그 일은 그만 잊기로 하죠."

"'그 일은 그만 잊기로 하죠.' 하고 아무렇지도 않게 말하면서도 원하는 정보를 모두 알아내셨겠죠? 이봐요, 케이드 씨, 당신은 도대체 누구를 의심하고 있는 거죠? 나라면 차라리 가장 혐의가 없을 것 같은 버지니아를 의심하겠어요. 아니면, 빌이라든가."

"당신에 대해서는?"

"귀족 중 한 사람이 레드 핸드 당원과 은밀히 결탁하고 있다, 이건가요? 그건 정말 굉장한 소동을 불러일으킬 거예요."

앤터니는 웃음을 터뜨렸다. 그는 번들에게 호감이 갔다―비록 날카로운 통찰력을 지닌 그녀의 예리한 잿빛 눈초리가 조금 두렵기는 했지만.

"당신은 저 모든 것들을 분명히 자랑스럽게 여길 겁니다."

그는 갑자기 멀리 떨어져 있는 저택을 향해 손을 저어 보이며 말했다.

번들은 고개를 한쪽으로 갸웃한 채 눈동자를 또르르 굴리며 말했다.

"그래요, 그럴 만한 가치가 있다고 생각해요, 어떤 면에서는. 하지만, 그러기에는 너무 익숙해져 있어요. 우리는 이곳에 자주 들르지는 않는답니다. 지내기가 너무 단조롭고 지루하거든요. 여름 내내 우리는 런던을 떠나 카우스와 두빌에서 지내다가 스코틀랜드로 올라갔어요. 침니스 저택은 한 다섯 달 동안 먼지 막이 시트에 씌워져 있던 거죠. 1주일에 한 번씩 가구를 씌운 시트가 벗겨지고는, 대형 관광버스에 가득 타고 온 관광객들은 멍청하게 입을 벌리고 트레드웰의 설명을 들었겠죠. '여러분의 오른쪽에 있는 것이 조수아 레이놀즈 경이 그린 제4대 캐터햄 후작부인의 초상화입니다.' 등등.

그러면 일행 중 익살꾼인 에드나 버드가 자기 애인의 옆구리를 찌르면서 말하는 거죠. '그렇군! 글래디스, 이곳에 있는 그림들은 2페니의 값어치밖에 없어, 틀림없다고.' 그러고는 우르르 다른 곳으로 몰려가 또다시 그림을 쳐다 보며 하품을 하고는 피곤한 다리를 질질 끌고 다니며 어서 끝나 집으로 돌아 갈 시간만 기다리는 거죠."

"그렇다고 해도 여러 가지 자료들에 의하면, 바로 이곳에서 몇 번인가의 역사가 이루어졌다고 하더군요."

번들이 냉정하게 말했다.

"조지가 하는 말을 들었군요. 그건 그분이 늘 하는 이야기예요."

하지만, 앤터니는 상체를 일으켜 세워 기슭 쪽을 뚫어지게 바라보고 있었다.

"정고 옆에 쓸쓸히 서 있는 저 사람은 제3의 수상한 낯선 인물일까? 아니면 손님 중 한 사람일까?"

번들이 진홍빛 쿠션에서 머리를 들며 말했다.

"저건 빌이에요."

"뭔가를 찾고 있는 것 같군요."

"아마 나를 찾고 있을 거예요." 번들이 별로 관심 없어 하며 말했다.

"반대쪽으로 빨리 노를 저어갈까요?"

"훌륭한 대답이긴 하지만, 좀더 열정을 담고 말해야죠."

"그런 비난을 면키 위해서라도 곱절로 힘을 내어 노를 젓겠습니다."

번들이 다시 말했다.

"그만두세요. 나한테도 자존심이 있어요. 저 멍청이가 기다리고 있는 곳으로 데려다 주세요. 누군가가 저 사람을 돌보아 주어야 할 거예요. 틀림없이 버지니아가 빌을 허탕치게 해놓고 달아났을 테니까요. 터무니없는 생각 같지만, 어느 날인가 나는 조지와 결혼하고 싶어질지도 모르죠. 그렇게 되면 나도 유명한 정치가의 아내 역할을 잘해낼 수 있을 거예요."

앤터니는 순순히 기슭 쪽으로 노를 저으며 불평했다.

"그러면 나는 어떻게 되는 겁니까? 그걸 좀 알았으면 좋겠는데요. 나는 불필요한 제삼자가 될 생각은 없습니다. 그런데 저기 보이는 게 아이들이 맞죠?"

"맞아요. 하지만, 조심하세요. 그렇지 않으면 밧줄에 꽁꽁 묶이게 될 테니까요."

앤터니가 말했다.

"나는 아이들을 상당히 좋아한답니다. 때에 따라서는 아이들한테 좀더 고상하고 지적인 놀이를 가르쳐 줄 수도 있지요."

"아무튼, 나중에 가서 내가 당신한테 미리 경고하지 않았다는 말씀은 하지 마세요."

번들을 빌에게 넘겨주고 나서, 앤터니는 온갖 악쓰는 소리가 오후의 평화스러운 분위기를 어지럽히고 있는 곳으로 어슬렁거리며 다가갔다. 환호의 소리가 그를 맞이했다.

"아저씨, 레드 인디언 놀이할 수 있어요?"

가글이 엄숙한 표정으로 물었다.

앤터니가 대답했다.

"그것보다는, 머리 가죽이 벗겨질 때 나는 비명을 낼 테니 들어볼래? 바로 이런 거야." 그러고는 그 비명 소리를 흉내 냈다.

"아주 못 하지는 않는군요." 윙클이 마지못해 말했다.

"그럼, 이번에는 머리 가죽을 벗기는 사람의 흉내를 내봐요."

앤터니는 소름이 오싹 끼치는 무시무시한 소리를 질러댔다. 다음 순간 레드 인디언 놀이가 신나게 한 판 벌어졌다.

한 시간쯤 지나서 앤터니는 이마의 땀을 닦으며 조심스럽게 마드모아젤의 편두통은 좀 어떠냐고 물어보았다. 그녀의 편두통이 완전히 다 나았다는 이야기를 듣고 앤터니는 흐뭇한 마음을 금치 못했다. 그는 가글과 윙클의 인기를 독차지해서 결국, 공부방으로 차를 마시러 오라는 열렬한 초대를 받기에까지 이른 것이다.

"그리고 나서 아저씨가 보았다는 교수형을 당한 사나이에 대한 이야기를 해주세요." 가글이 졸랐다.

"아저씨는 그 밧줄 토막을 가지고 있다면서요?" 윙클이 물었다.

앤터니가 엄숙한 표정으로 대답했다.

"내 가방 속에 들어 있지. 너희들한테 그 토막을 나누어 줄 수도 있어."

윙클은 즉시 인디언 흉내를 내며 환호성을 질렀다.

"우리는 이제 돌아가서 손을 씻어야 해요."

윙클이 침울한 표정으로 말했다. 그러고는 다시 덧붙였다.

"꼭 차 마시러 오실 거죠, 아저씨? 잊으시면 안 돼요?"

앤터니는 무슨 일이 있어도 틀림없이 약속을 지키겠다고 엄숙하게 맹세했다. 두 꼬마 인디언은 만족해서 집으로 돌아갔다. 잠시 그들의 뒷모습을 지켜보며 서 있던 앤터니는 어떤 사나이가 작은 잡목 숲에서 나와 급히 정원을 가로질러 가는 것을 볼 수 있었다.

그는 그가 그날 오전에 우연히 마주쳤던 그 검은 턱수염을 기른 사나이가 틀림없다고 생각하고, 그자의 뒤를 쫓을까 말까 망설이고 있는데, 바로 앞에 있는 수풀이 갈라지며 하이럼 피시가 빈터로 나왔다. 그는 앤터니를 보자 약간 놀라는 것 같았다.

"평화스러운 오후죠, 피시 씨?" 앤터니가 물었다.

"예, 그런 것 같군요."

하지만, 피시는 평소처럼 평화스러운 모습이 아니었다. 그의 얼굴은 붉게 달아올라 있었고, 마치 달리기라도 한 듯 거칠게 숨을 몰아쉬고 있었다. 그는 회중시계를 꺼내어 보며 나직한 목소리로 말했다.

"영국 사람들의 관습인 오후에 차를 마시는 시간이 거의 된 것 같군요."

회중시계 뚜껑을 탁하고 닫고 나서, 피시는 천천히 저택 쪽을 향해 걸음을 옮겼다.

앤터니는 그 자리에 서서 깊은 생각에 잠겨 있다가, 배틀 총경이 자기 옆에 서 있는 것을 알고는 깜짝 놀라며 생각에서 깨어났다. 그가 다가오는 것을 알아차릴 수 있는 극히 희미한 발걸음 소리조차 전혀 나질 않아서, 마치 말 그대로 아무것도 없는 공간에서 갑자기 형체를 이루며 나타난 것 같았다.

"도대체 어디서 튀어나오신 겁니까?"

앤터니가 인상을 찡그리며 물었다.

배틀은 가볍게 고갯짓으로 뒤쪽에 있는 작은 잡목 숲을 가리켰다.

"저곳은 오늘 오후에 특별히 인기가 좋은 장소가 된 것 같습니다."
앤터니가 한마디 했다.
"뭔가 골똘히 생각하는 것 같더군요, 케이드 씨."
"그랬습니다. 내가 무슨 생각을 하고 있었는지 아십니까? 둘 더하기 하나 더하기 다섯 더하기 셋 해서 합계 넷을 만들려고 애쓰는 중이었지요. 그런데 그게 안 되더군요. 도저히 안 됩니다."
"그거야 무척 어려운 일이지요."
배틀 총경이 고개를 끄덕이며 말했다.
"그런데 마침 잘 오셨습니다. 그러지 않아도 만나고 싶었는데 말입니다. 어디 좀 갈 데가 있는데 허락해 주시겠습니까?"
자신의 교리(敎理)에 더없이 충실한 배틀 총경은 아무런 감정이나 놀람도 보이지 않았다. 그의 대답도 간단하기만 했다.
"그건 당신이 어디를 다녀오고 싶어 하는가에 달린 문제요, 케이드 씨."
"그럼, 솔직하게 말씀드리지요. 테이블 위에 내 카드를 전부 펼쳐보이겠습니다. 나는 디나르에 다녀올까 합니다. 브르테유 백작부인 댁에 말입니다. 괜찮겠습니까?"
"언제 떠나고 싶소, 케이드 씨?"
"내일 심리가 끝난 뒤에 갈까 합니다만, 일요일 저녁까지는 돌아올 수 있을 겁니다."
"알았소." 총경은 더없이 무표정하게 말했다.
"어떻게 생각하십니까?"
"당신 말대로 그곳에 갔다가 곧장 이리로 돌아온다면야 나로서도 반대할 이유가 없습니다."
"당신은 정말 뛰어난 분입니다. 나에 대해서 보기 드문 호의를 가지고 있거나, 아니면 예측할 수 없을 정도로 속이 깊은 사람일 겁니다. 그 어느 쪽인가요?"
배틀 총경은 아무 대답도 없이 다만, 가볍게 미소를 지어 보일 뿐이었다.
다시 앤터니가 말했다.

"그야 당신도 물론, 나름대로 예방책을 강구하리란 것쯤은 나도 예상합니다. 빈틈없는 법의 추종자들이 내 의심스런 발자취를 줄곧 따라다닐 테지요. 그거야 당연한 일이니까. 하지만, 나도 일이 대체 어떻게 된 것인지 알고 싶을 뿐입니다."

"무슨 말인지 잘 모르겠군요, 케이드 씨."

"회고록 말입니다. 어째서 그렇게 난리들을 피우는 걸까요? 그저 단순한 회고록에 지나지 않았을까요? 아니면, 당신은 은밀히 무엇인가를 소매 속에 감추고 있는 겁니까?"

배틀은 다시 미소를 지어 보였다.

"그건 이런 겁니다. 내가 당신한테 호의를 보이는 것은, 그렇게 해야 당신도 내게 호의를 보이기 때문이지요, 케이드 씨. 나는 이번 사건에 있어서 당신이 나와 함께 일해 주었으면 합니다. 아마추어와 프로가 서로 협력하는 거죠 소위 말해서, 한쪽은 친밀함을 가지고 있고, 다른 한쪽은 많은 경험을 가지고 있다는 겁니다."

"글쎄요." 앤터니는 천천히 말을 이었다.

"솔직히 말해서 나도 늘 내 손으로 한 번 살인사건을 해결해 보고 싶은 생각을 가지고 있었습니다."

"그렇다면, 이번 사건에 대해서 뭔가 생각해 본 게 있습니까, 케이드 씨?"

"생각이야 많이 했지요. 하지만, 대부분이 의문과 관계가 있는 겁니다."

"이를테면"

"살해당한 미카엘 왕자의 후임은 누구냐? 이것은 나한테는 상당히 중요한 문제라고 여겨지는데요, 그렇지 않습니까?"

배틀 총경의 얼굴에 쓸쓰레한 미소가 번졌다.

"그 점에까지 생각이 미쳤다니 정말 놀랍소, 케이드 씨. 니콜라스 오볼로비치 즉, 살해당한 미카엘 왕자의 사촌인 니콜라스 왕자가 다음 왕위 계승권을 갖고 있소"

"그런데 그는 지금 어디에 있습니까?"

앤터니는 고개를 돌려 담배에 불을 붙이고 나서, 다시 말을 이었다.

"모른다고는 하지 마십시오. 그래 봐야 믿지 않을 테니까."

"우리는 그가 미국에 있다고 믿을 만한 근거를 갖고 있소. 바로 얼마 전까지만 해도 미국에 있었던 것이 확실합니다. 자신의 앞날에 대한 가능성을 걸고 자금을 모으고 있었다고 합니다."

앤터니가 놀람에 찬 휘파람을 불며 말했다.

"알겠습니다. 미카엘 왕자는 영국의 지지를, 니콜라스 왕자는 미국의 지지를 받고 있었다 이거군요. 두 나라의 자본 그룹들은 석유 채굴권을 손에 넣으려고 혈안이 되어 있고 왕정파는 미카엘 왕자를 국왕 후보로 추대하고 있었는데, 이제는 다른 후보를 찾아야 되겠군 말입니다. 아이작슈타인과 그의 기업, 그리고 조지 로맥스 장관 쪽에서는 이를 갈아붙이고 있는데, 월가에서는 희희낙락하고 있고, 내 말이 맞습니까?"

"가히 틀리지는 않았소." 배틀 총경이 말했다.

"흠! 이제야 총경님이 저 잡목 숲에서 뭘 하고 있었는지 거의 알 것도 같군요."

총경은 다만, 미소를 지을 뿐, 가타부타 대답을 하지 않았다.

앤터니가 다시 말했다.

"국제 정치란 아주 흥미있는 관심사이긴 합니다만, 그러나 이젠 총경님과 헤어져야 할 것 같군요. 아이들과 공부방에서 약속이 있거든요."

그는 활발한 걸음걸이로 저택으로 향했다. 근엄한 트레드웰에게 묻자, 그는 앤터니를 공부방으로 안내했다. 그가 가볍게 노크를 하고 문을 열자, 요란한 비명과 환호성이 그를 맞이했다. 거글과 윙클은 즉시 그에게 달려들어 그를 마드모아젤 앞으로 끌고 가 자랑스럽게 소개했다. 처음으로 앤터니는 일종의 가책을 느꼈다.

마드모아젤 브룅은 키가 작고 안색이 나쁜 중년 여인으로, 후추와 소금이 범벅이 된 듯한 머리칼과, 코 밑에는 보송보송한 솜털이 자라고 있었다. 도저히 국제적으로 악명 높은 여자 사기꾼으로는 보이지 않는 모습이었다.

'내가 완전히 바보짓을 저지르고 있는 게 아닌지 모르겠는데. 하지만, 이제 와서 어쩌겠나? 끝까지 밀고 나갈 수밖에.' 하고 그는 속으로 생각했다.

그는 마드모아젤을 아주 즐겁게 해주었고, 그녀 쪽에서도 분명히 이 잘생긴 청년이 자기 공부방에 쳐들어온 것을 기쁘게 여기는 것 같았다. 그 방문은 아주 성공적이었다.

하지만, 그날 밤 앤터니는 자기에게 배정된 매혹적인 침실에 혼자 있게 되자 몇 번이고 고개를 저으며 속으로 중얼거렸다.

'내가 잘못 생각했어. 두 번씩이나 잘못 짚은 거야. 도저히 문제의 핵심을 파악할 수가 없으니……'

방 안을 거닐고 있던 그는 걸음을 멈추었다.

"제길……"

앤터니는 도중에 말을 끊었다. 문이 조용하게 열리고 있는 것이었다.

잠시 뒤, 한 사나이가 미끄러지듯 방 안으로 들어와 문 옆에 공손한 자세로 섰다. 큰 키에 피부가 희고 금발을 한 체격이 당당한 사람으로 슬라브계의 높은 광대뼈와 꿈꾸듯 광신적인 눈빛을 하고 있었다.

"제길, 도대체 당신은 누구요?" 앤터니가 그를 쏘아보며 물었다.

그 사나이는 완벽한 영어로 대답했다.

"저는 보리스 안초코프라고 합니다."

"미카엘 왕자의 시종?"

"그렇습니다. 저는 전하를 모셨었지만, 그분께서는 돌아가셨습니다. 이제부터는 당신을 모시겠습니다."

앤터니가 말했다.

"친절은 정말 고맙지만, 내게는 시종을 둘 만한 일이 없소."

"당신은 이제부터 저의 주인이십니다. 앞으로 충심을 다해서 주인을 모시겠습니다."

"그럴 테지. 하지만, 이봐요, 나는 시종이 필요 없어요. 다시 말해, 시종을 거느릴 여유가 없다 이거요."

보리스 안초코프는 경멸이 담긴 시선으로 그를 쳐다보았다.

"저는 돈을 요구하지 않습니다. 그저 주인을 모시고 싶었을 뿐입니다. 그래서 당신을 모실 생각이고, 죽을 때까지 충성을 다해 모시겠습니다!"

그러고는 재빨리 앞으로 다가와 무릎을 꿇고는 앤터니의 손을 자기 이마에 갖다 대었다. 그렇게 하고 나서, 그는 신속히 일어나 들어올 때와 마찬가지로 순식간에 그 방을 떠났다.

앤터니는 어리둥절한 표정으로 그의 사라지는 뒷모습을 지켜보았다. 그러고는 속으로 중얼거렸다.

"정말 괴상한 친구로군. 마치 충실한 개와도 같아. 저런 친구들은 기묘한 본능을 가지고 있거든."

그는 일어서서 다시 방 안을 서성거리며 중얼거렸다.

"하지만, 이거 일이 난처하게 됐는데. 정말이지 곤란하게 되었어. 더욱이 상황이 지금 같은 때에야."

한밤중의 모험

 심리는 다음 날 아침에 열렸고, 관심을 끌 만한 자세한 내용은 엄중하게 통제되어, 조지 로맥스 장관까지도 결과에 만족해했다. 배틀 총경과 검시관은 군경찰국장과 협의를 해서 심리 절차를 최소한의 수준까지 낮추었던 것이다.
 심리가 끝나자 곧 앤터니는 조용하게 출발했다. 그가 떠남으로써 빌 에버슬레이에게는 한 가닥 서광이 비쳤다. 하지만, 자기 부서인 외무성이 입은 타격이 외부로 새어나갈까 봐 전전긍긍하고 있는 조지 로맥스 장관은 이를 방지하기 위해 온갖 노력을 다 기울이고 있었다. 따라서, 오스카 양과 빌은 항상 대기하고 있어야만 했다. 중요한 일이라든가 흥미있는 일은 모두 오스카 양이 처리했다. 빌의 임무는 이리 뛰고 저리 뛰며 수많은 지시를 전달하고 암호 전문을 해독하며, 정기적으로 조지의 연설을 들어주는 것이었다.
 토요일 저녁, 빌은 완전히 녹초가 되어 잠자리에 들었다. 사실 그는 지나치게 가혹한 조지의 심부름에 시달려 온종일 버지니아와 이야기를 나눌 기회조차 잡을 수가 없었고, 그래서 그도 조지가 자기를 너무 혹사한다고 생각했다. 그 식민지 친구가 제 발로 떠나 준 것은 정말 고마운 일이었다. 그가 버지니아의 시간을 지나칠 정도로 혼자서 독점하고 있었으니 말이다. 그리고 물론 조지 로맥스 장관이 앞으로도 계속 자기를 이런 식으로 혹사시킨다면…….
 원망과 분노로 들끓고 있는 가슴을 부여안고, 빌은 잠속으로 빠져들어 갔다. 그리고 꿈속에서 그는 위안을 찾았다. 버지니아의 꿈을 꿈으로써 말이다. 그것은 영웅적인 꿈이었다. 꿈속에서 그가 맡은 역할은 타오르는 산불 속으로 뛰어드는 용감한 구원자였다. 그는 나무 꼭대기에서 버지니아를 끌어내렸다. 그녀는 의식을 잃고 있었다. 그는 그녀를 풀밭에 가만히 눕혔다. 그러고는 샌드위치 꾸러미를 찾으러 떠났다. 그가 그 샌드위치 꾸러미를 찾는 것은 아주 중요한 일이었다. 조지가 그것을 가지고 있었는데, 그는 그것을 빌에게 넘겨주기는커녕 빌을 붙잡아 놓고 전보를 받아쓰게 했다. 그들은 이제 교회 사무실에 있었고, 조금 있으면 버지니아가 자기와 결혼하기 위해 도착할 것이다.

그런데 맙소사! 그는 파자마 바람이었으니. 즉시 집으로 가서 예복을 찾아야 한다. 그는 자동차에 올라타고 시동을 걸었지만, 차는 움직일 생각도 하지 않는다. 아뿔싸, 가솔린 탱크가 바닥이 나 있었으니! 그는 절망에 사로잡혀 있었다. 그때 대형 버스가 멈추어 서더니 버지니아가 머리가 벗겨진 남자의 팔에 안긴 채, 그 버스에서 내렸다. 그녀는 아주 침착한 표정이었고, 우아한 잿빛 드레스를 입고 있었다. 그녀는 그에게 다가와서 장난스럽게 그의 어깨를 흔들었다. 그녀가 말했다.

"빌. 오, 빌!" 그러고는 다시 세게 흔들면서 말했다.

"빌! 일어나요, 빌. 제발, 어서 일어나요, 빌!"

아주 몽롱한 상태로 빌은 잠에서 깨어났다. 그는 침니스 저택의 자기 침실에 있었다. 하지만, 아직도 꿈을 덜 깬 상태였다. 버지니아가 몸을 숙여 자기를 내려다보면서 떨리는 목소리로 같은 말을 되풀이하고 있는 것이었다.

"일어나요, 빌. 제발, 어서 일어나요, 빌."

"안녕!" 빌이 침대에 일어나 앉으며 물었다.

"대체 무슨 일입니까?"

버지니아는 안도의 한숨을 내쉬었다.

"하느님 고맙습니다. 난 당신이 영원히 잠에서 깨어나지 않을 줄 알았어요. 아까부터 당신을 계속 흔들고, 또 흔들었단 말이에요. 이제 잠이 다 깼어요?"

"그런 것 같습니다." 빌이 자신 없는 투로 대답했다.

버지니아가 말했다.

"당신은 지독한 뚱보예요. 어휴, 내가 얼마나 힘들었는지 알아요? 팔이 다 떨어져 나갈 것 같단 말이에요."

"이런 무례는 너무 지나치십니다." 빌이 위엄을 찾으며 말을 이었다.

"이봐요, 버지니아, 이러한 당신의 처신은 도리에 벗어난 것이라고 생각합니다. 순결한 젊은 미망인으로서는 도저히 해서는 안 될 행동입니다."

"바보 같은 소리 하지 말아요, 빌. 지금 무슨 일이 벌어지고 있단 말이에요."

"어떤 일이 말인가요?"

"수상한 일이에요. 회의실에서요. 어디선가 문이 닫히는 소리를 들은 것 같아서 알아보려고 내려갔더니, 회의실에서 빛이 새어나오고 있는 것이었어요. 나는 살금살금 복도를 걸어가서 문틈으로 안을 들여다보았어요. 잘 보이지는 않았지만, 뭔가 아주 수상한 일이란 것은 알 수 있었어요. 그래서 좀더 자세히 봐야겠다는 생각이 들었죠. 그런데 갑자기 이런 생각이 든 거예요. 내 곁에 훌륭하고, 건장하며, 힘이 센 남자가 있으면 얼마나 좋을까 하는 생각이. 그리고 빌, 당신이야말로 내가 생각할 수 있는 가장 훌륭하고, 가장 건장하며, 가장 힘이 센 남자였기에, 여기로 들어와 조용히 당신을 깨우려고 한 거예요. 하지만, 당신을 깨우는 데 몇 년이 걸리는 것 같았어요."

"알았습니다. 그런데 지금 나더러 어떻게 하라는 거죠, 버지니아? 분연히 떨치고 일어나 그 강도들을 붙잡으라는 건가요?"

버지니아는 눈썹을 찡그렸다.

"그들이 강도인지는 나도 모르겠어요. 빌, 그건 정말 이상하거든요. 하지만, 이렇게 얘기나 하면서 시간을 낭비할 수는 없어요. 어서 일어나요."

빌은 고분고분 침대에서 빠져나왔다.

"장화를 신을 동안 기다려 주십시오. 바닥에 징을 박은 거죠. 아무리 내가 덩치가 크고 힘이 세다고 해도 맨발로 냉혹한 범죄자들을 잡을 수야 없는 노릇 아닙니까?"

버지니아가 꿈을 꾸는 듯한 표정으로 말했다.

"당신 파자마가 마음에 들어요, 빌. 화려하면서도 야하지 않은 게 말이에요."

빌이 두 번째 장화로 손을 뻗치면서 한마디 했다.

"그러고 보니까, 당신이 입고 있는 그 뭐라던가 하는 것이 정말 보기에 좋군요. 초록빛이 도는 게 아주 예쁜데요. 그걸 뭐라고 하죠? 드레싱 가운(화장옷, 실내복)은 아닐 테고, 그렇죠?"

버지니아가 대답했다.

"네글리제예요. 당신이 네글리제도 못 알아볼 정도로 순결한 생활을 한다니 나도 기쁘군요, 빌."

"그렇지는 않습니다." 빌이 화를 내며 대꾸했다.

"방금 당신 얼굴에 그런 사실이 씌어 있었는걸요. 당신은 정말 좋은 사람이에요, 빌. 그리고 나도 당신을 좋아해요. 내일 아침 한 10시쯤, 지나치게 감정을 흥분시키지 않을 안전한 시간에 당신한테 키스해 드리고 싶군요."

"그런 일은 생각이 났을 때 당장 실천하는 것이 가장 바람직하다고 나는 늘 생각해 왔는데요." 빌이 제안했다.

"우리에겐 지금 해야 할 다른 중대한 일이 있어요."

버지니아가 냉정하게 말을 이었다.

"방독면에다가 방탄조끼까지 걸칠 생각이 아니라면, 어서 나가요."

"나는 준비가 되었습니다." 빌이 말했다.

그는 요란한 빛깔의 비단 드레싱 가운을 몸에 걸치고는 부지깽이를 집어들었다.

"판에 박힌 무기이긴 하지만." 그가 중얼거렸다.

버지니아가 말했다.

"그럼 가요, 소리는 내지 말고."

그들은 살짝 그 방에서 빠져나와, 복도를 죽 따라가서 가운데로 경계가 나누어진 넓은 계단을 내려갔다. 그들이 계단 밑에 이르렀을 때, 버지니아가 미간을 찡그리며 말했다.

"당신의 그 장화는 정말 조용하지가 못하군요, 빌!"

빌이 대답했다.

"징은 징일 수밖에 없으니까요. 나도 최선을 다하고 있습니다."

"그 장화를 벗도록 하세요." 버지니아가 단호하게 말했다.

빌은 신음 소리를 냈다.

"손에 들고 갈 수도 있잖아요. 내가 바라는 것은 당신이 회의실에서 지금 벌어지고 있는 일을 밝혀 주었으면 하는 거예요. 빌, 그건 정말 알 수 없는 일이거든요. 어째서 그 강도들은 갑옷을 분해하고 있는 걸까요?"

"글쎄요, 아마 통째로 들고 갈 수가 없어서 그러는 게 아닐까요?"

버지니아는 이해할 수 없다는 듯 고개를 저었다.

"뭣 때문에 그 케케묵은 갑옷 따위를 훔치려고 하겠어요? 아무렴요, 침니스 저택에는 훨씬 들고나가기가 쉬운 값나가는 보물들 천진데."

빌도 고개를 저었다.

"거기에 몇 명이나 있습니까?" 그는 부지깽이를 힘있게 움켜쥐면서 물었다.

"자세히 볼 수는 없었어요. 당신도 열쇠구멍이 어떻다는 걸 잘 알잖아요. 게다가, 그자들은 손전등만 켜고 있었거든요."

"지금쯤은 빠져나갔을지도 모르겠군."

빌이 희망에 찬 어조로 말했다.

그는 맨 밑 계단에 걸터앉아 장화를 벗었다. 그러고는 그것을 한 손에 들고 회의실로 이르는 복도를 살금살금 걸어갔다. 그 뒤에는 버지니아가 바싹 따르고. 이윽고 그들은 거대한 떡갈나무 문 앞에서 멈추어 섰다.

방 안은 조용하기만 했지만, 갑자기 버지니아가 그의 팔을 붙잡자 그는 고개를 끄덕였다. 잠깐 동안 불빛이 열쇠구멍을 통해 새어나왔던 것이다.

빌은 무릎을 꿇고 앉아 그 구멍에 눈을 갖다 댔다. 뭔가 보이기는 했지만, 도대체 뭐가 뭔지 분간을 할 수가 없었다. 안쪽에서 상연되고 있는 드라마의 장면은 그의 시야에서 벗어나 왼쪽으로 약간 치우쳐 있는 게 분명했다. 이따금 들리는, 조심스럽게 다루어지는 금속 부딪치는 소리로 봐서 침입자들이 아직도 그 갑옷과 씨름을 하는 것이 틀림없어 보였다.

빌은 갑옷이 두 벌이라는 사실을 상기했다. 그 갑옷들은 홀바인 초상화 바로 아래 벽에 나란히 세워져 있었다. 손전등은 아마 진행 중인 작업에만 집중적으로 비추고 있음이 분명했다. 방 안의 나머지 부분은 여전히 어둠 속에 잠겨 있을 테고 사람의 그림자가 언뜻 빌의 시야를 지나쳤지만, 어떤 인물인지 알아보기에는 빛이 너무 약했다. 그건 남자였을 수도 있고, 여자였을 수도 있었다. 잠시 뒤 그것은 다시 언뜻 지나갔고, 다시 조심스럽게 금속을 다루는 소리가 들려왔다.

이윽고 새로운, 나무를 주먹으로 툭툭 두드리는 희미한 소리가 들렸다. 빌은 갑자기 엉덩이를 발뒤꿈치에 대며 주저앉았다.

"무슨 일이에요?" 버지니아가 나직하게 속삭였다.

"아무것도 아닙니다. 이런 식으로 계속해 봐야 아무런 소용도 없어요. 이래 봐야 아무것도 볼 수 없고, 도대체 저자들이 무슨 짓을 하려는 건지 짐작도 할 수 없습니다. 안으로 들어가서 저들을 잡아야겠어요."

그는 장화를 신고 일어났다.

"자, 버지니아, 내 말을 들어보세요. 우리는 가능한 한 소리를 죽여 문을 여는 겁니다. 전등 스위치가 어디 있는지 알고 있죠?"

"알아요, 문 바로 옆에 있어요."

"아마 저들은 두 명보다 많지는 않을 겁니다. 한 명뿐일지도 모르죠. 내가 안으로 무사히 들어가서, '켜'하고 말하면 당신은 전등 스위치를 올리는 겁니다. 아시겠죠?"

"알았어요."

"그리고 비명을 지르거나 기절하지 마십시오. 아무도 당신을 다치도록 내버려 두지는 않을 테니까요."

"정말 멋져요!" 버지니아가 나직하게 중얼거렸다.

빌은 어둠 속에서 그녀를 미심쩍은 눈초리로 가만히 바라보았다. 그러고는 단단히 부지깽이를 움켜쥐고 일어났다. 그는 자신이 상황을 완전히 인식하고 있음을 느꼈다.

그는 아주 부드럽게 문 손잡이를 돌렸다. 이윽고 문이 열리며 안쪽으로 소리없이 움직였다. 빌은 자기 옆에서 버지니아가 바싹 붙어 있음을 느꼈다. 그들은 소리없이 방 안으로 들어갔다.

방의 저쪽 끝에서 손전등이 홀바인의 초상화를 비추고 있었다. 불빛에 비친 사람의 그림자가 의자 위에 올라서서 부드럽게 나무 벽을 두드리고 있었다. 물론 그자의 등이 그들 쪽을 향하고 있어서 단지 무슨 거대한 괴물의 그림자처럼 보일 뿐이었다.

좀더 자세히 보았으면 그 정체를 알아볼 수도 있었을 텐데. 바로 그때 빌의 장화에 박힌 징이 마룻바닥에 닿으면서 삐꺽 하는 소리를 냈다. 그러자 그자가 몸을 돌리며 강력한 손전등 불빛을 곧장 그들에게 비추자, 그들은 갑자기 눈이 부셔서 거의 아무것도 알아볼 수가 없게 되었다.

빌이 지체하지 않고 소리쳤다.

"켜!"

그는 버지니아에게 이렇게 외치고는, 그자에게 용수철 튀듯 덮쳐 갔고, 버지니아는 즉시 전등 스위치를 눌렀다.

커다란 샹들리에가 찬란한 빛을 발하며 켜져야 할 텐데, 불이 켜지기는커녕 딸각하는 스위치 소리밖에 나지 않았다. 방 안은 여전히 어둠으로 덮여 있는 것이다.

버지니아는 빌이 거침없이 내뱉는 욕설을 들었다. 그러고는 거친 숨소리와 맞붙어 싸우는 소리가 들렸다. 손전등은 바닥에 떨어져 있었고, 떨어지면서 충격으로 불빛도 꺼져 버렸다. 어둠 속에서는 여전히 필사적으로 벌이는 격투 소리가 들렸지만, 도대체 누가 이기고 있는 것인지, 누가 누군지 버지니아는 전혀 알아볼 수가 없었다. 나무 벽을 두드리고 있던 사람 말고 또 다른 사람이 방 안에 있는 것은 아닐까? 그럴지도 몰랐다. 그들이 방 안을 살펴볼 수 있었던 것은 불과 한순간에 지나지 않았다.

버지니아는 그만 온몸이 얼어붙는 것 같았다. 어떻게 해야 좋을지 막막하기만 했다. 그렇다고 그녀가 그들의 싸움에 끼어들 수도 없는 일이었다. 그렇게 하다가는 오히려 방해만 될 뿐, 빌에게 아무런 도움도 되지 못할 것 같았다. 그녀가 궁리해 낸 한 가지 생각은 문 입구에 버티고 서서 아무도 그 방에서 도망쳐 나가지 못하도록 하는 것뿐이었다. 동시에 그녀는 빌이 신신당부하던 것도 무시하고 큰소리로 비명을 지르며 계속해서 구원을 요청했다.

이윽고 위층에서 문들이 열리는 소리가 나고, 홀과 층계 쪽에서 갑자기 밝은 빛이 비쳐 들어왔다. 이제는 응원부대가 올 때까지 빌이 그자를 붙들어 놓기만 하면 되는 것이었다. 하지만, 바로 그때 최후의 결판이 나고 말았다. 그들이 함께 갑옷에 부딪쳤는지 귀청이 멍멍해질 정도로 요란한 소리가 나며 갑옷이 바닥에 쓰러졌다. 버지니아는 창문 쪽으로 달려가는 희미한 사람 모습을 볼 수 있었고, 동시에 빌이 욕설을 퍼부으면서 갑옷 조각들을 몸에서 밀어내는 소리가 들렸다.

그때야 그녀는 자신이 지키고 있던 위치를 떠나 창가에 있는 사람 모습 쪽으로 맹렬하게 덮쳐 갔다. 하지만, 창문은 이미 빗장이 벗겨져 있었다. 그 침입자는 빗장을 찾기 위해서 한순간도 지체할 필요가 전혀 없었던 것이다. 그 자는 순식간에 밖으로 뛰쳐나가 테라스를 내달으며 저택 모퉁이를 돌아갔다.

버지니아도 그 뒤를 쫓아 달렸다. 그녀는 젊은데다가 운동으로 단련된 신체를 가지고 있었으므로, 그녀가 테라스 모퉁이를 돌았을 때는 자기가 쫓던 자보다 불과 몇 초 정도밖에는 뒤지지 않았다.

하지만, 그녀는 그때 막 옆문에서 뛰쳐나온 사나이의 팔 속에 그만 머리를 처박는 꼴이 되고 말았다. 그것은 하이럼 P. 피시였다.

그가 비명을 지르며 소리쳤다.

"이크! 이게 웬 여자지. 맙소사, 정말 죄송합니다, 레블 부인. 나는 그만 부인이 비열하게 달아나는 악당 중 하나인 줄 알았습니다."

버지니아가 숨을 헐떡이며 외쳤다.

"그자는 방금 이리로 달아났어요. 어떻게 쫓아가서 잡을 수 없을까요?"

하지만, 그렇게 말하는 그녀 자신도 이미 때가 늦었음을 알고 있었다. 그자는 이미 지금쯤은 정원으로 들어섰을 테고, 달마저 없는 칠흑같이 어두운 밤이었다. 그녀는 다시 회의실로 발걸음을 돌렸고, 피시는 그녀와 같이 걸으면서 일반적인 강도의 습성에 대해서 어르는 듯한 단조로운 어조로 강의하기 시작했는데, 그는 그런 문제에 대해서는 폭넓은 경험을 가지고 있는 것 같았다.

캐터햄 경과 번들, 그리고 다양한 표정을 한 채 겁에 질려 있는 하인들이 회의실 입구에 서 있었다.

번들이 다급히 물었다.

"도대체 무슨 일이에요? 강도가 들었나요? 아니, 피시 씨와 뭘 하는 거죠, 버지니아? 한밤중에 산책이라도 즐기고 있는 건가요?"

버지니아가 그때까지 있었던 일을 설명해 주었다.

번들이 한마디 했다.

"정말 굉장하군요, 세상에! 그것도 한 주말에 살인사건과 강도 사건이 한꺼번에 일어나는 일은 좀처럼 겪기 어려운 일일 거예요. 이 방의 전등은 어떻게 된 거죠? 다른 데는 모두 불이 들어오는데 말이에요."

그 의문은 곧 풀렸다. 전구가 모두 떼어져서 한 줄로 나란히 벽에 놓여 있었던 것이다. 비록 잠옷 차림이었음에도 불구하고 위엄을 잃지 않고 있던 근엄한 트레드웰이 사닥다리를 타고 올라가 엉망이 된 방 안에 다시 조명이 살아나게 했다.

캐터햄 경이 방 안을 둘러보며 슬픈 목소리로 말을 이었다.

"내가 잘못 본 게 아니라면, 이 방은 최근에 폭력 활동의 중심지가 되었나 보구먼."

그 말 속에는 뭔가 진실이 깃들어 있었다. 두드려 부술 수 있는 것은 모조리 부서져 있었다. 산산이 분해된 의자들, 깨진 중국산 도자기, 그리고 갑옷 조각들이 온통 바닥에 널려 있었다.

번들이 물었다.

"도대체 몇 명이나 들어온 거죠? 이 난장판으로 봐서는 굉장한 싸움이 있었던 모양인데."

"아마 한 명뿐이었을 거예요." 버지니아가 대답했다.

하지만, 그렇게 대답하면서도 버지니아는 자신이 없었다. 물론 창문을 통해서 빠져나간 것은 한 사람, 한 남자뿐이었다. 하지만, 그녀가 그자를 쫓아갔을 때, 바로 근처 어디에선가 희미하게 옷자락 스치는 소리를 들은 것도 같았다. 만일에 그게 사실이었다면, 그 방에 침입했던 제2의 인물은 방문을 통해서 빠져나갔다는 얘기가 된다. 하지만, 아마도 그 옷자락 스치는 소리라는 것은 그녀의 지나친 상상으로 인한 결과였을지도 모르는 일이었다.

그때 빌이 불쑥 창가에 모습을 나타냈다. 그는 숨이 찬지 몹시 헐떡이고 있었다. 그가 분통을 터뜨리며 외쳤다.

"망할 자식! 그자는 빠져나갔나 봅니다. 온 데를 다 뒤져 보았지만, 그자의 흔적도 찾아볼 수가 없었어요."

버지니아가 말했다.

"기운 내세요, 빌. 다음에는 더 운이 좋을 거예요."

캐터햄 경이 말했다.

"그런데 이제 우리는 어떻게 하면 좋을 것 같소? 침실로 돌아갈까? 이런 야심한 시간에 배지워시를 부를 수도 없고, 트레드웰, 이럴 때 어떻게 해야 할지 자네는 알고 있을 테지? 자네가 좀 알아서 해주게."

"알겠습니다, 나리."

안도의 한숨을 내쉬며 캐터햄 경은 침실로 돌아갈 채비를 하다가 다시 한마디 했다. 선망의 기색이 가득 담긴 목소리로

"그 빌어먹을 아이작슈타인은 완전히 곯아떨어졌나 보구먼. 이런 난리가 벌어졌는데도 내려올 생각을 하지 않으니." 피시를 건너다보며 덧붙였다.

"그래도 당신은 옷을 찾아 입을 시간이 있었나 보구려."

"예, 급한 대로 대충 걸치고 나왔지요." 미국인이 대답했다.

다시 캐터햄 경이 말했다.

"정말 잘하신 일이오. 이렇게 파자마 차림으로 서 있자니, 이거 원 으스스해서 견딜 수가 없군."

그는 하품을 했다. 이윽고 일행은 모두 침울한 기색으로 침대로 돌아갔다.

두 번째 한밤중의 모험

다음 날 오후, 기차에서 내린 앤터니가 제일 먼저 만난 사람은 배틀 총경이었다. 앤터니는 얼굴에 미소를 띠며 한마디 했다.

"약속대로 이렇게 돌아왔습니다. 그걸 확인하려고 여기까지 나오셨나 보군요?"

배틀은 고개를 저었다.

"그 점에 대해서는 걱정하지 않았소, 케이드 씨. 갑자기 런던에 올라갈 일이 생겨서 나온 것뿐이오."

"사람을 지나치게 신뢰하는 성격인가 보군요, 배틀 총경님."

"정말로 그렇게 생각하시오?"

"아니오. 나는 당신이 아주, 아주 심지가 깊다고 생각합니다. 마치 깊은 바닷속 같다고나 할까. 그런데 정말로 런던에 가실 건가요?"

"그렇소, 케이드 씨."

"무슨 일 때문에 올라가시는지 궁금하군요."

배틀 총경이 대답을 하지 않자, 다시 앤터니가 말했다.

"정말 입이 무거우시군요. 그 점이 바로 내가 총경님한테서 호감을 느끼는 면이기도 하지요."

배틀 총경은 기이하게 눈을 빛내며 그에게 물었다.

"그래, 알아본다던 그 일은 어떻게 되었소, 케이드 씨? 결과가 어떻습니까?"

"완전히 허탕쳤습니다. 이번까지 해서 나는 두 번씩이나 결정적인 오류를 범했습니다. 정말 분통이 터질 노릇이지요, 안 그렇습니까?"

"대체 무슨 일이었는지, 내가 물어봐도 되겠소?"

"그러니까, 나는 그 프랑스인 가정교사를 의심했던 겁니다. 첫째는, 가장 뒤어난 추리소설의 원전에 따르자면 그녀야말로 가장 혐의가 있을 것 같지 않은 인물이었기 때문이고, 둘째는, 그 비극이 일어났던 밤에 그녀의 방에 불이 켜졌었기 때문이지요."

"그건 별로 문제로 삼을 만한 근거가 못 되지 않소?"

"옳습니다. 그건 문젯거리가 되지 않았지요. 하지만, 나는 그녀가 이곳에 온 지 얼마 되지 않았다는 것과, 또한 수상한 프랑스 남자가 저택 주변을 염탐하고 다니는 것을 발견했거든요. 총경님도 그 사람에 대해서 모두 알고 있을 테죠?"

"자칭 무슈 쉘이라는, 크리케터스 여인숙에 묵고 있는 그 사람을 말하는 거요? 비단 장수라고 하는?"

"그런가요? 그 사람의 동태는 어떻습니까? 런던경시청에서는 어떻게 생각하고 있습니까?"

"그의 행동은 수상한 데가 있소." 배틀 총경이 무표정하게 말했다.

"매우 수상쩍다고 할 수 있지요. 아무튼, 나는 둘에다가 둘을 더한 겁니다. 집 안에는 프랑스 여인인 가정교사가, 밖에는 낯선 프랑스 남자가. 나는 그 둘이 서로 연결이 되어 있을 거라고 생각하고는, 그 마드모아젤 브룅이라는 여인과 10년을 같이 지냈다는 백작부인을 만나보려고 급히 떠났던 겁니다. 나는 백작부인이 마드모아젤 브룅이라는 사람에 대해 한 번도 들어본 적이 없다고 말할 거라고 자신하고 있었는데, 내가 완전히 잘못 짚었던 거죠. 마드모아젤 브룅은 틀림없는 진짜였습니다."

배틀이 고개를 끄덕였다. 다시 앤터니가 말을 이었다.

"솔직히 말해서 그 가정교사와 이야기를 하고 나서 곧바로 나는 완전히 헛다리 짚은 것 같다는 불안한 확신이 들더군요. 그녀는 전형적인 가정교사로 보였으니까요."

다시 배틀 총경이 고개를 끄덕이고는 입을 열었다.

"그렇다고 해도, 케이드 씨, 언제나 그런 식으로 확정을 지어서는 안 됩니다. 특히 여자들은 얼굴을 쉽게 바꿀 수 있으니까 말이오. 내가 전에 보았던 한 예쁜 아가씨는 머리를 다른 색으로 물들이고, 얼굴에는 교묘하게 화장을 해서 노르께한 병색을 띠고는, 눈꺼풀을 약간 붉은색으로 만들고서, 그중에서도 가장 변장의 효과가 돋보이는 초라한 옷차림을 하니까, 전에 그녀를 잘 알고 있던 사람들도 십중팔구는 그녀의 정체를 알아보지 못합니다. 남자들은 그런 점에서 훨씬 불리하지요. 당신도 눈썹을 어떻게 손보고, 틀니를 끼운다든지 해서 전체적인 인상을 바꿀 수는 있겠지만, 그러나 문제는 귀란 말입니다. 귀야말로 사람에게 있어서 가장 특징적인 부분이라오, 케이드 씨."

"그렇게 뚫어져라 내 귀를 쳐다보지 마십시오. 이거야 어디 불안해서 살겠습니까?" 앤터니가 툴툴거리며 말했다.

배틀 총경이 계속 말을 이었다.

"나는 가짜 턱수염이나 배우가 분장할 때 쓰는 화장용 기름에 대해서 말하고 있는 게 아니오. 그런 건 다 소설에서나 볼 수 있는 것들이지. 자신의 정체를 숨기고 상대방을 속일 수 있는 사람은 실로 몇 안 됩니다. 사실 내가 아는 한 변장의 천재는 딱 한 사람밖에 없지요. 킹 빅터라는 자요. 킹 빅터에 대해서 들어보았소, 케이드 씨?"

배틀 총경이 전혀 예상치 못했던 방법으로 날카롭게 질문을 던지자, 앤터니는 자칫하면 불쑥 튀어나오는 말을 그대로 내뱉을 뻔했다. 그는 겨우 마음을 수습하며, '킹 빅터?' 하고 반사적으로 되묻는 대신에 이렇게 대답했다.

"어쩐지 귀에 익은 이름 같군요."

"세계에서 가장 유명한 보석 강도 중 한 명이지요. 아일랜드계 아버지와, 프랑스계 어머니 사이에서 태어났소. 그자는 최소한 5개 국어를 할 수 있지요. 한동안 복역하고 있었는데, 몇 달 전에 출감했다는군요."

"그래요? 그는 지금 어디 있을 거라고 보십니까?"

"글쎄요, 케이드 씨, 바로 그 점이 우리도 알고 싶은 점이라오."

앤터니가 가볍게 말했다.

"사태가 점점 복잡해지는 것 같군요. 하지만, 그자가 이곳에 나타날 일은 없겠죠, 안 그렇습니까? 그자가 정치적인 회고록 같은 것에 관심을 둘 리야 없을 테니까. 그자가 노리는 것은 오직 보석뿐이 아닐까요?"

배틀 총경이 말했다.

"그건 뭐라고 단정할 수 없소. 우리가 입수한 모든 정보를 종합해 보면, 그자는 이미 이곳에 와 있을 수도 있으니까 말이오."

"하인으로 변장하고 말입니까? 놀랍군요. 귀를 보고 그자를 찾아내어 총경님은 한몸에 모든 영광을 독차지할 수도 있겠군요."

"농담을 좋아하시나 봅니다, 케이드 씨. 그런데 참, 당신은 스테인스에서 일어난 사건에 대해서 어떻게 생각하시오?"

"스테인스? 스테인스에서 무슨 사건이 있었습니까?" 앤터니가 되물었다.

"그 사건은 토요일 신문에 났었는데, 나는 당신도 그 기사를 본 줄 알았소. 길가에서 총에 맞아 죽은 남자가 발견되었지요. 외국인이랍니다. 물론, 오늘 신문에도 다시 보도되었지요."

"나도 그 사건에 대한 기사를 보았습니다. 분명히 자살은 아닐 테지요?"

앤터니가 아무렇지도 않게 대꾸했다.

"자살은 아닙니다. 흉기가 전혀 발견되지 않았으니까. 아직까지 그 시체의 신원이 밝혀지지 않은 모양입니다."

"총경님은 그 사건에 무척 관심이 많은 모양이로군요. 그것이 미카엘 왕자의 죽음과 무슨 관계가 있는 것도 아니지 않습니까?"

앤터니가 미소를 지으며 말했다. 그의 손은 전혀 떨리거나 하지도 않았다. 눈 역시 침착했다. 그런데 배틀 총경이 자기를 유별난 관심을 갖고 쳐다보는 것 같다는 생각은 혼자만의 일방적인 상상일까?

"그런 일들이 꽤 유행하는 것 같군요. 하지만, 글쎄요, 서로 아무런 관련도 없다고 볼 수도 있겠지요." 배틀 총경이 말했다.

그때 런던행 기차가 굉음을 울리며 들어오자 그는 고개를 돌려 포터를 손짓해 불렀다. 앤터니는 내심 안도의 한숨을 내쉬었다.

그는 보기 드물게 깊은 생각에 잠긴 표정으로 정원을 가로질러 천천히 걸어갔다. 그는 의식적으로 그 운명의 목요일 밤에 걸었던 방향과 같은 방향으로 저택을 향해 다가가 보기로 하고, 이윽고 저택 가까이 이르게 되자 창문을 올려다보면서 과연 어느 것이 불빛이 보였던 창문인지 생각해 내려고 골똘히 기억을 더듬어 보았다. 끝에서 두 번째 창문이 확실할까?

그런데 그렇게 하다가 그는 한 가지 사실을 발견하게 되었다. 건물의 모퉁이에서 직각으로 꺾어져 들어가 다시 평행을 이루는 벽에 창문이 하나 나 있었던 것이다. 따라서, 어떤 지점에 서서 보게 되면 이 창문이 끝에서 첫 번째의 창문으로 보이게 되고, 회의실 위에 있는 끝에서 첫 번째의 창문은 두 번째의 창문으로 보이게 된다. 그러나 오른쪽으로 몇 야드 정도 이동하게 되면 회의실이 있는 부분의 벽면 끝쪽이 건물의 끝 부분으로 보이게 된다. 따라서, 첫 번째 창문은 보이지 않게 되고, 회의실 위에 있는 방의 두 개의 창문이 끝에서 첫 번째와 두 번째 창문으로 보이게 되는 것이다. 그렇다면, 과연 그는 그 불빛을 보았을 때 정확히 어떤 지점에 서 있었을까?

앤터니는 그 질문에 대한 해답을 얻기가 매우 어려운 일이라는 것을 알았다. 불과 1야드(약 0.9m) 차이로 전혀 다른 결론이 나올 수가 있었으니 말이다. 그러나 한 가지 사실은 상당히 분명해졌다. 그가 끝에서 두 번째 창문이라고 여겼던 곳에서 불빛을 보았다고 한 것이 그의 실수였을 가능성이 크다는 것이다. 따라서, 그 창문은 끝에서 세 번째 창문이었을 가능성도 충분히 있을 수 있었다.

그렇다면, 그 세 번째 방에는 누가 묵고 있을까? 앤터니는 가능한 한 빨리 그 사실을 알아봐야겠다고 결심했다. 그런데 행운의 여신은 그를 좋아하는 모양이었다. 트레드웰이 홀에서 막 찻쟁반 위에 무거운 은제 찻주전자를 올려놓고 있었다. 다른 사람은 아무도 보이지 않았다.

앤터니가 말했다.

"이봐요, 트레드웰 한 가지 물어보고 싶은 것이 있는데, 서쪽 끝에서 세 번째 방은 누구의 방이오? 내 말은 회의실 위에 있는 방을 말하는 거요."

트레드웰은 잠시 생각해 보았다.

"거기는 미국분인 피시 씨 방입니다."

"아, 그래요? 고맙소"

"천만에요."

트레드웰은 자리를 떠나려고 하다가, 다시 멈추어 섰다. 새로운 소식을 맨 먼저 전하고 싶은 욕망이 주교 같은 집사조차 평범한 인간으로 만들었던 것이다.

"저, 혹시 어젯밤에 무슨 일이 있었는지 들으셨습니까?"
"아니오, 그런 말은 못 들었는데. 어젯밤에 무슨 일이 있었소?"
"도둑이 들었었습니다!"
"설마? 그래, 도둑맞은 물건이라도 있었소?"
"아니오. 그 도둑들은 회의실에 있는 갑옷을 분해하고 있다가 들키자 그만 달아났는데, 불행히도 놓치고 말았습니다."

앤터니가 말했다.

"정말 알 수 없는 노릇인데. 또 회의실이라니. 그 도둑들도 역시 저번과 같은 방법으로 침입했소?"
"예, 아마 창문을 억지로 열고 들어왔던 모양입니다."

트레드웰은 자기가 알려 준 정보가 관심을 끈 것에 만족을 느끼며 물러가려다가, 다시 제자리에 서서 엄숙한 얼굴로 사과했다.

"죄송합니다. 미처 선생님이 오시는 소리를 못 들었고, 그래서 제 뒤에 서 계신 줄 몰랐습니다."

트레드웰에게 부딪친 피해자인 아이작슈타인은 친절하게 손을 내저으며 말했다.

"괜찮소. 어디 다친 것도 아니니 너무 신경 쓰지 말아요."

트레드웰이 물러가자, 아이작슈타인은 앤터니 쪽으로 다가와 안락의자에 몸을 깊숙이 묻으며 앉았다.

"안녕하시오, 케이드 씨. 그래 다시 돌아오셨구먼. 지난밤에 있었던 쇼에 대해서는 모두 들은 모양이로군요?"

앤터니가 대답했다.

"그렇습니다. 상당히 요란스러운 주말 같군요, 안 그렇습니까?"
"지난밤 일은 이 근처 불량배들의 짓이 아니었나 싶어요. 솜씨가 서툰 게 아마추어들의 소행인 것 같소."
"이 근처에 갑옷을 수집하는 사람들이라도 있습니까? 그건 훔치기에는 좀 괴상한 게 아닌가요?" 앤터니가 물었다.
"아주 괴상한 거지." 아이작슈타인이 동의했다.

그는 잠시 말을 멈추었다가 다시 천천히 입을 열었다.

"이곳의 형편은 대체로 불행의 연속이라고 할 수 있소."

그의 어조에는 거의 위협적인 기색이 담겨 있었다.

"무슨 말씀인지 잘 모르겠군요." 앤터니가 말했다.

"어째서 우리 모두가 이렇게 여기 묶여 있어야 하는 거요? 심리는 어제 이미 끝났는데 말이오. 왕자의 시신은 런던으로 옮겨질 테고, 아마 사인은 심장 마비라고 발표될 거요. 그런데도 여전히 아무도 이 집에서 떠나지 못하게 하고 있으니. 로맥스 장관은 나보다 더 모르고 있소. 그 사람은 나보고 배틀 총경한테 부탁해 보라고 하더군요."

앤터니가 생각에 잠긴 표정으로 말했다.

"배틀 총경은 뭔가 은밀히 추진하고 있는 것 같습니다. 아마 아무도 이 집을 떠나지 못하게 하는 게 그의 계획에 없어서는 안 될 조건인 모양입니다."

"하지만, 이것 보시오, 케이드 씨, 당신은 나갔다 오지 않았소."

"내 발목에는 끈이 달려 있는 거나 마찬가지였지요. 줄곧 미행당했으리란 것은 의심할 여지가 없습니다. 아마 권총이나 뭐든 처리하고 싶었다고 해도 그럴 만한 기회를 전혀 잡지 못했을 겁니다."

"아, 그 권총." 아이작슈타인이 조심스럽게 말했다.

"그 권총이 아직 발견되지 않았다고 알고 있소만?"

"아직 발견되지 않았습니다."

"지나가다가 슬쩍 호수에 던져 넣었을지도 모르지."

"충분히 가능성이 있는 말씀입니다."

"배틀 총경은 어디 갔소? 오늘 오후에는 그 사람이 영 보이지 않더군."

"그 사람은 런던에 갔습니다. 아까 역에서 만났지요."

"런던에 갔다고? 그게 사실이오? 언제 돌아올 거라는 말은 하지 않았소?"

"내일 아침 일찍 돌아오려나 봅니다."

그때 버지니아가 캐터햄 경과 피시와 함께 들어왔다. 그녀는 앤터니에게 환하게 미소를 지어 보였다.

"돌아오셨군요, 케이드 씨. 어젯밤에 우리가 겪은 모험에 대해서 알고 계세요?"

하이럼 피시가 말했다.

"정말이라오, 케이드 씨. 흥분과 격렬한 분투의 하룻밤이었답니다. 내가 레블 부인을 악당으로 잘못 알고 붙잡았다는 얘기도 알고 있습니까?"

"그건 그렇고, 그 악당은······?" 앤터니가 물었다.

"귀신같이 달아나 버렸답니다." 피시가 분한 듯이 말했다.

"차 좀 따라 주구려." 캐터햄 경이 버지니아에게 말했다.

"도대체 번들은 어디 갔지?"

버지니아가 차를 따랐다. 그러고 나서 앤터니 곁에 가까이 앉으며 나직한 목소리로 말했다.

"차를 마시고 나면 정고로 와주세요. 빌과 내가 당신한테 해주고 싶은 이야기가 많거든요."

그러고는 밝은 어조로 그녀는 다른 사람들과의 대화에 끼어들었다.

정고에서의 모임은 아무 탈 없이 열렸다. 버지니아와 빌은 자기들의 모험에 대해서 쉴 새 없이 떠들고 있었다. 그들은 호수 가운데의 보트 위가 비밀 대화를 나누기에 가장 안전한 장소라는 데에 의견 일치를 보았다. 곧 보트를 저어 충분한 거리까지 나아가게 되자 지난밤에 있었던 모험에 대해서 앤터니에게 자세하게 들려주었다. 빌은 조금 삐친 표정이었다. 그는 버지니아가 이 식민지 친구를 이번 대화에 끼워 주자고 한 것이 영 마음에 들지 않았다.

"정말 기묘한 사건이군요."

앤터니가 모든 이야기가 끝나자 입을 열었다.

"부인은 어떻게 보십니까?"

앤터니는 버지니아에게 이렇게 물었다.

"내 생각에는 그들이 무엇인가를 찾고 있었던 게 아닌가 해요. 강도치고는 하는 짓이 영 어울리지가 않았거든요." 버지니아가 재빨리 대답했다.

"그들은 무엇인지는 몰라도 자기들이 노리고 있는 것이 갑옷 속에 숨겨져 있다고 생각한 모양이군요. 그건 충분히 이해가 갑니다. 하지만, 나무 벽은 어째서 두드리고 있었던 걸까요? 그건 마치 비밀 계단이나 뭐 그런 걸 찾고 있던 것처럼 보이는군요."

버지니아가 말했다.

"침니스 저택에는 성직자들의 은신처가 있다고 알고 있어요. 그러나 아마 비밀 계단도 틀림없이 있으리라 생각해요. 캐터햄 경이라면 우리한테 그 일에 대해서 말씀해 주실 수 있을 거예요. 그런데 내가 알고 싶은 것은, 도대체 그들이 무엇을 찾고 있었을까 하는 거죠."

"회고록은 아니었을 겁니다. 그건 상당히 부피가 큰 꾸러미거든요. 틀림없이 뭔가 부피가 작은 물건이었을 겁니다." 앤터니가 말했다.

"조지 오빠는 알고 있을 거예요."

버지니아는 생각에 잠긴 얼굴로 말을 이었다.

"오빠한테서 그 일을 알아낼 수 있을지는 자신이 없지만요. 하지만, 처음부터 난 이번 사건 뒤에는 뭔가 흑막이 감추어져 있는 것 같다는 생각이 들어왔어요."

앤터니가 다시 물었다.

"부인은 한 사람밖에 없었다고 했지만, 또 다른 자가 있었을 가능성도 있습니다. 부인이 창문 쪽으로 달려갈 때, 문쪽으로 누군가가 움직이는 것 같은 소리를 들은 것 같다고 했지요?"

버지니아가 대답했다.

"그건 아주 미약한 소리였어요. 내가 잘못 들은 것인지도 몰라요."

"물론 그럴 수도 있겠지만, 어쩌면 부인이 착각한 게 아니라 그 제2의 인물은 바로 집 안 사람이었을지도 모르는 일입니다. 그렇다면, 이상한데……."

"뭐가 이상하다는 거죠?" 버지니아가 물었다.

"하이럼 피시의 그 철저함이 이상하다는 거죠. 도와 달라는 외침 소리를 듣고 아래층으로 내려왔을 때, 그는 옷을 완전히 갖추어 입고 있었다는 사실입니다."

"거기에는 확실히 뭔가가 있어요." 버지니아가 동의했다.

"그리고 아이작슈타인도 좀 수상해요. 그런 소동이 벌어졌는데도 잠만 잤다는 건 이해가 안 돼요. 그럴 수가 없었을 텐데 말이에요."

빌이 한마디 했다.

"그 보리스란 자도 있지요. 완전히 악당 같은 모습이거든요. 그 왜, 미카엘 왕자의 시종 말입니다."

다시 버지니아가 말했다.

"침니스 저택에는 수상쩍은 사람들로 가득 차 있어요. 물론 다른 사람들도 우리와 마찬가지로 의심하고 있을 거예요. 배틀 총경은 런던에 가지 말아야 했어요. 내 생각에는 좀 머리가 잘 돌아가지 않는 사람 같아요. 그런데 참, 케이드 씨, 이상하게 생긴 프랑스인이 몇 번인가 정원을 돌아다니며 염탐하는 걸 봤어요."

"상황이 몹시 복잡하게 얽히고설켜 있군."

앤터니가 침중한 어조로 말을 이었다.

"그런데도 나는 쓸데없는 문제나 조사한답시고 돌아다녔으니, 정말 어처구니가 없는 바보짓을 한 거죠. 아무튼, 내 생각에는 모든 문제가 이렇게 집약되지 않나 합니다. '그자들은 과연 어젯밤에 자기들이 찾고 있던 것을 찾았느냐?' 하는 거죠."

"만약에 찾지 못했다면?" 이렇게 물으며 버지니아가 덧붙였다.

"사실, 나는 그들이 찾지 못했을 거라고 확신해요."

"바로 그겁니다. 나는 그들이 다시 올 거라고 생각합니다. 배틀 총경이 런던에 있다는 사실을 그들도 알고 있거나, 아니면 조만간 알게 될 테지요. 그러니, 아마 위험을 각오하고라도 오늘 밤 다시 침입할 겁니다."

"정말로 그렇게 생각하세요?"

"그건 좋은 기회입니다. 이제 우리 셋은 한팀이 되는 거죠. 에버슬레이 씨와 내가 단단히 준비를 하고 회의실에 숨어 있다가……."

버지니아가 그의 말을 가로막고 나섰다.

"나는 어떻게 하고요? 날 떼어놓고 할 생각은 하지 말아요."

빌이 말했다.

"들어봐요, 버지니아. 이건 남자들이 할 일이고……."

"바보 같은 소리 하지 말아요, 빌. 나는 이 일에 줄곧 참여하고 있단 말이에요. 그 점을 잊지 말아요. 우리 팀이 모두 오늘 밤 잠복하는 거예요."

그 문제는 결국, 그렇게 하기로 하고, 자세한 계획을 짰다. 그날 밤 사람들이 모두 잠자리에 든 다음, 앤터니 팀은 한 사람씩 살금살금 소리를 죽여 가며 아래층으로 내려갔다. 그들은 모두 손에 강력한 손전등을 들고 있었고, 앤터니의 코트 주머니 속에는 권총이 들어 있었다.

앤터니는 그 무엇인가를 찾기 위한 시도가 다시 행해질 거라고 말했지만, 사실 그 시도가 외부에서 침입한 자들에 의해서 행해질 거라고는 생각지 않았다. 그는, 전날 밤 누군가가 어둠 속에서 자기 옆을 스치고 지나간 것 같은 기분을 느꼈다는 버지니아의 말이 착각이 아니라 사실이었을 거라고 확신하고 있었다. 그래서, 그는 오래된 떡갈나무 화장대 뒤에 몸을 숨기고 서서는 창 쪽이 아니라 문쪽을 똑바로 지켜보고 있었다. 버지니아는 반대편 벽에 있는 갑옷 뒤에 웅크리고 숨어 있었고, 빌은 창문 옆에 숨어 있었다.

끝없이 시간이 흘러갔다. 시계가 1시를 알렸다가, 다시 1시 30분을 쳤고, 다시 2시, 2시 30분을 쳤다. 앤터니는 팔다리가 쑤시고 온몸이 뻣뻣해지는 것 같았다. 차츰 자신의 생각이 또 틀린 게 아닐까 하는 걱정이 생기기 시작했다.

그날 밤에는 아무런 시도도 행해질 것 같지 않았다. 그러다가 그는 갑자기 긴장을 하며 온몸의 신경을 잔뜩 곤두세우고 경계를 했다. 바깥 테라스에서 발걸음 소리가 들렸던 것이다. 다시 침묵이 흐르고 나서, 나직하게 창문이 긁히는 소리가 났다. 갑자기 그 소리가 멈추고는 창문이 소리없이 열렸다. 한 사나이가 창문턱을 넘어 방 안으로 들어왔다.

그자는 잠시 동안 꼼짝 않고 서서 귀를 기울이며 사방을 살폈다. 잠시 뒤, 안심을 했는지 그자는 손전등을 켜고는 재빨리 방 안을 두루 비춰보았다. 아무 이상도 발견하지 못한 모양이었다. 숨어 있던 세 사람은 숨을 죽였다. 그자는 전날 밤 조사를 해보았던 나무 벽 널빤지 쪽으로 다가갔다.

그런데 그때, 끔찍한 예감이 빌의 전신을 엄습해 왔다. 재채기가 나오려는 것이었다! 전날 밤 밤이슬이 축축하게 맺힌 정원을 마구 쏘다녔던 관계로 그는 그만 감기에 걸렸고, 따라서 온종일 이따금 재채기를 하곤 했었다. 그런데 하필이면 바로 이 순간에 다시 재채기가 나오려고 했고, 또 도저히 그것을 참을 수가 없을 것 같았다.

그는 생각해 낼 수 있는 모든 수단을 다 동원해 보았다. 윗입술을 세게 누르는가 하면, 억지로 침을 삼켜 보기도 하고, 고개를 뒤로 젖혀서 천장을 올려다보기도 했다. 마침내는 손으로 코를 붙잡고 세게 비틀어 보았다. 하지만, 그건 아무 소용도 없었다. 드디어 그는 재채기를 하고 말았다! 숨까지 멈추며 억지로 자제를 해서 상당히 맥이 빠져 버린 재채기가 되었지만. 그러나 쥐죽은 듯이 조용한 방 안을 뒤흔들어 놓기에는 충분한 소리였다.

낯선 침입자는 갑자기 몸을 돌렸고, 동시에 앤터니도 행동을 취했다. 그는 자기 손전등을 켜고서 그 사나이한테로 번개같이 덮쳤다. 다음 순간, 그들은 한 덩어리가 되어 마룻바닥에 넘어졌다.

"불켜!" 앤터니가 소리쳤다.

버지니아는 벌써 스위치를 올리고 있었다. 전등은 그날 밤에는 아무런 이상도 없었다. 샹들리에가 환하게 켜졌다. 앤터니는 사나이의 위에 올라타고 있었다. 빌이 그를 도와주려고 몸을 굽혔다.

앤터니가 말했다.

"자 이제, 그 얼굴 좀 보이실까, 친구."

그는 포로의 몸을 바로 뒤집었다. 그자는 깔끔하고 검은 턱수염을 기른 크리케터스 여인숙에 묵고 있는 낯선 손님이었다.

"정말 훌륭합니다." 어디선가 칭찬하는 말이 들렸다.

그들은 모두 깜짝 놀라며 돌아보았다. 배틀 총경의 거대한 체구가 열려 있는 문 입구에 서 있었다.

"런던에 계신 줄 알았는데요?" 앤터니가 말했다.

배틀은 눈을 깜박이며 말했다.

"정말로 그렇게 알고 있었소, 케이드 씨? 하기야 나도 내가 정말로 런던에 가는 것으로 여겨지면 일이 더 잘되지 않을까 하고 생각하긴 했었지만."

"바로 그렇게 된 겁니다."

앤터니는 자신에게 굴복당한 적을 내려다보았다. 하지만, 놀랍게도 그자의 얼굴에는 희미한 미소가 떠올라 있었다.

그자가 앤터니에게 요청했다.

"일어나도 되겠습니까? 당신네들은 셋이고 나는 하나이니 어쩌겠습니까."

앤터니는 그가 일어날 수 있도록 손을 잡아 주었다.

그 낯선 사람은 코트를 털고 칼라를 바로 세우고는 날카로운 시선으로 배틀 총경을 똑바로 쳐다보았다. 그가 말했다.

"죄송합니다만, 당신은 런던경시청에서 파견된 분이시죠?"

"그렇소만." 배틀이 대답했다.

"그렇다면, 내 신임장을 보여 드려야겠군요."

그는 쓸쓸한 미소를 지었다.

"이런 추태를 보이기 전에 진작 보여 드려야 했었나 봅니다."

그는 주머니에서 서류를 꺼내어 런던경시청 총경에게 건네주었다. 동시에 그는 코트 깃을 뒤집어, 거기에 핀으로 꽂혀 있는 무슨 배지를 보여 주었다.

배틀은 놀람에 찬 탄성을 터뜨렸다. 그는 문서를 자세히 살펴보고 나서 가볍게 고개를 숙여 보이며 다시 돌려주었다. 그러고는 그가 말했다.

"거칠게 대해 드려서 죄송합니다. 하지만, 그건 당신 스스로가 자초한 일이란 걸 당신도 잘 아실 겁니다."

배틀 총경은 다른 사람들의 얼굴에 떠올라 있는 놀란 표정을 보고 미소를 지으며 말했다.

"이분은 전부터 우리가 기다리고 있었던 동료, 파리경시청의 르무안 씨입니다."

과거의 비밀

그들이 모두 망연자실한 표정으로 그 프랑스 형사를 바라보자, 그는 미소를 지어 보이며 입을 열었다.

"하지만, 그건 사실입니다."

사람들이 저마다 생각을 다시 정리하느라고 잠시 침묵이 흘렀다.

이윽고 버지니아가 배틀 총경을 돌아보며 물었다.

"제가 지금 무슨 생각을 하고 있는지 아세요, 배틀 총경님?"

"무슨 생각을 하십니까, 레블 부인?"

"우리에게 조금은 가르쳐 주어야 할 때가 왔다고 생각해요."

"가르쳐 주다니? 무슨 말씀인지 잘 모르겠습니다, 레블 부인."

"총경님은 잘 알고 계세요. 아마 제 사촌오빠인 조지 로맥스 장관이 당신한테 비밀을 엄수하라고 단단히 일러 놓았을 테지만(조지 오빠는 당연히 그럴 사람이니까요), 하지만, 우리한테 사실을 말해 주는 것이, 우리가 그 비밀 때문에 자꾸 발이 걸려 넘어지고 결국에 가서는 엄청난 잘못을 저지르게 되는 것보다 훨씬 나을 거예요. 당신은 제 말에 동의하시지 않나요, 르무안 씨?"

"전적으로 동의합니다, 부인." 배틀이 말했다.

"언제까지나 그 일을 어둠 속에 묻어 둘 수 없다고 나도 로맥스 장관께 말씀드린 적이 있지요. 에버슬레이 씨는 로맥스 장관의 비서니까, 알아야 할 것을 안다고 해서 잘못되거나 할 일은 없을 겁니다. 그리고 케이드 씨는 좋든 싫든 이 일에 말려들었으니, 자신이 처한 상황에 대해서 알고 있을 권리가 있다고 생각합니다. 하지만,……"

배틀은 말을 하다가 말았다.

버지니아가 즉시 말을 받았다.

"무슨 말씀을 하려는지 알고 있어요. 여자들은 경솔하다 이거죠! 조지 오빠한테서도 노상 그런 소리를 들었어요."

르무안은 버지니아를 주의 깊게 살펴보고 있었다. 이윽고 그는 배틀 총경에게 고개를 돌리며 물었다.

"조금 전에 부인의 이름을 부를 때 레블 부인이라고 하셨지요?"

"그게 제 이름이에요." 버지니아가 대신 대답했다.

"부인의 남편께서는 전에 외교관으로 근무하셨지요? 그리고 부인 역시 남편과 함께 헤르초슬로바키아에서 그 나라 국왕 부처가 암살당하기 전까지 지내셨고요."

"예."

르무안은 다시 배틀 쪽을 돌아다보았다.

"내 생각에는 부인도 그 이야기를 들을 권리가 있다고 봅니다. 부인 역시 간접적으로 관계가 있기 때문이지요. 더구나(그의 눈이 언뜻 빛났다) 부인은 외교계에서 아주 사리분별이 깊은 분이라고 명성이 자자하니까요."

"저를 그렇게 높이 평가해 주다니 기쁘군요."

버지니아는 웃음을 터뜨렸다.

"그리고 이제는 따돌림당하지 않아도 되게 되어서 정말 다행이에요."

앤터니가 입을 열었다.

"뭘 좀 들면서 이야기하는 게 어떻겠습니까? 회의 장소는 어디로 하죠? 그냥 여기서 할 건가요?"

배틀이 말했다.

"여러분만 괜찮다면, 나는 아침이 될 때까지 이 방을 떠나고 싶은 생각이 없습니다만. 이야기를 듣고 나면 여러분도 그 이유를 알게 될 겁니다."

"그렇다면, 나가서 먹을 것을 준비해 와야겠군요." 앤터니가 말했다.

그는 빌과 함께 나가서 잔과 음료수, 그리고 다른 필요한 것들을 가지고 다시 돌아왔다. 이제 그 수가 불어난 모험 클럽은 창가 한쪽 구석에 있는 기다란 떡갈나무 테이블 주위에 편안한 자세로 자리들을 잡고 빙 둘러앉았다.

배틀이 입을 열었다.

"물론, 지금부터 이야기하려는 사실은 모두 극비에 속한다는 것을 주지해야 합니다. 결코, 외부로 새어나가서는 안 됩니다. 하지만, 나도 이 일이 언젠가는 사람들에게 알려지게 될 거라고 생각하고 있었습니다. 로맥스 장관 같은 분들은 모든 것을 숨기려고만 하시는데, 그렇게 함으로써 오히려 뜻밖의 위험한 사태를 초래할 수도 있지요. 아무튼, 이 일이 발단은 지금으로부터 7년 전으로 거슬러 올라갑니다. 당시에는 소위 말하는 국가 간의 재구성 작업이 한창 진행되고 있었고 특히, 중앙 유럽 지역에서 활발히 추진되고 있었습니다. 그 대부분의 협상은 영국에서 이루어졌는데, 엄밀히 말하자면 스틸프티치 백작이 암중에서 조종하고 있었던 겁니다. 모든 발칸 제국이 이 협상에 가담했고, 바로 그때 다수의 왕족들이 영국으로 모여들었지요. 자세한 내용은 뒤로 미루고, 아무튼, 당시에 어떤 귀중한 물건이 도난당했는데, 그 경위가 참으로 믿기 어려운 것으로, 하나는 그 도둑이 왕족 중에 있었다는 것이고, 다른 하나는 그 수법이 고도의 기술을 가진 전문가의 솜씨였다는 겁니다. 여기 르무안 씨가 어떻게 된 일인지 자세하게 설명해 드릴 겁니다."

그 프랑스 형사는 정중하게 고개를 숙여 보이고 나서 이야기를 시작했다.

"여러분께서는 혹시 우리나라의 전설적인 도둑 킹 빅터에 대해서 들어보셨는지 모르겠군요. 그의 본명은 완전히 베일에 가려져 있지만, 아무튼, 그자는 보기 드문 용기와 배짱을 지닌 인물로, 5개 국어에 능통하고, 또한 변장술에는 당할 사람이 없는 자입니다. 그의 아버지는 영국계이거나 아일랜드계라고 알려졌지만, 그 자신은 주로 파리에서 활동했습니다. 지금으로부터 한 8년 전 그자는 일련의 대담한 절도 사건을 저지르며 오네유 대위라는 이름으로 행세하고 다녔습니다."

버지니아가 놀람에 찬 탄성을 지르자, 르무안은 예리한 시선으로 그녀를 주시했다.

"부인이 무엇 때문에 그토록 놀라시는지 알 것 같군요. 아마 여러분도 곧 아시게 될 겁니다. 아무튼, 당시에 우리 파리 경찰에서는 이 오네유 대위라는 인물이 실은 킹 빅터와 동일인물일 거라고 짐작은 하고 있었지만, 그것을 입증할 만한 증거를 잡을 수가 없었지요. 그리고 그 당시에 역시 파리에 있는 폴리 베르제르 극장에 안젤 모리라는 젊고 영리한 여배우가 있었는데, 우리는 한동안 그녀가 킹 빅터와 공모한 일당일 거라는 의심을 품고 있었지만, 이 역시 입증할 만한 증거가 전혀 없었습니다. 바로 그 무렵, 파리는 헤르초슬로바키아의 젊은 국왕인 니콜라스 4세를 맞을 준비를 하고 있었습니다. 우리 경찰은 국왕의 신변보호를 위해 특별 경계에 들어갔습니다. 특히 우리는 레드 핸드 당이라고 불리던 혁명 조직의 동태에 대해 특별히 주의를 기울이며 감시를 했지요. 그건 바로 그 레드 핸드 당이 안젤 모리에게 접근해서, 그녀가 자기들의 계획에 협조를 해주면 막대한 돈을 주겠다고 제의한 것이 분명했기 때문이었습니다. 그녀의 역할은 젊은 국왕을 유혹해서 사전에 그들과 약속해둔 장소로 꾀어내는 일이었지요. 안젤 모리는 뇌물을 받고 그 일을 수락했습니다.

하지만, 그 여인은 그녀를 고용한 자들이 생각했던 것보다 훨씬 영리하고 야심도 컸던 거죠. 그녀는 왕을 유혹하는 데 성공했고, 왕은 그녀에게 완전히 빠져서 가지고 있던 보석들은 아낌없이 주었습니다. 그러자, 그녀는 이런 생각을 품게 된 겁니다. 왕의 애인이 아니라 왕비가 되자고 말입니다! 다들 아시겠지만, 그녀는 자신의 야심을 실현했습니다. 그녀는 로마노프 왕가의 먼 친척인 바라가 포폴레프스키 백작부인으로 헤르초슬로바키아 사람들에게 알려지게 되었고, 결국, 헤르초슬로바키아의 왕비가 되었던 거죠. 파리의 2류 여배우로서는 대단한 출세를 한 셈이지요! 그녀는 자신의 역할을 정말 훌륭히 해냈다고 알려져 있습니다. 하지만, 그녀의 승리감은 오래가지 못했지요. 그녀의 배신에 격분한 레드 핸드 당은 두 번씩이나 그녀의 목숨을 노렸던 겁니다. 마침내 그들은 국민의 감정을 부추겨서 혁명을 일으키게 되었고, 국왕 부처는 무참히 제거되었습니다. 그들의 시체는 끔찍할 정도로 난자당해 거의 알아볼 수가 없을 정도였는데, 그걸로 봐서 그 나라 국민이 비천한 출신의 외국인 왕비를 얼마나 증오했는지를 증명하고도 남을 겁니다.

그런데 그녀는 바라가 왕비의 신분으로 있으면서도 과거의 동료였던 킹 빅터와의 관계를 계속 유지시켰던 모양입니다. 어쩌면 그 모든 게 처음부터 그자가 꾸며낸 엄청난 계획이었는지도 모르지요. 한 가지 분명한 것은, 그녀는 헤르초슬로바키아 궁전에서 보내는 암호로 된 비밀 편지로 그와 계속 연락을 취하고 있었다는 사실입니다. 안전을 위해서 그 편지들은 모두 영어로 쓰였고, 그 당시 대사관에 있던 한 영국 부인의 이름으로 서명되었지요. 만약에 그 편지로 인해 조사를 받게 되었다면, 그 부인이 자신의 서명을 부인한다고 하더라도, 문제의 그 편지들은 모두 부정한 여인이 자기 정부한테 보내는 내용이었으므로 그녀의 진술은 아마 받아들여지지 않았을 겁니다. 그녀가 사용한 이름은 바로 당신의 이름이었습니다, 레블 부인."

"알겠어요." 버지니아가 대답했다. 그녀의 안색이 여러 차례 바뀌었다.

"그 편지의 진상이 바로 그런 것이었군요! 아무리 생각해 봐도 영 알 수가 없더니 말이에요."

"정말 비열하기 짝이 없는 술책이었군."

빌이 몹시 분개해 하며 말했다.

"그 편지들은 파리에 있는 오네유 대위 앞으로 보내졌는데, 편지의 주된 목적은 뒤에 밝혀진 어떤 기묘한 사실에 의해 분명해졌다고도 볼 수 있을 겁니다. 국왕 부처가 살해된 뒤, 많은 왕실의 보석이 폭도들의 손에 넘어가게 되었고, 다시 어떤 경로를 통해서 파리로 흘러들어왔는데, 중요한 보석들, 솔직히 말하자면 헤르초슬로바키아 왕실이 소유하고 있던 보석 중에서도 가장 유명한 보석들이 대부분 가짜로 바꿔치기 되어 있다는 사실이 밝혀진 거죠. 따라서, 왕비가 된 안젤 모리는 여전히 그녀의 전직 활동을 계속하고 있었다는 말이 됩니다. 이제는 여러분도 결론이 어떻게 나리라는 것을 충분히 짐작하실 테죠?

니콜라스 4세와 바라가 왕비는 영국을 방문해서 그 당시 외무상이던 고 캐터햄 후작의 손님으로 머물게 되었습니다. 헤르초슬로바키아는 비록 작은 나라이긴 하지만, 결코 무시할 수 없는 나라죠. 그러니 당연히 바라가 왕비도 초청되었던 겁니다. 왕가의 일원이면서도 동시에 전문 도둑인 왕비가 극진한 대접을 받은 거죠. 아무튼, 바꿔치기 된 가짜가 너무도 정교해서 전문가가 아니면 식별할 수 없었다는 것으로 봐서, 그것이 킹 빅터의 솜씨였다는 것에는 의문의 여지가 없습니다. 그리고 사실 그 모든 계획의 대담성과 치밀성으로 봐서도 주모자가 바로 그자였다는 사실을 단적으로 지적해 주고 있지요."

"여기서 대체 무슨 일이었나요?" 버지니아가 물었다.

"극비라 할 수 있지요."

배틀 총경이 간결하게 대답하고는 다시 말을 이었다.

"그 일은 오늘날까지도 일절 발표되지 않고 있는 실정입니다. 우리는 은밀히 우리가 할 수 있는 모든 노력을 다 기울여 보았는데, 사실 그것은 여러분이 상상할 수 있는 것과는 비교가 안 될 정도로 엄청난 작업이었지요. 우리도 외부에서 알면 깜짝 놀랄 만한 수단을 갖고 있답니다. 아무튼, 그 보석은 헤르초슬로바키아 왕비의 손에 의해서 영국 밖으로 반출되지 않았다는 점만은 분명히 말씀드릴 수 있습니다. 왕비는 그것을 어딘가에 감춘 것이 분명한데, 그 장소를 아무리 해도 찾을 수가 없단 말입니다. 하지만, 설사 그렇다고 해도 나는 놀라지 않을 겁니다. 즉(배틀 총경은 천천히 주위를 돌아보았다), 그것이 이 방 안 어딘가에 감추어져 있다고 하더라도 말입니다."

앤터니가 펄쩍 뛰며 믿을 수 없다는 듯이 외쳤다.

"뭐라고요? 그게 언제 일인데 아직까지……. 그건 도저히 있을 수 없는 일입니다."

프랑스 형사가 재빨리 말을 받았다.

"당신은 아마 당시의 특수한 상황을 잘 모르실 겁니다. 그로부터 불과 2주일 뒤, 헤르초슬로바키아에서는 혁명이 일어났고 국왕 부처가 살해당했습니다. 또한, 오네유 대위 역시 파리에서 체포되어 비교적 가벼운 형량을 받고 감옥에 수감되었지요. 우리는 그의 집에서 그 암호 편지를 찾을 수 있을 거라고 기대했는데, 그것을 한 헤르초슬로바키아인 중개인이 빼돌렸다는 사실을 알게 되었습니다. 그자는 혁명이 일어나기 직전에 헤르초슬로바키아에 나타났었는데, 그 뒤로는 완전히 잠적해 버렸지요."

"그자는 아마 외국으로 도피했을 겁니다."

앤터니가 끼어들며 조심스럽게 말을 이었다.

"아프리카 같은 곳이 아닐까 합니다. 물론 그 편지 뭉치는 항상 몸에 지니고 다녔을 테지요. 그건 그자에게 있어서 금광이나 마찬가지였을 테니까. 일이 그런 식으로 발전했다는 건 좀 묘하군요. 그쪽에서 그자는 아마 더치 페드로라든가 하는 이름으로 불렸을 겁니다."

그는 배틀 총경의 무표정한 시선이 자신에게 쏠리고 있음을 알고 미소를 지으며 말했다.

"내가 무슨 천리안이라서 이렇게 말하는 건 아닙니다, 총경님. 그렇게 보일 지는 모르겠지만요. 나중에 다 말씀드리겠습니다."

"당신이 설명한 것 중에는 한 가지가 빠져 있어요. 그 일과 회고록과는 어떻게 연결되어 있는 거죠? 틀림없이 어떤 관련이 있을 텐데요, 안 그런가요?"

버지니아가 그 프랑스 형사에게 물었다.

"두뇌 회전이 무척 빠르시군요, 부인."

르무안이 그녀를 치켜세우며 대답했다.

"물론 어떤 관련이 있습니다. 그 당시에 스틸프티치 백작 역시 침니스 저택에 머물고 있었거든요."

"그렇다면, 그도 그 일에 대해서 알고 있었을 거라는 말씀인가요?"

"그렇습니다." 배틀이 말을 이었다.

"그리고 만약에 그가 자신의 회고록에서 그 일을 무심코 언급했다면, 그것은 엄청난 화근의 불씨가 될 겁니다. 특히, 지금까지 그 모든 일이 철저히 숨겨져 왔던 바라 그 충격은 더욱 커지게 될 것이 분명합니다."

앤터니는 담배에 불을 붙였다.

"그 회고록에서 보석이 감추어져 있는 곳에 대한 단서를 얻을 가능성은 전혀 없을까요?" 그가 배틀에게 물었다.

배틀 총경이 단정적으로 대답했다.

"그럴 가능성은 거의 없다고 봅니다. 그는 왕비와 사이가 좋지 않았는데, 그것은 그가 적극적으로 그 결혼에 반대했기 때문이지요. 그러니 그녀가 자기 비밀을 그에게 말해 주었을 가능성은 거의 없다고 봐야 할 겁니다."

앤터니가 다시 말했다.

"그야 물론 그렇다고 봐야 옳겠지만, 여러 가지 사실로 미루어 보건대 스틸프티치 백작은 무척 교활한 늙은 여우였다고 할 수 있습니다. 그녀도 알지 못하는 새에, 그는 그녀가 보석을 감춘 장소를 알아냈을지도 모르는 일입니다. 만일 그럴 경우라면, 그는 과연 그 보석을 어떻게 처리했을 거라고 생각합니

까?"

"손대지 않고 그대로 놔두었을 거요."

배틀 총경은 잠시 생각해 본 뒤에 대답했다.

그 프랑스 형사가 고개를 끄덕이며 말했다.

"그 말엔 나도 동감입니다. 스틸프티치 백작으로서도 함부로 처신할 수 없는 상황이었으니까요. 게다가, 그 보석을 처분한다는 것도 결코 용이한 일은 아니었을 겁니다. 반면에, 그것이 숨겨져 있는 장소를 알고 있다는 것은 그에게 커다란 힘이 되어줄 수도 있었겠지요. 그는 권력을 좋아하는 괴팍한 노인이었으니 말입니다. 왕비를 자기 손아귀에 쥐고 있을 수 있다는 것뿐만 아니라, 필요한 경우에는 협상을 위한 강력한 무기를 갖고 있기도 한 것이었죠. 그가 알고 있는 비밀은 그것뿐이 아니었습니다. 천만에요! 그는 마치 사람들이 진귀한 중국 도자기를 수집하듯이 비밀을 수집한 겁니다. 죽기 전에 그는 한두 번 사람들 앞에서 자기 마음만 내키면 그런 것들을 세상에 공표할 수도 있다고 큰소리친 적도 있다고 합니다. 적어도 한 번 그는 자기 회고록 속에서 세상을 깜짝 놀라게 할 비밀을 폭로하겠다는 말을 한 적이 있습니다. 따라서 (그 프랑스인은 냉랭한 미소를 띠었다), 사람들이 그토록 그 회고록을 손에 넣으려고 애들을 썼던 겁니다. 우리의 비밀경찰도 그 원고를 입수하려고 해보았지만, 백작은 죽기 전에 그 원고를 다른 곳으로 빼돌린 거죠."

"하지만, 그렇다고 해도 그가 그 비밀을 알고 있었으리라고 믿을 만한 근거가 전혀 없지 않습니까?" 배틀 총경이 물었다.

"죄송합니다만, 백작 자신이 한 말이 있습니다."

앤터니가 침착한 어조로 말했다.

"뭐라고요?"

두 형사는 모두 자신의 귀를 믿을 수 없다는 듯한 표정으로 앤터니를 망연히 쏘아보았다.

"맥그러스가 그 원고를 나한테 넘겨 줄 때, 그는 자기가 스틸프티치 백작을 만났을 당시의 상황을 들려주었습니다. 그것은 파리에서 있었던 일인데, 맥그러스는 위험을 각오하고 불량배들한테 당하고 있던 스틸프티치 백작을 구해

주었지요. 그의 말로는 당시에 백작은 약간 술에 취해 있었다더군요. 때문인지, 백작은 두 가지 흥미있는 말을 털어놓았던 모양입니다. 하나는 자기가 코이누어가 있는 곳을 알고 있다는 뜻의 말이었는데, 물론 내 친구에게는 아무런 흥미도 없는 말이었지만요. 또 하나는 백작을 폭행한 악당들은 바로 킹 빅터의 부하들이라는 말을 했다는 겁니다. 종합해 보면, 이 두 가지 말은 아주 중대한 의미를 지니게 되지 않을까요?"

배틀 총경이 갑자기 탄성을 지르며 말했다.

"과연! 물론, 중대한 의미를 지닌 말이고말고. 이로써 미카엘 왕자 살인사건도 전혀 다른 양상을 띠게 되는 겁니다."

"킹 빅터는 결코 사람을 죽인 적이 없습니다."

프랑스인이 그에게 상기시켜 주었다.

"만약에 그가 그 보석을 찾고 있다가 불시에 발각당했다면 어떻게 했겠습니까?"

앤터니가 날카로운 어조로 물었다.

"그렇다면, 그자가 영국에 있다는 겁니까? 당신은 그가 불과 몇 달 전에 출감했다고 하지 않았습니까? 당신네들은 그자의 뒤를 밟지 않았나요?"

프랑스 형사의 얼굴에 겸연쩍은 미소가 떠올랐다.

"물론 우리는 미행을 했습니다. 하지만, 그자는 정말 악마처럼 교활한 녀석입니다. 순식간에, 그야말로 순식간에 우리를 따돌려 버리더군요. 물론 우리는 그자가 곧장 영국으로 건너갈 거라고 생각했지만, 그건 오산이었습니다. 그자가 어디로 갔을 것 같습니까?"

"글쎄요, 어디로 갔을까요?"

앤터니가 되물었다. 그는 그 프랑스인을 골똘하게 주시하면서, 자신도 모르게 성냥갑을 만지작거렸다.

"미국입니다. 미국으로 건너간 겁니다."

"뭐라고요?"

앤터니는 다만, 놀랄 따름이었다.

"그렇습니다. 게다가, 그자가 누구 행세를 했는지 아십니까? 그자가 그곳에서 어떤 신분으로 활동하고 있었는지 아십니까? 바로 헤르초슬로바키아의 니콜라스 왕자 행세를 한 겁니다."

앤터니의 손에서 성냥갑이 떨어졌지만, 정작 놀람의 표시를 나타낸 것은 다름 아닌 배틀 총경의 외침이었다.

"있을 수 없는 일이오!"

"전혀 그렇지 않습니다, 총경님. 아마 당신도 아침에는 그 정보를 입수하게 될 겁니다. 정말 생각지도 못할 허세를 부린 거죠. 아시겠지만, 니콜라스 왕자는 몇 년 전 콩고에서 사망했다는 소문이 있었습니다. 이 킹 빅터라는 친구는 바로 그 점, 그런 종류의 죽음을 확인하기가 어렵다는 점에 착안한 겁니다. 그는 니콜라스 왕자를 부활시켜 왕자 역할을 하면서, 유망한 석유 채굴권에 몹시 눈독을 들이고 있던 미국의 자본가들한테서 막대한 돈을 뜯어냈지요. 하지만, 아주 우연한 사건으로 해서 정체가 탄로 나게 되자, 그는 서둘러 미국을 떠나게 되었습니다. 그러고는 바로 영국으로 건너온 겁니다. 내가 이곳에 오게 된 것도 바로 그것 때문이지요. 조만간 그는 침니스 저택에 등장하게 될 겁니다. 그가 이미 이곳에 와 있는 게 아니라면 말입니다!"

"어떻게 생각하십니까, 그 점에 대해서?"

"미카엘 왕자가 살해된 그날 밤, 그자는 이곳에 있었을 거라고 생각합니다. 그리고 어젯밤에도 여기 있었을 테고 말이죠."

"그것은 또 다른 시도였을까요?" 배틀이 물었다.

"또 다른 시도였지요."

배틀 총경이 다시 말을 이었다.

"르무안 씨, 당신 때문에 나는 무척 걱정하고 있었습니다. 도대체 어떻게 된 건가 해서 말이지요. 파리에서는 당신이 나와 협력하기 위해 떠났다고 하는데, 당신은 도무지 나타날 기미가 보이지 않으니, 어찌된 영문인지 알 수가 없었던 거죠."

르무안이 말했다.

"그 점에 대해서는 정말 사과를 드립니다. 사실 나는 미카엘 왕자가 살해된 다음 날 도착했습니다. 그런데 문득 당신의 동료로서 공식적인 신분으로 나타나는 것보다는, 비공식적인 입장에서 그 사건을 조사하는 게 훨씬 유리하지 않을까 하는 생각이 떠올랐던 겁니다. 그렇게 하면 여러모로 이점이 있을 것 같아서 말이지요. 물론 나 자신이 의심의 대상이 되리라는 점도 잘 알고 있었지만, 그러나 한편으로는 내가 쫓고 있는 자들이 나에 대한 경계심을 품지 않게 됨으로써 내 계획을 수행하는 데는 도움이 되리라고 생각했던 거죠. 사실 그렇게 함으로써 지난 이틀 동안 흥미있는 사실들을 상당히 많이 목격할 수 있었답니다."

"그렇다면, 도대체 어젯밤에는 무슨 일이 있었던 겁니까?" 빌이 물었다.

"내가 당신한테 좀 거칠게 굴었던 것 같군요." 르무안이 말했다.

"그러면 내가 쫓아갔던 사람이 바로 당신이었습니까?"

"그렇습니다. 이제 그 일에 대해서 모두 말씀드리겠습니다. 나는 미카엘 왕자가 여기서 살해되었기 때문에, 이 방이 그 비밀과 무슨 관계가 있으리라고 확신하고 이 방을 지키려고 한 겁니다. 그래서 바깥 테라스에서 지키고 서 있었지요. 그러다가 나는 이 방에서 누군가가 움직이고 있는 소리를 듣게 되었습니다. 이따금 비치는 손전등 빛도 볼 수 있었고요. 나는 가운데 창문을 조사해 보고 빗장이 걸려 있지 않다는 사실을 알게 되었습니다. 하지만, 그자가 빗장이 걸려 있지 않아서 쉽게 들어갈 수 있었는지, 아니면 나중에 들키게 되면 도망치려고 그렇게 해둔 것인지는 알 수가 없군요.

아무튼, 나는 아주 조심스럽게 창문을 열고 안으로 들어갔습니다. 그러고는 나 자신은 발각당하지 않고 그자가 하는 짓을 살펴볼 수 있는 곳까지 한 걸음씩 다가갔지요. 하지만, 그자의 정확한 모습은 볼 수가 없었는데, 그건 그자가 나한테 등을 돌리고 있었고 회중전등의 빛이 그자의 모습을 그림자처럼 보이게 해서 단지 그 윤곽밖에 알아볼 수 없었기 때문입니다. 그러나 그자의 행동은 나를 놀라게 만들었습니다. 그는 두 개의 갑옷을 차례대로 분해해서 그 조각들을 하나씩 조사하는 것이었습니다. 그러더니 이윽고 자기가 찾는 것이 갑옷에는 없다고 생각했는지, 저 그림 아래쪽의 나무 벽을 두드리기 시작하더군요. 그다음에 그가 무슨 행동을 했을지는 나도 알 수가 없습니다. 방해자가 나타났기 때문이었지요. 바로 당신이 덤벼들어……."

그는 말을 끊고 빌을 쳐다보았다.

"우리는 선의에서 한 행동이었는데, 그만 당신의 수사에 방해가 되었다니 정말 유감이군요."

버지니아가 신중한 어조로 말했다.

"어떤 면에서 보면 정말 유감이었다고 할 수 있지요, 부인. 그자는 즉시 손전등 스위치를 꺼 버렸고, 그때까지만 해도 아직 정체를 밝히고 싶지 않았던 나는 창문 쪽으로 뛰었던 겁니다. 그런데 어둠 속에서 그만 다른 두 사람과 충돌해 바닥에 넘어졌지요. 나는 다시 일어나 창문으로 해서 빠져나갔고, 에버슬레이 씨가 나를 범인으로 알고 쫓아왔던 겁니다."

버지니아가 말했다.

"처음에 당신을 뒤쫓은 건 나였어요. 그 경주에서 빌은 두 번째였죠."

"그런데 그 다른 사나이는 약게도 어둠 속에 가만히 숨어 있다가 문으로 해서 살짝 빠져나간 거로군요. 하지만, 어째서 그는 복도에서 우리를 도와주러 오던 사람들과 맞부딪치지 않았던 걸까요?"

"그건 아무런 어려움도 없었을 겁니다. 그는 누구보다도 먼저 달려온 원조자로 행세하면 그만이었을 테니까요."

르무안이 말했다.

"당신은 정말로 아르센 뤼팽이 지금 이 집에 머물고 있는 사람 중 하나라고 생각합니까?"

빌이 눈을 빛내며 물었다.

"왜, 그렇게 생각하지 못할 이유라도 있습니까?"

이렇게 반문하며 르무안이 말을 이었다.

"그자는 하인의 신분으로 완벽하게 위장하고 있을 수도 있습니다. 혹시 압니까, 살해당한 미카엘 왕자의 충실한 시종인 보리스 안초코프가 그자일지도 모르는 일이지요."

"그는 정말 악당 같은 모습을 하고 있어요." 빌이 고개를 끄덕이며 말했다.

하지만, 앤터니는 미소를 짓고 있었다.

"그 사람은 당신에게 거의 가치가 없을 것 같은데요."

그가 부드러운 어조로 말했다.

그 프랑스인도 마주 보며 미소를 지었다.

"당신은 지금 그를 당신의 시종으로 삼고 있지 않소, 케이드 씨?"

배틀 총경이 그에게 물었다.

"총경님, 당신한테는 두 손 다 들었습니다. 도대체 모르는 게 없으니 말입니다. 하지만, 자세한 내막을 말씀드리자면, 그가 나를 주인으로 삼은 것이지, 내가 그를 시종으로 삼은 게 아니랍니다."

"그건 또 어떻게 된 일인가요, 케이드 씨?"

앤터니가 밝은 목소리로 대답했다.

"나도 잘 모르겠어요. 이상한 취미라고 할지는 몰라도, 아마 내 얼굴이 그의 마음에 들었던가 보지요? 아니면, 내가 자기 주인을 살해한 원수라고 생각하고, 그 원수를 갚을 수 있는 보다 유리한 위치를 점하고자 한 것인지도 모르고요."

그는 자리에서 일어나 창문으로 다가가서 커튼을 젖혔다. 그는 가볍게 하품을 하며 말했다.

"날이 밝았군요. 이제 더 이상의 소동은 없을 겁니다."

르무안도 일어나며 말했다.

"나는 그만 가봐야겠습니다. 여러분과는 아마 나중에 다시 뵙게 될 겁니다."

그는 버지니아에게 우아하게 고개를 숙여 보이고 나서, 창문을 통해 밖으로 나갔다.

"잠을 좀 자야겠어요." 버지니아가 하품을 하며 말했다.

"정말 흥분 속에서 보낸 하룻밤이었어요. 이봐요, 빌, 어서 침실로 가서 잠을 자도록 하세요. 그래야 착한 아이죠. 아침식사 때에는 아마 만나지 못할 것 같군요."

앤터니는 멀어져 가는 르무안의 모습을 지켜보며 창가에 기대어 있었다.

배틀이 그의 뒤에서 말했다.

"당신은 그렇게 생각지 않을지 몰라도, 저 사람은 프랑스에서도 가장 유능한 형사로 불리고 있다오."

앤터니가 신중하게 말을 받았다.

"천만에요, 나도 그가 유능한 형사 같다고 생각했습니다."

다시 배틀이 말했다.

"글쎄요, 오늘 밤의 소동은 다 끝난 것 같다는 당신 말이 옳을 거요. 그건 그렇고, 전에 내가 스테인스 근처에서 총에 맞아 죽은 시체로 발견된 사나이에 대해 말했던 것을 기억하고 있소?"

"생각이 나는군요. 그런데 그건 왜 묻습니까?"

"아무것도 아니오. 그 사나이의 신원이 밝혀졌다는 얘기를 하려는 것뿐이오. 쥐제페 마넬리라는 이름으로, 런던에 있는 블리츠 호텔에서 웨이터로 일한 적이 있는 사람이라고 하더군요. 기묘하지 않습니까?"

제20장

배틀과 앤터니의 협의

앤터니는 아무 말도 하지 않았다. 그는 계속해서 창밖을 내다보고 있었다. 배틀 총경은 한동안 말없이 서 있는 그의 등을 바라보았다.

"자, 나도 이제 가봐야겠소"

이윽고 그는 이렇게 말하고는 방문 쪽으로 걸어갔다.

앤터니가 급히 몸을 돌리며 말했다.

"잠깐 기다려 주십시오, 배틀 총경님."

배틀 총경이 걸음을 멈추자, 앤터니는 창가를 떠나 그쪽으로 다가갔다. 그는 담배 케이스에서 담배를 한 개비 꺼내어 피워 물고는 두 모금을 빨고 나서 입을 열었다.

"스테인스 사건에 대해서 무척 관심이 많은가 보군요?"

"그렇게 많다고는 할 수 없소, 케이드 씨. 좀 특이한 사건이라서 그런 것뿐이지."

"당신은 그 사람이 시체가 발견된 곳에서 살해당했다고 보십니까, 아니면 다른 곳에서 살해당하고 나중에 그곳으로 옮겨진 것이라고 보십니까?"

"내 생각에는 다른 곳에서 살해당하고, 그 시체는 자동차로 발견된 장소로 옮겨진 거라고 봅니다."

"나도 그렇게 생각합니다." 앤터니가 말했다.

그의 어조에 뭔가 강조하는 듯한 기색이 담겨 있는 것 같아 배틀 총경은 급히 그를 쳐다보았다.

"뭔가 짚이는 데라도 있소, 케이드 씨? 누가 그 시체를 그곳에 옮겨 놓았는지 알고 있습니까?"

"그렇습니다. 바로 내가 그렇게 했지요." 앤터니가 침착하게 대답했다.

그는 조금도 동요치 않는 상대방의 냉정한 모습을 보고 조금 화가 치밀었다. 그가 한마디 했다.

"이런 정도의 충격은 당신에게 아무런 영향도 미치지 못하는가 보군요, 배틀 총경님."

"'결코, 감정을 겉으로 드러내 보이지 마라.' 이것이 내가 전부터 지켜온 철칙이고, 사실 나는 그런 철칙으로 해서 많은 도움을 받기도 했소"

다시 앤터니가 말했다.

"물론 당신은 그런 철칙에 따라서 생활하실 겁니다. 여태까지 나는 당신이 자세를 흐트러뜨리는 것을 본 적이 없거든요. 아무튼, 자초지종을 들어보시겠습니까?"

"당신이 괜찮다면, 나도 들어보고 싶군요, 케이드 씨."

앤터니는 의자를 두 개 끌어왔다. 두 사람이 자리를 잡고 앉자, 앤터니는 목요일 밤에 있었던 일들을 자세하게 들려주었다.

배틀은 여전히 무표정하게 그의 이야기를 들었다. 이윽고 앤터니가 이야기를 끝내자, 그의 눈 속 깊은 곳에서 심오한 빛이 반짝였다. 그가 말했다.

"케이드 씨, 언젠가는 한번 경찰 신세를 지게 될 거요."

"이로써 두 번째인데도, 여전히 내 손목에 수갑을 채우지 않겠다는 겁니까?"

"우리는 항상 사람들을 자기 마음대로 하도록 내버려 두는 편이지요"

배틀 총경이 대답했다.

"아주 의미심장한 표현이로군요. 그 속담의 뒷부분을 강조하지 않는 것은 말입니다."

다시 배틀이 말했다.

"나로서는 도무지 이해할 수가 없소, 케이드 씨. 무엇 때문에 이제 와서 그 일을 털어놓기로 마음을 바꾼 겁니까?"

앤터니가 말했다.

"그건 설명하기가 좀 어렵군요. 사실이지, 나는 당신의 능력을 아주 높이 평가하고 있습니다. 중요한 때가 닥치게 되면, 당신은 항상 그곳에 있더군요. 오늘 밤만 해도 그렇지요. 그래서 문득 나는 내가 알고 있는 사실들을 감추고 있음으로써 당신의 능력을 충분히 발휘하지 못하도록 하고 있는 것 같다는 생각이 들게 된 겁니다. 당신은 모든 사실을 알고 있을 만한 자격이 있습니다. 나는 혼자서 해볼 만한 것은 모두 해보았지만, 결국, 지금까지는 실패만 거듭한 셈이지요. 오늘 밤까지만 해도 레블 부인과의 약속 때문에 말할 수가 없었습니다. 하지만, 이제 그 편지들은 그녀와 전혀 관계가 없다는 것이 분명해졌고, 따라서 그녀가 그 범죄에 연루되었으리라고 생각하는 것은 어리석은 짓이 된 거죠. 애초부터 내가 그녀에게 잘못 권고한 게 아닌가 싶지만, 내 생각에는 그녀가 단지 장난삼아 그자에게 돈을 주고 그 편지들을 빼앗으려고 했다는 이야기가 다른 사람들에게는 이해가 가지 않을 거라고 본 겁니다."

"아마 배심원들은 그녀의 말을 믿지 않을 겁니다."

배틀 총경이 동의하면서 말을 이었다.

"배심원들은 상상력이라고는 전혀 없으니까."

"그런데 당신은 아주 쉽게 받아들이시는군요?"

앤터니가 호기심 어린 눈빛으로 그를 바라보며 물었다.

"글쎄, 내가 하는 일의 대부분은 그런 부류의 사람들과 관계가 있는 일이었다고 할 수 있지요. 소위 상류층에 속하는 사람들 말입니다. 대다수의 보통 사람들은 항상 이웃이 무슨 생각을 할까에 관심을 두고 있지만, 부랑자들이나 귀족들은 그렇지가 않습니다. 그들은 머릿속에 떠오르는 대로 행동할 뿐, 남들이 자기를 어떻게 생각할지에 대해서는 전혀 관심조차 두지 않으려고 하지요. 내 말은 성대한 파티 따위나 즐기는 그런 쓸개 빠진 게으른 부자들만 뜻하는 게 아니라, 몇 세대 동안 다른 사람의 의견에는 전혀 개의치 않고 자기 의견만을 고집하며 살아온 그런 사람들 사이에서 태어나 교육을 받아온 사람들을 말하는 거요. 내가 늘 경험하는 것은 상류계급 사람들은 대개가 두려움이 없고, 거짓말을 할 줄 모르며, 때로는 정말 보기 드물 정도로 어리석은 짓을 저지르기도 한다는 거요."

"아주 흥미있는 이야기로군요, 총경님. 내 생각에는 당신도 언젠가는 회고록을 쓸 것 같습니다. 물론 그 회고록은 읽어 볼만한 가치가 충분히 있을 겁니다."

배틀 총경은 그 말에 다만, 미소로 답례할 뿐, 아무런 말도 하지 않았다.

앤터니가 다시 말을 이었다.

"한 가지 물어보고 싶은 것이 있습니다만, 당신은 내가 스테인스 사건과 무슨 관련이 있을 거라고 생각했습니까? 당신의 태도로 봐서, 틀림없이 그런 생각을 가지고 있었을 겁니다."

"맞소. 그런 예감을 갖고 있었지요. 하지만, 그러한 예감을 뒷받침해 줄 만한 근거는 전혀 없었소. 당신의 태도는 흠잡을 데가 한군데도 없었거든. 당신은 결코 경솔한 행동을 하지 않은 겁니다, 케이드 씨."

앤터니가 말했다.

"그렇게 봐주시니 기쁘군요. 당신을 처음 만났을 때부터 줄곧 나는 조그만 함정을 준비해 두고 내가 걸려들기만 기다리고 있는 것 같다는 느낌을 받아왔습니다. 대체로 봐서 나는 그 함정에 빠지지 않도록 잘 처신해 왔다고 할 수 있지만, 그래도 늘 신경을 곤두세우고 있어야 했지요."

배틀 총경은 으스스하게 미소를 지어 보였다.

"그것이 바로 범인을 꼼짝없이 걸려들도록 만드는 방법이오, 케이드 씨. 범인을 계속 초조하게 만들어 이리 뛰고 저리 뛰며 잠시도 편치 못하게 하는 겁니다. 그러면 조만간 범인은 제풀에 지쳐 그만 항복하게 되지요."

"정말 재미있는 분입니다, 당신은. 그래, 나는 언제쯤 당신한테 항복하게 될까요?"

"자기 마음대로 하도록 내버려 두는 거지요."

배틀 총경은 다시 속담을 인용하며 말했다.

"마음대로 하도록 내버려 두면 자연히 항복하게 되는 거요."

앤터니가 다시 말했다.

"그런데 아마추어 조수로서 내 신분은 아직도 유효한 겁니까?"

"그렇소, 케이드 씨."

"이를테면 셜록 홈스와 왓슨 박사의 관계가 되는 거군요?"

배틀이 무표정하게 대꾸했다.

"추리소설이란 대개가 허망한 내용입니다. 하지만, 사람들은 재미있어야 하죠." 그러고는 잠시 생각한 다음에 다시 덧붙였다.

"그리고 때로는 상당히 도움이 되기도 합니다."

"어떤 면에서 말입니까?" 앤터니가 궁금한 표정으로 물었다.

"추리소설은 경찰이 얼간이 같은 존재라는 일반적인 고정관념을 사람들 마음속에 심어 주지요. 살인사건 등의 비전문적인 범죄를 다룰 때는 경찰에 대한 그러한 고정관념이 실로 매우 유용하게 작용하게 됩니다."

앤터니는 한동안 말없이 그를 지켜보았다. 배틀은 여전히, 이따금 눈을 깜박이는 것을 제외하고는 그 네모지고 평온한 얼굴 어느 한구석에서도 전혀 표정을 드러내 보이지 않은 채 앉아 있었다. 이윽고 그가 자리에서 일어났다.

"지금부터 잠을 잔다고 해봐야 얼마 자지도 못할 것 같군."

배틀 총경은 말을 이었다.

"캐터햄 경이 일어나시면 곧 찾아뵙고 몇 마디 부탁을 해야겠소. 이제는 누구든 떠나고 싶으면 떠나도 좋지만 캐터햄 경이 개인적으로 손님들을 그대로 이 집에서 지내도록 붙잡아 두시면 정말 고맙겠다고 부탁하려는 거지요. 괜찮다면, 케이드 씨, 당신도 남아 주시오. 그리고 레블 부인도 남아 주었으면 좋겠는데요."

"그 권총은 발견되었습니까?" 앤터니가 불쑥 물었다.

"미카엘 왕자를 쏜 권총 말이오? 아직 찾지 못했소. 하지만, 집 안이나, 아니면 이 근처 어디엔가 틀림없이 있을 거요. 케이드 씨, 당신한테서 힌트를 얻은 대로, 부하들을 시켜 새 둥지도 뒤져보도록 해야겠소. 그 권총을 찾게 되면 수사가 좀더 발전하게 될 게요. 그리고 그 편지 묶음이 있었지. 그중에는 침니스 저택에서 발송된 편지도 한 통 있었다고 했죠? 그렇다면, 아마 그것이 마지막으로 쓰인 편지였을 게요. 그 다이아몬드가 숨겨진 곳을 가르쳐 주는 단서가 그 편지 속에 암호로 적혀 있지 않을까 합니다만."

"쥐제페가 살해된 일에 대해서는 어떻게 생각하십니까?" 앤터니가 물었다.

"그자는 직업적인 도둑이었는데, 킹 빅터나 레드 핸드 당에 꼬리를 잡혀 그들에게 고용되었던 게 아닌가 합니다. 레드 핸드 당과 킹 빅터가 서로 손을 잡고 일했다 해도 전혀 이상할 게 없지요. 그들 조직은 돈과 힘은 충분히 있지만, 머리를 쓰는 일에는 부족한 점이 많거든. 아마 쥐제페의 임무는 그 회고록을 훔쳐 내는 일이었을 테고, 당신이 갖고 있었던 편지에 대해서는 전혀 모르고 있었을 텐데, 일이 그렇게 된 것은 정말 묘한 우연의 일치라고밖에 할 수 없겠소."

"알고 있습니다. 하지만, 당신이 그런 데까지 생각이 미치다니 정말 놀랍군요."

"쥐제페는 회고록 대신 그 편지를 손에 넣게 되었는데, 처음에는 낙심천만이었을 거요. 그런데 그 화보에서 오려낸 사진을 보자 문득 편지를 이용해서 그 부인을 협박해 보자는 기발한 착상이 떠올랐던 겁니다. 물론 그는 그 편지의 진짜 의미는 전혀 알지 못했겠죠. 레드 핸드 당원들은 그가 그런 짓을 하는 걸 발견하고는, 그가 이중 첩자 노릇을 하려는 거라고 생각하게 되었고, 결국, 그에게 사형선고를 내리게 된 겁니다. 그들은 반역자를 처단하는 것을 무척 즐기지요. 아마도 반역자를 처단함으로써 느끼는 극적인 요소가 그들에게 상당히 매력적으로 작용하는가 봅니다.

하지만, 내가 도무지 이해할 수 없는 것은 바로 그 버지니아라는 이름이 새겨진 권총이오. 그건 레드 핸드 당의 짓이라고 보기에는 너무 운치가 있거든. 일반적으로 그들은 자기들의 상징인 붉은 손이 그려진 종이를 여기저기 붙여 놓음으로써 앞으로 생길지도 모르는 반역자에게 미리 공포를 심어 주는 짓을 즐기는 데 말입니다. 그렇습니다, 그걸 보면 킹 빅터가 그 일에 개입하지 않았나 하는 생각이 듭니다. 하지만, 그가 무슨 동기에서 그랬는지는 나도 잘 모르겠군요. 분명히 그 살인죄를 레블 부인에게 덮어씌우려는 아주 계획적인 시도였던 것처럼 보이는데, 겉으로 봐서는 도무지 그럴 만한 뚜렷한 동기가 없는 것 같거든."

"나는 한 가지 가설을 세워 보았지만, 그건 완전히 빗나가고 말았지요."

앤터니가 말했다. 그는 배틀 총경한테 버지니아가 미카엘 왕자의 시체를 확인해 본 일에 대해서 설명해 주었다.

배틀은 고개를 끄덕였다.

"그렇소. 그의 신원에 대해서는 의문의 여지가 없습니다. 그건 그렇고, 그 남작 노인은 당신에 대해서 아주 호감을 느끼고 있더군요. 당신을 무척 높이 평가하고 있습니다."

"그래요? 그가 나에 대해서 그토록 호감을 갖고 있다니 정말 뜻밖이로군요. 더군다나, 내가 그 잃어버린 회고록을 다음 수요일까지는 무슨 일이 있어도 되찾고 말겠다고 그에게 단단히 경고를 하기까지 했는데 말입니다."

"그건 상당히 어려운 일일 텐데?" 배틀이 넌지시 물었다.

"그렇겠죠. 나는 킹 빅터와 레드 핸드 당 친구들이 그 편지를 갖고 있을 거라고 생각하는데, 당신 역시 그런 생각을 갖고 있습니까?"

배틀은 고개를 끄덕여 보였다.

"폰트가에서 그날, 그들은 편지 뭉치를 쥐제페로부터 빼앗았을 게요. 그건 아주 잘 짜인 계획이었지요. 그래요, 그들은 편지 뭉치를 손에 넣고 그 암호를 풀어서, 어디를 뒤져야 할지 알게 되었을 게요."

배틀과 함께 그 방을 나서던 앤터니가 고개를 뒤로 돌리면서 물었다.

"이 안을 말입니까?"

"바로 이 안이오. 하지만, 그들은 아직 그 보석을 찾지 못했으므로, 아마 상당한 위험을 각오하고서라도 다시 그것을 손에 넣기 위해 모험을 할 게 분명합니다."

다시 앤터니가 물었다.

"내 생각인데, 당신의 그 빈틈없는 머릿속에는 이미 계획이 서 있겠지요?"

배틀은 대답을 하지 않았다. 그는 유별나게 둔하고 어리석게 보이는 모습이었다. 이윽고 그는 천천히 눈을 깜박여 보였다.

"내 도움이 필요합니까?" 앤터니가 물었다.

"그렇소. 그리고 또 다른 사람의 도움도 필요하고."

"그게 누굽니까?"

"레블 부인이지요. 케이드 씨는 그 점을 간과했을지도 모르겠지만, 그 부인은 남자들을 쉽게 속일 수 있는 특별한 매력을 지닌 여인이라오."

"나도 그 점은 벌써부터 알고 있었답니다."

앤터니가 말했다. 그러고는 시계를 흘끗 들여다보고 나서 다시 덧붙였다.

"잠잘 생각을 말아야겠다는 당신의 생각에는 나도 동감입니다. 정신을 차리게 물이나 좀 끼얹고 나서, 푸짐한 아침식사를 즐기는 편이 훨씬 나을 것 같군요."

그는 가볍게 위층으로 뛰어올라가서 자기 침실로 들어갔다. 혼자서 휘파람을 불며 입고 있던 옷을 벗어 던지고는 드레싱 가운과 수건을 집어들었다. 그러다가 갑자기 그는 숨을 멈추고 화장대 앞에 서서 거울 앞에 얌전하게 자리 잡고 있는 물건을 넋을 놓고 바라보았다. 한동안 그는 자기 눈을 의심했다.

이윽고 그는 그것을 집어들고 자세히 살펴보았다. 그렇다, 분명히 잘못 본 것이 아니었다. 그것은 틀림없는, 버지니아 레블이라고 서명이 된 편지 묶음이었다. 없어진 것 하나 없이, 온전하게 돌아온 것이었다.

앤터니는 그 편지 묶음을 손에 들고 의자에 털썩 주저앉았다. 그러고는 중얼거렸다.

"이러다가 내 머리가 깨져 버리는 거나 아닌지 모르겠군. 도대체 이 집에서 일어나는 일들은 반이 아니라 반의반도 이해할 수가 없으니, 원. 이건 마치 누가 기가 막힌 마술이라도 부린 듯이 없어졌던 편지 뭉치가 고스란히 다시 나타났으니, 도대체 어찌 된 일일까? 이걸 대체 누가 내 화장대 위에 갖다 놓았을까? 도대체 뭣 때문에?"

모두가 지극히 당연한 질문이었지만, 그는 만족할 만한 대답을 하나도 찾아낼 수가 없었다.

제21장

아이작슈타인의 옷가방

그날 아침 10시, 캐터햄 경과 그의 딸은 아침식사를 하고 있었다. 번들은 뭔가 골똘히 생각하고 있는 모습이었다. 이윽고 그녀가 입을 열었다.

"아버지."

캐터햄 경은 타임스지를 읽느라고 정신이 팔려 있어서 딸이 부르는 소리를 듣지 못했다.

번들은 다시, 이번에는 좀더 뾰족한 목소리로 불렀다.

"아버지."

며칠 앞으로 다가온 희귀본 책들에 대한 경매 광고에 몰두해서 정신없이 신문을 들여다보고 있던 캐터햄 경은 깜짝 놀라며 신문에서 눈을 떼었다.

"응? 뭐라고 했냐?" 그가 물었다.

"그래요. 방금 전에 누가 아침을 먹었죠?"

그녀는 누군가 분명히 앉아 있었던 것으로 보이는 자리를 턱으로 가리켰다. 다른 자리는 모두 손님을 기다리고 있는 상태였다.

"아, 그 뭐라고 하는 사람이었지."

"아이작슈타인?"

"그래, 맞다."

"오늘 아침식사를 하시기 전에 형사하고 이야기하는 것을 보았는데요?"

캐터햄 경은 한숨을 내쉬었다.

"그래, 홀에서 날 붙들고 장황한 이야기를 늘어놓더구나. 나는 아침식사 전의 시간은 아무도 간섭할 수 없는 신성한 시간이라고 알고 있는데 말이다. 차라리 외국으로 나갈까 보다. 이거야 원, 온통 신경이 쓰여서……."

번들이 버릇없게 아버지의 말을 도중에서 가로챘다.

"그 사람이 무슨 말을 하던가요?"

"이 집에서 떠나고 싶은 사람은 떠나도 좋다고 하더구나."

"그렇담, 잘 됐네요. 그건 아버지도 바라시던 거잖아요."

"나도 알아. 하지만, 그 사람 말은 그걸로 끝난 게 아냐. 그런 말을 해놓고서도 계속해서 말하기를, 나보고 모두 그대로 이 집에 남아 있도록 붙잡아 주었으면 좋겠다고 하더라."

"도대체 무슨 속셈인지 모르겠군요." 번들이 콧날을 쫑긋하며 말했다.

캐터햄 경이 다시 불평했다.

"무슨 말인지 당최 앞뒤가 맞아야지. 이건, 원. 게다가, 아침식사도 하기 전부터 말이야."

"그래서 뭐라고 하셨어요?"

"그렇게 하마고 했지, 별수 있겠냐? 그런 사람들과는 여러 말 해봐야 아무런 소용도 없으니까. 게다가, 아침식사 전인데."

캐터햄 경은 처음에 한 불평을 되풀이했다.

"그럼, 아버지는 지금까지 누구한테 남아 있어 달라고 하셨어요?"

"케이드, 그 사람은 오늘 아침 무척 일찍 일어난 모양이더라. 그는 계속 남아 있겠다고 했다. 그 사람이라면 나도 괜찮지. 물론 그에 대해서 거의 아는 게 없지만, 아무튼, 나는 그 사람이 마음에 들거든, 그것도 아주 마음에 들어."

"그를 좋아하는 건 버지니아도 마찬가지예요."

번들이 포크로 테이블 위에 무늬를 그리면서 말했다.

"그래?"

"그리고 저도 그렇고요. 하지만, 그건 그리 중요한 문제는 아닌가 싶어요."

"그리고 아이작슈타인에게도 부탁했었지."

"그랬더니요?"

"그런데 다행스럽게도 그는 런던에 돌아가야 한다고 하더라. 참, 10시 40분에 차를 대기시켜 놓는 것을 잊지 말아라."

"알았어요."

"이젠 그 피시라는 친구도 그만 쫓아 버렸으면 좋겠는데."

캐터햄 경은 활기를 띠면서 말했다.

"나는 아버지가 그 사람하고 그 곰팡내 나는 고물 책들에 대해서 이야기 나누는 것을 좋아하시는 줄 알았는데요?"

"그거야 그렇지, 물론 좋아했다고 할 수 있어. 하지만, 노상 이쪽에서만 떠들다 보면 그것도 지겨워지는 법이다. 피시는 몹시 관심을 갖고 있기는 한가 본데, 도무지 자진해서 자기 의견을 말하려고는 하지 않거든."

"그래도 그건 내내 상대방의 이야기를 들어주어야 하는 것보다는 나아요. 조지 로맥스 장관을 상대하고 있을 때처럼 말이에요."

캐터햄 경은 그 장면을 떠올리자 그만 온몸에 소름이 돋는 것 같았다.

번들이 다시 말했다.

"그분은 연설할 때 보면 정말 굉장해요. 물론 그분이 하는 말은 전부 허튼소리란 걸 저도 잘 알고 있지만, 할 수 없이 잘한다고 치켜 주어야 하니."

"그건 사실이다." 캐터햄 경이 말했다.

"버지니아는 어떻게 할 거예요? 그녀한테도 남아 있어 달라고 부탁하실 건가요?" 번들이 물었다.

"배틀은 모두 잡아 두라고 하더라."

"그러고도 남을 사람이에요! 그런데 아버지는 아직 그녀한테 제 새엄마가 되어 달라고 부탁하지 않으셨죠?"

캐터햄 경이 서글픈 어조로 말했다.

"그런 부탁을 해봐야 소용없을 게야. 비록 어젯밤에는 그녀가 나를 '달링'이라고 다정스럽게 불렀지만 말이다. 그게 바로 버지니아처럼 다정다감하고 매력적인 젊은 여성의 가장 나쁜 점이라 할 수 있지. 무슨 말이든 하지만, 실상은 아무런 뜻도 없이 하는 말이거든."

"맞아요." 번들이 동의하며 말을 이었다.

"차라리 그녀가 아버지한테 장화를 내던지거나, 아니면 물어뜯으려고 했다면 훨씬 희망적이었을지도 모르는데 말이에요."

"요즘 젊은 사람들은 사랑을 고백하는 데 대해서 그처럼 좋지 않은 사고방식을 가지고 있는 모양이야."

캐터햄 경은 푸념이라도 하듯이 말했다.

번들은 아버지를 가엾게 여기는 듯한 시선으로 바라보았다. 그러고는 일어서서 그의 이마에 가볍게 입을 맞추었다.

"기운 내세요, 아빠." 그녀는 창문을 통해서 밖으로 나갔다.

캐터햄 경은 다시 경매장의 환상 속으로 돌아갔다. 그런데 언제나처럼 소리없이 들어온 하이럼 피시가 갑자기 옆에서 말을 걸자 그는 펄쩍 뛸 듯이 놀랐다.

"안녕히 주무셨습니까, 캐터햄 경."

"아, 그래 잘 주무셨소. 좋은 아침이오. 오늘은 날씨가 좋군요."

"쾌청한 날씨입니다." 피시가 말했다.

그는 직접 커피를 따르고, 마른 토스트 한 조각을 집어들었다. 잠시 뒤, 그가 물었다.

"금족령이 풀렸다고 들었는데, 그게 사실인가요? 우리 모두 마음대로 떠나도 된다는 겁니까?"

캐터햄 경이 대답했다.

"그렇소. 음……, 그런 셈이지. 그런데 사실 말이지요, 그러니까 내 말은(그의 양심이 그를 괴롭혔다), 뭐냐 하면, 당신이 이곳에 좀더 있어 주었으면 나로서도 정말 기쁘겠는데……."

"물론이지요, 캐터햄 경."

캐터햄 경이 황급히 말을 이었다.

"하지만, 그동안 지내기가 무척 불편했을 게요. 여러 가지로 불쾌한 일도 많았을 테고. 그러니, 어서 이곳을 떠나려 한다고 해도 당신을 나무랄 수야 없는 노릇이지요."

"그건 저를 잘못 보신 겁니다, 캐터햄 경. 이번 모임이 고통스러웠다는 것은 누구도 부인하지 못할 겁니다. 하지만, 영국에서의 전원생활, 특히나 이런 훌륭한 저택에서 지낸다는 건 저에게 있어서 더할 수 없이 매력적인 생활이랍니다. 저는 이런 생활환경을 연구하는데 관심이 많거든요. 우리 미국에서는 전혀 찾아볼 수가 없는 것이기 때문이지요. 며칠 더 있어 달라는 경의 너무도 친절하신 호의를 저는 너무도 기쁜 마음으로 받아들이겠습니다."

"아, 그렇다면야 정말 다행이로군요. 며칠 더 계시겠다니 나로서도 정말 기쁘오. 정말 잘 되었소."

억지로 친절을 가장하느라고 애쓰며, 캐터햄 경은 토지 관리인을 만나볼 일이 있다고 대충 얼버무리고는 도망치듯 그 방에서 빠져나왔다.

홀에서 그는 막 계단을 내려오고 있는 버지니아를 보았다.

"식당까지 모셔다 드릴까?" 캐터햄 경이 다정하게 물었다.

"고마워요. 하지만, 전 침대에서 아침을 먹었어요. 오늘 아침에는 정말 끔찍하게 졸렸거든요." 이렇게 말하고 그녀는 하품을 했다.

"꿈자리가 사나웠던 모양이군?"

"꼭 그렇다고만은 할 수 없죠. 어떤 점에서 보면 멋진 밤이었다고도 할 수 있어요. 아, 캐터햄 경(그녀는 그의 팔 안쪽으로 손을 집어넣고는 그의 팔을 꼭 쥐었다), 저는 정말 굉장히 즐거웠답니다. 저를 이렇게 즐거운 곳에 초대해 주시다니, 당신을 사랑스러운 분이세요."

"그렇다면, 며칠 더 지내지 않겠소? 배틀은 금족령을 풀었지만, 나는 특히 당신만은 남아 주면 좋겠소. 번들도 나와 같은 생각이라오."

"물론 그렇게 해야죠. 다른 사람도 아닌 사랑스러운 분의 부탁인데 거절할 수 있나요?"

"하!" 하고 탄성을 발하며 캐터햄 경은 한숨을 내쉬었다.

버지니아가 물었다.

"그 마음속에 간직하고 계신 슬픔은 어떤 사연이죠? 누가 가슴 아프게 해드리기라도 했나요?"

"바로 그렇다오." 캐터햄 경이 애달픈 어조로 대답했다.

버지니아는 곤혹스런 표정이었다.

"혹시 나한테 장화를 내던지고 싶은 기분을 느끼는 건 아닐 테지? 아니오, 당신이 그런 기분이 아니란 건 나도 알 수 있소. 아, 아무튼, 그건 별로 중요한 문제가 아니니까."

캐터햄 경은 수심에 찬 모습으로 그곳을 떠났고, 버지니아는 옆문을 통해 정원으로 나갔다. 문득 그녀는 어느 사이엔지 배틀 총경이 옆에 와 있는 것을 보고 깜짝 놀랐다. 이 사람은 전혀 기척도 없이 불쑥 나타나는 특별한 재주가 있는 모양이었다.

"안녕히 주무셨습니까, 레블 부인. 피곤하지 않았습니까?"

버지니아는 고개를 저으며 말했다.

"정말 흥미진진한 밤이었어요. 잠이 조금 모자라는 것쯤은 아무렇지도 않아요. 유감이라면 그런 일을 겪고 나서인지 오늘은 좀 따분할 것 같다는 거죠."

"저기 삼나무 밑에 앉아서 쉬기 좋은 곳이 있군요. 의자를 하나 가져다 놓을까요?"

배틀 총경이 그녀에게 물었다.

"그게 가장 좋은 방법이라고 생각하신다면 그렇게 해주세요."

"눈치가 몹시 빠르십니다, 레블 부인. 그렇습니다, 솔직히 말씀드리자면 부인과 몇 마디 나누고 싶은 게 있습니다."

그는 기다란 등의자를 들고 잔디밭으로 내려갔다. 버지니아는 쿠션을 팔에 끼고 그를 따라갔다.

배틀 총경이 말했다.

"저기 테라스는 아주 위험한 곳이지요. 개인적인 대화를 나누고자 할 경우에는 말입니다."

"다시 흥분되기 시작하는데요, 배틀 총경님."

"아, 뭐 그리 중요한 일은 못 됩니다."

그는 커다란 회중시계를 꺼내어 흘끗 시간을 보았다.

"10시 30분이군요. 나는 10분 안에 와이번 애비 별장으로 건너가서 로맥스 장관께 보고를 해야 하지만, 시간은 그 정도면 충분할 겁니다. 내가 원하는 것은 부인께서 케이드 씨에 관해 좀더 자세히 알려 달라는 것뿐이니까요."

"케이드 씨에 관해서요?"

버지니아는 깜짝 놀랐다.

"그렇습니다. 어디서 그를 처음 만났으며, 그를 알게 된 지 얼마나 되었는지 등에 대해서 말입니다."

제21장 아이작슈타인의 옷가방

배틀의 태도는 부드럽고 사근사근했다. 그는 그녀를 바로 쳐다보는 것조차 피하고 있었지만, 사실 그가 그렇게 하는 것이 오히려 그녀를 왠지 모르게 불안하게 만들었다.

이윽고 그녀가 입을 열었다.

"그건 총경님이 생각하는 것보다 상당히 어려운 일이에요. 그는 저를 위해 큰일을 해준 적이 있거든요……."

배틀이 그녀의 말을 가로챘다.

"레블 부인, 그전에 먼저 말씀드릴 것이 있습니다. 어젯밤, 그러니깐 부인과 에버슬레이 씨가 침실로 돌아가신 뒤에 케이드 씨는 나한테 그 편지와 부인의 집에서 살해당한 그 사나이에 대한 이야기를 모두 해주었습니다."

"그가요?"

버지니아는 그만 숨이 막히는 것 같았다.

"그렇습니다. 그리고 그건 아주 현명한 처사였습니다. 그걸로 해서 많은 오해가 깨끗이 풀리게 되었지요. 다만, 그가 나한테 한 가지 말해 주지 않은 것은, 언제부터 부인과 알게 되었나 하는 사실뿐이었습니다. 그 문제에 대해서는 나도 조금은 짐작하고 있는 바가 있는데, 부인은 내 생각이 맞았는지, 아니면 틀렸는지만 말씀해 주십시오. 내 생각에는 부인이 그를 처음 만난 것은 그가 폰트가에 있는 부인의 집에 찾아왔던 바로 그날이 아닐까 하는데. 아! 내가 옳았군요. 바로 그랬군요."

버지니아는 아무 말도 하지 않았다. 처음으로 그녀는 얼굴에 아무런 표정도 없는 둔해 보이기만 하는 이 사나이에 대해서 두려움을 느꼈다. 그때야 비로소 배틀 총경이 전혀 빈틈없는 사람이라고 한 앤터니의 말이 이해가 갔다.

"그가 자기 인생에 대해서 무슨 이야기든 해주지 않았나요?"

배틀 총경이 계속 말을 이었다.

"그가 남아프리카에 있기 전의 일에 대해선 말입니다. 캐나다? 아니면, 그전에 있었던 수단에 대해서는? 아니면, 자기의 소년 시절에 대해선 이야기하지 않던가요?"

버지니아는 다만, 고개를 저을 뿐이었다.

"하지만, 그는 뭔가 남에게 떳떳이 이야기할 만한 가치가 있는 일을 했을 겁니다. 담대하고 모험에 찬 인생을 살아온 사람은 얼굴에 그것이 나타나기 마련이니까. 아마 언젠가 그가 기분이 내키게 되면 부인한테 뭔가 흥미있는 이야기들을 들려주게 될 겁니다."

"그의 과거에 대해서 알고 싶으시다면 그의 친구라는 그 왜, 맥그러스라는 사람에게 전보를 쳐보시지 않고요?" 버지니아가 물었다.

"아, 물론 전보를 쳐보았지요. 하지만, 그 사람은 내륙 어디론 가로 들어간 모양입니다. 그럼에도, 케이드 씨는 자기가 말한 대로 불라와요에 있었던 것은 분명합니다. 그러나 내가 궁금한 것은 그가 남아프리카로 가기 전까지는 무엇을 하며 지냈느냐 하는 거죠. 캐슬스 실렉트 투어 여행사 일을 한 것은 불과 한 달여밖에 되지 않았다고 하더군요."

그는 다시 시계를 꺼내어 보았다.

"그만 가봐야겠습니다. 차가 기다리고 있을 겁니다."

버지니아는 집으로 돌아가는 그의 뒷모습을 지켜보았다. 하지만, 그녀는 의자에서 떠나지 않고 그대로 앉아 있었다. 그녀는 이럴 때 앤터니가 와주었으면 좋겠다고 생각했다. 그러나 앤터니 대신에 빌 에버슬레이가 입이 찢어져라 크게 하품을 하면서 다가왔다.

"하나님이 도우사, 드디어 당신과 이야기할 기회를 잡았군요, 버지니아."

그가 불평이라도 하듯 말했다.

"아주 부드럽게 말하세요, 빌, 내 사랑. 그렇지 않으면 나 울어 버릴 거예요."

"어떤 작자가 당신을 못살게 굴기라도 했습니까?"

"정확하게 말하면, 나를 못살게 굴었다고는 할 수 없어요. 내 가슴속을 마구 휘저어 놓은 거예요. 마치 코끼리한테 습격이라도 당한 듯한 기분이에요."

"배틀이 아니었나요?"

"맞아요, 배틀 총경. 그는 정말 무서운 사람이에요."

"배틀 따위에 마음 쓰지 마십시오. 대신 나를 좀 봐주세요, 버지니아. 나는 그토록 애타게 당신을 사랑하는데……"

"오늘 아침에는 안 돼요, 빌, 나는 그런 고백을 들을 만한 기력이 없어요. 그건 어쨌거나, 내가 당신한테 입버릇처럼 말하지만, 가장 훌륭한 사람은 점심 전에 프러포즈를 하는 법이 없어요."

"그런 말 마십시오. 나는 아침식사 전이라고 하더라도 당신에게 프러포즈할 마음이 있습니다."

버지니아는 오싹하고 진저리를 쳤다.

"빌, 잠시만 진정하고 이성을 찾으세요. 당신한테 조언을 듣고 싶은 게 있단 말이에요."

"만일 당신이 일단 마음을 결정하고 나와 결혼하겠다는 말을 하게 되면, 틀림없이 당신은 지금과는 비교도 안 될 만큼 기분이 좋아질 겁니다. 보다 행복해지고, 더욱 마음이 차분하게 가라앉을 겁니다."

"내 말 좀 들어봐요, 빌. 나한테 프러포즈하는 것은 당신의 고정관념이에요. 남자들이란 모두 지루해지고 달리 할 만한 말이 생각나지 않게 되면 그만 프러포즈를 하는 법이에요. 내 나이와 내가 미망인이라는 걸 생각하고, 좀더 순결하고 젊은 아가씨를 찾아가서 사랑을 고백하도록 하세요."

"아, 버지니아, 사랑하는……, 이런, 제길! 저기 바보 같은 프랑스 작자가 우릴 보고 오고 있군."

확실히 그건 프랑스인 르무안이었다. 검은 턱수염을 기르고 언제나처럼 빈틈없는 태도를 지닌 형사.

"안녕하십니까, 부인. 별로 피곤하시지 않은가 보군요?"

"예, 전혀 피곤하지 않아요."

"정말 놀랍습니다. 안녕히 주무셨습니까, 에버슬레이 씨. 우리 셋이서 함께 산책이라도 하는 게 어떻겠습니까?"

프랑스인이 제안했다.

"어떻게 생각해요, 빌?" 버지니아가 물었다.

"그렇게 하죠."

그녀 옆에 있던 빌이 내키지 않는 표정으로 대답했다.

그는 풀밭에서 몸을 일으켰고, 그래서 셋은 함께 천천히 걷기 시작했다. 버지니아는 두 남자 사이에 끼어 있었다. 그녀는 즉시 그 프랑스인이 기묘하게도 무슨 일인가로 해서 남몰래 흥분하고 있다는 것을 감지할 수 있었다―비록 그를 흥분하게 만드는 것이 무엇인지는 전혀 알 수가 없었지만.

곧 그녀는 익숙한 솜씨로 그의 기분을 풀어 주며, 그에게 질문을 하고, 그의 대답을 듣는 등, 점차로 그에게서 이야기를 끌어냈다. 이윽고 그는 그 유명한 킹 빅터의 일화를 그들에게 들려주기 시작했다. 그는 이야기를 잘했다. 비록 그자가 형사들을 따돌린 다양한 수법에 대해서 묘사할 때는 상당한 불쾌감을 드러내기도 했지만 말이다.

그러나 줄곧 버지니아는 르무안이 자신의 이야기에 정말로 도취해 있는 것 같으면서도 심중으로 뭔가 다른 일을 생각하는 듯한 기분을 느꼈다. 더구나, 르무안이 자신의 이야기를 무기 삼아 의도적으로 방향을 정원 쪽으로 잡아 그들을 끌고 가는 것을 알 수 있었다. 그들은 하릴없이 그냥 산책을 하는 것이 아니었다. 그는 계획적으로 그들을 특정한 방향으로 이끌어 가고 있었다.

갑자기 그는 하던 이야기를 멈추고 주위를 둘러보았다. 그들은 드라이브 길이 정원을 가로질러 나무숲에 의해 갑자기 모퉁이를 이루는 곳에 서 있었다. 르무안은 저택 쪽에서 그들을 향해 달려오는 자동차를 바라보고 있었다.

버지니아는 그의 눈길을 따라 그쪽을 보고 있다가 문득 입을 열었다.

"저건 아이작슈타인의 짐과 그의 하인들을 역으로 실어나르는 짐차예요."

"그런가요?" 르무안이 말했다.

그는 흘긋 시계를 들여다보고 나서 다시 걸음을 옮겼다.

"정말 죄송합니다. 그만, 너무도 매력적인 분과 이야기를 나누다 보니 처음에 생각했던 것보다 여기서 더 오래 지체하게 되었군요. 혹시 저 트럭에 타고 마을까지 갈 수는 없을까요?"

그는 드라이브 길로 내려서며 손을 흔들었다. 트럭이 멈추어 서자, 르무안은 몇 마디 설명을 하고 나서 트럭 뒤에 올라탔다. 그는 예의 바르게 버지니아에게 손을 들어보였고, 곧 트럭은 다시 출발했다.

남은 두 사람은 어리둥절한 표정을 지은 채 사라져 가는 트럭을 지켜보며 서 있었다. 그런데 트럭이 모퉁이를 막 돌았을 때, 옷가방이 하나 길에 떨어졌

다. 트럭은 그대로 달려갔고

버지니아가 빌에게 말했다.

"가요, 어서. 곧 뭔가 재미있는 일이 있을 거예요. 저 옷가방은 누가 일부러 떨어뜨린 거라고요."

"그게 정말인가요?"

그들은 그 옷가방이 떨어진 곳으로 달려갔다. 그들이 그곳에 막 도착했을 때, 르무안이 그 모퉁이를 돌아 다가오고 있었다. 그는 빨리 걷느라고 얼굴이 상기되어 있었다.

그는 쾌활한 어조로 말했다.

"트럭에서 내려야 했답니다. 그만 깜박 잊고 뒤에 물건을 놔두고 왔거든요."

"이것 말인가요?"

빌이 그 옷가방을 가리키며 물었다.

그것은 튼튼한 돼지가죽으로 만든 고급 옷가방으로 'H. I.'라는 이니셜이 새겨져 있었다.

르무안이 점잖게 말했다.

"이런! 트럭에서 떨어졌나 보군요. 길에서 옮겨 놔야 하지 않을까요?"

그는 다른 사람의 대답도 듣지 않고, 그 옷가방을 집어들더니 숲속으로 옮겨갔다. 그러고는 그 위로 몸을 굽혀 뭔가 반짝이는 것으로 자물쇠를 열었다. 그러고는 완전히 달라진 목소리로 재빨리, 그리고 명령조로 말했다.

"이제 곧 자동차가 나타나게 될 거요. 보입니까?"

버지니아가 저택 쪽을 돌아다보았다.

"아뇨."

"좋습니다."

익숙한 솜씨로 그는 가방 안에 들어 있는 물건들을 꺼내기 시작했다. 금마개를 씌운 병, 비단 파자마, 여러 켤레의 양말. 갑자기 그의 몸이 꼿꼿하게 긴장되었다. 그는 비단 속옷을 뭉쳐 놓은 것으로 보이는 물건을 꺼내서 급히 펴 보았다. 빌의 입에서 나직한 탄성이 터져 나왔다. 옷 뭉치의 한가운데에는 커다란 권총이 들어 있었던 것이다.

"자동차 경적 소리가 나요." 버지니아가 말했다.

번개처럼 르무안이 가방을 다시 꾸렸다. 권총은 그가 가지고 있던 비단 손수건에 싸서 주머니 속에 집어넣었다. 그는 옷가방의 자물쇠를 잠그고는 급히 빌을 돌아보면서 말했다.

"이걸 가지고 가시오. 부인도 함께 가십시오. 어서 가서 차를 세우고는 이 옷가방이 트럭에서 떨어졌다고 하십시오, 나에 대해서는 언급하지 말고."

빌이 재빨리 드라이브 길로 내려가자, 마침 아이작슈타인이 타고 있는 커다란 리무진이 모퉁이를 돌아 나오고 있었다. 운전사가 천천히 차를 멈추자, 빌은 그 옷가방을 그에게 건네주었다. 그가 설명했다.

"아까 짐을 싣고 가던 트럭에서 이 옷가방이 떨어졌는데, 우리가 우연히 그 광경을 목격하게 되었어요."

그를 주시하고 있던 자본가의 누런 얼굴에 깜짝 놀라는 듯한 표정이 비치는 것을 그는 볼 수 있었다. 그런 뒤에 차는 다시 움직이기 시작했다.

그들은 르무안 곁으로 돌아갔다. 그는 그 권총을 손에 들고서, 얼굴에는 몹시 흡족한 표정을 띤 채 서 있었다. 그가 말했다.

"큰 기대는 하지 않았었지요. 너무 승산이 없는 도박이었거든요. 하지만, 보기 좋게 들어맞았군요."

제22장

빨간 신호

배틀 총경은 와이번 애비 별장의 서재 안에 서 있었다. 서류 더미가 잔뜩 쌓여 있는 책상 앞에 앉아 있는 조지 로맥스 장관은 잔뜩 인상을 찌푸리고 있었다.

배틀 총경은 간략하고 사무적인 보고를 함으로써 이 대화의 뚜껑을 열었다. 그다음부터는 조지가 대화의 대부분을 거의 독점하다시피 했고, 배틀은 다만, 상대방의 질문이 있을 때마다 극히 간단하게 대답을 하는 것으로 만족해야 했다.

조지의 책상 위에는 앤터니가 자기 침실에서 발견한 그 편지 묶음이 놓여 있었다.

조지가 그 편지 묶음을 집어들며 짜증스럽게 말했다.

"나로서는 도무지 이해할 수가 없어요. 이 편지들은 전부 암호로 되어 있다고 했소?"

"그렇습니다, 장관님."

"그리고 그가 이걸 어디서 발견했다고, 자기 화장대 위에 있었다고 했다고요?"

배틀은 그 편지들을 다시 입수하게 된 경위에 대해서 설명해 준 것을 단어 하나 고치지 않고 그대로 전했다.

"그래서 곧바로 총경한테 가지고 왔다 이거로군? 그건 잘한 행동이지, 아주 잘한 행동이고말고. 하지만, 누가 이걸 그의 방에 갖다 놓을 수 있었겠소?"

배틀은 고개를 저었다.

"그건 총경이 당연히 알고 있어야 할 그런 문제가 아니오?"

조지가 툴툴거리며 말을 이었다.

"이 일은 나에게 몹시 수상쩍게 여겨지는데, 실로 아주 수상쩍게 여겨지오. 도대체 이 앤터니 케이드라는 사람에 대해 우리가 알고 있는 게 뭐가 있소? 그는 아주 수수께끼 같은 방법으로, 그것도 몹시 의심스러운 상황하에서 불쑥 나타났는데, 우리는 그에 대해서 아는 게 아무것도 없으니. 나 개인적으로 말하자면, 나는 그 사람의 행동 방식이 영 마음에 안 들어요. 총경은 그에 대해서 조사를 해보았을 거라고 생각하는데?"

배틀 총경은 억지로나마 미소를 지어 보였다.

"즉시 남아프리카로 전보를 쳐서 알아본 바에 의하면, 그의 이야기가 모든 점에서 다 들어맞는다는 사실을 확인할 수 있었습니다. 그는 자기가 말한 바로 그 시기에 맥그러스 씨와 함께 불라와요에 있었습니다. 그들이 서로 만나기 전에 그는 캐슬스 실렉트 투어 여행사의 직원으로 일했었습니다."

조지가 말했다.

"과연 내가 예상했던 대로군. 그는 어떤 특정 부류의 일을 잘 해내는 것에 대한 값싼 자신감 따위나 가지고 있는 인물이지. 아무튼, 이 편지들에 대해서 즉시 무슨 조치가 취해져야, 즉시……."

이 정계의 거물은 숨이 가쁜지, 점잖게 거드름을 피우며 가슴을 크게 부풀렸다.

배틀 총경이 입을 열려고 하자, 조지가 재빨리 그를 앞질러 말했다.

"지체할 시간이 없어요. 이 편지들은 촌각을 다투어 해독되어야 하오. 가만 있자, 그게 누구더라? 대영 박물관과 관계가 있는 사람인데, 그게……, 암호에 대해서라면 모르는 게 없다는 사람인데. 오스카 양은 대체 어딜 갔지? 그녀라면 알고 있을 텐데. 윈 뭐라고 하는 이름이었는데, 윈……."

"윈워드 교수입니다." 배틀 총경이 말했다.

"맞아요. 이제야 기억이 나는구먼. 즉시 그에게 전보를 치시오."

"벌써 한 시간 전에 연락했습니다, 장관님. 그는 12시 10분경에 도착할 겁니다."

"아, 좋아요, 정말 잘했어요. 이제야 묵은 체증이 가라앉는 것 같구먼. 나는 오늘 런던에 올라가야 하는데, 총경은 내가 없어도 모든 일을 알아서 할 수 있겠소?"

"그럭저럭 해낼 수 있을 겁니다."

"아무튼, 최선을 다해 주시오, 총경, 최선을 말이오. 나는 지금 정신없이 바쁘다오."

"염려 마십시오, 장관님."

"그런데 참, 어째서 에버슬레이는 총경과 함께 오지 않은 거요?"

"그 사람은 아마 아직까지도 자고 있을 겁니다. 아까 장관님께 말씀드린 대로, 저희는 꼬박 밤을 새웠거든요."

"아, 그랬다고 했지. 나 역시 거의 온 밤을 새우다시피 하는 경우가 자주 있다오. 36시간에 할 수 있는 일은 24시간 안에 끝내야 하는 것, 그것이 바로 내가 항상 하는 일이거든! 돌아가는 즉시 에버슬레이를 이리로 보내 주시오, 총경."

"예, 그렇게 전하겠습니다."

"고맙소, 총경. 그건 그렇고, 총경이 그에겐 어느 정도 믿고 비밀을 털어놓을 수밖에 없었으리란 점은 충분히 이해가 가지만, 그래도 굳이 내 사촌누이인 레블 부인한테까지 비밀을 털어놓을 필요가 있었을까?"

"그 편지에 서명이 된 이름으로 봐서도, 그럴 필요가 있다고 보았습니다, 로맥스 장관님."

"참으로 몰염치한 짓이로군."

조지는 눈썹을 잔뜩 찌푸리고 그 편지 묶음을 바라보며 중얼거렸다.

"나는 작고한 헤르초슬로바키아의 국왕을 잘 알고 있는데, 매력적인 인물이기는 했지만 나약했지. 애처로울 정도로 나약한 인물이었다오. 그런 사악한 여인의 손에서 놀아나는 도구가 되다니. 그런데 총경은 이 편지들이 다시 케이드 씨의 손으로 넘어오게 된 것에 대해서 뭐가 짚이는 바가 있소?"

배틀이 대답했다.

"제 소견으로는, 사람들이 원하는 것을 한 가지 방법으로 얻을 수가 없게 되면 다른 방법을 시도하게 된다는 겁니다."

"무슨 말인지 잘 이해가 안 가는데."

"그 킹 빅터라는 악당도 이제는 회의실이 철저하게 감시당하고 있다는 사실을 잘 알고 있을 겁니다. 그래서 그자는 그 편지 묶음을 우리에게 보내어, 우리가 그 암호를 풀고 숨겨진 장소를 찾도록 하는 거죠. 우리가 그 장소를 발견하게 되면, 그때 가서 소동을 일으키려는 속셈입니다. 하지만, 르무안 씨와 저는 서로 협조해서 그 일에 대처할 겁니다."

"그렇다면, 총경은 계획을 세워 둔 게 있나 보군?"

"무슨 계획을 세워 두었다고까지는 할 수 없습니다. 다만, 한 가지 착상을 해둔 것이 있습니다. 착상이란, 때로는 유용하게 쓰이기도 하지요."

여기까지 말하고 배틀 총경은 그곳을 떠났다. 그는 조지에게 더 이상 자세한 것을 털어놓고 싶은 마음이 없었다. 돌아오는 도중에 그는 길에서 앤터니를 만나 차를 세웠다.

"저택까지 태워다 주시겠습니까?" 앤터니가 물었다.

"물론이오. 그런데 어디를 다녀오는 길이오, 케이드 씨?"

"열차 시간을 알아보려고 역에 갔다 오는 길입니다."

배틀은 눈썹을 추켜세웠다.

"또 이곳을 떠날 생각을 하는 거요?"

앤터니가 웃으며 대답했다.

"지금 당장 떠나려는 것은 아닙니다. 그런데 무엇 때문에 아이작슈타인 씨가 그토록 당황하는 거죠? 내가 역을 막 나서는데, 그가 자동차를 타고 도착하더군요. 보니까 무엇 때문인지 몹시 동요하고 있는 것 같은 모습이더군요."

"아이작슈타인 씨가?"

"그렇습니다."

"글쎄, 그건 나로서도 알 수 없는 일인데. 웬만한 일 가지고는 끄떡도 하지 않을 사람인 것 같던데."

"나도 같은 생각입니다."

앤터니가 동의하면서 말을 이었다.

"그는 재계에서도 침착하기로 정평이 나 있는 사람이거든요."

갑자기 배틀 총경은 몸을 앞으로 내밀면서 운전사의 어깨를 두드렸다.

"차 좀 세워 주지 않겠나? 그리고 여기서 잠시 기다려 주게."

그러고는 차에서 훌쩍 뛰어내렸다. 앤터니는 영문을 알 수 없었지만, 곧 배틀이 그런 행동을 한 것은 르무안이 이쪽으로 다가오면서 자기를 손짓해 부르는 것을 알아차렸기 때문이라는 사실을 알게 되었다.

둘 사이에 신속히 대화가 오가고 나서 배틀 총경은 다시 돌아와 차에 올라타고는, 운전사에게 출발하라고 했다.

그의 표정은 완전히 바뀌어 있었다.

"권총을 발견했다고 합니다." 그가 불쑥 내뱉듯이 말했다.

"뭐라고요!"

앤터니는 소스라칠 듯 놀라며 그를 쏘아보았다.

"어디서 말입니까?"

"아이작슈타인의 옷가방 속에서."

"세상에, 그건 도저히 있을 수 없는 일입니다!"

배틀이 말했다.

"있을 수 없는 일이란 없소. 그 점을 생각했어야 하는 건데."

그는 바위라도 된 듯이 꼼짝 않고 앉아서는, 한 손으로 무릎을 두드리기만 했다.

"누가 그걸 찾아냈습니까?"

배틀은 어깨너머로 고개를 돌리며 대답했다.

"르무안이오. 영리한 친굽니다. 파리경시청에서는 그에 대해서 침이 마르도록 칭찬하고 있지요."

"하지만, 이 일은 총경님의 생각을 완전히 뒤집어 놓는 게 아닙니까?"

"그렇지는 않소."

배틀 총경은 아주 천천히 말을 이었다.

"그렇다고는 할 수 없지요. 물론 상당히 뜻밖의 사실이란 건 나도 인정합니다. 하지만, 이것으로 해서 내 착상 중 하나가 꼭 들어맞았다는 것이 입증되었소."

"어떤 착상 말입니까?"

하지만, 배틀 총경은 전혀 다른 화제로 이야기를 돌렸다.

"미안하지만, 나 대신 에버슬레이를 찾아 주시겠소, 케이드 씨? 로맥스 장관이 그를 찾고 있거든. 그를 보면 즉시 애비 별장으로 보내 달라고 하더군요."

"그러지요." 앤터니가 대답했다.

차가 대문 앞에 멈추어 섰다.

"그 사람 아직도 자고 있을 겁니다."

"그렇지 않을게요. 보면 알겠지만, 아마 그는 저기 숲속에서 레블 부인과 함께 산책을 하고 있을 거요."

"시력이 굉장하신가 보군요, 총경님?"

앤터니는 그의 심부름을 전하러 갔다. 그가 전갈을 전하자, 빌은 노골적으로 불만을 드러냈다.

그는 집으로 성큼성큼 돌아가면서 투덜거렸다.

"제길! 어째서 그 떠버리 영감은 잠시도 나를 혼자 있게 내버려 두질 못하는 거지? 그리고 그 빌어먹을 식민지 녀석들은 그 식민지에 남아 있으면 어디가 잘못되기라도 하나? 녀석들이 기를 쓰고 본국에 돌아오려는 것은, 좋은 여자들을 죄다 낚아가려고 하는 거야 뭐야! 이거야 원, 밸이 꼴려서 견딜 수가 있어야지."

"그 권총에 대한 얘기 들었어요?"

버지니아가 빌이 떠나가자 숨을 죽이며 물었다.

"배틀이 알려 주더군요. 정말 꿈에도 생각지 못했던 일입니다. 안 그렇습니까? 어제 아이작슈타인이 그토록 떠나고 싶어서 안달을 하기는 했지만, 나는 단지 그가 신경이 날카로워져서 그런가 보다고 생각했었죠. 그는 내가 혐의 대상에서 제외시킨 사람 중 하나였거든요. 그에게 미카엘 왕자를 죽이고 싶어 할 무슨 동기라도 있었을 거라고 봅니까?"

"그건 도무지 사리에 맞지 않아요."

버지니아가 생각에 잠긴 얼굴로 말했다.

"사리에 맞는 거라곤 하나도 찾아볼 수가 없지요."

앤터니가 불만스러운 어조로 말을 이었다.

"처음에는 내가 무슨 아마추어 탐정이라도 되는 것처럼 생각하고 있었는데, 지금까지 내가 한 일이라고는 고작 그 막대한 노력과 적지 않은 비용을 들여가면서 그 프랑스인 가정교사의 신분을 확인한 것뿐이니 말입니다."

"그것 때문에 프랑스에 가셨던 거로군요?" 버지니아가 물었다.

"그렇습니다. 디나르에 가서 브르테유 백작부인을 만나게 되면, 내가 예상했던 대로 마드모아젤 브룅이라는 사람에 대해서는 한 번도 들어본 적이 없다는 대답을 듣고 내 총명함에 스스로 대단히 만족하게 될 줄 알았던 거죠. 그런데 그러기는커녕, 문제의 그 여인은 지난 7년 동안 그 집안의 기둥 역할을 해왔다는 사실을 알게 되었을 뿐입니다. 그러므로 그 백작부인이 악당과 한패가 아닌 한 내 기발한 이론은 완전히 땅바닥에 떨어지게 되는 셈이죠."

버지니아는 고개를 저었다.

"브르테유 백작부인은 도저히 의심할 수 없는 사람이에요. 나는 그 부인을 잘 알고 있고, 또한 마드모아젤 브룅도 그 성에서 우연히 마주친 적이 있는 것 같아요. 분명히 그녀의 얼굴은 아주 눈에 익어요. 물론 기차 같은 데에서 맞은편 자리에 앉아 있었던 가정교사나 말동무 같은 사람들의 얼굴을 기억하고 있는 정도의 막연한 인상이기는 하지만요. 굉장하죠? 하지만, 그렇다고 해서 그런 사람들을 정말로 자세히 살펴보거나 하지는 않아요. 당신도 그렇죠?"

"상대가 눈부신 미인일 경우를 제외하고는 그렇다고 할 수 있지요."

앤터니가 대답했다.

"아무튼, 이번 사건에서는……."

그녀는 갑자기 하던 말을 중단했다.

"무슨 일이에요?"

그때, 앤터니는 나무숲에서 나와 부동자세로 꼿꼿하게 서 있는 한 사람을 망연히 주시하고 있었다. 그것은 헤르초슬로바키아인 보리스였다.

앤터니가 버지니아에게 말했다.

"미안합니다. 잠깐 내 개와 이야기를 해야 할 것 같군요."

그는 보리스가 서 있는 곳으로 다가갔다.

"무슨 일인가? 용건이 뭐지?"

"주인님."

보리스가 절을 하며 입을 열었다.

"좋아, 나를 어떻게 부르건 그거야 상관없지만, 그러나 이렇게 내 뒤를 졸졸 쫓아다니는 것만은 삼가 주어야 하지 않겠나? 사람들이 보면 뭐라고 하겠나?"

보리스는 아무 말 없이 편지 조각으로 보이는 흙 묻은 종이쪽지를 꺼내어 앤터니에게 건네주었다.

"이게 뭔가?" 앤터니가 물었다.

그 종이쪽지 위에는 휘갈겨 쓴 주소가 하나 적혀 있을 뿐, 다른 말은 전혀 없었다.

보리스가 대답했다.

"그 사람이 떨어뜨려서 제가 주인님께 가져온 것입니다."

"누가 떨어뜨렸다고?"

"그 외국 신사분 말입니다."

"그런데 어째서 나한테 이걸 가져온 건가?"

보리스는 못마땅하게 여기는 시선으로 그를 쳐다보았다.

앤터니가 다시 말했다.

"아무튼, 좋아, 이제 그만 가보게. 난 지금 바빠."

보리스는 공손하게 절을 하고는, 절도 있게 돌아서서 행진이라도 하듯 힘차게 걸어갔다.

앤터니는 그 종이쪽지를 주머니에 대충 집어넣고 나서 다시 버지니아 곁으로 돌아왔다. 그녀가 궁금한 듯 물어보았다.

"무슨 일로 온 거래요? 그리고 어째서 당신은 그를 '당신의 개'라고 부르는 거죠?"

"왜냐하면, 그가 꼭 개처럼 행동하니까요."

앤터니는 마지막 질문부터 먼저 대답했다.

"저 친구는 아마 리트리버 개(줍기만 하는 사냥개의 일종)의 화신인 모양입니다. 어떤 외국 신사가 떨어뜨렸다고 하면서 편지 쪼가리를 가져왔더군요. 외국 신사란 르무안을 말하는 게 아닌가 싶습니다만."

"르무안이 맞을 거예요." 그녀도 동의했다.

앤터니가 계속 말을 이었다.

"저 친구는 언제나 내 주위를 맴돌고 있답니다. 꼭 개처럼 말이죠. 말은 거의 하지 않고, 다만, 그 동그란 눈으로 나를 쳐다보기만 하는 겁니다. 도대체 그 이유를 알 수가 없어요."

버지니아가 한마디 했다.

"혹시 아이작슈타인을 말하는 건지도 몰라요. 아이작슈타인 역시 꼭 외국인처럼 보이잖아요."

"아이작슈타인이라." 앤터니가 이마를 찡그리며 중얼거렸다.

"대체 그 사람은 무슨 관계가 있을까?"

"당신은 이번 사건에 말려든 것을 후회하세요?"

버지니아가 불쑥 물어보았다.

"후회? 천만에요, 그렇지 않습니다. 오히려 나는 즐기고 있습니다. 지금까지 내 인생의 대부분을 이런 말썽거리를 찾으며 보낸 셈이지요. 아마도 이번에는, 내가 계약한 것보다 좀더 많은 일을 맡게 된 셈이지만요."

"하지만, 이제 당신은 위험에서 잘 벗어났잖아요?"

버지니아가 물었다. 앤터니의 어조에 전에 볼 수 없었던 엄숙한 기색이 담겨 있는 것에 다소 놀라면서.

"전혀 그렇지가 못합니다."

그들은 한동안 말없이 걷기만 했다.

앤터니가 침묵을 깨뜨리면서 입을 열었다.

"세상에는 신호에 익숙지 못한 사람들도 있지요. 일반적으로 잘 정비된 기관차는 빨간 깃발이 올라가게 되면 속도를 늦추거나, 아니면 정지하거나 합니다. 아마도 나는 색맹으로 태어났나 봅니다. 빨간 신호를 보면, 오히려 나는 더 속도를 내려고만 하니까요. 그리고 그 결과는 재앙을 불러일으키게 되는 거죠. 그건 필연적인, 그리고 사실 정당한 보상인 겁니다. 그런 건 일반적인 교통질서에 위배되는 거니까요."

그의 어조는 여전히 아주 진지했다.

버지니아가 말했다.

"아마 당신은 온갖 모험에 찬 인생을 살아오셨나 봐요."

"거의 모든 모험은 다 겪어 보았지요—결혼만 빼놓고는."

"꽤 신랄한 비판 같군요."

"결코, 그런 뜻이 아닙니다. 결혼, 내가 말하는 결혼이란 세상에서 가장 큰 모험이라는 의미일 겁니다."

"그건 내 맘에 꼭 드는군요."

버지니아가 진지하게 눈을 빛내며 말했다.

"내가 결혼하고 싶어 하는 여인은 오직 한 종류밖에 없습니다. 내가 살아온 인생과는 전혀 동떨어진 세계에 사는 여인이지요. 그러면 과연 어떻게 될까요? 그녀가 내 생활을 이끌어 가야 할까요, 아니면 내가 그녀의 생활을 이끌어 주어야 할까요?"

"그녀가 당신을 사랑한다면……."

"그건 한낱 감상에 지나지 않습니다, 레블 부인. 그걸 아셔야 합니다. 사랑이란 결코 마약처럼 주위 환경에 대해 초월하도록 만들지는 못합니다. 물론, 당신은 환경 따위에는 신경 쓰지 않을 수도 있겠지요. 하지만, 그건 안타까운 일입니다. 사랑은 그보다 훨씬 중요한 의미를 지니고 있을 겁니다.

한번 왕과 비천한 하녀가 결혼해서 몇 년 뒤에 자신들의 결혼생활을 돌이켜 본다고 생각해 보십시오. 그 하녀는 누더기 옷과 맨발로 뛰어다니던 자유롭던 생활이 그리워지지 않을까요? 틀림없이 그런 유감을 느끼게 될 겁니다. 반면에, 왕이 그녀를 위해서 왕관을 벗어 버리게 되면 그들의 결혼생활에 무슨 도움이 될까요? 역시 아무런 도움도 되지 못할 겁니다. 왕은 배를 곯는 비참한 거지밖에 되지 못할 테니까요. 그리고 아무짝에도 쓸모없어진 남자를 존경할 여자가 세상에 어디 있겠습니까?"

"당신은 가난한 하녀를 사랑한 적이 있나요, 케이드 씨?"

버지니아가 부드러운 어조로 물어보았다.

"내 경우에는 그 반대이지만, 원리야 똑같은 거죠."

"그렇다면, 해결할 방법이 전혀 없는 건가요?"

버지니아가 다시 물었다.

"방법은 늘 있기 마련입니다." 앤터니가 침울하게 대답했다.

그러고는 다시 말을 이었다.

"누구나 그 대가를 지불하면 언제나 원하는 것을 손에 넣을 수 있다는 것이 내가 가지고 있는 이론이지요. 십중팔구, 그 대가라는 것이 무엇이 되는지 아십니까? 바로 타협인 겁니다. 이 타협이란 말은 정말 듣기만 해도 넌더리가 나는 것이지만, 그러나 어느덧 중년의 나이에 이르게 되면 사람들은 저도 모르게 타협에 익숙해지게 되기 마련이지요. 바로 지금 내가 그 타협에 익숙해지려 하고 있습니다. 내가 원하는 여인을 얻기 위해 나는, 건전한 직업을 택하려는 지경에까지 이르게 된 거죠."

버지니아가 웃음을 터뜨렸다.

"아시겠지만, 원래 나는 어떤 직업에 종사하도록 교육을 받았었지요."

앤터니가 말했다.

"그런데 그것을 그만두셨나요?"

"그렇습니다."

"어째서죠?"

"주의(主義) 문제 때문이었지요."

"어머나!"

"당신은 아주 특이한 여성입니다."

앤터니가 갑자기 고개를 돌려 그녀의 얼굴을 주시하며 말했다.

"어째서요?"

"다른 사람들 같으면 당연히 했을 질문을 삼갈 줄 아시니까요."

"그러니까, 내가 당신의 직업이 무엇이었냐고 묻지 않은 것을 두고 하는 말인가요?"

"바로 그렇습니다."

다시 그들은 말없이 걸었다. 그들은 이제 꽃향기가 그윽하게 퍼지는 장미 정원 옆을 지나서 집 근처에 이르고 있었다.

이번에도 앤터니가 먼저 침묵을 깨며 입을 열었다.

"당신은 이해심이 많습니다. 그래서 어떤 남자가 당신을 사랑하게 되면, 당신을 이내 알아차리지요. 물론 당신이 나 같은 위인을(아니, 그 누구라고 할지라도) 마음에 둘 리 없겠지만, 그러나 맹세코 당신이 나를 마음에 두도록 만들고 싶습니다."

"그렇게 하실 수 있을 거라고 생각하세요?"

버지니아가 나직한 목소리로 물었다.

"안 될지도 모르지요. 하지만, 그렇게 되도록 최선의 노력을 기울일 생각입니다."

"나를 알게 된 걸 후회하지는 않으세요?" 그녀가 불쑥 물었다.

"결코 후회하지 않습니다. 다시 빨간 신호가 켜진 것뿐이니까요. 당신을 처음 만났을 때, 그날 폰트가에서 나는, 내가 장난삼아 나를 골탕먹이려는 사람과 상대하게 되었다는 것을 알았습니다. 당신의 얼굴, 바로 당신의 얼굴이 그걸 내게 알려 주었지요. 당신에게는 머리에서 발끝까지 어떤 마력이 깃들어 있는 것 같은데, 간혹 그 비슷한 여인들이 있기는 하지만, 당신처럼 그렇게 강한 마력을 발산하는 여인은 결코 본 적이 없었습니다. 아마도 당신은 존경도 받고 부유한 누군가와 결혼하게 될 테고, 나는 다시 남 보기에도 부끄러운 그런 생활로 돌아가게 될 테지만, 그러나 가기 전에 한 번 당신에게 키스를 할 겁니다. 그건 맹세할 수 있습니다."

버지니아가 달콤한 목소리로 속삭였다.

"지금은 하실 수 없어요. 배틀 총경이 서재 창문에서 우리를 지켜보고 있거든요."

앤터니는 그녀를 가만히 들여다보았다. 그러고는 차분하게 말했다.

"당신은 좀 짓궂은 마녀 같습니다, 버지니아. 그렇지만, 몹시 사랑스러운 면도 있거든요."

그리고 나서 그는 배틀 총경을 향해 가볍게 손을 흔들어 보였다.

"오늘 아침에는 어떤 범죄자를 잡았습니까, 총경님?"

"아직 못 잡았소, 케이드 씨."

"희망이 있다는 얘기로 들리는군요."

배틀은 그 둔해 보이는 모습과는 달리 놀랄 정도로 민첩한 동작으로 서재 창문에서 뛰어내려 테라스에서 그들과 합류했다.

그가 속삭이듯 말했다.

"윈워드 교수를 이곳으로 초빙했는데, 방금 도착했소. 지금 그 편지들을 해독하고 있지요. 그가 일하는 모습을 보지 않겠소?"

그의 어조는 마치 서커스단의 묘기를 부리는 동물을 소개하는 흥행사를 연상케 했다. 긍정적인 대답을 듣자 그는 그들을 서재 창문 쪽으로 인도해 방 안을 들여다볼 수 있도록 해주었다.

편지가 잔뜩 널려 있는 테이블 앞에 앉아서 커다란 종이 위에 뭔가를 바삐 써내려가고 있는 사람은 몸집이 작고 빨간 머리를 한 중년의 남자였다. 그는 열심히 쓰면서도 계속해서 뭐라고 짜증스러운 듯이 투덜거리며, 이따금 코를 세게 문질러대곤 해서 급기야는 자기 머리칼 색처럼 빨갛게 물들게 되었다.

이윽고 그는 고개를 들었다.

"배틀이요? 그래, 이런 엉터리 같은 거나 풀라고 나를 여기까지 내려오게 한 거요? 걸음마도 못 배운 어린애라도 풀 수 있는 걸 가지고 말이오. 두 살짜리 어린애도 머리만 좀 쓰면 풀 수 있어요. 이런 걸 가지고 암호라 하는 거요? 이보시오, 이건 한 번 훑어보기만 해도 알 수 있소"

배틀이 부드럽게 말했다.

"그렇게 쉽다니 다행이로군요, 교수님. 하지만, 우리야 교수님처럼 그렇게 머리가 좋지 못하질 않습니까?"

그 교수는 계속 딱딱거렸다.

"머리가 좋은 것 따위는 필요도 없어요. 그저 기계적인 작업에 지나지 않으니까. 그래, 이 편지들을 모두 풀어 달라는 거요? 이건 상당히 시간이 걸리는 작업인데. 끈기있게 공식을 대입하고 주의를 기울여야 하지, 특별한 지능 따윈 전혀 필요가 없소. 당신이 중요하다고 한 '침니스'라고 쓰인 것만 해독했는데, 나머지는 런던으로 가지고 가서 내 조수에게 맡기는 게 어떻겠소? 사실 내가 직접 해독할 만한 시간이 없어요. 나는 지금 정말로 어려운 문제를 풀다가 빠져나왔기 때문에, 어서 돌아가서 그 일을 계속해야겠소"

그의 눈이 빛나고 있었다.

"좋으실 대로 하십시오, 교수님."

배틀이 동의했다. 그러고는 다시 덧붙였다.

"저희가 못나서 할 수 없이 교수님께 폐를 끼치게 되었습니다. 제가 로맥스 장관님께 잘 설명 드리겠습니다. 사실 급한 것은 그 편지 한 통뿐이니까요. 하지만, 캐터햄 경께서는 교수님이 점심때까지 기다려 주실 줄로 알고 계실 텐데요."

교수가 말했다.

"난 점심은 들지 않아요. 좋지 않은 습관이오, 점심식사는. 바나나 한 개와 크래커 한 조각이면 건강한 남자의 점심식사로 충분하지."

그는 의자 등받이에 걸쳐 놓았던 외투를 집어들었다. 배틀이 현관 쪽으로 돌아가고 나서 잠시 뒤, 앤터니와 버지니아는 자동차가 떠나는 소리를 들을 수 있었다.

배틀 총경은 다시 그들에게 돌아왔는데, 손에는 교수가 넘겨 준 종이를 한 장 들고 있었다.

배틀은 방금 떠난 교수에 대한 이야기를 하며 입을 열었다.

"그 사람은 언제나 저런 식이랍니다. 몹시 서두르는 성격이지요. 우수한 두뇌를 가진 것만은 틀림없지만. 자, 여기 왕비 전하께서 보낸 편지의 요점이 있으니, 어디 한번 보시겠습니까?"

버지니아가 손을 내밀어 그 종이를 받아들자, 앤터니가 그녀의 어깨너머로 읽었다. 그가 기억하고 있기로는, 그 편지의 내용은 열정과 절망이 한데 얽혀 애절하게 호소하는 내용의 긴 서간이었다. 윈워드 교수의 천재적인 머리는 그것을 본래의 사무적인 통신문으로 바꾸어 놓았다.

일은 성공적으로 수행되었으나, S가 우리를 배신했어요. 그는 숨겨둔 장소에서 보석을 옮겼습니다. 그의 방에는 없어요. 내가 찾아보았습니다. 하지만 그것의 소재를 언급하는 것으로 여겨지는 다음과 같은 메모를 발견했어요—리치먼드, 곧장 7, 왼쪽으로 8, 오른쪽으로 3.

"S?" 앤터니가 말했다.

"물론 스틸프티치를 말하는 걸 테지. 교활한 늙은 개로군. 그가 물건을 숨긴 장소를 바꾸었나 봅니다."

버지니아가 생각에 잠긴 표정으로 말했다.

"리치먼드. 그 다이아몬드가 리치먼드 어딘가에 숨겨져 있다는 걸까요?"

"리치먼드(템스 강변의 휴양지)는 왕족들이 즐겨 찾는 곳이지요."

앤터니가 고개를 끄덕이며 말했다.

배틀 총경이 고개를 저었다.

"나는 여전히 그것이 이 집 안에 있는 어떤 것을 가리키는 말이라고 생각하는데."

"알았어요!" 버지니아가 갑자기 소리쳤다.

두 남자는 동시에 그녀를 쳐다보았다.

"회의실에 있는 홀바인 초상화. 그들은 그 초상화 바로 아래 나무 벽을 두드리고 있었어요. 그 그림이 바로 리치먼드 백작의 초상화거든요!"

"알아내셨군!" 배틀이 무릎을 탁 치며 말했다.

그는 정말로 보기 드물게 생기를 띠며 말을 이었다.

"그 그림이 바로 출발점이 되지만, 그 악당들도 이 숫자들이 무슨 뜻인지에 대해서는 우리나 마찬가지로 모르고 있는 겁니다. 그 그림 바로 밑에 갑옷을 입은 인형이 둘 서 있는데, 그자들은 처음에 그 다이아몬드가 그 갑옷들 중 하나에 숨겨져 있다고 생각한 거죠. 숫자가 나타내는 단위가 인치인지도 모르는 일이니까. 그것이 실패로 돌아가자, 그들은 비밀 통로나 비밀 계단, 또는 비밀 문 장치가 된 나무 벽에 생각이 미쳤던 것이겠지요. 혹시 그런 것에 대해서 알고 있습니까, 레블 부인?"

버지니아는 고개를 젓고 나서 말했다.

"성직자의 은신처와, 비밀 통로가 하나쯤 있다는 것은 알고 있어요. 언젠가 한 번 본 적이 있긴 한데, 지금은 잘 생각나지 않는군요. 하, 저기 번들이 와요. 번들은 알고 있을 거예요."

번들은 빠른 걸음으로 테라스를 따라 그들에게 다가오고 있었다.

그녀가 말을 꺼냈다.

"나는 점심식사 뒤에 차를 몰고 런던에 올라갈 거예요. 나하고 같이 올라갈 사람 없으세요? 함께 올라가시지 않겠어요, 케이드 씨? 저녁식사 전에는 돌아올 수 있을 거예요."

앤터니가 대답했다.

"고맙지만 사양해야겠습니다. 여기서도 즐겁게 지내고 있고, 또 할 일도 많거든요."

번들이 말했다.

"남자분들은 내가 겁나나 봐요. 내 운전 솜씨가 겁나는 건지, 아니면 내 황홀한 매력에 경계심을 느끼는 건지! 어느 쪽일까요?"

"당연히 남자들을 황홀케 하는 당신의 매력 때문이겠지요."

앤터니가 대답했다.

버지니아가 말했다.

"이봐요, 번들, 회의실로 통하는 무슨 비밀 통로 같은 것이 있나요?"

"물론이죠. 하지만, 그건 아주 오래된 거예요. 옛날에는 침니스 저택에서 와이번 애비 별장까지 통했었나 봐요. 아주 아주 먼 옛날에는 말이에요. 지금은 모두 막혀서, 이쪽 끝에서 한 100야드(약 91m) 정도밖에는 나아갈 수 없어요. '하얀 회랑'에 2층으로 되어 있는 것이 훨씬 재미있고, 성직자의 은신처도 그리 나쁘지는 않아요."

"우리는 예술적인 관점에서 그걸 감상하려는 게 아니에요."

버지니아가 설명했다.

"일 때문에 그러는 거죠. 회의실로 통하는 비밀 통로는 어떻게 들어가나요?"

"경첩이 달린 나무 벽이 있어요. 들어가 보고 싶다면 점심식사 뒤에 안내해 드리죠."

배틀 총경이 말했다.

"고맙소. 2시 30분에 모이기로 할까요?"

번들이 눈썹을 추켜세우며 그를 쳐다보았다.

"범인 잡기인가요?" 그녀가 물었다.
그때, 트레드웰이 테라스에 모습을 나타냈다.
"점심식사가 준비되었습니다, 아가씨."
그가 큰소리로 알렸다.

제23장

장미 정원에서 우연한 만남

2시 30분, 일행은 회의실에 모였다. 버지니아, 번들, 배틀 총경, 르무안, 그리고 앤터니 케이드 등 다섯 사람이었다.

배틀이 입을 열었다.

"로맥스 장관까지 부를 필요는 없을 겁니다. 이런 일은 될 수 있으면 빨리 착수하는 게 좋으니까."

"혹시 미카엘 왕자를 살해한 범인이 이런 식으로 침입했을 거라고 생각하고 있다면, 그건 오산이에요. 그건 불가능해요. 한쪽 끝이 완전히 막혀 있거든요."

번들이 말했다.

르무안이 재빨리 말을 받았다.

"그런 문제가 아니랍니다, 아가씨. 우리가 찾고자 하는 것은 그런 거와는 전혀 다른 거지요."

번들이 급히 물었다.

"대체 뭘 찾고 있는 거죠? 역사적인 어떤 것을 찾으려는 건 아닐 테고요?"

르무안이 곤혹스런 표정을 지었다.

그러자 버지니아가 격려라도 하듯 번들에게 말했다.

"잘 생각해 봐요, 번들. 생각해 보면 당신도 알 수 있을 거예요."

번들이 다시 말했다.

"그 뭐라고 하는 건데, 그러니까 내가 아직 철들기 전인 암흑시대에 역사적으로 유명한 왕실의 다이아몬드가 도둑맞았다는 얘기가 있었거든요."

"그런 이야기는 누구한테 들었습니까, 레이디 아일린?"

배틀 총경이 물었다.

"전부터 알고 있었던 거예요. 제가 열두 살 때, 우리 집 마부가 들려준 이야기였죠."

배틀이 말했다.

"마부? 맙소사! 그 이야기를 로맥스 장관께 들려주고 싶군요!"

다시 번들이 물었다.

"그게 조지 오빠가 그토록 꼭꼭 감추고 있던 비밀인가요? 정말 우습군요, 세상에나! 정말이지 난 그게 사실이라고는 한 번도 생각해 본 적이 없었거든요. 조지 오빠는 정말 어찌해 볼 도리가 없는 바보예요. 세상에 하인들이 모르고 있는 일은 하나도 없다는 사실을 조지 오빠도 깨달아야 할 거예요."

그녀가 홀바인이 그린 초상화 옆으로 다가가 그 곁에 숨겨져 있던 용수철을 건드리자, 즉시 나무 벽 한쪽이 안으로 젖혀지며 어두운 입구가 나타났다.

"자, 신사 숙녀 여러분!" 번들이 한껏 감정을 살려가며 말을 이었다.

"어서들 오세요, 자, 어서들 오세요. 이 계절에 볼 수 있는 최고의 쇼입니다. 입장료는 단돈 6펜스!"

르무안과 배틀은 손전등을 준비하고 있었다. 그들이 먼저 어두운 구멍으로 들어가고, 다른 사람들은 그 뒤에 바싹 붙어 차례로 들어갔다.

배틀이 한마디 했다.

"공기가 상당히 신선하군요. 어딘가에 통풍구가 있나 봅니다."

그가 앞장서서 나아갔다. 바닥은 울퉁불퉁하고 거친 돌이 깔려 있었지만, 벽은 벽돌로 되어 있었다. 번들이 말한 대로 통로는 겨우 100야드 정도밖에는 나 있지 않았다. 통로의 끝은 벽돌로 꽉 막혀 있었다. 더 이상 나아갈 수가 없음을 확인하자, 배틀은 어깨를 으쓱하며 입을 열었다.

"그만 돌아갑시다. 소위 말하자면, 미리 지형 정찰을 나온 셈이라고 할까요."

몇 분 뒤, 그들은 다시 입구로 돌아왔다.

배틀이 말했다.

"여기서부터 시작해 봅시다. 곧바로 7, 왼쪽으로 8, 오른쪽으로 3이라. 우선 걸음걸이로 계산해 봅시다."

그는 조심스럽게 일곱 걸음을 떼어놓고는, 웅크리고 앉아서 바닥을 살펴보앉다.

"내 생각이 맞는 것 같군. 얼마나 된 것인지는 알 수 없지만, 여기 분필로 표시한 흔적이 있습니다. 다음은 왼쪽으로 8인데, 이건 걸음 폭이 아닌 것 같군. 이 통로의 폭은 겨우 한 사람이 다닐 정도밖에 되지 않거든요."

"벽돌 수를 가리키는 것이 아닐까요?" 앤터니가 제의했다.

"그 말이 틀림없을 것 같소, 케이드 씨. 왼쪽 벽면 아래에서, 또는 위에서 여덟 번째의 벽돌을 가리키는 말일 겁니다. 우선 아래쪽에서부터 세어 보기로 합시다―그게 더 쉬울 테니까."

그는 여덟 번째의 벽돌을 세어 보았다.

"그리고 이제 오른쪽으로 3이라. 하나, 둘, 셋, 아, 아니, 이게 뭐지?"

"아, 난 비명이 터져 나올 것 같아요." 번들이 떨리는 소리로 말했다.

"정말이에요, 다리가 마구 떨리는 게. 그게 뭐죠?"

배틀 총경은 가지고 있던 나이프 끝으로 그 벽돌을 빼내고 있었다. 노련한 그의 눈은 그 벽돌이 다른 것들과는 다르다는 사실을 즉시 알아본 것이다.

잠시 뒤, 그는 그 벽돌을 뽑아낼 수 있었다. 그 뒤에는 작고 어두운 공간이 있었다. 배틀이 그 구멍 속에 손을 집어넣었다. 모두 숨을 죽인 채, 기대에 찬 눈길로 지켜보고 있었다.

이윽고 배틀이 손을 다시 빼내고는, 놀람과 분노의 감정이 뒤섞인 탄성을 내뱉었다.

다른 사람들도 모두 그의 곁에 몰려와 그가 들고 있는 세 가지 물건을 이해할 수 없다는 눈길로 내려다보았다. 한동안 그들은 자신의 눈을 믿지 못하겠다는 표정을 짓고 있었다.

작은 진주 단추가 여러 개 박혀 있는 카드 한 장, 결이 거친 네모난 편물 쪼가리, 대문자 E가 한 줄로 적혀 있는 종잇조각.

배틀이 말했다.

"젠장 할, 이, 이게 뭐야! 도대체 이게 뭘 뜻하는 거지?"

프랑스인이 중얼거렸다.

"맙소사, 이건 정말 너무하구먼!"

"하지만, 그게 무슨 뜻일까요?"

버지니아가 어리둥절한 표정으로 외쳤다.

앤터니가 대답했다.

"무슨 뜻이냐고요? 여기에는 한 가지 뜻밖에는 있을 수 없지. 스틸프티치 백작은 뛰어난 유머 감각이 있었다는 거죠! 이건 그의 유머 감각을 단적으로 보여 주는 예입니다. 물론 그렇게 재미있는 유머라고는 생각지 않지만."

"그게 무슨 말인지 좀더 쉽게 설명해 줄 수 있겠소, 케이드 씨?"

배틀 총경이 말했다.

"물론이죠. 이건 백작의 조그만 장난이었을 겁니다. 그는 자기 메모가 누군가에게 읽혔다는 사실을 눈치 챈 게 틀림없어요. 그래서 그 악당들이 보석을 찾으러 왔을 때, 보석 대신 이 난해한 수수께끼를 발견하도록 해놓은 겁니다."

"그렇다면, 이게 무슨 의미를 갖고 있을까?"

"나는 그렇게 생각합니다, 틀림없이. 만일 백작이 단순히 상대방을 골려 줄 생각이었다면, '수고하셨습니다.'라고 쓴 플래카드나, 바보 같은 당나귀 그림 따위의 사람을 약오르게 하는 것을 넣어 두었을 겁니다."

"편물 쪼가리, 대문자 E, 많은 단추……."

배틀은 불쾌한 듯 인상을 일그러뜨리며 중얼거렸다.

"정말 듣도 보도 못한 수작이로군요." 르무안이 화를 내며 말했다.

앤터니가 말했다.

"제2의 암호라! 윈워드 교수도 이건 풀지 못할 겁니다, 아마."

"이 통로가 마지막으로 쓰인 것이 언제입니까, 레이디?"

프랑스인이 번들에게 물었다.

번들이 잠시 생각해 보고 나서 대답했다.

"벌써 2년 이상 아무도 여길 들어오지 않았던 걸로 알고 있어요. 성직자 은신처는 미국인들이나 일반 관광객들에게 공개되고 있지만요."

"그렇다면, 이상하군." 프랑스인이 중얼거렸다.

"뭐가 이상하다는 거죠?"

르무안은 허리를 굽혀 바닥에서 뭔가 조그만 것을 집어들며 말했다.

"이것 때문이지요. 이 성냥개비는 2년이 아니라, 이틀도 채 되지 않은 겁니다."

배틀 총경이 그 성냥개비를 호기심 있게 바라보았다. 핑크빛 막대에 머리가 노란 것이었다. 그가 물어보았다.

"혹시 여러분 중에 이것을 떨어뜨린 분은 안계십니까?"

모두 그런 일이 없다고 대답했다.

배틀이 다시 말했다.

"자, 그러면 이제 우리가 봐야 할 것은 다 본 것 같군요. 그만 여기서 나가도록 합시다."

모두 그 말에 찬성했다. 그 나무 벽을 열기 전에 번들은 모두에게 그것을 어떻게 안쪽에서 걸어 잠그는지 보여 주었다. 그녀는 빗장을 풀고 나무 벽을 소리없이 위로 들어 올린 다음, 민첩하게 입구를 빠져나가 쿵 하고 바닥을 울리며 회의실 안으로 뛰어내렸다.

"이크!"

졸고 있었던 모양인지 캐터햄 경이 깜짝 놀라며 팔걸이의자에서 펄쩍 일어났다.

"어머나, 아버지! 저 때문에 놀라셨나 보군요?"

"난 도무지 영문을 모르겠구나."

캐터햄 경이 투덜거리며 말을 이었다.

"어째서 요즘 사람들은 식사 뒤에 좀 가만히 앉아 있지를 못하는 게지? 그것도 이제는 잃어버린 예술이 된 건가? 비록 침니스 저택이 넓다고는 하지만, 내 한 몸 조그만 평화를 누릴 수 있는 방 한 칸 없는 것 같구먼. 맙소사, 저게 대체 몇 사람이나 되는 게지? 어렸을 때 즐겨 보던 팬터마임에서 악마 무리가 뚜껑 문을 통해 계속해서 뛰어나오던 장면이 생각나는구먼."

"일곱 번째 악마예요."

버지니아는 캐터햄 경 곁으로 다가가 그의 이마를 손가락으로 가볍게 톡톡 쳤다.

"그렇게 찡그린 얼굴 하지 마세요. 우리는 단지 비밀 통로를 탐험하고 있었을 뿐이에요."

"오늘은 비밀 통로가 크게 인기를 끌고 있나 보구먼."

캐터햄 경은 아직도 기분이 풀리지 않은 듯 투덜거리며 말을 이었다.

"오늘 오전 내내 나는 그 피시란 작자한테 비밀 통로를 두루 구경시켜 주어야 했으니, 원."

"그게 언제였습니까?" 배틀이 급히 물어보았다.

"점심식사 바로 전이었소. 이곳에 비밀 통로가 하나 있다는 말을 어디서 들은 모양이더군. 나는 그에게 비밀 통로를 구경시켜 준 다음에, 그를 끌고 '하얀 회랑'이며 성직자의 은신처까지 두루 안내했소. 하지만, 그의 열렬한 관심도 그때쯤에는 다 식어 버린 모양입니다. 표정을 살펴보니까 아주 진저리를 내는 것 같더이다. 하지만, 나는 끝까지 구석구석 그를 끌고 다니며 구경시켜 주는 수고를 아끼지 않았지."

캐터햄 경은 그때 일을 생각하는지 킬킬대고 웃었다.

앤터니가 르무안의 팔을 잡아끌며 나직하게 말했다.

"밖으로 나갑시다. 당신한테 하고 싶은 이야기가 있습니다."

그들 두 사람은 창문을 통해 밖으로 나갔다. 웬만큼 집에서 떨어지게 되자, 앤터니는 그날 아침에 보리스가 갖다 준 그 종이쪽지를 주머니에서 꺼냈다.

그가 말했다.

"혹시, 이거 당신이 떨어뜨린 거 아닙니까?"

르무안은 그것을 받아들고는 상당히 관심 있게 들여다보았다. 이윽고 그가 입을 열었다.

"아니오, 한 번도 본 적이 없는 것이로군요. 그런데 그건 왜 묻습니까?"

"틀림없습니까?"

"물론, 틀림없어요."

"그렇다면, 정말 이상하군요."

그는 보리스가 한 말을 그대로 르무안에게 들려주었다. 상대방은 아주 주의 깊게 그의 이야기를 듣고 나서 분명한 어조로 말했다.

"아니오, 내가 떨어뜨린 것이 아닌 게 확실합니다. 그러니까, 그가 이것을 저 나무숲에서 주웠다는 말이지요?"

"글쎄요, 내가 그럴 거라고 생각했을 뿐이었지, 사실 그가 그렇게 말하지는 않았습니다."

"그렇다면, 아이작슈타인 씨의 옷가방에서 떨어진 것일 수도 있겠군요. 보리스에게 다시 한 번 물어보십시오."

그는 그 종이쪽지를 앤터니에게 되돌려주었다. 잠시 뒤, 그가 다시 입을 열었다.

"당신은 이 보리스라는 사람에 대해 잘 알고 있습니까?"

앤터니는 어깨를 으쓱해 보였다.

"그가 돌아가신 미카엘 왕자의 시종이었다는 것은 알고 있습니다."

"그럴지도 모르지만, 당신이 직접 그 사실을 확인해 봐야 할 겁니다. 롤로프 레티질 남작 등 아는 사람한테 물어보십시오. 아마 그 사람은 고용된 지 불과 2~3주밖에 되지 않았을 겁니다. 내가 보기에는 별로 의심스러운 사람 같지는 않습니다. 하지만, 누가 압니까? 킹 빅터는 순식간에 충실한 하인으로 변장할 수 있는 인물이거든요."

"당신은 정말로 그렇게 생각을……"

르무안이 그의 말을 가로챘다.

"정말 솔직히 말씀드리겠습니다. 내게 있어 킹 빅터는 도저히 떨쳐 버릴 수 없는 망상과도 같은 존재랍니다. 도처에서 그를 보고 있는 거죠. 지금 이 순간에도, 나는 속으로 나 자신한테 이렇게 묻고 있답니다. '지금 나와 이야기를 나누고 있는 이 케이드 씨란 사람이 혹시 킹 빅터는 아닐까?' 하고 말입니다."

"세상에, 정말로 증세가 심하군요."

"내가 그 다이아몬드에 대해서 무슨 관심이 있겠습니까? 미카엘 왕자의 살해범을 찾는 데 열성을 다할 까닭이 뭐가 있겠습니까? 이런 일들은 다 내 동료인 런던경시청의 총경이 해결할 문제입니다. 내가 영국에 건너온 목적, 단 하나의 목적은 킹 빅터를 체포, 그것도 현행범으로 체포하기 위함입니다. 그 외의 다른 문제들은 모두 내게 있어서는 관심 밖의 일이지요."

"그를 체포할 수 있으리라고 보십니까?"

앤터니가 담배에 불을 붙이며 물었다.

"내가 그걸 어떻게 알 수 있겠습니까?"

르무안은 갑자기 의기소침한 표정을 지으며 되물었다.

"흠"

앤터니 역시 심각한 표정이었다. 그들은 다시 테라스로 돌아갔다. 배틀 총경이 목석 같은 모습으로 프랑스식 창문 곁에 서 있었다.

앤터니가 말했다.

"저 가엾은 배틀 총경 좀 보십시오. 가서 기운을 북돋워 줍시다."

그는 잠시 멈추었다가 다시 입을 열었다.

"어떻게 보면 당신은 괴짜라고 할 수 있습니다, 르무안 씨."

"어떤 점에서 그런가요, 케이드 씨?"

앤터니가 말했다.

"글쎄요, 만일 내가 당신 입장이었다면, 아까 내가 보여 준 그 주소를 적어 놓았을 겁니다. 물론 그것은 아무런 중요성도 없는 것인지 모르지요. 충분히 가능한 일입니다. 하지만, 한편으로는 실로 아주 중요한 것일 수도 있는 겁니다."

르무안은 잠시 동안 시선을 그에게 똑바로 고정시켰다. 그러고는 슬며시 미소를 지으며 코트의 왼쪽 소매 끝을 걷어 올렸다.

안에 있는 흰 셔츠의 소매 끝동에는 연필로 다음과 같이 적혀 있었다—도버시(市) 랭글리로(路), 허스트미어.

앤터니가 말했다.

"미처 몰라 뵈었습니다. 그리고 완전히 두 손 다 들었습니다."

그는 배틀 총경 곁으로 다가가서 물었다.

"뭔가 골치 아픈 문제가 있나 보군요, 배틀 총경님?"

"생각해야 할 게 한두 가지가 아니라오, 케이드 씨."

"아마도 그러실 겁니다."

"모든 게 제대로 들어맞지를 않소. 전혀 들어맞지가 않아."

"정말 힘드시겠군요." 앤터니가 동정하며 말을 이었다.

"걱정하지 마십시오, 총경님. 만약에 최악의 사태가 온다면, 나를 체포하시면 될 테니까요. 당신은 언제든지 무기로 삼을 수 있는 내 발자국에 대한 유죄의 증거를 갖고 있다는 사실을 잊지 마십시오."

하지만, 배틀 총경은 미소를 짓지 않았다.

"케이드 씨, 혹시 이곳에 있는 사람들 중에서 당신과 원수를 진 사람은 없습니까?"

앤터니가 가볍게 받아넘기며 대답했다.

"세 번째 하인이 나를 좋아하지 않는 것 같습니다. 그는 제일 좋은 채소를 나한테는 주지 않으려고 갖은 수를 다 쓰거든요. 그런데 그건 왜 묻습니까?"

배틀 총경이 대답했다.

"익명의 투서들, 아니 한 통의 익명의 투서를 받았습니다."

"나에 관한 겁니까?"

대답 대신 배틀 총경은 주머니에서 반듯하게 접은 싸구려 노트 종이를 한 장 꺼내어 앤터니에게 넘겨주었다. 그 종이에는 교육을 제대로 받지 못한 사람의 필체인 듯한 글씨로 다음과 같은 말이 적혀 있었다―'케이드 씨에 대해서 조심하시오. 그는 겉보기와는 다른 사람이오.'

앤터니는 가볍게 웃으며 그 종이를 그에게 돌려주었다.

"그게 전부입니까? 기운 내십시오, 총경님. 보시다시피, 나는 정말로 변장의 명수랍니다."

그는 가볍게 휘파람을 불며 집 안으로 들어갔다. 그러나 침실에 들어가서 문을 닫고 나자 그의 표정이 바뀌었다. 딱딱하게 굳은, 몹시 심각한 표정이었다. 그는 침대 모서리에 걸터앉아서 바닥을 우울하게 주시하며 중얼거렸다.

"일이 심각해지는데. 이거 무슨 수를 내든지 해야지, 정말 곤란하게 됐어."

그는 한동안 가만히 앉아 있다가 천천히 창가로 걸어갔다. 잠시 아무런 목적도 없이 창밖을 내다보며 서 있던 그는, 갑자기 시선을 한곳에 고정하며 얼굴에 밝은 표정을 떠올렸다.

"맞아. 장미 정원! 바로 그거야! 저 장미 정원."

그는 급히 아래층으로 내려가, 옆문을 통해 정원으로 나갔다. 그러고는 멀리 돌아서 장미 정원 쪽으로 다가갔다. 장미 정원의 양쪽에는 작은 문이 나 있었다. 그는 먼 쪽에 있는 문으로 해서 정원 한가운데 나지막하게 솟아 있는 언덕 위에 설치된 해시계 쪽으로 걸어갔다.

막 해시계 곁에 다다른 앤터니는 죽은 듯이 걸음을 멈추고는 자기보다 먼저 그 장미 정원에 와 있는 사람을 망연히 주시했다. 역시 상대방도 그의 출현에 똑같이 놀란 모양이었다.

"장미에 대해서 관심이 있는 줄은 몰랐습니다, 피시 씨."

앤터니가 부드럽게 말했다.

"아, 케이드 씨." 피시가 말을 받았다.

"나는 장미에 대해서 상당히 관심이 많답니다."

그들은 마치 권투 선수가 상대방의 실력을 가늠하기 위해 눈싸움을 벌이듯, 서로를 조심스럽게 주시했다.

"나 역시 그렇습니다." 앤터니가 말했다.

"그러신가요?"

"사실, 나는 장미라면 만사를 제쳐놓을 정도로 좋아한답니다."

앤터니가 짐짓 거드름을 피우며 대꾸했다.

피시의 입술에 엷은 미소가 떠올랐고, 동시에 앤터니도 미소를 흘렸다. 서로 간에 팽팽히 당겨져 있던 긴장감이 풀린 듯싶어 보였다.

"이걸 보시오, 정말 아름답지 않습니까?"

피시는 몸을 굽혀 눈에 띄게 아름다운 꽃을 가리키며 말을 이었다.

"이건 아마 '마담 아벨 샤트네이'일 겁니다. 예, 바로 그 품종이에요. 이 하얀 장미는 전쟁 전까지는 '프라우 칼 드러스키'로 알려졌던 품종이지요. '라 프랑스'는 일반적으로 사랑을 받는 품종입니다. 그리고 이 밝은 진홍색 장미는……."

피시의 느릿하고 거드름 빼는 목소리가 갑자기 끊겼다. 번들이 2층 창문에서 고개를 내밀며 말을 걸었기 때문이다.

"런던까지 드라이브를 즐길 생각 없으세요, 피시 씨? 나는 지금 떠날 거예요."

"고맙습니다만, 레이디 아일린, 나는 여기서도 무척 즐겁게 보내고 있답니다."

"케이드 씨, 아직도 마음을 바꾸실 생각이 없으세요?"

앤터니는 웃으며 고개를 저었다. 번들이 모습을 감추자 앤터니가 크게 하품을 하면서 말했다.

"낮잠을 자는 편이 낫지요, 달콤한 낮잠을 즐기는 겁니다!"

그는 담배를 꺼냈다.

"혹시 성냥 갖고 계신 거 있습니까?"

피시는 그에게 성냥갑을 건네주었다. 앤터니는 불을 붙이고 고맙다는 말과 함께 그 성냥갑을 다시 돌려주었다.

앤터니가 말했다.

"장미라면 전부 좋아합니다만, 오늘 오후에는 원예 문제에 그다지 마음이 쏠리지 않는군요."

순박한 미소를 띠며 피시는 고개를 끄덕였다. 저택 바로 부근에서 굉장한 소음이 들려왔다.

앤터니가 한마디 했다.

"레이디 아일린은 차에 상당히 강력한 엔진을 달았나 보군요. 드디어 떠나나 봅니다."

그들은 길게 뻗은 드라이브 길을 달리는 자동차의 모습을 보았다. 앤터니는 다시 하품을 하며 집 쪽으로 천천히 걸어갔다. 문을 열고 집 안으로 들어서자, 그는 갑자기 태도를 돌변시켰다. 번개같이 홀을 가로질러 반대편 창문을 통해 밖으로 나가 정원을 곧바로 질러서 달려갔다.

그는 번들이 수위실 대문에서 크게 돌아 마을로 빠져나가야 한다는 사실을 알고 있었다. 그는 전력을 다해 달렸다. 그건 시간을 다투는 경주였다. 그가 정원 담에 이르렀을 때, 담 바깥쪽에서 번들이 타고 있는 자동차 소리가 들렸다. 그는 단숨에 담을 뛰어넘어 도로로 내려섰다.

"정지!" 앤터니가 소리쳤다.

번들은 깜짝 놀라며 차를 길에서 비스듬하게 엇갈려, 가까스로 안전하게 멈추었다. 앤터니는 차를 뒤쫓아와 문을 열고는, 번들의 옆자리에 올라탔다.

그가 숨을 헐떡이며 말했다.

"나도 당신과 함께 런던으로 올라갈 겁니다. 사실 처음부터 그럴 생각이었지만."

번들이 말했다.

"정말 별난 분이시군요. 그런데 그 손에 들고 있는 게 뭐죠?"

"성냥개비죠."

그는 주의 깊게 그 성냥개비를 살펴보았다. 그것은 핑크빛 막대에 노란색 머리를 하고 있었다. 그는 불 꺼진 담배를 내버리고 그 성냥개비를 조심스럽게 주머니에 집어넣었다.

도버의 집

잠시 뒤, 번들이 입을 열었다.

"좀더 속력을 내도 괜찮겠죠? 사실 예정보다 출발이 늦었거든요."

앤터니 생각에는 그러지 않아도 이미 자신들이 굉장한 속도로 달리고 있다고 느꼈지만, 곧 그는 번들이 마음만 먹으면 그것과는 비교도 안 될 정도로 차를 빨리 몰 수 있다는 사실을 알게 되었다.

마을을 통과하느라고 잠시 속도를 늦춘 번들이 다시 말했다.

"어떤 사람들은 내 운전 솜씨를 무척 겁내요. 이를테면, 가엾은 우리 아버지 같은 분 말이에요. 아버지는 절대로 나와 함께 이 고물 자동차를 타려고 하시지 않아요."

개인적으로 앤터니는 캐터햄 경이 그러는 것도 당연할 거라고 생각했다. 번들과 함께 드라이브를 한다는 것은 소심한 성격의 중년 남자가 즐길 만한 스포츠가 결코 못 되었다.

"그런데 당신은 조금도 불안해하시는 것 같지 않군요."

번들이 한쪽 두 바퀴로만 모퉁이를 휙 돌아가며 칭찬이라도 하듯 말했다.

앤터니가 정색을 하며 대꾸했다.

"이래 봬도 나는 상당히 훈련을 쌓았답니다. 게다가……."

그는 잠시 생각해 본 다음에 다시 덧붙였다.

"사실 나도 좀 서둘러야 할 일이 있거든요."

"그러시다면 좀더 속력을 낼까요?" 번들이 친절하게 물었다.

"아니, 이 정도면 충분합니다." 앤터니가 허둥지둥 대답했다.

"도대체 무슨 볼일이 있어 이처럼 갑작스레 떠나시게 된 건지, 정말 궁금해서 못 견디겠어요."

번들은 잠시 길가에 있던 사람들을 귀머거리로 만들 정도로 크게 경적을 울려 댄 다음 앤터니에게 넌지시 물어보았다.

"하지만, 내가 물어서는 안 되는 일일 테죠? 혹시 재판을 받지 않으려고 도망가시는 건 아닌가요?"

앤터니가 대답했다.

"나도 자신할 수가 없군요. 하지만, 곧 알게 될 겁니다."

"그 런던경시청 형사는 내가 생각한 것처럼 멍청이는 아닌가 봐요."

번들이 신중한 어조로 말했다.

"배틀은 훌륭한 사람입니다." 앤터니가 동의했다.

번들이 불쑥 한마디 했다.

"당신은 좀더 외교적으로 처신하셔야 했어요. 좀처럼 정보를 내놓으려고 하시질 않으니 말이에요. 내 말이 틀렸나요?"

"오히려 나는 내가 너무 많이 떠든 듯싶은 감이 있는데."

"어쩜, 세상에! 하여튼 당신은 마드모아젤 브룅과 사랑의 도피 행각을 벌이려는 건 아니잖아요?"

"그 점에 있어서는 절대로 결백합니다!"

앤터니가 열정적으로 크게 외쳤다.

번들이 다른 세 대의 자동차를 추월하는 동안 잠시 침묵이 흘렀다. 이윽고 그녀가 불쑥 물었다.

"버지니아를 아신 지 얼마나 되었죠?"

"그건 대답하기가 어려운 질문이군요."

대답하며 앤터니는 솔직한 심정으로 덧붙였다.

"사실 그녀와 자주 만난 건 아니지만, 그래도 오래전부터 알고 지낸 것 같은 생각이 든답니다."

번들이 고개를 끄덕이고는 퉁명스러운 어조로 대꾸했다.

"버지니아는 머리가 좋아요. 언제나 말도 안 되는 소리만 지껄이지만, 머리가 좋은 것만은 사실이에요. 그녀는 헤르초슬로바키아에 있을 때 굉장한 활약을 했다나 봐요. 만약에 남편인 팀 레블이 아직도 살아 있다면, 아마 크게 출세했을 거예요—물론 그 공로는 대부분 버지니아에게 돌아갈 테지만. 그녀는 그를 위해서 갖은 수를 다 썼답니다. 그를 위해 할 수 있는 일이라면 뭐든지 다했는데, 그녀가 무엇 때문에 그렇게 했는지 나는 잘 알고 있어요."

"남편을 사랑했기 때문이 아닐까요?"

앤터니는 똑바로 앞을 내다보며 물었다.

"아녜요, 남편을 사랑했기 때문이 아니에요. 모르시겠어요? 그녀는 남편을 사랑하지, 결코 사랑하지 않았기 때문에, 그 공허함을 메우기 위해서 온갖 일을 한 거예요. 그건 정말 버지니아답다고 할 수 있지요. 하지만, 그렇다고 해서 그녀가 남편을 사랑했기 때문이라고 오해해서는 안 돼요. 버지니아는 한 번도 팀 레블을 사랑한 적이 없었어요."

"아주 자신이 있는 듯한 말투로군요." 앤터니가 그녀를 돌아보며 말했다.

번들은 그 조그만 손으로 운전대를 꼭 움켜쥐고, 야무진 기세로 턱을 치켜들었다.

"조금은 알고 있어요. 버지니아가 결혼할 당시 나는 어린애에 불과했지만, 주위 사람들한테서 들은 이야기도 있고, 또한 버지니아를 잘 알고 있기 때문에 그런 것들을 잘 종합시켜서 생각해 보면 쉽게 추측할 수 있는 일이에요. 팀 레블은 버지니아에게 완전히 빠져 있었는데, 그는 아일랜드계로, 자신의 감정을 표현하는 데 있어서는 천재적인 소질을 가진 무척 매력적인 남자였어요. 버지니아는 아직 어려서 겨우 18살밖에 안 되었었죠. 그녀는 어딜 가나 생생하게 비탄에 잠긴, 자기와 결혼해 주지 않으면 권총으로 자살하겠다느니, 아니면 약을 먹고 죽어 버리겠다고 위협하는 팀 레블의 가련한 모습을 떨쳐 버릴 재간이 없었던 거예요. 순진한 처녀들은 그런 것들을 곧이곧대로 믿거든요. 버지니아도 그런 감정에 이끌려 동정심으로 그와 결혼하게 된 거예요. 그와 결혼하자, 그녀는 언제나 그의 천사가 되었죠. 하지만, 그녀가 그를 사랑했다면 아마 천사의 반도 못 되었을 거예요. 버지니아한테는 상당히 악마적인 기질이 있거든요. 하지만, 당신한테 한 가지 분명하게 말할 수 있는 것은, 그녀는 자신의 자유를 즐긴다는 거예요. 그리고 누구든 그녀에게 그 자유를 포기하라고 설득하기란 무척 힘든 일이 될 거고요."

"그런데 어째서 나한테 그런 이야기를 들려주는 거요?"

앤터니가 신중하게 물었다.

"어떤 사람에 대해서 알 수 있다는 건 흥미있는 일이잖아요, 그렇죠? 그게 누구든 간에 말이에요."

"사실 나도 알고 싶었습니다." 그도 인정했다.

"하지만, 결코 버지니아한테서는 이런 이야기를 듣지 못할 거예요. 마구간에서 흘러나오는 정보에 대해서는 나를 믿어도 좋아요. 버지니아는 사랑스런 여인이죠. 그녀는 까다롭게 굴지를 않기 때문에 같은 여자들조차 그녀를 좋아해요. 그리고 아무튼……" 잠시 쉬었다가 번들은 다소 모호하게 끝을 맺었다.

"누구나 사람들은 위안거리가 되고 봐야 해요, 그렇지 않은가요?"

"아, 물론이지요."

앤터니가 맞장구를 쳤다. 하지만, 그는 당혹스럽기만 했다. 그는 무엇이 그토록 묻지도 않은 많은 정보를 자기한테 털어놓도록 번들을 자극한 것인지 도무지 알 수가 없었다. 물론 그런 사실들을 듣게 되어서 기쁜 것은 부인할 수 없었지만.

번들이 한숨을 내쉬며 말했다.

"여기서부터는 시내 전차가 운행되고 있어요. 이제는 조심스럽게 차를 몰아야 할 거예요."

"그래야겠지." 앤터니가 고개를 끄덕이며 말했다.

조심스럽게 운전을 해야 한다는 문제에 있어서 그가 생각하는 것과 번들이 생각하는 것은 서로 차원이 달랐다. 분노하는 시민들을 뒤로하고, 그들은 이윽고 런던의 옥스퍼드가(街)로 접어들게 되었다.

"그리 서툰 운전은 아니었죠?"

번들은 흘끗 손목시계를 들여다보며 물었다.

앤터니는 열광적으로 동의했다.

그녀가 다시 물었다.

"어디서 내려 드릴까요?"

"아무 데서나 내려도 상관없습니다. 그런데 당신은 어느 쪽으로 갈 건가요?"

"나이츠브리지 방향이에요."

"그럼 됐습니다. 하이드 파크 모퉁이에서 내려 주시지요."

앤터니가 말한 장소에 차를 갖다대면서 번들이 말했다.

"안녕, 돌아갈 때는 어떻게 하실 건가요?"

"나름대로 돌아갈 방법을 찾아보겠습니다. 정말 고마웠소"

"아무래도 내가 당신을 겁나게 했나 봐요." 번들이 한마디 했다.

"마음 약한 노부인들께 한번 기분 전환 삼아 당신과 함께 드라이브를 하시라고 권할 수는 없겠지만, 나 개인적으로 정말 신나는 드라이브였습니다. 내가 오늘과 같은 위험한 지경에 빠져 본 것은, 전에 코끼리 떼의 습격을 받았을 때가 마지막이었거든"

번들이 응수했다.

"세상에, 그런 실례가 어디 있어요? 그래도 오늘은 접촉 사고 한 번 없었는데요."

"나 때문에 맘껏 달리지 못했다면 정말 미안하군요."

앤터니가 지지 않고 응수했다.

"남자들은 별로 용기가 없나 봐요." 번들이 말했다.

"정말 따끔한 말씀이로군" 이렇게 대꾸하던 앤터니가 다시 덧붙였다.

"내가 졌소. 그것도 완전히 일방적으로"

번들은 고개를 까딱해 보이고는 다시 차를 몰고 떠나갔다.

앤터니는 지나가던 택시를 불러 세웠다.

"빅토리아 역으로 갑시다."

앤터니가 택시에 올라타며 운전사에게 지시했다.

빅토리아 역에 도착하자 그는 요금을 치르고 택시에서 내려 도버행 다음 열차에 대해서 물어보았다. 불행히도 그 기차는 방금 떠나고 난 직후였다. 하는 수 없이 한 시간 이상을 기다리게 된 앤터니는 눈썹을 찌푸린 채 대합실을 서성이기 시작했다. 이따금 짜증스럽게 고개를 흔들기도 하면서.

도버로 가는 여행은 평온했다. 그곳에 도착한 앤터니는 재빨리 역을 빠져나갔다가, 갑자기 무슨 생각이 떠올랐는지 다시 들어왔다. 입가에 엷은 미소를 띤 채 앤터니는 포터에게 랭글리로(路), 허스트미어 저택으로 가는 길을 물어보았다.

문제의 그 길은 마을을 벗어나 길게 뻗어 있었다. 포터가 가르쳐 준 바에 의하면 허스트미어 저택은 그 길의 맨 끝에 있는 집이었다. 앤터니는 안정된 걸음걸이로 터벅터벅 걸어갔다. 다시 그의 미간 사이에 희미한 주름이 보였지만, 그럼에도 불구하고 위험이 닥쳐올 때면 늘 그러했듯이 그의 태도에는 새로운 힘이 넘치고 있었다.

허스트미어 저택은 포터의 말대로 랭글리로의 맨 끝 집이었다. 그 집은 길에서 상당히 후미진 곳에 있었으며, 저택을 둘러싸고 있는 마당에는 제멋대로 자란 잡초들이 사람 키를 덮을 정도로 무성하게 우거져 있었다.

앤터니는 그것을 보고 몇 년 동안 아무도 살지 않고 비어 있는 곳이 틀림없다고 생각했다. 커다란 철제 대문은 경첩에 녹이 슬어 삐걱거리고 있었으며, 대문 기둥에 새겨진 이름은 반쯤 지워져 있었다. 앤터니가 속으로 중얼거렸다.

'한적한 곳이어서 과연 고를 만한 장소로군.'

그는 잠시 망설이면서 재빨리 길을 아래위로 살펴보고는, 아무도 보이지 않자, 침착하게 삐걱대는 대문을 지나 풀이 무성하게 덮인 드라이브 길로 들어섰다. 그는 조금 걷다가 멈추어 서서 주위의 기척을 살폈다. 아직도 집과는 상당한 거리가 떨어져 있었다. 그는 아무 소리도 들을 수 없었다. 머리 위의 나뭇가지에서 나뭇잎이 이따금 떨어지며 바스락거리는 소리를 내는 것이 무거운 정적 속에 음산한 분위기를 더해 주었다.

앤터니는 흠칫하고는 미소를 지으며 속으로 중얼거렸다.

'겁쟁이가 되었나? 전에는 이런 적이 한 번도 없었는데.'

그는 계속해서 드라이브 길을 걸어 올라갔다. 이윽고 드라이브 길이 커브를 이루는 곳에 이르자, 그는 관목 숲으로 난 길로 접어들어 집에서는 자신의 모습을 볼 수 없도록 하며 계속 전진했다. 갑자기 그는 죽은 듯이 걸음을 멈추고는 나뭇잎 사이로 동정을 살펴보았다. 상당히 먼 곳에서 개 짖는 소리가 들리고 있었지만, 앤터니의 주의를 끈 소리는 좀더 가까운 근처에서 난 것이었다. 그의 예민한 청각이 잘못 들었을 리는 없다.

한 사나이가 급히 집 모퉁이를 돌아 나왔다. 키가 작고 어깨가 딱 벌어진 땅딸막한 사내로, 외국인 같은 인상을 하고 있었다. 그자는 멈추어 서지 않고 계속 걸음을 옮겨 집을 한 바퀴 빙 돌아 다시 모습을 감추었다.

앤터니는 고개를 끄덕이며 중얼거렸다.

"보초로군. 제법 그럴 듯하게 노는데."

그 보초가 지나가자 앤터니는 다시 걸음을 옮겨 왼쪽으로 방향을 바꾸고는, 보초의 발소리를 따라 걸어갔다. 자신의 발소리는 전혀 내지 않고서 말이다.

건물의 벽은 그의 오른쪽에 있었는데, 이윽고 그는 넓게 퍼진 불빛이 자갈길에 쏟아지고 있는 곳에 이르게 되었다. 사람들이 주고받는 이야기 소리가 똑똑히 알아들을 수 있을 정도로 들려왔다.

앤터니는 다시 속으로 중얼거렸다.

'아이쿠야! 저런 얼간이 같은 자들이 또 있나! 가서 기겁을 하게 만들어주고 싶은 생각까지 드는데.'

그는 들키지 않도록 자세를 낮추어 창문 쪽으로 살금살금 다가갔다. 이윽고 그는 고개를 아주 조심스럽게 창문턱까지 들어 올리고는 안을 들여다보았다.

대여섯 명의 사내들이 테이블 주위에 제멋대로 활개를 치고 퍼져 앉아 있었다. 그들 중 네 명은 덩치가 우람하고 광대뼈가 높이 솟아 있으며, 마자르인 (헝가리인)처럼 비스듬히 올라간 눈을 하고 있었고, 나머지 두 명은 생쥐처럼 민첩해 보이는 조그만 체구를 하고 있었다. 그들은 모두 프랑스어로 떠들어대고 있었지만, 덩치가 큰 네 녀석은 발음도 부정확했고, 목구멍 속에서 그르렁거리는 듯한 억양으로 말하고 있었다.

"두목은 어떻게 된 거야? 언제 여길 오지?"

덩치 큰 자들 중에서 한 녀석이 물었다.

그러자 몸집이 작은 녀석 하나가 어깨를 으쓱하며 대꾸했다.

"언제든 오겠지."

처음에는 말한 자가 다시 그르렁거리며 말했다.

"또 그 타령이구먼. 난 여태껏 네 녀석들의 두목이란 자의 얼굴도 한 번 못 봤는데, 제기랄. 허구한 날 이렇게 빈둥빈둥 기다리다가 어느 세월에 우리의 위대하고 영광스러운 과업을 달성할 수 있다는 거야."

몸집이 작은 상대방이 매섭게 쏘아붙였다.

"바보 같은 녀석. 경찰 손에 붙잡히는 게 너나 네 녀석의 그 잘난 동지들이 달성했을 법한 위대하고 영광스러운 과업의 전부일 게다. 미련하기 짝이 없는 고릴라 녀석들아!"

"뭐야!" 다른 덩치 큰 녀석이 으르렁거리며 소리쳤다.

"네놈이 감히 우리 동지들을 모욕하는 거냐? 내 곧 네놈의 모가지에 레드 핸드의 표지를 걸어 줄 테니, 잠시만 기다려라."

그는 프랑스인을 잡아먹을 듯이 노려보며 곧 달려들 듯한 기세로 몸을 반쯤 일으켰지만, 그의 동료 하나가 그를 잡아당겨 다시 자리에 앉히며 툴툴거렸다.

"싸우지 말라고 좀 참아. 우리는 서로 협력해서 일하기로 했잖나. 소문에 의하면 이 킹 빅터란 사람은 자기 명령에 불복종하는 자에 대해서는 결코 가만히 내버려 두지 않는다더구먼."

어둠 속에서 앤터니는 보초가 다시 돌아오는 발걸음 소리를 듣고 관목 뒤로 몸을 숨겼다. 안에 있던 자들 중에서 누가 물었다.

"저건 누구야?"

"카를로야. 지금 순찰을 하고 있지."

"아, 그렇지! 그런데 그 포로는 어떤가?"

"그자는 괜찮아. 빨리 상처가 아물고 있어. 우리한테 얻어맞아 깨진 머리 상처는 다 나은 것 같더군."

앤터니는 소리없이 몸을 움직이며 속으로 중얼거렸다.

'맙소사! 정말 한심한 녀석들이로군. 보라는 듯이 창문을 열어 놓고 자기들 사업에 대해서 신나게 떠들어대고 있지 않나, 저 바보 같은 카를로 녀석은 박쥐 눈을 하고 코끼리처럼 쿵쾅거리며 순찰을 한답시고 돌아다니고 있으니, 원. 게다가 헤르초슬로바키아인들과 프랑스 녀석들은 한바탕 싸움을 벌일 지경에 이르고 있고 킹 빅터의 본부도 곧 끝장날 것 같구먼. 재미있을 거야, 저 녀석들에게 한차례 따끔한 교훈을 가르쳐 주는 것도 정말 재미있겠는데.'

그는 잠시 미소를 지은 채 결정을 못 내리고 망설였다. 그때, 위쪽 어디에선가 짓눌린 듯한 신음 소리가 들려왔다.

앤터니는 고개를 들어보았다. 신음 소리가 다시 들렸다. 그는 급히 좌우를 살펴보았다. 카를로가 다시 돌아오기까지는 아직 시간이 많이 남아 있었다.

그는 굵은 양담쟁이덩굴을 붙잡고 2층의 창문턱까지 재빠르게 타고 올라갔다. 그 창문은 닫혀 있었지만, 그는 주머니에서 무슨 도구를 꺼내어 곧 걸쇠를 벗길 수 있었다.

그는 동정을 살피기 위해 잠시 기다렸다가 가볍게 방 안으로 내려섰다. 방 저쪽 구석에 침대가 놓여 있었고, 그 침대 위에 한 사람이 누워 있었는데, 방 안이 어두워서 그 사람의 모습을 겨우 알아볼 수 있을 정도였다. 앤터니는 침대 곁으로 다가가 주머니에 들어 있던 손전등으로 그 사람의 얼굴을 비춰 보았다. 창백하고 몹시 여윈 외국인으로 보이는 얼굴로, 머리에는 두껍게 붕대를 감고 있었다. 손과 발은 모두 묶여 있었다. 그는 멍한 표정으로 앤터니를 올려다보았다.

앤터니는 그에게 몸을 기울이다가 순간 뒤에서 나는 인기척 소리를 듣고 급히 코트 주머니에 손을 집어넣으며 휙 돌아섰다. 하지만, 날카로운 소리가 그의 동작을 얼어붙게 만들었다.

"꼼짝 말게, 친구. 자네는 나를 여기서 만나게 될 줄은 전혀 예상치도 못했을 테지만, 나는 빅토리아 역에서 우연하게도 자네와 같은 기차를 타게 되었거든."

문간에 서 있는 사람은 하이럼 피시였다. 그의 얼굴에는 미소가 떠올라 있었고, 손에는 크고 푸른 자동 권총이 들려 있었다.

제25장

침니스 저택의 화요일 밤

캐터햄 경, 버지니아, 그리고 번들은 저녁식사 뒤에 서재에 앉아 있었다. 화요일 저녁이었다. 앤터니가 다소 극적인 방법으로 침니스 저택을 떠난 지도 벌써 30여 시간이 지나 있었다. 그동안 번들은 하이드 파크 공원 모퉁이에서 앤터니가 헤어지면서 한 말을 적어도 일곱 번 이상은 되풀이해서 들려주었다.

버지니아가 생각에 잠긴 얼굴로 그 말을 다시 되뇌었다.

"'나름대로 돌아갈 방법을 찾아보겠습니다.' 그가 그렇게 말한 걸 보면, 자신이 이처럼 오랫동안 떠나 있게 되리라고는 예상치 못했던 것 같아요. 그리고 그의 짐도 모두 여기 남겨 두었거든요."

"그가 혹시 당신한테 자기가 어디로 갈 거라고 말하지는 않던가요?"

"아뇨. 그는 내게 아무런 말도 하지 않았어요."

버지니아는 앞을 똑바로 쳐다보며 말했다. 그러고는 잠시 무거운 침묵이 흘렀다.

이윽고 캐터햄 경이 침묵을 깨뜨리며 입을 열었다.

"이번 일도 그렇지만, 대체로 봐서 호텔을 경영하는 것이 별장을 관리하는 것보다 훨씬 유리할 게야."

"그게 무슨……?"

"그 왜, 방마다 항상 붙여 놓는 조그만 주의서를 말하는 거다. 손님들이 호텔을 떠날 생각이면 12시 이전까지 통보를 해주어야 한다는 주의서."

버지니아가 미소를 지어 보였다. 캐터햄 경은 계속해서 말을 이었다.

"물론 내가 구식이고 비합리적인 사고방식을 가지고 있는지도 모르지. 하지만, 멋대로들 집 안을 들락날락하는 게 요즘 풍속인 줄은 나도 잘 알고 있어요. 이건 마치 호텔처럼 생각하고 완전한 행동의 자유를 누리면서도, 마지막 계산서는 지불하지 않으니!"

번들이 말했다.

"아버지는 너무 불평이 많아요. 버지니아도 있고, 또 저도 있잖아요. 그 이상 또 무엇을 바라세요?"

"더 이상 바랄 거야 없지, 아무렴."

캐터햄 경이 황급히 대답하고는 다시 말을 이었다.

"내가 말하는 건 그게 아냐. 원칙을 말하는 게지. 영 마음이 안정이 되지 않고 뒤숭숭하거든. 물론 지난 24시간은 거의 이상적인 상태에서 흘러갔다는 건 나도 기꺼이 인정한단다. 평화, 완전한 평화, 바로 그거였거든. 강도도 범죄도 없었고, 형사들도 미국인도 전혀 없었지. 단지 불만이 있다면, 정말로 더 이상의 걱정거리가 없다고 확신할 수 있었으며, 그런 즐거움들을 더더욱 크게 즐길 수 있었을 거라는 것뿐이란다. 무슨 말인가 하면, 나는 줄곧 속으로는 이런 생각을 해 왔다는 거지. '그 사람들은 틀림없이 언제고 불쑥 나타날 거야.' 하고. 그러면, 그만 모든 평화로운 기분이 순식간에 엉망이 되고 말거든."

번들이 말했다.

"정말 아무도 나타나지 않는군요. 우리만 철저하게 따돌림당한 거예요. 완전히 무시당한 거죠. 피시가 없어진 것도 이상해요. 아무 말도 없었죠?"

"아무 말도 못 들었다. 내가 그를 마지막으로 본 것은 그가 어제 오후 장미 정원에서 그 불쾌한 여송연을 피워 대며 오락가락하고 있을 때였지. 그 뒤로는 마치 그 풍경 속으로 스며들어간 듯싶다."

"누군가가 그를 납치한 것인지도 몰라요."

번들이 기대를 갖고 말했다.

"2~3일 안으로 런던경시청에서 그의 시체를 찾기 위해 호수 밑바닥을 파헤치겠다고 몰려올지도 모르지."

그녀의 아버지가 침울한 표정으로 말을 이었다.

"그것은 내가 받아야 할 걸 받게 되는 응보일 게야. 내 나이쯤 되었으면 조용히 외국으로 나가서 건강이나 돌보았어야 옳았지, 조지 로맥스의 무모한 계획 따위에 말려들어가서는 안 되었어요. 나는……."

그의 말은 트레드웰이 나타남으로써 중단되었다.

캐터햄 경이 짜증스러운 어조로 물었다.

"그래, 무슨 일인가?"

"저, 나리, 프랑스 형사분께서 오셔서, 나리께서 잠시 시간을 내주셨으면 고맙겠다고 합니다만."

캐터햄 경이 말했다.

"봐라, 내가 뭐라고 했냐? 이런 평화가 결코 오래가지 못하리란 걸 나는 이미 알고 있었지. 아마 그들은 금붕어 연못에서 반으로 접혀진 피시의 시체를 발견했을 거야."

트레드웰이 아주 공손한 태도로 캐터햄 경을 다시 본 문제로 돌아오게 했다.

"나리께서 그분을 뵙겠다고 하신다고 전할까요?"

"그래 그래. 그 양반을 이리로 모셔오게."

트레드웰은 물러갔다가 잠시 뒤 다시 돌아와서는 침울한 목소리로 알렸다.

"르무안 씨입니다."

그 프랑스인은 빠르고 경쾌한 걸음걸이로 안으로 들어왔다. 그의 걸음걸이가 그의 표정보다 더 생생하게 그가 무슨 일인가로 흥분하고 있다는 사실을 대변해 주고 있었다.

"안녕하시오, 르무안. 뭐 마실 거라도?" 캐터햄 경이 말했다.

"고맙지만 사양하겠습니다."

그는 버지니아와 번들에게 정중히 고개를 숙여 보였다.

"드디어 제 일이 풀리기 시작했습니다. 현재로서 경께서도, 제가 지난 24시간 동안을 통해서 얻게 된 발견, 중대한 발견을 아셔야 할 것 같아서 이렇게 찾아뵙게 되었습니다."

"나도 어디에선가 중요한 일이 진행되고 있으리라고 생각했었소."

캐터햄 경이 말했다.

"캐터햄 경, 어제 오후 경의 손님 중 한 사람이 이상한 방법으로 이 집을 떠났습니다. 우선 말씀드릴 것은, 저는 처음부터 의심을 하고 있었다는 겁니다. 여기 미개지에서 온 한 사나이가 있습니다. 두 달 전에 그는 남아프리카에 있었지요. 그전에는, 어디에 있었을까요?"

 버지니아가 다급하게 숨을 들이켰다. 잠시 동안 프랑스인의 시선이 의심스런 빛을 띠고 그녀의 얼굴에 머물렀다. 그러고 나서 그가 다시 말을 이었다.

 "그전에는 어디에 있었을까요? 그건 아무도 알 수 없습니다. 그리고 그는 제가 쫓고 있는 자와 아주 흡사한 유형의 사람입니다. 유쾌하고, 대담하고, 무모하며, 무슨 일에든 겁을 내지 않는 그런 사람이지요. 저는 계속해서 그의 신원 조회를 위한 전보를 쳐보았지만, 그의 과거 생활에 대해서는 아무런 정보도 얻을 수가 없었습니다. 10년 전에 그는 캐나다에 있었지만, 그 뒤로는 전혀, 전혀 알려진 바가 없습니다. 제 의심은 점점 강해졌지요.

 그런데 어느 날 그가 지나간 바로 뒤에서 저는 어떤 종이쪽지를 줍게 되었습니다. 거기에는 어떤 주소, 도버에 있는 집의 주소가 적혀 있었지요. 나중에 저는 운에 맡기고 그 종이쪽지를 떨어뜨려 놓았습니다. 그러고는 숨어서 지켜보고 있는데, 보리스란 이름의 헤르초슬로바키아인이 그것을 주워서 자기 주인에게 갖다 주는 겁니다. 오래전부터 저는 그 보리스란 자가 레드 핸드 당의 밀정이란 것을 확신하고 있었지요. 우리는 그 당이 킹 빅터와 손을 잡고 이번 일을 추진하고 있다는 사실을 알고 있습니다. 만약에 보리스가 앤터니 케이드 씨를 자기 두목으로 알아보았다면, 그렇게 하는 것이 당연한, 즉, 자신의 임무를 충실히 이행한 것이 되지 않겠습니까? 그렇지 않았다면 어째서 그가 그리 중요하지도 않은 낯선 사람을 자청해서 섬기고자 했겠습니까? 그건, 아까 말씀드린 대로 몹시 수상쩍은 일이었습니다.

 하지만, 앤터니 케이드가 그 종이쪽지를 즉시 제게 가져와 내가 떨어뜨린 게 아니냐고 물어서, 저는 그에 대한 의심이 거의 풀릴 뻔했지요. 그렇지만, 완전히 풀린 건 아니었습니다! 그것은 그가 결백하다는 것을 보여 주는 것일 수도 있지만, 그 반대로 그가 몹시 교활하다는 사실을 보여 주는 것이 될 수도 있기 때문이죠. 그럭저럭 하는 동안에도 저는 계속 조사를 했습니다. 그리고 오늘에야 겨우 새로운 소식에 접하게 되었지요. 그 도버에 있는 집은 어제까지만 해도 외국인들로 득실거렸는데, 갑자기 흔적도 없이 비어 버린 겁니다. 의심할 것도 없이 그곳은 킹 빅터의 본거지였습니다.

이제 그 일의 중대성을 아시겠지요? 어제 오후, 케이드 씨는 황급히 이곳을 떠났습니다. 그는 그 종이를 떨어뜨리고 나서부터 자신의 계획이 허사로 돌아갔다는 사실을 알고 있었을 겁니다. 그러니, 급히 도버로 가서 갱들을 즉시 해산시킬 수밖에요. 다음에 어떤 움직임이 있을지는 저도 알 수가 없습니다. 다만, 분명한 것은, 앤터니 케이드 씨가 다시는 이곳으로 돌아오지 않을 거라는 사실이지요. 하지만, 킹 빅터에 대해서 잘 알고 있는 저는, 그자가 그 보석을 차지하기 위한 시도를 더 이상 하지 않고 이 게임을 그냥 포기하려 들지는 결코 않을 거라고 확신합니다. 그리고 그때야말로 제가 그자를 잡게 되는 순간이 되는 거죠!"

버지니아는 갑자기 자리에서 일어나 벽난로 쪽으로 걸어가더니, 강철처럼 차가운 울림을 내는 냉랭한 목소리로 입을 열었다.

"당신의 설명 중에는 한 가지 사실이 빠진 것 같군요, 르무안 씨. 어제 이 집에서 의심스러운 방법으로 모습을 감춘 손님은 케이드 씨 한 사람 뿐만은 아니에요."

"무슨 말씀이신지요, 부인……?"

"당신이 말한 그 모든 것들은 또 다른 한 사람에게도 똑같이 적용이 된단 말이에요. 하이럼 피시 씨에 대해서는 어떻게 생각하시나요?"

"아, 피시 씨!"

"그래요, 피시 씨. 당신은 그날 밤 킹 빅터가 최근에 미국에서 영국으로 건너왔다고 하지 않았나요? 그가 아주 이름이 잘 알려진 사람의 소개장을 가지고 온 것은 사실이지만, 그런 일쯤은 킹 빅터같이 수완이 뛰어난 사람한테는 문제도 안 될 거예요. 그는 확실히 소개장에 쓰여 있는 그런 사람이 아니에요. 그가 이곳에 온 목적은 초판본 책자를 구경하기 위함이었을 텐데도, 그 문제에 이르게 되면 늘 듣기만 하는 입장이지 자신의 의견은 한마디도 내놓지 않는다는 사실에 대해서 캐터햄 경께서 언급한 적도 있거든요. 그리고 그에게는 몇 가지 의심스러운 사실들도 있어요.

살인사건이 있었던 날 밤, 그의 방에 불이 켜져 있었다는 것과, 그 다음 날 밤 회의실에서 소동이 벌어졌을 때 나는 테라스에서 그와 마주쳤는데, 그는 옷을 완전히 갖추어 입고 있었어요. 그러니, 바로 그가 그 종이를 떨어뜨렸을 수도 있는 거예요. 당신은 케이드 씨가 그 종이를 떨어뜨리는 것을 실제로 본 적이 없잖아요. 물론 케이드 씨는 도버에 갔을 수도 있죠. 그게 사실이라고 하더라도 그건 단지 조사를 하기 위해서였을 거예요. 그러고는 그곳에서 납치되었을지도 모르죠. 내가 보기에는 케이드 씨보다는 피시 씨의 행동이 더 의심스럽다고 할 수 있어요."

프랑스인의 목소리가 날카로운 금속성을 띠고 울렸다.

"부인의 관점에서 보면 충분히 그럴 수도 있을 겁니다, 레블 부인. 나는 그걸 갖고 왈가왈부할 생각은 없습니다. 그리고 피시 씨가 소개장에 소개된 그런 인물이 아니란 것도 맞습니다."

"그런데 뭐가 문제죠?"

"하지만, 그렇다고 해서 달라질 것은 전혀 없습니다. 왜냐하면, 부인, 피시 씨는 미국 형사이기 때문입니다."

"뭐요?"

캐터햄 경이 놀라며 외쳤다.

"그렇습니다, 캐터햄 경. 그 사람은 킹 빅터를 쫓아 이곳으로 건너온 거죠. 배틀 총경과 저는 벌써부터 그 사실을 알고 있었습니다."

버지니아는 아무 말도 하지 않고 천천히 의자에 다시 앉았다. 그 몇 마디 말이 그녀가 그토록 공들여 쌓아놓은 탑을 일순간에 허물어뜨린 것이었다.

르무안이 계속해서 말을 이었다.

"아시다시피, 우리는 킹 빅터가 틀림없이 침니스 저택에 오리란 것을 잘 알고 있었습니다. 우리가 그를 잡을 수 있다고 확신하는 장소는 바로 이곳이지요."

버지니아는 눈에 기이한 빛을 떠올리며 고개를 치켜들고는, 갑자기 웃음을 터뜨렸다. 그러고 나서 입을 열었다.

"그렇다면, 당신은 아직 그를 잡지 못했군요."

르무안은 의아한 시선으로 그녀를 바라보았다.

"그렇습니다, 부인. 하지만, 이번에는 붙잡게 될 겁니다."

"그는 사람들을 잘 따돌리기로 유명하다면서요, 그렇지 않은가요?"

프랑스인의 얼굴이 노여움으로 어두워졌다.

"이번에는 그게 좀 어려울 겁니다." 그는 이를 악물며 또박또박 내뱉었다.

캐터햄 경이 말했다.

"아주 매력적인 젊은이였는데. 정말 매력적인 친구였어. 그런데 그런 사람이……. 참, 버지니아, 당신은 그가 오랜 친구라고 하지 않았소?"

버지니아가 침착하게 대답했다.

"바로 그렇기 때문에 저는 르무안 씨가 틀림없이 뭔가 잘못을 저지르고 있다고 생각하는 거예요."

그러고는 그녀가 똑바로 프랑스 형사의 눈을 노려보았지만, 그는 추호도 동요하는 빛을 보이지 않았다.

"시간이 말해 줄 겁니다, 부인." 그가 담담하게 말했다.

"당신은 미카엘 왕자를 쏜 사람도 그라고 생각하세요?"

그녀가 갑자기 날카로운 어조로 물었다.

"물론입니다."

하지만, 버지니아는 고개를 저으며 말했다.

"아녜요, 그렇지 않아요. 절대로 그럴 리가 없어요! 그것만은 나도 확신할 수 있어요. 앤터니 케이드는 결코 미카엘 왕자를 살해하지 않았어요."

르무안은 주의 깊게 그녀를 지켜보고 있었다. 이윽고 그가 입을 열었다.

"부인의 생각이 옳을 가능성도 있습니다. 단지 그럴 가능성이 있다는 것뿐입니다만, 그 보리스라는 헤르초슬로바키아인이 명령을 어기고 왕자를 쏘았을지도 모르지요. 누가 압니까, 미카엘 왕자가 그를 지나치게 학대해서 보리스가 그 앙갚음을 한 것인지도 모를 일이니까요."

캐터햄 경이 고개를 끄덕이며 말했다.

"그자는 능히 살인을 저지르고도 남을 사람처럼 보이더군. 하녀들이 복도에서 그와 마주치게 되면 아마 비명을 지를 거요."

르무안이 말했다.

"그럼, 이제 저는 가봐야겠습니다. 사태가 어떻게 돌아가는지 경께서도 정확히 알고 계셔야 할 것 같기에 이렇게 찾아뵌 겁니다."

"일부러 이런 수고를 하시다니 정말 고맙소."

인사치례를 하며 캐터햄 경이 말을 이었다.

"그런데 정말로 뭘 좀 마시지 않겠소? 그렇다면, 할 수 없지. 그럼, 잘 가시오."

"그 깔끔하게 다듬은 검은 턱수염 하며 그럴 듯하게 걸치고 있는 안경 등, 정말 마음에 들지 않는 사람이에요."

번들이 그가 나가고 문이 닫히자마자 참았던 감정을 터뜨리듯 이렇게 내뱉으며 말을 이었다.

"앤터니가 저자의 코를 납작하게 해주었으면 좋겠어요. 저자가 화가 나서 펄펄 뛰는 모습을 보고 싶어요. 당신은 어떻게 생각하세요, 버지니아?"

버지니아가 대답했다.

"모르겠어요. 피곤하군요. 그만 올라가서 잠을 자야겠어요."

캐터햄 경이 말했다.

"잘 생각했소. 벌써 시간이 11시 30분이 되었으니."

넓은 홀을 가로질러 가고 있던 버지니아는 낯익은 사람의 듬직한 뒷모습이 조심스럽게 옆문으로 빠져나가려 하는 것을 보았다.

"배틀 총경님." 버지니아가 다급하게 불렀다.

배틀 총경은 내키지 않는 듯한 태도로 걸음을 멈추었다.

"무슨 일이십니까, 레블 부인?"

"좀 전에 르무안 씨가 왔다 갔는데, 그의 말로는……. 저, 그게 사실인가요, 피시 씨가 미국 형사라는 게요?"

배틀 총경이 고개를 끄덕였다.

"그렇습니다."

"총경님은 처음부터 그 사실을 알고 계셨나요?"

다시 배틀 총경은 고개를 끄덕여 보였다.

버지니아는 계단 쪽으로 돌아서며 말했다.

"알겠어요. 아무튼, 고맙습니다."

그때까지만 해도 그녀는 믿지 않으려고 했었다. 그런데 이제는……? 자기 방에서 화장대 앞에 앉아 있는 그녀는 그 문제에 직면하고 있었다. 앤터니가 한 말 한마디 한마디가 다시 새로운 의미를 품고 그녀의 머릿속에 떠올랐다. 그가 말한 '직업'이란 어떤 것이었을까? 그는 그 직업을 포기했다고 했었다.

어떤 이상한 소리가 그녀의 깊은 사색에 파문을 일으켰다. 그녀는 깜짝 놀라며 고개를 들었다. 그녀의 조그만 금시계가 새벽 1시가 넘었음을 가리키고 있었다. 두 시간 가까이나 그녀는 꼼짝도 않고 생각에 잠겨 있었던 것이다.

다시 그 소리가 들려왔다. 유리창에 뭔가 날카롭게 부딪치는 소리였다. 버지니아는 창가로 걸어가서 창문을 열었다. 창 밑의 길에 키가 큰 사람이 있었는데, 그녀가 보기에는 다시 돌을 주우려고 몸을 굽힌 모습이었다.

순간 버지니아의 가슴이 몹시 두근거리기 시작했다. 그것은 체격이 크고 탄탄해 보이는 헤르초슬로바키아인 보리스였다.

"무슨 일인가요?" 그녀가 나지막한 어조로 말했다.

그 순간에는, 이런 야심한 시간에 보리스가 자기 방 창문에 돌을 던지는 것에 대해 그녀는 별로 기이하다는 생각을 하지 못했다.

"무슨 일인가요?"

그녀가 다시 초조하게 물었다.

"주인님이 보내서 왔습니다."

보리스가 나직하면서도 또렷한 어조로 대답하고는 다시 말을 이었다.

"그분께서는 부인을 찾고 계십니다."

"나를 찾는다고?"

"그렇습니다. 저는 부인을 그분께 모시고 가야 합니다. 여기 편지가 있습니다. 지금 그리로 던지겠습니다."

그녀가 조금 뒤로 물러서자, 돌에 매단 종이쪽지가 정확하게 그녀의 발치에 떨어졌다. 버지니아는 얼른 그 종이를 펴서 읽어 보았다.

　　　'버지니아, 지금 나는 곤경에 빠져 있지만 곧 헤쳐나갈 수 있을 겁
　　니다. 부디 나를 믿고, 나한테 와주지 않겠습니까?'

잠시 동안 버지니아는 꼼짝 않고 서서 그 몇 마디 안 되는 짧은 편지를 거듭해서 읽고 또 읽었다.

이윽고 그녀는 고개를 들고 화려하게 꾸며진 침실을 처음 보기라도 한 듯 낯선 시선으로 둘러보았다. 그러고는 다시 창문으로 몸을 내밀었다.

"내가 어떻게 해야 하죠?" 그녀가 물었다.

"형사들은 집 저쪽의 회의실 바깥에 있습니다. 그러니, 내려오셔서 이쪽 문으로 나오십시오. 제가 그곳에서 기다리고 있겠습니다. 길 바깥에 차를 대기시켜 놓았습니다."

버지니아는 고개를 끄덕여 보였다. 재빨리 옷을 갈아입고 작은 모자를 머리에 쓴 다음, 그녀는 번들에게 몇 마디 남겨 놓고, 그 쪽지를 바늘꽂이에 꽂아 놓았다.

그녀는 조용히 아래층으로 내려가서 옆문의 빗장을 풀었다. 그리곤 잠시 멈추었다가, 그녀의 조상이 십자군 원정에 나서며 그랬던 것처럼 당당하게 머리를 곧게 세우고는 문을 나섰다.

제26장

10월 13일

10월 13일 수요일 오전 10시, 앤터니 케이드는 해리지스 호텔로 들어가서 그곳에 묵고 있는 롤로프레티질 남작에게 면회를 요청했다. 적당한 시간이 흐르고 나서 앤터니는 그 방으로 안내되었다. 남작은 꼿꼿하고 경직된 태도로 벽난로 앞에 있는 양탄자 위에 서 있었다. 안드라시 대위 역시 위엄 있는 자세로 서 있었지만, 그의 태도에서는 다소 적의를 엿볼 수 있었다.

예의 그 정중한 목례와 발뒤꿈치를 맞부딪치는 소리, 그 밖에 인사에서 갖추어야 할 전형적인 예절 등이 정연하게 거행되었다. 앤터니도 그런 정해진 관례에는 이미 완전히 익숙해져 있었다.

"이렇게 이른 시간에 찾아온 것을 용서하시기 바라오, 남작."

앤터니가 모자와 단장을 내려놓으며 말을 꺼냈다.

"사실은 당신한테 한 가지 제안할 일이 있습니다만."

"그러신가요! 그 일이란 게 어떤 겁니까?" 남작이 물었다.

앤터니에 대한 불신의 감정을 여전히 버리지 못한 안드라시 대위는 의심하는 눈치였다.

앤터니가 다시 말했다.

"사업이란 아시다시피 수요와 공급의 원칙에 따라 이루어지는 겁니다. 당신은 뭔가를 필요로 하고, 다른 사람은 그것을 가지고 있지요. 이제 남은 것은 그 가격을 정하는 일뿐입니다."

남작은 깊은 관심을 가지고 그를 지켜보았지만, 아무런 말도 하지 않았다.

"헤르초슬로바키아의 귀족과 영국 신사 사이에서라면 이 거래는 쉽게 이루어질 수도 있을 거요."

앤터니가 빠른 어조로 말을 맺었다. 이 말을 하면서 그는 다소 얼굴을 붉혔다. 이런 말이 영국인의 입에서 나오기란 그리 쉽지 않은 것이었지만, 그는 이런 말투가 남작의 심리 상태에 지대한 영향을 미치리란 것을 그동안의 경험을 통해서 익히 알고 있었다. 과연 그 효과가 즉시 나타났다.

남작이 알아들었다는 듯이 고개를 끄덕이며 입을 열었다.

"그렇고말고. 그건 확실히 맞는 말이오."

안드라시 대위마저도 경계심이 다소 풀린 듯, 남작을 따라 고개를 끄덕여 보였다.

앤터니가 다시 말했다.

"좋습니다. 더 이상 덤불 숲을 두드리지 않고……."

남작이 그의 말을 가로채며 물었다.

"그게 무슨 말이오? 덤불 숲을 두드리다니? 나로서는 잘 이해가 되지 않는군요."

"아, 그건 일종의 은유법이라고나 할까요. 좀더 알기 쉽게 말하자면, 당신은 물건이 필요하고, 우리는 그것을 가지고 있다는 거요! 배는 멋지게 건조되었는데, 뱃머리 장식이 빠진 셈이지. 여기서 배란 헤르초슬로바키아의 왕정파를 말합니다. 현시점에서 볼 때, 당신들의 정당 강령에는 가장 중요한 조목이 빠져 있소. 즉, 왕자가 없다는 거지! 가령 내가 이제, 가정에 지나지 않습니다만, 내가 당신들에게 왕자를 제공할 수 있다면 어떻게 하시겠소?"

남작은 망연자실한 모습이었다.

"무슨 말을 하는 건지 나는 전혀 이해할 수가 없소!"

그가 단호하게 소리쳤다.

"이보시오, 선생. 우리에게 모욕을 주려는 수작이오?"

안드라시 대위가 격렬하게 콧수염을 비틀며 말했다.

앤터니가 침착하게 대꾸했다.

"전혀 그렇지 않소. 나는 도움을 주려는 거요. 수요와 공급의 문제지. 이것은 완전히 공정한 거래입니다. 왕자는 진짜가 아니면 공급하지 않습니다. 트레이드 마크를 확인하십시오. 일단 우리 거래가 이루어지게 되면, 당신도 그 상품의 완벽한 품질에 만족하시게 될 겁니다. 나는 당신에게 진짜 물건을 드리려는 거요. 서랍 바닥에 감추어 두었던 것을 꺼내서 말이오."

"아무래도 당신 말은 조금도 이해가 가지 않는데."

남작이 되풀이해서 말했다.

앤터니가 친절하게 설명했다.

"그건 사실, 문제가 안 됩니다. 다만, 거래에 응할 의향만 갖고 있기만 하면 되오. 통속적으로 표현하자면, 나는 소매 속에 무엇인가를 감추고 있다는 거요. 이 점을 아시기만 하면 됩니다. 당신은 왕자를 원하고 있고, 조건만 맞으면 내가 왕자를 제공할 수 있음을 보장하겠소."

남작과 안드라시는 망연히 그를 바라보았다. 앤터니는 모자와 단장을 집어들고는 떠날 준비를 했다.

"고려해 보시기 바랍니다. 그리고 남작, 한 가지 더 있습니다. 오늘 저녁, 침니스 저택으로 내려오십시오—안드라시 대위도 함께. 그곳에서 몇 가지 재미있는 일이 벌어질 거요. 몇 시로 정할까? 저녁 9시, 회의실에서 만나기로 합시다. 고맙소, 여러분, 그러면 그곳에서 기다리겠습니다."

남작은 한 걸음 다가서며 앤터니의 표정을 면밀하게 살펴보았다. 그러고는 엄숙한 어조로 입을 열었다.

"케이드 씨, 설마하니 나를 희롱할 생각은 아니겠지요?"

앤터니는 추호의 흔들림도 없이 그의 시선을 마주 보면서, 기묘한 의미가 담긴 목소리로 말했다.

"남작, 오늘 저녁이 지나고 나면, 이번 일이 장난이 아닌 참으로 진지한 것이었다는 사실을 당신이 맨 먼저 인정하게 될 거요."

두 사람에게 고개를 숙여 보이고 나서 그는 그 방을 떠났다.

그의 다음 방문지는 런던 한가운데 있는 곳으로 그는 허먼 아이작슈타인 씨에게 명함을 들여보냈다. 얼마간 기다린 다음에, 싹싹한 태도와 군대식 직함이 붙은 말쑥한 옷차림의 젊은이가 나와서 앤터니를 맞이했다.

그 젊은이가 말했다.

"아이작슈타인 씨를 뵙자고 하신 분입니까? 그런데 그분께서는 오늘 아침 매우 바쁘시답니다. 중역회의와 그 밖의 여러 가지 일로 해서요. 대신 저에게 말씀하시면 안 되겠습니까?"

"직접 그분을 만나야 합니다." 앤터니는 아무렇지도 않게 덧붙였다.

"나는 방금 침니스 저택에서 올라왔소."

젊은이는 침니스라는 말에 다소 당황해 하는 것 같았다. 그가 의심스러운 듯이 말했다.

"아! 그렇다면, 가서 알아보겠습니다."

"중요한 일이라고 말씀드려 주시오." 앤터니가 말했다.

"캐터햄 경의 전갈인가요?" 그 젊은이가 넌지시 떠보았다.

"그렇다고도 볼 수 있지만, 아무튼, 중요한 것은 내가 아이작슈타인 씨를 즉시 만나봐야겠다는 겁니다."

2분 뒤, 앤터니는 내실로 여겨지는 방으로 안내되었는데, 특히 가죽을 씌운 팔걸이의자의 엄청난 규모에 대해서 깊은 인상을 받았다. 아이작슈타인 씨가 자리에서 일어나 그를 맞이했다.

앤터니가 입을 열었다.

"이처럼 불쑥 찾아뵙게 된 점을 용서하시기 바랍니다. 바쁘신 분이란 걸 나도 잘 알고 있으므로, 필요 이상 시간을 낭비하진 않겠습니다. 나는 당신과 한 가지 중요한 거래를 하고자 합니다."

아이작슈타인은 잠시 작고 둥글게 빛나는 검은 눈으로 그를 주의 깊게 살펴보았다.

"여송연을 피우시겠소?"

그가 불쑥 뚜껑이 열린 여송연 상자를 내밀면서 물었다.

"고맙습니다." 앤터니가 말했다.

그는 여송연을 하나 집어들었다.

"그건 헤르초슬로바키아에 관한 문제입니다."

앤터니는 성냥을 받아들면서 순간적으로 상대방의 흔들리지 않는 시선 속에서 날카로운 빛이 번뜩이는 것을 놓치지 않고 보았다.

앤터니가 다시 말을 이었다.

"미카엘 왕자가 살해됨으로써 모든 계획이 엉망진창 된 게 아닐까요?"

아이작슈타인은 한쪽 눈썹을 추켜세우며, "예?" 하고 무슨 소리냐는 듯 중얼거리고는 천장을 올려다보았다.

"석유 말입니다."

앤터니는 반질반질 윤이 나는 책상을 주의 깊게 살펴보며 다시 말했다.

"굉장한 것이지요, 석유란."

그는 이 재계의 거물이 다소 놀라는 것을 감지할 수 있었다.

"요점을 말해 주시겠소, 케이드 씨?"

"그러지요, 아이작슈타인 씨. 내 생각에는 만약에 그 석유 채굴권이 다른 회사한테 넘어가게 되면 당신도 가히 기분이 좋지 않을 거라고 봅니다만?"

"당신이 제안하려는 게 뭐요?"

아이작슈타인이 그를 똑바로 주시하며 물었다.

"적합한 왕위 계승자로, 영국의 입장에 대해서도 적극적으로 지지하고 나설 수 있는 인물입니다."

"당신은 그 사람을 어디서 구했소?"

"그건 내 일입니다."

아이작슈타인은 그의 응수를 가벼운 미소로 답례했다. 그의 시선이 칼날같이 예리해졌다.

"진품이오? 만약에 속임수라도 쓸 생각이라면, 그런 생각은 일찌감치 버리시오."

"완전히 진품입니다."

"믿을 수 있소?"

"절대로 보증합니다."

"그렇다면, 당신 말을 받아들이기로 하겠소."

"그런데 별로 믿는 것 같지가 않군요?"

앤터니가 말하며 호기심 어린 시선으로 그를 주시했다.

허먼 아이작슈타인은 미소를 지어 보였다.

"상대방이 진실을 말하고 있는지 아닌지도 알아보지 못했다면 나는 결코 지금의 위치에 서 있지 못했을 거요."

그가 담백하게 대답했다. 그러고는 다시 물었다.

"당신이 요구하는 조건은 뭐요?"

"당신이 미카엘 왕자한테 제안한 것과 똑같은 조건의 융자입니다."

"당신 자신에 대한 대가는?"

"지금으로서는 전혀 없고, 다만, 오늘 밤 침니스 저택으로 내려와 주시기를 바랄 뿐입니다."

"그건 안 되오." 아이작슈타인은 다소 단호한 어조로 잘라 말했다.

"나는 그곳에 내려갈 수 없소"

"어째서입니까?"

"만찬회에 가야 하기 때문이오—상당히 중요한 만찬회라서."

"하지만, 그렇다고 해도 당신은 그 만찬회 참석을 포기해야 할 겁니다. 당신 자신을 위해서 말입니다."

"그게 무슨 말이오?"

앤터니는 한동안 그를 바라보고 나서 천천히 입을 열었다.

"경찰이 미카엘 왕자를 살해한 그 권총을 찾아냈다는 사실을 알고 있습니까? 또, 그 권총이 어디서 나왔는지 알고 있습니까? 바로 당신 옷가방에서 나왔단 말입니다."

"뭐라고?"

아이작슈타인은 거의 의자에서 펄쩍 뛸 정도로 놀랐다. 그의 표정이 얼어붙었다.

"당신 지금 무슨 말을 하고 있는 거요? 대체 그게 무슨 소리요?"

"내 말씀드리지요."

앤터니는 아주 친절하게 권총이 발견된 경위에 대해서 들려주었다. 그의 이야기를 듣는 동안, 아이작슈타인의 얼굴은 완전히 공포에 질려 하얗게 변색되었다.

앤터니가 이야기를 마치자, 그는 비명에 가까운 고함을 질렀다.

"그건 날조요. 나는 결코 그 권총을 내 옷가방에 넣은 적이 없소. 그 일에 대해서는 정말 금시초문이란 말이오. 그건 음모요."

앤터니가 그의 기분을 달래듯 침착하게 말했다.

"그렇게 흥분하지 마십시오. 당신 말이 사실이라면, 당신은 그걸 쉽게 증명할 수 있을 겁니다."

"증명한다고? 내가 그걸 어떻게 증명할 수 있단 말이오?"

앤터니가 부드럽게 말했다.

"내가 당신이라면, 오늘 밤 침니스 저택에 내려갈 겁니다."

아이작슈타인은 믿기지 않는 시선으로 그를 쳐다보았다.

"충고하는 거요?"

앤터니는 몸을 앞으로 내밀어 그에게 뭐라고 속삭였다.

아이작슈타인은 깜짝 놀라며 몸을 뒤로 젖혔다.

"그게 정말이란……."

"직접 와서 보십시오." 앤터니가 말했다.

회의실에서의 모임

회의실의 시계가 9시를 쳤다. 그러자 캐터햄 경이 깊은 한숨을 내쉬며 말했다.

"마치 커튼 뒤에 숨었다가 '짠!' 하고 나타나는 아이들처럼, 모두 뒤에 길게 늘어진 꼬리를 흔들면서 이곳으로 다시 모여드는군."

그는 서글픈 표정으로 방 안을 둘러보았다.

"저 풍각쟁이는 이제 원숭이까지 갖추고 있구먼."

그는 남작에게 시선을 고정하며 중얼거렸다.

"트로그모턴가(街)의 떠버리는……."

"아버지는 남작한테 너무 몰인정하신 것 같아요."

아버지가 쉴 새 없이 투덜거리는 불평을 고스란히 듣고 있던 번들이 항의하며 말을 이었다.

"남작은 저한테 아버지가 영국 귀족 중에서도 가장 완벽하게 손님 접대를 할 줄 아는 분인 것 같다고 말하던데요."

다시 캐터햄 경이 말했다.

"아마 그는 노상 그런 식으로 말할 게다. 그의 말투는 상대하는 사람으로 하여금 정말 진이 다 빠지도록 만들거든. 솔직히 말해 나는 그처럼 손님 접대를 잘하는 영국 신사가 결코 못 돼. 될 수 있는 대로 빨리, 나는 침니스 저택을 미국인 기업가한테 넘겨주고 아예 호텔에서 지낼까 생각 중이란다. 그렇게 되면, 누구든 나를 귀찮게 만들기만 하면 즉시 계산을 치르고 그 호텔을 떠날 수 있을 테니까."

번들이 말했다.

"기운 내세요. 그래도 피시 씨가 없어진 건 다행이라고 할 수 있잖아요."

"그래도 그는 제법 재미있는 사람이었지."

서로 모순되는 감정에 빠져 있는 캐터햄 경이 다시 말을 이었다.

"결국, 나를 이 지경으로 만든 장본인은 네가 그토록 아끼는 그 젊은 친구야. 어째서 이런 괴상한 모임을 내 집에서 열어야 하는 게지? 어째서 그는 라체스나 엘름허스트, 아니면 스트리덤 같은 멋진 별장을 빌려서 그의 사업상 모임을 갖지 않는 거냐는 말이다."

"그런 곳은 영 분위기가 틀려요." 번들이 말했다.

그녀의 아버지가 걱정스러운 표정으로 말했다.

"혹시 우리한테 못된 수작을 부리지는 않을까? 나는 그 르무안이라고 하는 프랑스 친구를 믿을 수가 없단 말이야. 그 프랑스 형사는 갖은 꾀를 다 쓰거든. 생고무줄을 네 팔에 감은 다음, 범죄 사실을 새로 꾸며서 너를 놀라게 하고 나서 그 반응 정도를 체온계로 조사할지도 모르지. 그자들이 나한테, '미카엘 왕자는 누가 살해했지?' 하고 물으면 내 체온은 50도나, 아니면 그보다 훨씬 더 올라갈 게 뻔하니까, 그 즉시 나를 감옥에 처넣을 거야, 아마."

그때, 문이 열리고 트레드웰이 알렸다.

"로맥스 장관님과 에버슬레이 씨이십니다."

"충실한 개를 데리고 다니는 떠버리 영감의 입장이군요."

번들이 중얼거렸다.

빌은 그녀에게 곧장 다가왔고, 반면에 조지는 공적인 자리에나 어울릴 온화한 태도로 캐터햄 경에게 다가왔다.

"여, 캐터햄." 조지는 캐터햄 경과 악수를 나누며 말했다.

"당신의 전갈을 받았으니 당연히 달려온 거요."

"정말 고맙구려, 잘 오셨소 당신을 보니 정말 반갑구려."

캐터햄 경의 양심은 언제나 마음에도 없는 넘치는 친절을 보이도록 그를 다그치곤 했다.

"그건 내 전갈이 아니었지만, 그거야 아무러면 어떻소?"

한편, 빌은 나지막한 어조로 번들에게 질문 공세를 퍼붓고 있었다.

"도대체 이게 무슨 일입니까? 버지니아가 한밤중에 도망쳤다는 말을 들었는데, 대체 어떻게 된 겁니까? 혹시 납치당한 건 아닌가요?"

번들이 대답했다.

"어머나, 그런 게 아니에요. 판에 박힌 방법이지만, 그녀는 바늘꽂이에 쪽지를 남겨 두었어요."

"혹시 누구와 함께 떠난 건 아닌가요? 설마하니 그 식민지 녀석과 떠난 것은 아닐 테죠? 나는 그자가 영 마음에 들지 않았었는데, 들리는 말에 의하면, 그가 바로 그 이름 높은 악당이라는 소문이 떠돌고 있는 모양이던데. 하기야 나도 그것이 사실일 리는 없다고 보지만……."

"어째서요?"

"글쎄요, 그 킹 빅터란 자는 프랑스인이고, 케이드는 영국인이 분명하니까 그렇다고 할까요."

"당신은 킹 빅터가 여러 나라 말을 완벽하게 구사하고, 게다가 반은 아일랜드계라는 사실을 듣지 못했나 보군요?"

"아, 그래요? 그래서 그자가 몰래 빠져나간 거로군."

"그가 몰래 빠져나간 거에 대해서는 나도 몰라요. 그는 그저께 모습을 감추었죠. 하지만, 오늘 아침 그는 우리한테 전보를 보냈는데, 자기가 오늘 밤 9시 여기로 올 거라고 하면서 떠버리 영감도 불러 달라는 내용이었어요. 여기 모인 다른 사람들도 모두 그의 요청을 받고 온 거예요."

빌이 주위를 돌아보면서 말했다.

"별난 모임이로군. 프랑스 형사는 창가에, 영국 형사는 벽난로 옆에 있고 국제적인 색채가 강한데. 성조기를 대표할 사람은 빠진 모양이로군요."

번들이 고개를 저었다.

"피시 씨는 갑자기 사라져 버렸어요. 버지니아 역시 이곳에 없고요. 하지만, 그 외 다른 사람들은 다 모였고, 그래서 나는, 빌, 누군가가 '제임스, 마부.' 하고 말하면 모든 게 다 드러나게 되는 바로 그 순간이 이제 곧 닥쳐올 것 같은 기분이 너무도 강하게 들어서 가슴이 다 떨릴 지경이에요. 우리는 이제 앤터니 케이드가 도착하기만을 기다릴 뿐이에요."

"그자는 결코 나타나지 않을 겁니다." 빌이 말했다.

번들이 말했다.

"그렇다면, 어째서 아버지 말대로 '사업상 모임'을 열었을까요?"

"아, 그야 그 뒤에는 무슨 깊은 음모가 숨어 있을 테죠. 틀림없습니다. 우릴 모두 이곳에 모이게 해놓고 그동안 그는 다른 곳에서 뭔가 수작을 부리려는 거죠." 빌이 말했다.

"그럼, 당신은 그가 정말로 나타나지 않을 거라고 생각하세요?"

"당연하지요. 무엇 때문에 자기 머리를 사자 입속에 처넣으려고 하겠습니까? 이 방에는 형사들과 정부 고관들이 득실거리고 있질 않습니까?"

"당신은 킹 빅터에 대해서 너무 모르고 있는 거예요, 그가 그 정도로 단념하리라고 생각한다면 말이에요. 내가 듣기로는, 그는 이런 상황을 가장 좋아하고, 또 언제나 기막히게 빠져나가곤 한다던데요."

에버슬레이는 믿을 수 없다는 듯이 고개를 저었다.

"뭔가 교묘한 속임수 같은 걸 쓰지 않고서야……, 하지만, 그는 결코 나타나지……"

그때, 다시 문이 열리고 트레드웰이 알렸다.

"케이드 씨이십니다."

앤터니는 곧바로 캐터햄 경한테 다가와서 말했다.

"캐터햄 경, 이렇게 큰 폐를 끼치게 되어서 정말 죄송합니다. 하지만, 오늘 밤이면 수수께끼가 모두 깨끗이 풀리게 될 겁니다."

캐터햄 경은 기분이 많이 풀린 듯했다. 사실 그는 언제나 앤터니를 속으로는 은밀히 좋아하고 있었다.

"폐라니 무슨 말을, 그런 걱정은 마시오."

그가 충심으로 따뜻하게 말했다.

"정말 고맙습니다. 자, 모두 모이셨군요. 그러면, 이제부터 일을 시작할까 합니다."

그러자 조지 로맥스가 엄숙한 어조로 말하고 나섰다.

"나는 영문을 모르겠소. 전혀 이해가 가지 않는다는 거요. 이건 너무도 불법적인 처사요. 케이드 씨는 아무런, 이런 모임을 주관할 만한 아무런 신분도 없을뿐더러, 그 입장도 매우 어렵고 미묘한 처지에 놓여 있는 사람이오. 나는 강력하게……."

하지만, 조지의 유창한 연설은 더 이상 계속되지 못했다. 배틀 총경이 조심스럽게 그 위대한 인물 곁으로 다가와, 그의 귀에 대고 무슨 말인가를 속삭였다. 조지는 몹시 당황한 모습이었다.

"그래요? 총경이 그렇게 말한다면야."

그가 마지못한 기색으로 말했다. 그러고는 다소 높은 어조로 덧붙였다.

"우리 모두 케이드 씨가 하는 말을 기꺼이 들을 거라고 확신하오."

앤터니는 상대방의 어조에 깃들어 있는 속 들여다보이는 겸양의 기색을 무시하고는, 쾌활한 어조로 다시 입을 열었다.

"이것은 나 개인의 하잘것없는 착상에 지나지 않습니다. 아마 여러분도 모두 우리가 며칠 전 입수한 어떤 암호문에 대해서 알고 계실 겁니다. 거기에는 리치먼드라는 말과 몇 개의 숫자들이 언급되어 있었습니다."

그는 잠시 말을 멈추었다.

"우리는 그것을 제대로 풀었다고 생각하고 그렇게 해보았지만, 실패로 돌아가고 말았습니다. 그런데 작고한 스틸프티치 백작의 회고록 속에(나는 그것을 우연히 읽게 되었습니다만), 그 속에 어떤 만찬회에 대해서 언급한 부분이 있습니다. '꽃'의 만찬회라는 것으로, 모든 참석자들이 꽃을 나타내는 배지를 달고 있었지요. 백작은 바로 우리가 비밀 통로의 구멍 속에서 발견한 그 기묘한 암호물(暗號物)을 그대로 회고록에 옮겨 놓은 겁니다.

회고록에서는 장미로 표현했지요. 그것이 암호에서는 줄로 쓰였습니다. 단추의 줄, 대문자 E의 줄, 그리고 마지막으로 편물 쪼가리의 줄이 그것입니다. 자, 그렇다면, 이 저택에서 줄로 되어 있는 것이 과연 무엇일까요? 책입니다, 그렇지 않습니까? 게다가, 캐터햄 경의 장서 목록에는 《리치먼드 백작의 생애》라는 제목의 책까지 있으니, 이제 여러분도 그 비밀 장소가 어딘지 어느 정도 분명하게 추측하실 수 있을 겁니다.

문제의 그 책에서 출발해서 그 숫자가 선반과 책을 나타내는 것으로 보고 적용시키게 되면, 우리가 찾고자 하는 물건이 가짜 책 속이나, 아니면 어떤 책 뒤에 있는 구멍 속에 숨겨져 있음을 알게 될 것입니다."

앤터니는 우레와 같은 갈채라도 기대하듯이 겸손하게 좌중을 돌아보았다.

"훌륭합니다, 정말 놀라운 추리라고 할 수 있소." 캐터햄 경이 말했다.

"정말 훌륭하오." 조지가 치사를 하면서 말을 이었다.

"하지만, 실제로 조사를 해야……."

앤터니가 웃음을 터뜨렸다.

"푸딩의 맛을 증명하는 방법은 실제로 그것을 먹어 보는 것이다. 이건가요? 좋습니다, 그러면 곧 여러분께 그것을 입증해 보이겠습니다."

그러고는 벌떡 자리에서 일어나며 다시 말을 이었다.

"지금 서재로 가서……."

하지만, 그는 더 이상 나아가지 못했다. 르무안이 창가에서 걸음을 옮겨 그의 앞을 가로막았기 때문이다.

"잠깐 기다려 주시오, 케이드 씨. 괜찮겠습니까, 캐터햄 경?"

그는 책상으로 가서 급히 몇 줄 휘갈겨 쓰고는 그것을 봉투 속에 넣어 봉한 다음, 벨을 눌렀다. 이윽고 트레드웰이 나타났다. 르무안은 그 봉투를 그에게 넘겨주면서 말했다.

"미안하지만, 그걸 보고 즉시 전해 주시오."

"알았습니다."

트레드웰이 대답하고 예의 위엄 있는 태도로 물러갔다.

앤터니는 잠시 머뭇거리며 서 있다가 다시 자리에 앉았다.

"무슨 기발한 생각이라도 떠오른 모양이군요, 르무안?"

그가 점잖게 물었다. 갑자기 주위에 긴장감이 떠돌았다.

"만약에 그 보석이 당신 말대로 그곳에 있다면, 이미 7년 동안이나 그곳에 있었으니, 15분 정도 더 지체한다고 해도 아무런 문제가 되지 않을 겁니다."

앤터니가 말했다.

"계속하시오. 그게 당신이 말하고 싶었던 전부는 아닐 텐데?"

"물론, 그렇지는 않소. 지금처럼 중요한 때에 누구든, 한 사람도 이 방을 떠날 수 있도록 하는 것은 현명한 처사가 못 되기 때문에 그런 겁니다. 특히, 그 사람이 상당히 의심스러운 전력이 있을 경우에는 더 그렇지요."

앤터니는 눈썹을 추켜세우며 담배를 피워 물었다.

'물론 떠돌이 생활은 그리 존경받을 만한 것이 못 되겠지.'

그는 속으로 생각했다.

"케이드 씨, 두 달 전 당신은 남아프리카에 있었고, 그 점은 우리도 확인했소. 그전에는 어디에 있었습니까?"

앤터니는 의자에 깊숙이 기대어 앉으며 느긋하게 담배 연기로 동그라미를 만들어 보였다.

"캐나다. 북서부의 삼림지대였소."

"감옥에 있었던 것은 분명 아니오? 프랑스 교도소에?"

기계적으로 배틀 총경은 퇴로를 차단하기라도 할 듯이 문쪽으로 걸음을 옮겼지만, 앤터니는 어떤 극적인 행동을 취할 기색은 전혀 보이지 않았다. 대신에 그는 프랑스 형사를 쏘아보다가, 갑자기 크게 웃음을 터뜨렸다.

"가엾게도, 르무안, 그것은 당신은 편집광적인 착오요! 당신 눈에는 아무 데서나 킹 빅터가 보이는 모양이구려. 그래, 당신은 내가 그 유명한 신사 양반으로 보인단 말입니까?"

"그 사실을 부인하는 겁니까?"

앤터니는 코트 소매에 묻은 담뱃재를 털어냈다. 그러고는 밝은 어조로 말했다.

"나를 즐겁게 하는 것을 굳이 부인하고 싶은 생각은 없지만, 당신의 그 비난은 사실 도에 지나칠 정도로 사리에 맞질 않소."

"저런! 정말로 그렇게 생각합니까?"

프랑스인은 상체를 앞으로 내밀었다. 그의 얼굴은 고통스럽게 일그러져 있었는데, 어떻게 보면 몹시 당황해 하는 것 같아, 앤터니의 태도에 깃들어 있는 무엇인가가 그를 당혹하게 만든 게 아닌가 싶었다.

프랑스인이 다시 말했다.

"내 분명히 말하지만, 이번에는, 이번에는 기필코 킹 빅터를 잡을 생각이고, 아무것도 나를 막을 수 없을 거요!"

"참으로 갸륵한 생각입니다."

이렇게 한마디 내뱉고, 앤터니는 계속 말을 이었다.

"그런데 전에도 당신은 그를 붙잡겠다고 한 적이 있었지요, 그렇잖소, 르무안? 그리고 그는 당신보다 늘 한 수 위였고 이번에는, 그런 일이 다시 일어날 수도 있다는 생각은 아니 해보셨소? 이제껏 그의 경력으로 봐서도, 그는 여간 매끄러운 친구가 아닌 모양이던데?"

대화는 프랑스 형사와 앤터니 사이의 대결로 발전해 갔다. 방 안의 다른 사람들은 질식할 듯한 긴장감을 느꼈다. 그것은 고통스러울 정도로 집요하게 물고 늘어지는 프랑스인과, 태연하게 담배를 피우면서 그런 일 따위는 안중에도 없다는 듯한 태도로 아무렇게나 말을 내뱉는 앤터니 사이의 목숨을 건 싸움이었다.

앤터니가 계속 말을 이었다.

"내가 당신이라면, 르무안, 아주 아주 조심할 거요. 발걸음조차도 조심스럽게 내딛고, 또 그 밖에 여러 가지로 말이오."

르무안이 으스스한 어조로 말했다.

"이번에는 결코 실수하지 않을 거요."

"당신은 그 일에 대해서 아주 자신이 있는 모양인데, 하지만, 거기에는 증거라는 것이 있어야 한답니다."

르무안은 미소를 지었는데, 그의 미소에 담겨 있는 무엇인가가 앤터니의 주의를 끈 듯싶었다. 앤터니는 자리에서 일어나 담배를 비벼껐다.

프랑스 형사가 말했다.

"당신도 내가 방금 전에 쓴 그 편지를 보았겠지? 그것은 여인숙에 있는 내 부하에게 보낸 거라오. 어제 나는 프랑스에서 보낸 킹 빅터—오네유 대위라고도 하는 자의 지문과 베르티용 식별법에 필요한 자료들을 받았소. 그것을 가져오라고 했으니, 이제 몇 분만 있으면 우리는 당신이 그자인지, 아닌지 확실하게 알게 될 거요!"

앤터니는 단호한 시선으로 그를 쏘아보았다. 이윽고 가벼운 미소가 그의 얼굴에 떠올랐다.

"당신은 정말 제법 영리한 사람이로군, 르무안. 사실 나는 미처 그 생각까진 못했거든. 그 자료들이 도착하면 당신은 내 손가락에 잉크를 묻히거나, 아니면 그에 못지않게 불쾌한 내 귀를 재고, 나의 신체적인 특징 따위를 조사하려고 할 테지. 그리고 만약에 그것이 일치하게 되면……."

르무안이 말을 받았다.

"그래, 그것이 일치하게 되면, 그렇게 되면?"

앤터니는 의자에서 상체를 앞으로 내밀고서 아주 나직하게 말했다.

"그것이 일치하게 되면, 그다음에는 어떻게 되는 거요?"

"그다음에는 어떻게 되느냐고?"

프랑스 형사는 앤터니의 말이 뜻밖인 모양이었다.

"물론, 나는 당신이 킹 빅터라는 사실을 입증하게 되는 거요!"

하지만, 처음으로 르무안의 태도에 불안한 그림자가 덮이기 시작했다.

앤터니가 말했다.

"그것은 당신에게 커다란 만족을 주게 될 게 틀림없소. 하지만, 그것으로 나를 어떻게 하겠다는 건지 도통 알 수가 없군요. 나는 아무것도 인정하지 않지만, 쓸데없는 논쟁을 하기 싫으니까 그냥 내가 킹 빅터라고 칩시다. 그렇다고 한다면 아마 나는 참회하려 애쓰고 있었을 겁니다."

"참회한다고?"

"바로 그거요. 당신이 킹 빅터의 입장이 되었다고 생각해 보시오, 르무안. 상상력을 동원해 보란 말입니다. 자, 당신은 얼마 전에 감옥에서 나왔습니다. 새로운 인생을 살아가려고 하겠지요. 과거의 광희와 모험에 찬 생활은 모두 버렸습니다. 거기다가 당신은 아름다운 여인까지 만나게 됩니다. 그러면, 그 여인과 결혼해서 어디 서양호박이라도 기를 수 있는 시골에 정착해서 살겠다는 생각을 하게 되겠지요. 당신은 이제부터 부끄럽지 않은 삶을 살아가겠다고 결심하는 겁니다. 한번 당신이 킹 빅터의 입장이 되었다고 생각해 보면 이상과 같은 기분이 절실하게 느껴지리라고 상상이 되지 않습니까?"

"나는 그런 기분을 느끼게 되지 않을 거요."

르무안이 냉소적인 미소를 띠며 대꾸했다.

"아마 그럴지 모르지. 하지만, 당신은 킹 빅터가 아니잖소? 당신은 그가 어떤 기분을 느낄지 아마 모를 겁니다."

"그건 말도 안 되는 소리요, 당신이 무슨 말을 하건!"

프랑스인이 열을 내며 소리쳤다.

"아, 천만에, 그건 그렇지 않아요. 이보시오, 르무안, 설사 내가 킹 빅터라고 하더라도, 당신은 대체 무슨 죄목으로 나를 잡겠소? 지난날의 증거는 이제 전혀 소용이 없다는 사실을 잊지 마시오. 나는 이미 형기를 마쳤고, 그걸로 죄의 값은 모두 치른 겁니다. 불어로는 뭐라고 하는지 모르겠지만, '중죄를 범할 의도를 가지고 배회 중'이라는 죄목으로 나를 체포할 셈인가 본데, 하지만, 그건 기소 이유로 삼기에는 너무 불충분할 거요, 그렇지 않소?"

르무안이 말했다.

"당신은 잊었나 본데, 미국에서의 일을! 니콜라스 오볼로비치 왕자 행세를 하며 많은 사람을 사기 쳐 돈을 긁어 낸 일은 어떻게 하겠소?"

"그건 소용이 안 될 겁니다, 르무안. 그 당시 나는 미국 근처에도 없었으니까. 그리고 그런 사실은 쉽게 증명해 보일 수도 있어요. 만약에 킹 빅터가 미국에서 니콜라스 왕자 행세를 했다면 나는 킹 빅터가 될 수 없지. 그가 왕자 행세를 했다는 건 확실하오? 그것이 왕자 본인은 아니었소?"

배틀 총경이 불쑥 참견하고 나섰다.

"그자는 완전히 사기꾼이었소, 케이드 씨."

앤터니가 말했다.

"당신과 입씨름을 하고 싶은 생각은 없습니다, 배틀 총경님. 당신은 언제나 옳은 소리만 하는 습관을 가지고 있으니까요. 니콜라스 왕자가 콩고에서 사망한 것도 확실합니까?"

배틀 총경은 의아한 시선으로 그를 쳐다보았다.

"꼭 그렇다고 장담할 수는 없소. 다만, 일반적으로 그렇게 여겨지고 있다는 거지."

"확실히 당신은 조심스러운 분입니다. 당신의 좌우명이 뭐였죠? 마음대로 하도록 내버려 둔다, 맞습니까? 나 역시 당신의 그런 좌우명을 본받아 르무안 씨를 마음대로 하도록 내버려 둔 겁니다. 나는 그의 비난을 굳이 부인하지 않앉지요. 하지만, 그는 결국, 실망하게 될 겁니다. 아시겠지만, 나는 늘 만약을 대비해서 비장의 무기를 감추어 두고 있는 성격이지요. 오늘 밤에도 역시 이곳에서 다소 불유쾌한 일이 일어날 것을 예상하고, 나는 비장의 카드를 준비해 오는 것을 잊지 않았습니다. 그것은, 아니, 그는 위층에 있답니다."

"위층에?"

캐터햄 경이 몹시 궁금한 표정으로 물었다.

"그렇습니다. 그는 최근에 커다란 시련을 겪은 가엾은 사람입니다. 누군가로부터 호되게 머리를 얻어맞았답니다. 지금은 내가 그 사람을 돌보아 주고 있지요."

갑자기 아이작슈타인의 침중한 목소리가 들려왔다.

"그가 누구인지 우리도 추측할 수 있겠소?"

앤터니가 대답했다.

"원하신다면, 그러나……."

하지만, 바로 그때, 르무안이 몹시 격렬한 어조로 그의 말을 가로막고 나섰다.

"이건 모두 어리석은 짓거리요! 아마 당신은 또다시 나를 이겼다고 생각하는 모양인데, 물론 당신 말대로, 당신이 미국에 있었던 적이 없다는 건 사실일지도 모릅니다. 설혹 그게 사실이 아니라고 하더라도 교활하기 짝이 없는 당신으로선 그런 일을 적당히 둘러대는 것쯤은 문제도 아닐 테니까. 그러나 그것 말고도 또 다른 혐의가 있소. 살인 말이오! 그래, 살인! 미카엘 왕자를 살해한 혐의! 그날 밤 당신이 그 보석을 찾고 있을 때, 그가 당신을 방해한 겁니다."

"르무안, 당신은 킹 빅터가 살인을 저지른다는 소리를 들어본 적이 있습니까?"

앤터니의 목소리가 날카롭게 울려 나왔다.

"당신은 잘, 나보다도 더 잘 알고 있을 거요, 그는 결코 피를 보지 않는다는 사실을 말이오."

르무안이 외쳤다.

"그럼, 당신 말고 또 누가 그를 살해할 수 있었겠소? 말해 보시오!"

하지만, 그의 마지막 말은 그의 입술에서 사그라졌다. 바로 그때, 바깥 테라스에서 날카로운 휘파람 소리가 들려왔기 때문이다.

앤터니는 갑자기 그때까지의 태평하던 태도를 씻어 버리고 단호한 모습으로 자리에서 벌떡 일어나며 외쳤다.

"당신은 나한테 누가 미카엘 왕자를 살해했느냐고 물었지요? 나는 그 질문에 대한 대답을 말로써가 아니라, 당신에게 직접 보여 주겠소! 저 휘파람 소리는 내가 기다리고 있던 신호요. 미카엘 왕자를 살해한 범인은 지금 서재에 있소"

그가 프랑스식 창문을 통해 밖으로 뛰어나가자 다른 사람들도 모두 그를 따라나가, 테라스를 돌아 서재의 프랑스식 창문으로 달려갔다. 그가 창문을 밀자 저항 없이 쉽게 열렸다. 아주 조심스럽게 그가 두꺼운 벨벳 커튼을 젖히자, 그들은 모두 서재 안을 들여다볼 수 있게 되었다.

책장 옆에 어두운 사람 그림자가 서서 급히 책을 뽑았다 꽂았다 하고 있었는데, 그 사람은 자기 일에 너무 몰두해 있어서 밖에서 나는 소리는 전혀 귀에 들어오지 않는 모양이었다.

그들이 방 안을 지켜보던 손전등 불빛에 반사되어 모호한 형태만 드러내고 있는 그 사람의 정체를 확인하려고 시력을 집중시키며 서 있을 때, 누군가가 야수와 같은 신음 소리를 내며 그들 사이를 뚫고 안으로 뛰어들어갔다.

손전등이 바닥에 떨어지며 그 빛을 잃자, 무시무시하게 격투를 벌이는 소리만 방 안에 가득 찼다.

캐터햄 경이 어둠 속을 더듬어서 전등 스위치를 올렸다.

두 사람이 한데 뒤엉켜 이리저리 밀리고 있었는데, 그들이 그 모습을 확인하는 순간 갑자기 싸움이 끝났다. 짧고 날카로운 총소리가 들리고, 작은 사람이 힘없이 바닥에 쓰러진 것이었다. 다른 한 사람은 몸을 돌려 그들을 바라보았다. 그것은 보리스였다, 분노로 이글거리는 눈빛을 한 보리스

그가 으르렁거리며 말했다.

"이 여자가 제 주인을 살해했습니다. 지금 이 여자가 저를 쏘려고 했습니다. 저는 이 여자한테서 권총을 빼앗아 이 여자를 쏘려고 했는데, 격투 중에 그만

총알이 발사된 겁니다. 세인트 미카엘께서 하신 일이지요. 이 사악한 여인은 죽었습니다."

"여자라고?" 조지 로맥스가 외쳤다.

그들은 급히 현장으로 다가갔다. 바닥에는 아직도 권총을 손에 움켜쥐고, 얼굴에는 전율스러울 정도로 악독한 표정을 떠올리고 있는 여인이 누워 있었는데, 그것은 바로 마드모아젤 브룅이었다.

제28장

킹 빅터

앤터니가 설명했다.

"나는 처음부터 이 여인을 의심했습니다. 그 살인이 일어났던 날 밤, 이 여인의 방에 불이 켜져 있었기 때문이지요. 하지만, 나중에 그 의심이 흔들리게 되었습니다. 나는 이 여인에 대해서 조사하기 위해 프랑스로 건너갔었는데, 이 여인의 신분이 추천서의 내용과 일치한다는 사실만 확인하고 돌아오게 되었습니다. 그러나 내가 어리석었던 겁니다. 드 브르테유 백작부인이 마드모아젤 브링을 고용했었고, 그녀에 대해서 극구 칭찬했기 때문에, 미처 나는 진짜 마드모아젤 브링이 일자리를 찾아가던 도중 납치되었고, 가짜가 그녀를 대신했을 수도 있다는 생각을 하지 못했지요. 그래서, 나는 그 대신 피시 씨를 의심하게 되었습니다. 그가 나를 뒤쫓아 도버에 와서 서로의 입장에 대해 이해를 하고 깨끗하게 모든 의혹이 풀리기 전까지만 해도, 그에 대한 의심을 버리지 않고 있었지요. 일단 그가 형사고, 킹 빅터를 추적하고 있다는 사실을 알게 되자, 나는 다시 의혹의 눈길을 처음에 점찍었던 대상으로 돌리게 되었습니다.

나를 가장 고민스럽게 만들었던 문제는 레블 부인이 이 여인을 한 점 의혹도 없이 확인해 준 일이었습니다. 그런데 문득 나는 그 일이 내가 그녀에게 브르테유 백작부인의 가정부에 대해서 언급한 뒤였다는 사실이 생각났습니다. 그리고 레블 부인은 어쩐지 이 여인의 얼굴이 무척 낯익다고 했는데, 그걸로 모든 사실이 해명된 것이었습니다. 배틀 총경이 나중에 여러분에게 자세히 설명해 드리겠지만, 레블 부인이 침니스 저택에 오는 것을 막기 위해 치밀한 계획이 실행된 적이 있었지요. 뭐, 시체 한 구가 이용되었다는 정도에 지나지 않았지만요. 아무튼, 그 살인은 레드 핸드 당에 의해 저질러진, 배반자에 대한 처단인 것으로 보여지만, 그 연출 솜씨와 그 당의 상징인 붉은 손이 그려진 종이가 없던 것으로 보아 누군가 훨씬 지능적인 자에 의해 꾸며진 일이라는 사실을 짐작할 수 있었습니다.

처음부터 나는 헤르초슬로바키아와 관계가 있을 거라고 짐작하고 있었지요. 레블 부인은 이 집에 초대된 손님들 중에서 유일하게 그 나라에서 지낸 적이 있었습니다. 처음에는 누군가가 미카엘 왕자로 가장하고 있는 게 아닌가 생각했지만, 그것은 완전한 착오였음이 밝혀졌습니다. 그런데 마드모아젤 브룅이 가짜일 수도 있다는 가능성과, 이 여인의 얼굴이 레블 부인에게 낯익다는 사실을 종합해서 생각하게 되자, 비로소 나에게 한 줄기 서광이 비치기 시작했습니다. 다시 말해, 이 여인의 정체가 탄로 나지 않도록 하는 것이 매우 중대한 일이었으며, 레블 부인만이 그 정체를 알아볼 수 있었다는 겁니다."

캐터햄 경이 불쑥 참견하고 나섰다.

"그럼, 이 여자가 대체 누구요? 레블 부인이 헤르초슬로바키아에서 알고 있었던 어떤 여인이오?"

"그것은 남작이 우리에게 말해 줄 수 있을 겁니다." 앤터니가 말했다.

"내가?" 남작은 깜짝 놀라며 그를 쳐다보았다.

앤터니가 말했다.

"자세히 보십시오. 그 화장에 현혹당하지 마시고, 이 여자는 한때 배우였으니까."

남작은 다시 자세하게 살펴보았다. 갑자기 그는 한 차례 몸을 떨고는 숨죽인 목소리로 부르짖었다.

"하느님 맙소사, 세상에 이런 일이! 이건 있을 수 없는 일입니다."

"뭐가 있을 수 없는 일이라는 거요? 이 여자가 대체 누굽니까? 남작은 이 여자를 알고 있소?" 조지가 물었다.

남작은 계속 중얼거렸다.

"아냐, 그럴 리가 없어. 그녀는 살해당했는데. 두 사람 모두 살해당했어. 궁전 계단 위에서 그녀의 시체도 나중에 다시 찾았는데……"

앤터니가 그의 기억을 일깨워 주었다.

"갈기갈기 찢겨서 알아볼 수가 없었지요. 그녀는 가짜를 이용해서 속임수를 쓴 겁니다. 내 생각으로는, 그녀는 미국으로 탈출해서 레드 핸드 당원의 잔인한 복수를 피해 수년간 숨어 지냈던 것 같습니다. 그들은 혁명을 추진시켰던 무리이고, 따라서 그녀에 대한 원한은 속까지 사무쳤을 겁니다. 그런데 킹 빅터가 출감하자, 그들은 함께 모의를 해서 그 다이아몬드를 찾을 계획을 세운 거죠. 이 여인은 그날 밤 그것을 찾고 있다가 갑자기 미카엘 왕자와 맞닥뜨리게 되었고, 왕자가 이 여인을 알아본 겁니다.

보통 때였다면 이 여인은 왕자를 만날 염려가 거의 없었지요. 귀빈들이 가정교사와 접촉할 일도 없을 테고, 남작이 이곳에 내려온 날도 그랬듯이 이 여자는 편두통이라는 그럴 듯한 핑곗거리를 내세워 자기 방에 틀어박혀 있을 수 있었으니까요. 그런데 그만 전혀 생각지도 못했던 순간에 미카엘 왕자와 정면으로 맞닥뜨렸던 겁니다. 신분의 탄로와 치욕의 순간이 이 여인 앞에 펼쳐졌던 거죠. 그래서 왕자를 쏘았습니다. 그리고 아이작슈타인 씨의 옷가방 속에 그 권총을 숨겨서 수사를 혼란시켰고, 그 편지를 되돌려 준 것도 바로 이 여인이었습니다."

르무안이 앤터니에게 다가서며 말했다.

"당신 말대로 이 여자가 그날 밤 보석을 찾으러 내려오면서, 그때 외부에서 도우러 오기로 한 자기와 한패인 킹 빅터를 만나려 한 것은 아닐까?"

앤터니는 한숨을 내쉬었다.

"아직도 그 생각을 버리지 못했습니까, 르무안? 당신은 정말 끈덕지군요! 내가 비장의 카드를 숨기고 있다고 한 말을 이해하지 못한 모양이지요?"

하지만, 그때, 머리 회전이 느린 조지가 불쑥 입을 열었다.

"난 아직도 뭐가 뭔지 영 짐작도 안 가는데, 도대체 이 여자가 누구요, 남작? 남작은 이 여자를 알아본 모양인데, 그렇지 않은가요?"

그러나 남작은 몸가짐을 바로 하며 아주 꼿꼿한 자세로 냉정하게 말했다.

"잘못 아신 겁니다, 장관님. 나는 이 여인을 한 번도 본 적이 없습니다. 나에게는 전혀 낯선 여인입니다."

"하지만,······." 조지는 어리둥절한 표정으로 그를 바라보았다.

남작은 그를 구석으로 끌고 가서 귀에 대고 뭐라고 속삭였다. 앤터니는 상당히 재미있어하며 그 모습을 지켜보았는데, 조지의 얼굴은 점차로 자주색으로 물들어가고, 눈이 튀어나올 듯이 둥그레지는 것이 뇌일혈의 초기 증세를 나타내는 온갖 징후를 보이고 있었다. 조지의 목구멍에 막혀 잘 알아들을 수도 없는 말이 이윽고 띄엄띄엄 삐져나오기 시작했다.

"물론이지요……물론이고……그럼요……전혀 필요가 없지요……복잡한 상황……극비라 할 수……."

"제길!" 르무안은 갑자기 손으로 책상을 내리쳤다.

"이런 일들은 모두 내게는 상관없는 일입니다! 미카엘 왕자의 살인사건은, 그건 내 일이 아니오. 내가 필요한 것은 킹 빅토요."

앤터니는 부드럽게 고개를 저었다.

"정말 유감이로군요, 르무안. 당신은 정말로 유능한 사람이오. 하지만, 아무리 그래 봐야 당신의 그 계략은 실패로 돌아갈 겁니다. 이제 내 비장의 카드를 내보이겠습니다."

그는 방을 가로질러 가서 벨을 눌렀다. 곧 트레드웰이 나타났.

앤터니가 그에게 말했다.

"오늘 저녁 나와 함께 온 신사분 알지요, 트레드웰?"

"예, 그 외국 신사분 말이지요."

"그렇소. 되도록 빨리 그분을 이리로 모셔 오시오."

"알겠습니다." 트레드웰이 물러갔다.

앤터니가 모두에게 말했다.

"자, 비장의 카드인, 신비에 싸인 X씨의 등장입니다. 과연 그는 누구일까요? 어느 분이든 한번 짐작해 보실 수 있겠습니까?"

허먼 아이작슈타인이 말했다.

"둘 더하기 둘이면, 오늘 아침에 당신이 나한테 준 수수께끼 같은 힌트와, 오늘 저녁 당신의 태도를 종합해 보면, 그게 틀림없을 겁니다. 어떻게 해선가 당신은 헤르초슬로바키아의 니콜라스 왕자를 손에 넣은 거요."

"당신도 같은 생각입니까, 남작?"

"그렇소. 당신이 또 다른 사기꾼을 내세우지 않는다면 말이오. 그러나 나는 당신이 속임수를 쓰리라고는 생각지 않소. 내 개인적으로 볼 때, 지금까지 당신의 행동은 참으로 명예스러웠기 때문이오."

"고맙습니다, 남작. 그 말씀 잊지 않겠습니다. 그럼, 여러분 모두 같은 생각입니까?"

그의 눈이 기대에 부풀어 있는 얼굴들을 쓸어보았다. 오직 르무안만이 아무런 반응도 보이지 않은 채, 음침한 표정으로 테이블만 뚫어지게 내려다보고 있었다.

앤터니의 예민한 귀에 홀에서 나는 발걸음 소리가 들려왔다. 그가 묘한 미소를 지어 보이며 말했다.

"하지만, 여러분, 모두 틀렸습니다!"

그는 가볍게 문으로 다가가서 활짝 열어젖혔다.

문간에는 검은 턱수염을 단정하게 기르고, 안경을 낀, 머리에 감은 붕대로 인해 다소 손상되기는 했지만, 상당히 멋을 낼 줄 아는 모습을 한 사나이가 서 있었다.

"자, 여러분께 파리경시청의 진짜 르무안 씨를 소개합니다."

바로 그 순간, 뛰어가는 소리에 이어서 격투하는 소리가 들리더니, 곧 하이럼 피시의 코맹맹이 소리가 부드럽고 푸근하게 창가로부터 들려왔다.

"안 돼, 자넨 도망갈 수 없어, 친구, 이쪽으로는 안 되지. 나는 자네의 도주를 막기 위한 특별한 목적을 갖고 저녁 내내 여기서 잠복하고 있었거든. 이 권총으로 자네를 정확하게 겨누고 있었다는 사실을 알아주었으면 좋겠구먼. 나는 자네를 잡으러 이곳까지 건너왔고, 드디어 잡았지. 그러나 자네는 확실히 상당한 친구일세!"

계속되는 앤터니의 설명

"케이드 씨, 당신에게는 우리한테 설명을 해야 할 의무가 있다고 생각하오."
허먼 아이작슈타인이 그날 밤 시간이 좀 지나고 나서 이렇게 말했다.
앤터니가 겸손하게 말했다.
"더 이상 설명할 것도 없습니다. 내가 도버에 가자, 피시 씨는 내가 킹 빅터라고 생각하고 나를 쫓아왔지요. 그곳에서 우리는 그들에게 붙잡혀 있던 정체를 알 수 없는 한 사나이를 발견하게 되었는데, 그 사람의 이야기를 듣고 나서야 우리는 모든 사실을 알게 되었던 겁니다. 이 역시 같은 수법이었지요. 진짜는 납치되고, 가짜가 대신하는—이 경우에는 킹 빅터 자신이 가짜 행세를 했지만. 하지만, 여기 계신 배틀 총경께서는 처음부터 프랑스인 동료한테서 뭔가 의심스러운 점을 느끼고 있었는지, 파리로 전보를 쳐서 그의 지문과 기타 식별 자료들을 보내 달라고 요청했지요."
"아!" 탄성을 지르면서 남작이 물었다.
"지문과, 그 악당이 말하던 베르티용 식별법에 필요한 자료들 말인가요?"
앤터니가 다시 말을 이었다.
"그건 제법 영리한 착상이었지요. 내가 그를 짐짓 훌륭하다고 추켜세운 것도, 실은 나도 한 번 그것을 이용해 보고 싶다는 기분이 들었기 때문이랍니다. 그러지 않아도 내가 그런 말을 하자, 가짜 르무안이 크게 당혹해하지 않던가요? 그리고 내가 그 '줄'에 대해서 설명을 해주고, 그 보석이 어디 있을 거라고 말하자 그는 재빨리 그 소식을 자기 동료에게 알리는 한편, 우리를 그 방에 붙잡아 두려고 하지 않았습니까? 그 편지는 사실 마드모아젤 브룅에게 보내는 것이었지요. 그가 트레드웰에게 그것을 즉시 전해 주라고 하자, 트레드웰은 시키는 대로 그것을 2층의 공부방에 갖다 주었습니다.

그러고 나서 르무안은 다른 사람들의 관심을 딴 곳으로 돌리고, 동시에 아무도 그 방을 떠나지 못하도록 하려고 나를 킹 빅터라며 비난하기 시작했지요. 시간이 흘러 모든 것이 밝혀진 다음에 우리가 그 보석을 찾기 위해 서재로 갔을 때는 이미 그 보석은 그곳에서 없어진 뒤가 될 거라고 그는 생각한 겁니다!"

그때, 조지가 목청을 가다듬으며 점잖게 입을 열었다.

"이보시오, 케이드 씨, 그 문제에 있어서 당신의 행동은 비난받아 마땅하다고 생각하오. 만약에 당신 계획에 조금이라도 실수가 있었다면, 우리의 귀중한 국보 하나가 영영 되찾을 수 없게 사라져 버릴 뻔하지 않았소? 그것은 무모한, 케이드 씨, 정말 비난받아 마땅하리만큼 무모한 짓이었소"

피시가 길게 잡아끄는 목소리로 한마디 했다.

"장관께서는 그것이 일종의 계략이었다는 것을 아직도 모르고 계시는 모양이군요. 그 유서깊은 다이아몬드는 결코 서재의 책장 뒤에 숨겨져 있지 않습니다."

"결코?"

"그렇습니다, 결코." 앤터니가 설명했다.

"스틸프티치 백작이 남겨놓은 그 괴상한 단서는 원전(原典)대로 회고록에서 표현한 장미를 나타낸 겁니다. 월요일 오후 거기에 문득 생각이 미친 나는 곧바로 장미 정원으로 가보았습니다. 피시 씨도 이미 나와 같은 생각을 하고 있더군요. 해시계를 등지고 서서 앞으로 곧장 일곱 걸음을 나간 다음, 왼쪽으로 여덟 걸음, 다시 오른쪽으로 세 걸음 나가면 리치먼드라는 이름의 연붉은색의 장미 나무가 심어져 있는 것을 보게 됩니다. 그 보석이 숨겨진 장소를 찾으려고 저택을 샅샅이 수색했지만, 아무도 그 정원을 파헤칠 생각은 못 했던 거죠. 내일 아침 우리 모두 그곳을 발굴하는 현장에 가보는 게 어떻겠습니까?"

"그렇다면, 서재에 있는 책에 대한 이야기는……."

"그 여인을 함정에 빠뜨리기 위해 내가 생각해 낸 덫이었다고 할까요. 피시 씨는 테라스에서 지켜보고 있다가 심리적으로 적당한 순간이 오자 휘파람을 불어 신호를 보냈던 겁니다. 그전에 피시 씨와 나는 그 도버에 있는 집에 이른바 계엄령을 선포해 레드 핸드 당원들과 가짜 르무안 사이의 통신 연락을 끊어 버렸습니다. 즉, 그는 그들에게 철수하라는 명령을 보냈는데, 우리가 대신 철수를 했노라는 전보를 그에게 보낸 거죠. 그래서 그는 즐거운 마음으로 나를 고발할 계획을 추진하게 되었던 겁니다."

"아무튼, 잘 되었소. 모든 일이 다 아주 만족스럽게 해결된 듯싶소."

캐터햄 경이 유쾌한 어조로 말했다.

"한 가지 일이 남았습니다." 아이작슈타인이 불쑥 한마디 했다.

"그게 무슨 일입니까?"

그 재계의 거물은 앤터니를 똑바로 쳐다보았다.

"당신은 무슨 일로 나를 이곳에 내려오라고 했소? 단지 관심 있는 구경꾼으로서 극적인 장면에 한몫 거들게 하기 위해서였소?"

앤터니는 고개를 저었다.

"그렇지는 않습니다, 아이작슈타인 씨. 당신은 시간이 돈이나 마찬가지인 바쁜 분이시지요. 당신은 무엇 때문에 이곳에 내려오셨습니까?"

"융자에 대한 협정을 맺기 위해서였지요."

"누구와 말입니까?"

"헤르초슬로바키아의 미카엘 왕자요."

"그렇습니다. 하지만, 미카엘 왕자는 살해되었지요. 그러면 당신은 그의 사촌인 니콜라스 왕자에게도 같은 조건으로 융자를 해줄 용의가 있습니까?"

"그렇다면, 니콜라스 왕자를 모셔올 수 있소? 내가 알기로, 그분은 콩고에서 살해되었다고 하던데?"

"그는 확실히 살해당했습니다. 내가 그를 죽였지요. 아, 그런 뜻이 아닙니다. 나는 결코 살인자가 아니니까요. 내가 왕자를 죽였다고 말하는 것은, 바로 내가 왕자가 죽었다는 소문을 퍼뜨렸다는 뜻입니다. 아이작슈타인 씨, 나는 당신에게 왕자를 제공하겠다고 약속했지요. 내가 그 왕자라면 어떻게 하시겠습니까?"

"당신이?"

"예, 내가 바로 그 사람입니다. 니콜라스 세르기우스 알렉산더 페르디난드 오볼로비치. 내가 살아가려고 한 그런 생활을 해나가기에는 이름이 너무 긴 것 같아서, 나는 평범한 앤터니 케이드라는 이름으로 콩고에서 나왔습니다."

안드라시 대위가 펄쩍 뛰며 마구 흥분해서 떠들어댔다.

"하지만, 그 말은 믿을 수 없습니다. 믿을 수 없는 소리예요, 당신, 말을 조심하시오."

앤터니가 침착하게 말을 받았다.

"증거는 충분히 제시할 수 있소. 여기 남작께서 확인해 주실 수 있을 거라고 생각합니다."

남작이 손을 들었다.

"물론 그 증거들은 차후에 조사할 겁니다. 하지만, 저한테는 그런 것들이 전혀 필요가 없습니다. 왕자님이 하신 그 말씀만으로도 저에게는 충분합니다. 게다가, 영국 분이셨던 왕자님 모친께서는 왕자님과 무척 닮았습니다. 처음 만났을 때부터 저는 이런 생각을 했습니다. '이 젊은 분은 부모님 중 어느 한 쪽이 틀림없이 무척 고귀한 신분이었을 거야.'라고 말입니다."

"당신은 언제나 내 말을 믿어 주었소, 남작. 언제까지고 그것을 잊지 않겠소."

앤터니가 말하고는 여전히 목석 같은 표정을 하고 있는 배틀을 돌아보았다.

앤터니는 미소를 지으며 말했다.

"내가 극히 위험한 입장에 처해 있었다는 것을 이해해 주십시오, 총경. 나는 이 집에 있는 그 어떤 사람보다도 미카엘 오볼로비치가 없어지기를 원할 가장 큰 동기를 가지고 있었던 셈인데, 그것은 바로 내가 다음 왕위 계승자였기 때문입니다. 그래서 나는 처음부터 배틀, 당신을 극도로 경계했던 거지요. 늘 나는 당신이 나를 의심하고 있지만, 동기를 잡지 못해서 나를 풀어 두고 있는 거라는 생각을 떨쳐 버릴 수가 없었소."

배틀 총경이 말했다.

"당신이 그분을 쏘았다고 생각한 적은 한 번도 없었습니다. 우리는 그런 문제에 있어서 일종의 육감 같은 것을 가지고 있거든요. 하지만, 당신이 무언가를 두려워하고 있다는 것은 알고 있었고, 그래서 나는 당혹감을 느꼈던 겁니다. 좀더 일찍 내가 당신의 진정한 신분을 알았다면, 아마 그 증거에 이끌려서 당신을 체포했을지도 모르지요."

"당신한테 하마터면 유죄로 몰릴 뻔한 그 비밀을 감추기를 정말 잘한 것 같군요. 그 외에는 나한테서 모든 비밀을 알아내지 않았습니까, 총경? 당신은 정말 당신의 직업에 있어서는 무서우리만큼 유능한 분이오. 나는 늘 런던경시청에 대해서는 존경심을 품게 될 겁니다."

조지가 더듬거리면서 입을 열었다.

"정말 놀라운, 이제껏 내가 들어본 중에서 가장 놀라운 이야기요. 나, 나는 사실이지 그 이야기가 믿기지 않소 남작, 당신은 확신하고 있소, 그게……."

그러자 앤터니가 다소 강경한 어조로 말했다.

"이보시오, 로맥스 장관, 나는 가장 확실한 증거 문서를 제시하지도 않고 내 말을 믿어 달라고 영국 외무성에 요청할 의사는 전혀 없습니다. 이제 자리를 옮겨서, 장관과 남작, 그리고 아이작슈타인 씨와 나, 이렇게 넷이서 그 융자 조건에 대해 의논하기로 합시다."

남작은 자리에서 일어나 발뒤축을 딱하고 소리가 나게 붙였다. 그러고는 엄숙한 어조로 말했다.

"왕자님께서 헤르초슬로바키아의 왕위에 오르시게 되는 것을 보는 날은 제 생애에서 가장 자랑스러운 순간이 될 겁니다."

"아, 그런데 말이오, 남작."

앤터니는 대수롭지 않은 듯한 어조로 상대방의 팔을 다정하게 끼며 말을 이었다.

"깜빡 잊고 당신에게 말하지 않은 것이 있어요. 나한테는 끈이 달려 있다는 거지. 다시 말해서, 나는 결혼했다는 말이오."

남작은 뒤로 주춤주춤 물러섰다. 그는 얼굴에 가득 실망의 빛을 떠올리며 부르짖었다.

"설마, 제가 뭔가 잘못 들은 것일 테지요. 오! 자비로우신 하느님! 이분께선 아프리카의 토인 여자와 결혼하셨답니다!"

"자, 이봐요. 그 정도로 실망할 건 못 돼요."

남작을 달래며 앤터니는 웃음을 터뜨렸다. 그러고는 다시 말을 이었다.

"내 아내는 백인이라오. 다행스럽게도 순수한 백인이란 말이오."

"하느님 감사합니다. 그렇다면, 귀천 상혼이 되겠군요."

"전혀 그렇지 않소. 그녀는 내가 왕이 되면 왕비가 되기에 조금도 부족함이 없는 여인이라오. 그렇게 고개를 저을 필요 없어요. 그녀는 완전한 자격을 갖추고 있으니 말이오. 그녀는 윌리엄 정복왕 시대에서부터 이어져 내려온 명문 집안 출신인 영국 상원의원의 따님이오. 요즘에는 왕족이 귀족과 결혼하는 것이 흔한 일이고 또한, 그녀는 헤르초슬로바키아에 대해서도 상당히 알고 있어요."

"세상에!"

조지 로맥스는 평소의 조심스러운 연설조의 말투도 다 잊고 더듬거렸다.

"아니, 그건 아니겠지요. 설마, 버지니아 레블을 말하는 건 아닐 테지요?"

앤터니가 대답했다.

"그렇습니다. 버지니아 레블입니다."

캐터햄 경이 외쳤다.

"놀랍군요, 친구. 아니, 전하. 아무튼, 축하합니다. 진심으로! 버지니아라면 정말 어울리실 겁니다. 사랑스러운 여인이지요."

"고맙습니다, 캐터햄 경. 버지니아는 경께서 말씀하신 것보다 더 훌륭하답니다."

그런데 아이작슈타인은 그를 의아한 눈빛으로 살펴보고 있었다.

"전하께 이런 질문을 드리는 것이 실례인 줄 압니다만, 그 결혼은 언제 하셨습니까?"

앤터니가 그에게 미소를 지어 보였다.

"사실, 나는 오늘 아침에 그녀와 결혼했습니다."

앤터니 케이드의 새로운 직업

"여러분, 먼저 가십시오. 나는 좀 있다가 가겠습니다." 앤터니가 말했다.

그는 다른 사람들이 줄지어 나갈 때까지 기다렸다가, 열심히 나무 벽을 살펴보는 체하며 서 있는 배틀 총경 쪽을 돌아보았다.

"그래, 총경, 나한테 뭔가 물어보고 싶은 거라도 있나 보군요?"

"그렇습니다만, 어떻게 그걸 아셨는지 모르겠군요. 아무튼, 당신의 유별나게 민감한 직감에 대해서는 늘 탄복하고 있었습니다. 제 생각에는 아까 목숨을 잃은 그 여인이 실은 그동안 살해당했던 것으로 알려졌던 바라가 왕비가 아닐까 하는데, 맞습니까?"

"맞소, 총경. 하지만, 그 일은 덮어두고 싶군요. 집안의 수치스런 비밀을 굳이 소문내고 싶지 않은 심정을 이해해 주시오."

"그 문제에 대해서는 로맥스 장관을 믿으십시오. 아무도 아는 사람이 없게 될 겁니다. 다시 말하면, 많은 사람이 알게 되겠지만, 그러나 결코 소문이 퍼지지는 않을 거라는 말이지요."

"그것이 나한테 묻고 싶은 것이었소?"

"아닙니다. 그건, 그저 한 번 물어본 것에 지나지 않습니다. 제가 궁금했던 것은 어째서 이름을 바꾸시게 되었나 하는 것이었습니다만, 제가 혹시 지나친 무례를 범하고 있는 거나 아닌지 모르겠습니다."

"천만에. 말씀드리지요. 나는 극히 순수한 동기에서 자신을 죽였던 겁니다. 나의 어머니는 영국인이었고, 나도 영국에서 교육을 받아, 헤르초슬로바키아보다는 영국에 대해서 더 깊은 관심을 갖고 있었지요. 그리고 무슨 코믹 오페라의 제목 같은 이름을 달고 돌아다닌다는 것은 정말 어리석기 짝이 없는 짓이라고 생각했습니다. 알겠지만, 나는 아주 어렸을 때부터 민주주의적인 사고방식을 갖고 있었지요. 이상의 순수함과 모든 인간이 평등하다는 것을 믿었습니다. 특히, 왕이나 왕자 등의 존재에 대해서는 의혹을 품고 있었지요."

"그런데 그 뒤로는 어떻게 되셨습니까?"

배틀 총경이 틈을 주지 않고 물었다.

"아, 그 뒤로 나는 세계를 여행하며 견문을 쌓았습니다. 하지만, 세계 어디에서도 평등은 거의 찾아볼 수가 없었지요. 솔직히 말해, 나는 아직도 민주주의를 신봉하고 있습니다. 그러나 그것을 실현하기 위해서는 강력한 힘으로 국민에게 그 정신을 심어 주어야 합니다. 억지로라도 목구멍 속에 그것을 집어 넣어 주어야 하는 거죠. 사람들은 서로 형제가 되려고 하지 않습니다. 언젠가는 그렇게 될지도 모르지만, 지금은 그렇지가 못합니다. 인간의 형제애에 대한 내 마지막 신념은 지난주 내가 런던에 도착하던 날 죽어 버렸습니다.

그때 나는 지하철 전동차 안에 타고 있던 사람들이 요지부동으로 버티고 서서 밖에서 들어오려는 사람들에게 길을 터주지 않고 있는 장면을 목격한 겁니다. 지금 당장은 사람들을 그들이 가지고 있는 보다 선한 본성에 호소해서 천사로 만들 수는 없겠지만, 정당한 힘을 행사함으로써 사람들이 함께 잘 지낼 수 있도록 서로 상대에게 좀더 예의 바른 행동을 하도록 강요할 수는 있을 겁니다. 나는 여전히 인간의 형제애를 믿고 있지만, 그것은 지금 당장 실현될 성질의 것은 아닙니다. 어쩌면 1만 년이 더 걸릴지도 모르지요. 그렇다고 해서 안달을 해봐야 소용없습니다. 진화란 서서히 진행되는 과정입니다."

배틀 총경이 눈을 빛내며 말했다.

"그러한 전하의 견해에 대해서 저도 깊이 공감하는 바입니다. 이런 말씀을 드리면 실례가 될지 모르겠으나, 아무튼, 왕자님은 그 나라의 훌륭한 국왕이 되실 거라고 확신합니다."

"고맙습니다, 총경."

앤터니가 한숨을 쉬며 말했다.

"그렇게 행복해 보이시지는 않는군요."

"아, 나도 잘 모르겠습니다. 물론 상당히 재미는 있을 겁니다. 하지만, 그것은 규칙적인 일을 하도록 사람을 붙잡아 두는 것이거든요. 나는 지금까지 그런 일들을 늘 피해 왔는데 말입니다."

"그렇지만, 그것을 의무라고 생각하고 계실 테지요, 그렇지 않습니까?"

"맙소사, 그건 천만의 말씀입니다! 너무 지나친 생각이에요. 그건 여자 때문입니다, 언제나 여자 때문에 그렇게 되는 겁니다, 총경. 그녀를 위해서라면 왕보다 더한 짓도 할 생각이니까요."

"그건 그렇지요."

"남작과 아이작슈타인이 퇴짜를 놓을 수 없도록 내가 미리 선수를 쳐서 결혼해 버린 거죠. 한 사람은 왕을 원하고, 다른 한 사람은 석유를 원하고 있습니다. 그들은 모두 자기들이 원하는 것을 갖게 될 테고, 그러니 나도, 그런데 아! 이보시오, 총경, 당신도 사랑해 본 적이 있습니까?"

"저는 배틀 부인에게 몹시 애착을 갖고 있습니다."

"부인한테 몹시 애착을 갖고 있다. 아, 당신은 내가 무슨 말을 하는지 모르시나 보군요! 그건 전혀 다른 문제입니다!"

"저, 죄송합니다만, 당신 시종이 창 밖에서 기다리고 있습니다."

"보리스가? 그는 늘 그렇답니다. 놀라운 친구예요. 그 권총이 격투 중에 발사되어서 그 여인이 죽게 된 것이 천만다행입니다. 그렇지 않았다면 보리스는 그 여인이 죽을 때까지 목을 졸랐을 테고, 당신들은 그를 목매달려고 했을 테니까요. 그의 오볼로비치 왕가에 대한 애착심은 정말 놀라운 것입니다. 이상한 일은, 미카엘이 살해당하자 곧 그는 나를 주인으로 섬겼다는 점인데, 그때까지만 해도 내 진정한 신분에 대해서 모르고 있었을 텐데 말입니다."

배틀이 한마디 했다.

"본능일 겁니다, 주인을 따르는 개와도 같은."

"그 당시에는 정말 난처한 본능이라고 생각했습니다. 나는 그것이 당신에게 어떤 암시를 주게 되지 않을까 걱정했거든요. 이제, 가서 그의 용건이 무엇인지 알아봐야겠습니다."

그는 창문을 통해 밖으로 나갔다.

배틀 총경은 혼자 남아, 잠시 그의 뒷모습을 지켜보고 나서 마치 나무 벽한테 말을 걸기라도 하듯이 쳐다보며 중얼거렸다

"잘해나갈 거야."

밖에서 기다리고 있던 보리스는 앤터니가 나오자, "전하." 하고 부르며 앞장서서 테라스로 걸어갔다.

앤터니는 그를 따라가며, 앞쪽에 무슨 일이 있는 걸까 궁금하게 여겼다.

이윽고 보리스는 걸음을 멈추고 손가락으로 가리켰다. 달빛이 하얗게 부서지고 있는 가운데, 그들 전방에 있는 돌 의자 위에는 두 사람이 앉아 있었다.

앤터니는 속으로 중얼거렸다.

'이 친구는 개야. 그것도 다른 개가 아닌 포인터!'

그는 성큼성큼 앞으로 걸어갔다. 보리스는 어둠 속으로 스며들었다.

앉아 있던 두 사람이 돌 의자에 일어나며 그를 맞이했다. 그들 중 하나는 버지니아였고, 다른 하나는, 무척 귀에 익은 목소리로 그에게 말을 걸었다.

"여, 죈 이쪽은 자네의 소중한 여인이라네."

앤터니는 깜짝 놀라며 소리쳤다.

"지미 맥그러스, 이게 대체 어찌된 일인가! 도대체 무슨 바람이 불어 여기까지 오게 됐나?"

"그 오지로의 금광 탐사 여행은 수포로 돌아갔다네. 그러자, 웬 외국인 녀석들이 몰려와 장난을 치더구먼. 나한테서 그 원고를 사고 싶다는 거야. 그 뒤에 나는 깜깜한 밤중에 하마터면 칼침을 맞아 비명횡사할 뻔했지. 그러자, 나는 자네한테 맡겼던 일이 생각보다 훨씬 귀중한 일인 것 같다는 생각이 들지 않겠나? 그래서 혹시 자네가 도움이 필요하지 않을까 해서 부랴부랴 다음 배를 타고 자네를 뒤쫓아 온 걸세."

"멋진 분이잖아요?" 이렇게 말하고 버지니아는 지미의 팔을 꼈다.

"어째서 당신은 이분이 이토록 멋진 분이라는 말을 하지 않으셨죠? 지미, 당신은 정말 최고로 멋진 분이세요."

"두 사람은 상당히 친해진 모양이로구먼." 앤터니가 말했다.

지미가 대답했다.

"물론이지. 나는 자네의 소식을 들으려고 여기저기 돌아다니다가, 이 아름다운 여성과 손이 닿게 된 거라네. 그런데 내가 생각하고 있던, 내 생활과는 전혀 차원이 다른 세계에 사는, 콧대 높은 사교계의 귀부인 마님들과는 아주 다른 여성이더군."

버지니아가 말했다.

"이분이 나한테 그 편지들에 대해 모두 얘기해 주었어요. 그렇듯 기사도 정신이 넘치는 분인데, 실제로 나는 그 편지들 때문에 괴로워하지 않았다고 생각하니 정말 미안한 마음이 들 정도예요."

그러자 지미가 정중하게 응수했다.

"나도 당신이 이토록 매력 넘치는 분인 줄 알았다면, 조한테 그 편지들을 넘겨주지 않고 내가 직접 당신한테 전해 주었을 겁니다. 그런데 그 소동은 이제 다 끝난 건가? 내가 해줄 일은 없나?"

앤터니가 말했다.

"천만에, 자네가 할 일이 있지! 잠깐만 기다리게."

그는 집 안으로 들어갔다가, 잠시 뒤 종이에 싼 꾸러미를 들고 나와 그것을 지미의 손에 들려주었다.

"차고에 가서 자네 마음에 드는 차를 마음대로 골라 잡아타고 런던으로 올라가서, 그 꾸러미를 에버딘 스퀘어 17번지에 전해 주게. 거긴 볼더슨 씨의 집인데, 그 사람은 그걸 건네 받는 대신에 자네한테 1천 파운드를 줄 거야."

"이게 뭔가? 그 회고록이란 말인가? 불타 없어진 걸로 알고 있었는데?"

앤터니가 말했다.

"자넨 나를 어떻게 보고 하는 말인가? 설마 내가 그런 사기에 넘어가리라고 생각한 건 아닐 테지? 나는 즉시 그 출판사로 전화를 걸어서, 그전에 걸려 온 전화가 속임수였다는 사실을 알고는 당연히 조치를 강구해 두었던 걸세. 출판사에서 알려 준 대로 가짜 원고 뭉치를 만든 거야. 그리고 진짜 원고는 호텔 지배인의 금고 속에 보관하고, 그 가짜 원고를 넘겨주었지. 그 회고록은 결코 내 손을 떠난 적이 없다네."

"역시 멋진 친구야, 자네는."

갑자기 버지니아가 외쳤다.

"어머, 앤터니. 당신 정말로 그 원고를 출판시킬 생각인가요?"

"나도 어쩔 수 없어요. 지미 같은 절친한 친구를 실망시킬 수야 없지 않겠소? 하지만, 당신은 걱정하지 않아도 되오. 그 회고록을 처음부터 끝까지 다 읽어 보았는데, 이제야 어째서 높으신 양반들이 회고록을 직접 자기 손으로 쓰지 않고 사람을 사서 쓰게 한다는 소리가 끊이지 않고 사람들 입에 오르내리는지 알 것 같소. 작가로서 스틸프티치는 전혀 소질이 없어요. 그저 정치론에 대해서만 따분하게 늘어놓았을 뿐, 인생 전반에 대한 솔직 담백한 이야기라든가 실패담 따위의 좀더 풍취가 있는 내용은 찾아볼 수가 없다오. 중요한 비밀 등에 대해서도 끝내 밝히지 않았고, 회고록 어디를 찾아보아도 가장 어려운 정국을 헤쳐나간 정치가로서의 예리한 감각이 넘치는 대목은 한군데도 없더군요. 나는 오늘 볼더슨에게 전화를 해서 자정 전까지 그 원고를 넘겨주겠다고 해놓았소. 하지만, 지미가 왔으니 이제는 자신의 더러운 일을 자기가 처리할 수 있을 거요."

지미가 말했다.

"지금 떠나겠네. 1천 파운드라니 생각만 해도 군침이 도는구먼. 특히 날아가 버린 돈이라고 아예 단념하고 있던 참인데 말이야."

"잠깐 기다리게." 앤터니가 말을 이었다.

"당신에게 한 가지 고백할 것이 있소, 버지니아. 다른 사람들은 다 알고 있는데, 당신한테만 말하지 않은 거요."

"그동안 당신이 많은 여자를 사랑했다고 하더라도, 당신이 나한테 말하지 않은 한 아무런 문제도 되지 않아요."

앤터니가 엄숙한 표정으로 말했다.

"여자들이라니! 세상에! 여기 지미한테, 이 친구가 나를 최근에 만났을 때 내가 어떤 여자들과 같이 있었는지 한번 물어보구려."

지미가 진지하게 대답했다.

"형편없는, 정말 형편없는 여자들이었지요. 게다가, 모두 마흔다섯에서 단 하루도 모자라지 않는 쭈그렁바가지들이었답니다."

"고맙네, 지미. 자네는 정말 참된 친굴세. 내가 하려는 이야기는 그런 게 아니라오, 버지니아. 나는 당신한테 내 진짜 이름을 숨기고 있었소."

버지니아가 흥미있는 표정으로 물었다.

"아주 괴상한 이름인가요? 포블스 같은 우스꽝스러운 이름은 아니겠죠? 뭐, 포블스 부인이라고 불려도 괜찮을 거예요."

"당신은 언제나 나를 최악의 상태로만 생각하는 모양이오."

"당신을 킹 빅터라고 생각했던 적도 있는걸요, 비록 한 1분 30초 정도의 짧은 시간 동안이기는 했지만."

"그런데 지미, 자네한테 제안할 것이 있는데, 헤르초슬로바키아의 산악지대에서 금광을 찾아보지 않겠나?"

"그곳에도 금이 있나?"

지미가 열렬히 눈을 빛내며 물었다.

앤터니가 대답했다.

"물론 있고말고. 헤르초슬로바키아는 굉장한 나라라네."

"그러면 자네는 내 충고를 받아들여서 그곳에 가기로 한 건가?"

"맞아. 자네의 충고는 자네가 알고 있는 것보다 훨씬 가치가 있다네. 그럼, 이제 고백하지. 무슨 아이가 바뀌었다는 등 하는 그런 낭만적인 이야기가 아니라, 나는 정말로 헤르초슬로바키아의 니콜라스 오볼로비치 왕자라오."

버지니아가 외쳤다.

"오, 앤터니! 정말 너무도 놀라운 일이에요! 게다가, 나는 당신과 결혼까지 했으니! 이제 우리는 어떻게 해야 하죠?"

"우리는 헤르초슬로바키아로 가서 왕과 왕비의 자리를 요구하게 될 거요. 지미 맥그러스 말로는 그 나라의 왕이나 여왕의 평균 수명은 4년도 채 안 된다고 하던데, 당신은 그래도 괜찮겠소?"

다시 버지니아가 외쳤다.

"괜찮다뇨? 난 그걸 사랑하게 될 거예요!"

"굉장한데?"

지미가 중얼거렸다. 그러고는 소리없이 그는 어둠 속으로 사라졌다. 잠시 뒤, 자동차 소리가 들렸다.

앤터니가 만족한 표정으로 말했다.

"사나이에게 그 자신의 더러운 일을 시키는 것만큼 좋은 일은 없다오. 게다가, 그렇게 하지 않고는 달리 그를 쫓아 버릴 수가 없었거든. 우리가 결혼한 이후로 나는 1분도 당신과 단둘이 있어 보질 못했잖소."

"정말 재미있을 거예요. 산적을 교육시켜서 산적이 되지 않게 하고, 암살자를 교육시켜 암살자가 되지 않게 하며, 그 나라 국민의 일반적인 도덕 수준을 증진시키는 등 말이에요."

"그런 순수한 이상을 듣게 되어서 기쁘오. 내 희생이 결코 헛되지는 않은 것 같소."

버지니아가 말했다.

"바보 같은 소리 하지 말아요. 당신도 왕이 되는 걸 좋아하게 될 거예요. 그건 당신 혈통이에요. 당신은 왕이 되기 위한 교육을 받았고, 또 왕이 될 소질을 타고났어요. 마치 연관공이 연관공에 적합한 소질을 타고나듯이 말이에요."

"그런 건 한 번도 생각해 본 적이 없지만, 아무튼, 쓸데없는 연관공 이야기나 하며 보낼 시간이 없어요. 바로 지금 이 순간에 나는 아이작슈타인과 롤리팝 남작과 회담을 하고 있어야 한다는 걸 알고 있소? 그들은 석유에 대해서 이야기하고 싶어 한다오. 석유라! 그들은 내가 왕다운 즐거움을 누리도록 잠시 기다려 줄 수 있을 거요. 버지니아, 당신한테 내가 당신이 나를 사랑하도록 하기 위해서 모든 노력을 기울일 거라고 한 말을 기억하고 있소?"

버지니아가 달콤한 목소리로 대답했다.

"기억하고 있어요. 하지만, 그때는 배틀 총경이 창에서 우리를 내다보고 있었지요."

"아무튼, 그도 지금은 없소."

그는 갑자기 그녀를 끌어안고 그녀의 눈이며 입술, 초록이 감도는 금발 등에 빗발치는 키스를 퍼부었다······.

그가 속삭였다.

"나는 너무도 당신을 사랑하오. 버지니아, 너무도 사랑해. 당신도 나를 사랑하지?"

그는 가만히 그녀의 얼굴을 내려다보았다—그 대답을 확신하며.

그녀는 머리를 그의 어깨에 기대고는 아주 나직하고 달콤하게 떨리는 목소리로 대답했다.

"조금도!"

"당신은 작은 악마야."

앤터니는 다시 그녀에게 키스를 퍼부었다.

"이제야 나는 죽을 때까지 당신을 사랑하게 될 거라는 사실을 확실히 알게 되었소."

하지 않아도 될 이야기

장면—침니스 저택, 목요일 오전 11시. 존슨 순경이 윗도리를 벗어 던지고 땅을 파고 있었다.

주위에는 흡사 장례식 같은 분위기가 흐르고 있다. 친구들과 친척들이 존슨이 파고 있는 무덤 주위에 서 있다.

조지 로맥스는 마치 고인의 유언에 따라 유산의 수취인이라도 된 듯한 분위기를 풍기고 있다. 목석 같은 얼굴의 배틀 총경은 장례 절차가 순조롭게 진행되는 것에 만족하고 있는 듯하다. 장의사로서 딱 어울리는 모습이다.

캐터햄 경은 영국인들이 흔히 종교적인 의식이 진행될 때 보이는 엄숙하고도 감동된 표정을 짓고 있다. 피시는 그 장면에 전혀 어울리지 않는 모습이다. 엄숙한 표정이라고는 찾아보기가 힘들다.

존슨은 허리를 굽히고 임무를 수행하고 있다. 갑자기 그가 허리를 폈다. 가벼운 흥분의 술렁임이 주변에 맴돌았다.

"일이 잘되나 보군. 이젠 문제가 없을 겁니다." 피시가 말했다.

한 번만 보고도 알아내는 것이, 그는 마치 주치의라도 되는 듯싶다.

존슨이 물러서고, 피시가 엄숙한 표정으로 무덤 위로 몸을 굽힌다. 외과의사가 수술을 시작하려는 순간이다.

이윽고 그는 투박한 삼베에 싸인 작은 보퉁이를 들어냈다. 진지하게 의식을 거행하는 듯한 태도로 그는 그 보퉁이를 정중하게 배틀 총경한테 넘긴다. 후자는 그것을 다시 조지 로맥스에게 건넨다. 지금까지는 이 상황에 어울리는 격식이 충실하게 지켜져 왔다.

조지 로맥스가 그 보퉁이를 풀고, 그 속의 기름을 먹인 비단 주머니를 벗기자, 다시 포장된 것이 나왔다. 잠깐 동안 그는 그 안에 들어 있는 무엇인가를 손바닥 위에 올려놓고 있다가, 재빨리 그것을 다시 솜으로 덮는다.

그는 목청을 가다듬는다.

"이 경사스러운 순간을 맞이하여……"

그는 노련한 연설가다운 어조로 연설을 시작한다.

캐터햄 경은 급히 그 자리를 물러나온다. 그러고는 테라스에서 그의 딸을 만난다.

"번들, 네 자동차에 아무런 이상도 없냐?"

"예, 그건 왜요?"

"그렇다면, 지금 즉시 나를 런던에 데려다 다오. 나는 당장 외국으로 떠날 생각이다—오늘 당장."

"하지만, 아버지……"

"나하고 논쟁할 생각 말아라, 번들. 조지 로맥스가 오늘 아침 나를 찾아와서는 극히 미묘한 문제에 대해 나와 개인적으로 이야기를 나누고 싶다고 하더라. 그의 말로는 아프리카 팀북투의 국왕이 근간에 런던에 도착할 거라는 거야. 나는 다시 그런 일을 허락할 수 없어. 번들, 내 말을 알겠냐? 50명의 조지 로맥스가 달려와 애원해도 절대 안 된다! 침니스 저택이 그토록 나라에 귀중한 곳이라면, 정부가 사들이면 될 게 아니냐. 그렇지 않으면 업자한테 침니스 저택을 팔아 호텔로 만들 생각이다.

"그 떠버리 영감님은 지금 어디 있어요?"

번들은 일단 이 난국을 벗어나고 볼 생각이다.

캐터햄 경이 시계를 들여다보며 대답했다.

"이 시간이면, 그는 대영제국에 대해서 앞으로도 50분은 족히 더 떠들어댈 수 있을 게다."

다른 장면—그 무덤 옆에서 거행되는 의식에 초대받지 않은 빌 에버슬레이는 전화기에 매달려 있다.

"아니라고, 사실이지 내 말은……제발, 그렇게 화만 내지 말고……아무튼, 오늘 밤 나와 함께 식사하러 나올 거지?……아니, 없어. 그동안 나는 꼼짝도 할 수 없었다고 당신은 모를 거야, 떠버리 영감이 어떤 분인지……이봐, 돌리,

내가 당신을 얼마나 생각하는지 알면……내가 당신 말고는 아무한테도 관심이 없다는 걸 당신도 알면서……그래, 내가 먼저 그 극장에 가 있을게. 얼마나 재미있다고. '그리고 소녀는 단추를 풀고—.'……"

알아들을 수 없는 소리. 에버슬레이는 문제의 그 대사를 흉내 내려고 애쓰고 있었다.

한편, 조지의 연설도 다 끝나가고 있었다.

"……대영제국의 영원한 평화와 무궁한 번영을 우리 모두 기원합시다!"

"참으로 짧으면서도 기이한 한 주였던 것 같아."

하이럼 피시는 나지막한 목소리로 자신에게, 넓게 보면 세계를 향해 말했다.

<끝>

■ 작품 해설 ■

《침니스의 비밀(1925, The Secret of Chimneys)》은 애거서 크리스티(Agatha Christie, 영국, 1890~1976)의 6번째 작품이자 5번째 장편이다.

이 작품은 제1차 세계대전이 끝난 뒤 비슷한 시기에 쓰인 다른 작품들과 함께 묶어서 평가되곤 한다. 《침니스의 비밀》은 크리스티 여사의 4번째 장편인 《갈색 옷을 입은 사나이(1924, The Man in the Brown Suit)》와 거의 비슷한 구성을 하고 있다. 다른 점이 있다면, 《갈색 옷을 입은 사나이》에서는 주인공인 말괄량이 처녀 앤이 영국에서 사건을 쫓아 남아프리카로 내려가고, 이 작품에서는 그 반대로 사건의 무대가 남아프리카에서 영국으로 옮겨지는 것이다.

또한, 이 작품은 9번째 장편 《세븐 다이얼스 미스터리(1929, The Seven Dials Mystery)》와도 곧잘 비교된다.

즉, 이 두 작품의 등장인물과 배경이 같은데다가 사건의 내용이 스파이 모험 소설이기 때문이다. 캐터햄 후작, 그의 딸 번들, 외무상 로맥스가 등장하는데, 살인·공갈·협박·연애·이방인·신원 오인 등으로 얽히고설킨 사건이 침니스 저택을 둘러싸고 박진감 있게 펼쳐진다.

이 사건은 영국의 시골에 위치한 캐터햄 후작의 으리으리한 별장 침니스 저택에서 영국의 비밀 외교 파티가 열리는 데에서부터 시작된다.

동유럽의 소왕국 헤르초슬로바키아의 왕위 계승권과 경제적 이권을 노리고 마련된 이 비밀 파티에서 끔찍한 살인사건이 발생하면서 사태는 엉뚱한 방향으로 치닫는다.

내용으로 보아 이 작품은 크리스티 여사가 어렸을 때 감명 깊게 읽었다는 앤터니 호프의 《젠다 성(城)의 포로》의 영향을 많이 받은 것 같다. 《젠다 성의 포로》는 쾌남아 루돌프 라센도르프가 루리타니아 왕국에 잠입해 들어가 대활약을 하는 것으로, 《침니스의 비밀》에서 앤터니 케이드가 헤르초슬로바키아 왕국의 왕위 계승권을 둘러싼 모험극에 뛰어드는 것과 비슷한 면을 볼 수 있다.

크리스티 여사는 본격 추리소설로 데뷔했으나, 두 번째 작품인 《비밀결사(1922, The Secret Adversary)》에서부터 스파이물의 모험극을 다루게 된다. 이것은 당시가 제1차 세계대전 직후여서 활극조의 스파이 모험 소설이 인기를 끌고 있었기 때문인 것으로 풀이된다. 여기에 크리스티 여사가 어렸을 때부터 갖고 있던 모험적인 기질이 첨가되었다고 볼 수 있다.

이 작품에서 한 가지 특이할 만한 점이 있다고 하면, 런던경시청의 배틀 총경이 처음으로 등장한다는 것이다. 배틀 총경은 여기에서는 비록 사건 해결에 직접 참여하진 않지만, 이후 여러 작품에 등장하고 있다.

배틀 총경이 등장하는 작품으로는 《세븐 다이얼스 미스터리》, 《0시를 향하여(1944, Towards Zero)》가 있다.